SAMARCANDE

Né au Liban en 1949, Amin Maalouf vit à Paris depuis 1976. Après des études d'économie et de sociologie, il entre dans le journalisme. Grand reporter pendant douze ans, il a effectué des missions dans plus de soixante pays. Ancien directeur de l'hebdomadaire An-Nahar International, *ancien rédacteur en chef de* Jeune Afrique, *il consacre aujourd'hui l'essentiel de son temps à l'écriture de ses livres.*

Amin Maalouf est l'auteur des *Croisades vues par les Arabes* (Éditions Jean-Claude Lattès, 1983), devenu un classique traduit en plusieurs langues, et de *Léon l'Africain* (Éditions Jean-Claude Lattès, 1986). Il est également traduit dans le monde entier. *Samarcande* a obtenu le Prix des Maisons de la Presse 1988.

D1432882

AMIN MAALOUF

Samarcande

LATTÈS

A mon père.

Et maintenant, promène ton regard sur Samarcande! N'est-elle pas reine de la Terre? Fière, au-dessus de toutes les villes, et dans ses mains leurs destinées?

Edgar Allan Poe.

(1809-1849)

Au fond de l'Atlantique, il y a un livre. C'est son histoire que je vais raconter.

Peut-être en connaissez-vous le dénouement, les journaux l'ont rapporté à l'époque, certains ouvrages l'ont consigné depuis : lorsque le *Titanic* a sombré, dans la nuit du 14 au 15 avril 1912, au large de Terre-Neuve, la plus prestigieuse des victimes était un livre, exemplaire unique des *Robaïyat* d'Omar Khayyam, sage persan, poète, astronome.

De ce naufrage je parlerai peu. D'autres que moi ont pesé le malheur en dollars, d'autres que moi ont dûment recensé cadavres et ultimes paroles. Six ans après, seul m'obsède encore cet être de chair et d'encre dont je fus, un moment, l'indigne dépositaire. N'est-ce pas moi, Benjamin O. Lesage, qui l'ai arraché à son Asie natale ? N'est-ce pas dans mes bagages qu'il s'est embarqué sur le *Titanic* ? Et son parcours millénaire, qui l'a interrompu, sinon l'arrogance de mon siècle ?

Depuis, le monde s'est couvert de sang et d'ombre, chaque jour davantage, et à moi la vie n'a plus souri. J'ai dû m'écarter des hommes pour n'écouter que les voix du souvenir et caresser un naïf espoir, une vision insistante : demain, on le retrouvera. Protégé par son coffret en or, il émergera intact des opacités marines,

son destin enrichi d'une odyssée nouvelle. Des doigts
pourront l'effleurer, l'ouvrir, s'y engouffrer; des yeux
captifs suivront de marge en marge la chronique de son
aventure, ils découvriront le poète, ses premiers vers,
ses premières ivresses, ses premières frayeurs. Et la
secte des Assassins. Puis ils s'arrêteront, incrédules,
devant une peinture couleur de sable et d'émeraude.

Elle ne porte ni date ni signature, rien que ces
mots, fervents ou désabusés : *Samarcande, la plus belle
face que la Terre ait jamais tournée vers le soleil.*

LIVRE PREMIER

Poètes et amants

Quel homme n'a jamais transgressé Ta Loi, dis?
Une vie sans péché, quel goût a-t-elle, dis?
Si Tu punis le mal que j'ai fait par le mal,
Quelle est la différence entre Toi et moi, dis?

Omar KHAYYAM.

I

Parfois, à Samarcande, au soir d'une journée lente et morne, des citadins désœuvrés viennent rôder dans l'impasse des deux tavernes, près du marché aux poivres, non pour goûter au vin musqué de Soghdiane, mais pour épier allées et venues, ou prendre à partie quelque buveur éméché. L'homme est alors traîné dans la poussière, arrosé d'insultes, voué à un enfer dont le feu lui rappellera jusqu'à la fin des siècles le rougeoiement du vin tentateur.

C'est d'un tel incident que va naître le manuscrit des *Robaïyat,* en l'été 1072. Omar Khayyam a vingt-quatre ans, il est depuis peu à Samarcande. Se rend-il à la taverne, ce soir-là, ou est-ce le hasard des flâneries qui le porte? Frais plaisir d'arpenter une ville inconnue, les yeux ouverts aux mille touches de la journée finissante : rue du Champ-de-Rhubarbe, un garçonnet détale, pieds nus sur les larges pavés, serrant contre son cou une pomme volée à quelque étalage; bazar des drapiers, à l'intérieur d'une échoppe surélevée, une partie de *nard* se dispute encore à la lumière d'une lampe à huile, deux dés jetés, un juron, un rire étouffé; arcade des cordiers, un muletier s'arrête près d'une fontaine, laisse couler l'eau fraîche dans le creux de ses paumes jointes, puis se penche, lèvres tendues, comme pour baiser le front d'un enfant endormi ; désaltéré, il passe ses paumes mouillées sur son visage, marmonne un remerciement, ramasse une pastèque évidée, la remplit d'eau, la porte à sa bête afin qu'elle puisse boire à son tour.

Place des marchands de fumée, une femme enceinte aborde Khayyam. Voile retroussé, elle a quinze ans à peine. Sans un mot, sans un sourire sur ses lèvres ingénues, elle lui dérobe des mains une pincée d'amandes grillées qu'il venait d'acheter. Le promeneur ne s'en étonne pas, c'est une croyance ancienne à Samarcande : lorsqu'une future mère rencontre dans la rue un étranger qui lui plaît, elle doit oser partager sa nourriture, ainsi l'enfant sera aussi beau que lui, avec la même silhouette élancée, les mêmes traits nobles et réguliers.

Omar s'attarde à mâcher fièrement les amandes restantes en regardant s'éloigner l'inconnue. Quand une clameur parvient jusqu'à lui, l'incite à se hâter. Bientôt il se retrouve au milieu d'une foule déchaînée. Un vieillard aux longs membres squelettiques est déjà à terre, tête nue, cheveux blancs épars sur un crâne tanné ; de rage, de frayeur, ses cris ne sont plus qu'un sanglot prolongé. Ses yeux supplient le nouveau venu.

Autour du malheureux, une vingtaine d'individus, barbes brandies, gourdins vengeurs, et, à distance, un cercle de spectateurs réjouis. L'un d'eux, constatant la mine scandalisée de Khayyam, lui lance du ton le plus rassurant : « Ce n'est rien, ce n'est que Jaber-le-Long ! » Omar sursaute, un frisson de honte lui traverse la gorge, il murmure : « Jaber, le compagnon d'Abou-Ali ! »

Un surnom des plus communs, Abou-Ali. Mais lorsqu'un lettré, à Boukhara, à Cordoue, à Balkh ou à Baghdad, le mentionne ainsi sur un ton de familière déférence, aucune confusion n'est possible sur le personnage : il s'agit d'Abou-Ali Ibn-Sina, célèbre en

Occident sous le nom d'Avicenne. Omar ne l'a pas connu, il est né onze ans après sa mort, mais il le vénère comme le maître indisputé de sa génération, le détenteur de toutes les siences, l'apôtre de la Raison.

Khayyam à nouveau murmure : « Jaber, le disciple préféré d'Abou-Ali! » Car, s'il l'aperçoit pour la première fois, il n'ignore rien de son destin affligeant et exemplaire. Avicenne voyait en lui le continuateur de sa médecine comme de sa métaphysique, il admirait la puissance de ses arguments; il lui reprochait seulement de professer trop haut et trop brutalement ses idées. Ce défaut avait valu à Jaber plusieurs séjours en prison et trois flagellations publiques, la dernière sur la Grand-Place de Samarcande, cent cinquante coups de nerf de bœuf en présence de tous ses proches. Il ne s'était jamais remis de cette humiliation. A quel moment avait-il basculé de la témérité dans la démence? Sans doute à la mort de sa femme. On le vit désormais errer en haillons, titubant, braillant d'impies insanités. A ses trousses, des meutes de gamins en rire tapaient des mains, lui jetaient des pierres pointues qui le blessaient jusqu'aux larmes.

Tout en observant la scène. Omar ne peut s'empêcher de songer : « Si je n'y prends garde, je serai un jour cette loque. » Ce n'est pas tant l'ivrognerie qu'il craint, il sait qu'il ne s'y abandonnera pas, le vin et lui ont appris à se respecter, jamais l'un d'eux ne répandrait l'autre sur le sol. Ce qu'il redoute plus que tout, c'est la multitude. et qu'elle abatte en lui le mur de la respectabilité. Il se sent menacé par le spectacle de cet homme déchu, envahi, il voudrait se détourner, s'éloigner. Mais il sait qu'il n'abandonnera pas à la foule un compagnon d'Avicenne. Il fait trois lents pas, dignes, affecte l'air le plus détaché pour dire, d'une voix ferme, accompagnée d'un geste souverain :

— Laissez partir cet infortuné!

Le meneur de la bande est alors penché sur Jaber; il se redresse, vient se planter lourdement devant l'intrus. Une profonde balafre lui traverse la barbe, de l'oreille droite jusqu'au bout du menton, et c'est ce côté-là, ce côté creusé, qu'il tend vers son interlocuteur en prononçant comme une sentence :

— Cet homme est un ivrogne, un mécréant, un *filassouf!*

Il a sifflé ce dernier mot comme une imprécation.

— Nous ne voulons plus aucun *filassouf* à Samarcande!

Un murmure d'approbation dans la foule. Pour ces gens, le terme de « philosophe » désigne toute personne qui s'intéresse de trop près aux sciences profanes des Grecs, et plus généralement à tout ce qui n'est pas religion ou littérature. Malgré son jeune âge, Omar Khayyam est déjà un éminent *filassouf,* un bien plus gros gibier que ce malheureux Jaber.

Assurément, le balafré ne l'a pas reconnu puisqu'il se détourne de lui, se penche à nouveau sur le vieillard, désormais muet, le saisit par les cheveux, lui secoue la tête trois, quatre fois, fait mine de vouloir la fracasser contre le mur le plus proche, puis lâche subitement prise. Quoique brutal, le geste demeure retenu, comme si l'homme, tout en montrant sa détermination, hésitait à aller jusqu'à l'homicide. Khayyam choisit ce moment pour s'entremettre à nouveau.

— Laisse donc ce vieillard, c'est un veuf, un malade, un aliéné, ne vois-tu pas qu'il peut à peine remuer les lèvres?

Le meneur se relève d'un bond, s'avance vers Khayyam, lui pointe le doigt jusque dans la barbe :

— Toi qui sembles si bien le connaître, qui es-tu donc? tu n'es pas de Samarcande! Personne ne t'a jamais vu dans cette ville!

Omar écarte la main de son interlocuteur avec condescendance, mais sans brusquerie, pour le tenir en respect sans lui fournir le prétexte d'une bagarre. L'homme recule d'un pas, mais insiste :

– Quel est ton nom, étranger?

Khayyam hésite à se livrer, cherche un subterfuge, lève les yeux au ciel où un nuage léger vient de voiler le croissant de lune. Un silence, un soupir. S'oublier dans la contemplation, nommer une à une les étoiles, être loin, à l'abri des foules!

Déjà la bande l'entoure, quelques mains le frôlent, il se ressaisit.

– Je suis Omar, fils d'Ibrahim de Nichapour. Et toi, qui es-tu?

Question de pure forme, l'homme n'a nullement l'intention de se présenter. Il est dans sa ville et c'est lui l'inquisiteur. Plus tard, Omar connaîtra son surnom, on l'appelle l'Étudiant-Balafré. Un gourdin à la main, une citation à la bouche, demain il fera trembler Samarcande. Pour l'heure, son influence ne s'exerce pas au-delà de ces jeunes qui l'entourent, attentifs au moindre mot de lui, au moindre signe.

Dans ses yeux, une lueur soudaine. Il se retourne vers ses acolytes. Puis triomphalement vers la foule. Il s'écrie :

– Par Dieu, comment ai-je pu ne pas reconnaître Omar, fils d'Ibrahim Khayyam de Nichapour? Omar, l'étoile du Khorassan, le génie de la Perse et des deux Iraks, le prince des philosophes!

Il mime une profonde courbette, fait voltiger ses doigts des deux côtés de son turban, s'attirant immanquablement les gros rires des badauds.

– Comment ai-je pu ne pas reconnaître celui qui a composé ce *robaï* si plein de piété et de dévotion :

Tu viens de briser ma cruche de vin, Seigneur.
Tu m'as barré la route du plaisir, Seigneur.
Sur le sol Tu as répandu mon vin grenat.
Dieu me pardonne, serais-Tu ivre, Seigneur?

Khayyam écoute, indigné, inquiet. Une telle provocation est un appel au meurtre, sur-le-champ. Sans perdre une seconde, il lance sa réponse à voix haute et claire, afin qu'aucune personne dans la foule ne se laisse abuser :

— Ce quatrain, je l'entends de ta bouche pour la première fois, inconnu. Mais voici un *robaï* que j'ai réellement composé :

Rien, ils ne savent rien, ne veulent rien savoir.
Vois-tu ces ignorants, ils dominent le monde.
Si tu n'es pas des leurs, ils t'appellent incroyant.
Néglige-les, Khayyam, suis ton propre chemin.

Omar a sans doute eu tort d'accompagner son « vois-tu » d'un geste méprisant en direction de ses adversaires. Des mains se tendent, le tirent par la robe qui commence à se déchirer. Il chancelle. Son dos heurte un genou, puis le plat d'une dalle. Écrasé sous la meute, il ne daigne pas se débattre, il est résigné à laisser dépecer son habit et mettre son corps en lambeaux, il s'abandonne déjà au mol engourdissement de la victime immolée, il ne sent rien, il n'entend rien, il est enfermé en lui-même, muraille aux nues et portails clos.

Et il contemple comme des intrus les dix hommes armés qui viennent interrompre le sacrifice. Ils arborent, sur leurs bonnets de feutre, l'insigne vert pâle des *ahdath,* la milice urbaine de Samarcande. Dès qu'ils les ont vus, les agresseurs se sont écartés de Khayyam; mais, pour justifier leur conduite, ils se sont mis à hurler, prenant la foule à témoin :

– Alchimiste! Alchimiste!

Aux yeux des autorités, être philosophe n'est pas un crime, pratiquer l'alchimie est passible de mort.

– Alchimiste! Cet étranger est un alchimiste!

Mais le chef de patrouille n'a pas l'intention d'argumenter.

– Si cet homme est réellement un alchimiste, décide-t-il, c'est au grand juge Abou-Taher qu'il convient de le conduire.

Tandis que Jaber-le-Long, oublié de tous, rampe vers la taverne la plus proche et s'y faufile, se promettant de ne plus jamais s'aventurer au-dehors, Omar parvient à se relever sans le secours de quiconque. Il marche droit, en silence; sa moue hautaine couvre comme d'un voile pudique ses vêtements en pièces et son visage en sang. Devant lui, des miliciens munis de torches ouvrent le passage. Derrière lui viennent ses agresseurs, puis le cortège des badauds.

Omar ne les voit pas, ne les entend pas. Pour lui, les rues sont désertes, la Terre est sans bruits, le ciel est sans nuages, et Samarcande est toujours ce lieu de rêve qu'il a découvert quelques jours plus tôt.

Il y est arrivé après trois semaines de route et, sans prendre le moindre repos, a décidé de suivre au geste près les conseils des voyageurs des temps passés. Montez, invitent-ils, sur la terrasse du Kuhandiz, la vieille citadelle, promenez amplement votre regard, vous ne rencontrerez qu'eaux et verdure, carrés fleuris et cyprès taillés par les plus subtils des jardiniers, en forme de bœufs, d'éléphants, de chameaux baraqués, de panthères qui s'affrontent et semblent prêtes à bondir. En effet, à l'intérieur même de l'enceinte, de la porte du Monastère, à l'ouest, jusqu'à la porte de la Chine, Omar n'a vu que vergers denses et ruisseaux vifs. Puis, çà et là, l'élancement d'un minaret de brique, une coupole ciselée d'ombre, la blancheur d'un mur de belvédère. Et, au bord d'une mare, couvée par les saules pleureurs, une baigneuse nue qui étalait sa chevelure au vent brûlant.

N'est-ce pas cette vision de paradis qu'a voulu évoquer le peintre anonyme qui, bien plus tard, a entrepris d'illustrer le manuscrit des *Robaïyat*? N'est-ce pas celle-ci encore qu'Omar garde à l'esprit tandis qu'on le mène vers le quartier d'Asfizar où réside Abou-Taher, le cadi des cadis de Samarcande? En lui-même, il ne cesse de répéter : « Je ne haïrai pas cette ville. Même si ma baigneuse n'est qu'un mirage. Même si la réalité a le visage du balafré. Même si cette nuit fraîche devait être pour moi la dernière. »

II

Dans le vaste *divan* du juge, les lointains chandeliers donnent à Khayyam un teint d'ivoire. Dès qu'il est entré, deux gardes d'un certain âge l'ont empoigné par les épaules comme s'il était un dangereux forcené. Et, dans cette posture, il attend près de la porte.

Assis à l'autre bout de la pièce, le cadi ne l'a pas remarqué, il achève de régler une affaire, discute avec les plaignants, raisonne l'un, réprimande l'autre. Une vieille querelle entre voisins, semble-t-il, des rancunes ressassées, des arguties dérisoires. Abou-Taher finit par manifester bruyamment sa lassitude, il ordonne aux deux chefs de famille de s'embrasser, là, devant lui, comme si jamais rien ne les avait séparés. L'un d'eux fait un pas, l'autre, un colosse au front étroit, se rebiffe. Le cadi le gifle à toute volée, faisant trembler l'assistance. Le géant contemple un moment ce personnage boulot, coléreux et frétillant, qui a dû se hisser pour l'atteindre, puis il baisse la tête, s'essuie la joue et s'exécute.

Ayant congédié tout ce monde, Abou-Taher fait signe aux miliciens de s'approcher. Ceux-ci débitent leur rapport, répondent à quelques questions, s'efforcent d'expliquer pourquoi ils ont laissé se former un tel attroupement dans les rues. C'est ensuite au tour du balafré de se justifier. Il se penche vers le cadi, qui semble le connaître de longue date, et s'engage dans un monologue animé. Abou-Taher l'écoute attentivement sans laisser deviner son sentiment. Puis, s'étant ménagé quelques instants de réflexion, il commande :

– Dites à la foule de se disperser. Que chacun retourne chez lui par le plus court chemin, et – s'adressant aux agresseurs – vous tous rentrez également chez vous! Rien ne sera décidé avant demain. Le prévenu restera ici cette nuit, mes gardes le surveilleront, et personne d'autre.

Surpris de se voir si vite invité à s'éclipser, le balafré esquisse une protestation mais se ravise aussitôt. Prudent, il ramasse les pans de sa robe et se retire avec une courbette.

Quand il se trouve face à Omar, avec pour seuls témoins ses propres hommes de confiance, Abou-Taher prononce cette énigmatique phrase d'accueil :

– Un honneur de recevoir en ce lieu l'illustre Omar Khayyam de Nichapour.

Ni ironique ni chaleureux, le cadi. Pas la moindre apparence d'émotion. Ton neutre, voix plate, turban en tulipe, sourcils en broussaille, barbe grise sans moustache, interminable regard scrutateur.

L'accueil est d'autant plus ambigu qu'Omar était là depuis une heure, debout et dépenaillé, livré à tous les yeux, aux sourires, aux murmures.

Après quelques secondes savamment distillées, Abou-Taher ajoute :

– Omar, tu n'es pas un inconnu à Samarcande. Malgré ton jeune âge, ta science est déjà proverbiale, tes prouesses se racontent dans les écoles. N'est-il pas vrai que tu as lu sept fois à Ispahan un volumineux ouvrage d'Ibn-Sina, et que, de retour à Nichapour, tu l'as reproduit mot à mot, de mémoire?

Khayyam est flatté que son exploit, authentique,

soit connu en Transoxiane, mais ses inquiétudes n'en sont pas balayées pour autant. La référence à Avicenne dans la bouche d'un cadi de rite chaféite n'a rien de rassurant; d'ailleurs, il n'a toujours pas été invité à s'asseoir. Abou-Taher poursuit :

— Ce ne sont pas seulement tes exploits qui se transmettent de bouche en bouche, de bien curieux quatrains te sont attribués.

Le propos est mesuré, il n'accuse pas, il n'innocente guère, il n'interroge qu'indirectement. Omar estime le moment venu de rompre le silence :

— Le *robaï* que répète le balafré n'est pas de moi.

D'un revers de main impatient, le juge balaie la protestation. Pour la première fois, le ton est sévère :

— Peu importe que tu aies composé tel vers ou tel autre. On m'a rapporté des paroles d'une telle impiété que, de les citer, je me sentirais aussi coupable que celui qui les a proférées. Je ne cherche pas à te faire avouer, je ne cherche pas à t'infliger un châtiment. Ces accusations d'alchimie ne me sont entrées par une oreille que pour sortir de l'autre. Nous sommes seuls, nous sommes deux hommes de connaissance, et je veux seulement savoir la vérité.

Omar n'est nullement rassuré, il redoute un piège, il hésite à répondre. Déjà il se voit livré au bourreau pour être estropié, émasculé ou crucifié. Abou-Taher hausse la voix, il crie presque :

— Omar, fils d'Ibrahim, fabricant de tentes de Nichapour, sais-tu reconnaître un ami?

Il y a dans cette phrase un accent de sincérité qui fouette Khayyam. « Reconnaître un ami? » Il considère la question avec gravité, contemple le visage du cadi, examine ses rictus, les frémissements de sa barbe. Lentement, il se laisse gagner par la confiance. Ses traits se desserrent, se relâchent. Il se dégage de ses

gardes qui, sur un geste du cadi, ne l'entravent plus.
Puis il va s'asseoir, sans y avoir été invité. Le juge sourit
avec bonhomie, mais reprend sans répit son interrogatoire :

— Es-tu le mécréant que certains décrivent?

Plus qu'une question, c'est un cri de détresse que
Khayyam ne déçoit pas :

— Je me méfie du zèle des dévots, mais jamais je
n'ai dit que l'Un était deux.

— L'as-tu jamais pensé?

— Jamais, Dieu m'est témoin.

— Pour moi, cela suffit. Pour le Créateur aussi, je
crois. Mais pas pour la multitude. On guette tes paroles,
tes menus gestes, les miens tout autant, ainsi que ceux
des princes. On t'a entendu dire : « Je me rends parfois
dans les mosquées où l'ombre est propice au sommeil »...

— Seul un homme en paix avec son Créateur
pourrait trouver le sommeil dans un lieu de culte.

En dépit de la moue dubitative d'Abou-Taher,
Omar s'enflamme et renchérit :

— Je ne suis pas de ceux dont la foi n'est que
terreur du Jugement, dont la prière n'est que proster-
nation. Ma façon de prier? Je contemple une rose, je
compte les étoiles, je m'émerveille de la beauté de la
création, de la perfection de son agencement, de
l'homme, la plus belle œuvre du Créateur, de son
cerveau assoiffé de connaissance, de son cœur assoiffé
d'amour, de ses sens, tous ses sens, éveillés ou comblés.

Les yeux pensifs, le cadi se lève, vient s'asseoir à
côté de Khayyam, pose sur son épaule une main
paternelle. Les gardes échangent des regards ébahis.

— Écoute, mon jeune ami, le Très-Haut t'a donné
ce qu'un fils d'Adam peut obtenir de plus précieux,
l'intelligence, l'art de la parole, la santé, la beauté, le
désir de savoir, de jouir de l'existence, l'admiration des

hommes et, je le soupçonne, les soupirs des femmes. J'espère qu'Il ne t'a pas privé de la sagesse, la sagesse du silence, sans laquelle rien de tout cela ne peut être apprécié ni conservé.

— Me faudra-t-il attendre d'être vieux pour exprimer ce que je pense?

— Le jour où tu pourras exprimer tout ce que tu penses, les descendants de tes descendants auront eu le temps de vieillir. Nous sommes à l'âge du secret et de la peur, tu dois avoir deux visages, montrer l'un à la foule, l'autre à toi-même et à ton Créateur. Si tu veux garder tes yeux, tes oreilles et ta langue, oublie que tu as des yeux, des oreilles et une langue.

Le cadi se tait, son silence est abrupt. Non de ces silences qui appellent les mots de l'autre, mais de ces silences qui grondent et emplissent l'espace. Omar attend, le regard à terre, laissant le cadi choisir parmi les mots qui se bousculent dans sa tête.

Mais Abou-Taher respire, profondément, et intime à ses hommes un ordre sec. Ils s'éloignent. Dès qu'ils ont refermé la porte, il se dirige vers un coin du *divan,* soulève un pan de tapisserie, puis le couvercle d'un coffre en bois damassé. Il en retire un livre qu'il offre à Omar d'un geste cérémonieux. Adouci, il est vrai, d'un sourire protecteur.

Or, ce livre, c'est celui-là même que moi, Benjamin O. Lesage, j'allais un jour tenir dans mes propres mains. Au toucher, il a toujours été semblable, je suppose. Un cuir épais, rêche, des renfoncements en queue de paon, des bords de feuille irréguliers, effrités. Mais lorsque Khayyam l'ouvre, en cette inoubliable nuit d'été, il ne contemple que deux cent cinquante-six pages vierges, ni poèmes encore, ni peintures, ni commentaires en marge, ni enluminures.

Pour masquer son émotion, Abou-Taher prend un ton camelot :

— C'est du *kaghez* chinois, le meilleur papier qui ait jamais été produit par les ateliers de Samarcande. Un juif du quartier de Maturid l'a fabriqué à mon intention, selon une antique recette, entièrement à base de mûrier blanc. Tâte-le, il est de la même sève que la soie.

Il s'éclaircit la gorge avant de s'expliquer :

— J'avais un frère, de dix ans mon aîné, il avait ton âge quand il est mort. Écartelé, dans la ville de Balkh, pour avoir composé un poème qui avait déplu au souverain du moment. On l'a accusé de couver une hérésie, je ne sais si c'était vrai, mais c'est à mon frère que j'en ai voulu d'avoir joué sa vie sur un poème, un misérable poème à peine plus long qu'un *robaï*.

Sa voix trébuche, se relève essoufflée :

— Garde ce livre. Chaque fois qu'un vers prendra forme dans ton esprit, qu'il s'approchera de tes lèvres, cherchant à sortir, refoule-le sans ménagement, écris-le plutôt sur ces feuilles qui resteront au secret. Et, en écrivant, pense à Abou-Taher.

Le cadi savait-il que par ce geste, par ces paroles, il donnait naissance à l'un des secrets les mieux tenus de l'histoire des lettres? qu'il faudrait attendre huit siècles avant que le monde ne découvre la sublime poésie d'Omar Khayyam, avant que ses *Robaïyat* ne soient vénérés comme l'une des œuvres les plus originales de tous les temps, avant que ne soit enfin connu l'étrange destin du manuscrit de Samarcande?

III

Cette nuit-là, Omar a vainement cherché le sommeil dans un belvédère, un pavillon de bois sur une colline chauve, au milieu du vaste jardin d'Abou-Taher. Près de lui, sur une table basse, calame et encrier, une lampe éteinte, et son livre ouvert à la première page, demeurée blanche.

Au petit matin, une vision : une belle esclave lui apporte un plateau de melons découpés, un habit neuf, une écharpe de turban en soie de Zandane. Et un message chuchoté :

– Le maître t'attend après la prière de l'aube.

Le salon est déjà comble, plaignants, quémandeurs, courtisans, familiers, visiteurs de toute condition et, parmi eux, l'Étudiant-Balafré, sans doute venu aux nouvelles. Dès qu'Omar franchit la porte, la voix du cadi braque sur lui regards et murmures :

– Bienvenue à l'imam Omar Khayyam, l'homme que nul n'égale dans la connaissance de la tradition du Prophète, la référence que nul ne conteste, la voix que nul ne contredit.

L'un après l'autre, les visiteurs se lèvent, esquissent une courbette, marmonnent quelque formule, avant de se rasseoir. D'un œil furtif, Omar observe le balafré, qui semble s'étouffer dans son coin, réfugié néanmoins dans une grimace timidement moqueuse.

Le plus cérémonieusement du monde, Abou-Taher prie Omar de prendre place à sa droite, contraignant ses voisins à s'écarter avec empressement. Puis il enchaîne :

– Notre éminent visiteur a eu une mésaventure, hier soir. Lui qui est honoré dans le Khorassan, le Fars et le Mazandaran, lui que chaque cité souhaite accueillir dans ses murs, que chaque prince espère attirer vers sa cour, il a été molesté, hier, dans les rues de Samarcande !

Des exclamations indignées s'élèvent, suivies d'un brouhaha que le cadi laisse monter quelque peu avant de l'apaiser d'un geste et de poursuivre :

– Plus grave encore, une émeute a failli éclater dans le bazar. Une émeute, à la veille de la visite de notre vénéré souverain Nasr Khan, Soleil de la Royauté, qui doit arriver ce matin même de Boukhara, si Dieu le permet ! Je n'ose imaginer dans quelle détresse nous serions aujourd'hui si la foule n'avait pu être contenue et dispersée. Je vous le dis, bien des têtes seraient en train de vaciller sur les épaules !

Il s'interrompt pour reprendre son souffle, pour ménager son effet, surtout, et laisser la crainte s'insinuer dans les cœurs.

– Fort heureusement, l'un de mes anciens élèves, ici présent, a reconnu notre éminent visiteur, et il est venu m'en avertir.

Du doigt, il désigne l'Étudiant-Balafré et l'invite à se lever :

– Comment as-tu reconnu l'imam Omar ?

En guise de réponse, quelques syllabes balbutiées.

– Plus haut ! Notre vieil oncle ici ne t'entend pas ! hurle le cadi, désignant une vénérable barbe blanche à sa gauche.

– J'ai reconnu l'éminent visiteur grâce à son éloquence, énonce péniblement le balafré, et je l'ai interrogé sur son identité avant de l'emmener chez notre cadi.

– Tu as bien agi. Si l'émeute s'était poursuivie, le sang aurait coulé. Viens donc t'asseoir près de notre invité, tu l'as mérité.

Tandis que le balafré s'approche, d'un air faussement soumis, Abou-Taher glisse à l'oreille d'Omar :

– S'il n'est pas devenu ton ami, du moins ne pourra-t-il plus s'en prendre à toi en public.

A voix haute, il poursuit :

– Puis-je espérer qu'en dépit de tout ce qu'il a enduré, *khwajé* Omar ne gardera pas un trop mauvais souvenir de Samarcande?

– Ce qui s'est passé hier soir, répond Khayyam, est déjà oublié pour moi. Et lorsque je penserai, plus tard, à cette ville, c'est une tout autre image que je garderai à l'esprit, l'image d'un homme merveilleux. Je ne parle pas d'Abou-Taher. Le plus bel éloge que l'on puisse faire à un cadi, ce n'est pas de vanter ses qualités, mais la droiture de ceux dont il a la charge. Or, le jour de mon arrivée, ma mule avait gravi péniblement la dernière côte qui mène à la porte de Kish, et moi-même avais à peine mis pied à terre, qu'un homme m'a abordé.

» – Bienvenue dans cette ville, m'a-t-il dit, y as-tu des parents, des amis?

» Je répondis que non, sans m'arrêter, craignant d'avoir affaire à quelque escroc, tout au moins à un quémandeur ou à un importun. Mais l'homme reprit :

» – Ne te méfie pas de mon insistance, noble visiteur. C'est mon maître qui m'a ordonné de me poster en ce lieu, à l'affût de tout voyageur qui se présenterait, pour lui offrir l'hospitalité.

» L'homme semblait de condition modeste, mais vêtu d'habits propres et n'ignorant pas les manières des gens de respect. Je le suivis. A quelques pas de là, il me fit entrer par une lourde porte, je traversai un couloir voûté, pour me retrouver dans la cour d'un caravansérail, avec un puits au milieu, des gens et des bêtes qui s'affairaient, et tout autour, sur deux étages, des chambres pour les voyageurs. L'homme dit :

» — Tu pourras rester ici le temps que tu voudras, une nuit ou une saison, tu y trouveras couche et nourriture, et fourrage pour ta mule.

» Quand je lui demandai le prix à payer, il s'en offusqua.

» — Tu es ici l'invité de mon maître.

» — Et où se trouve cet hôte si généreux, que je puisse lui adresser mes remerciements?

» — Mon maître est mort depuis sept ans déjà, me laissant une somme d'argent que je dois dépenser en totalité pour honorer les visiteurs de Samarcande.

» — Et comment s'appelait ce maître, que je puisse au moins raconter ses bienfaits?

» — Seul le Très-Haut mérite ta gratitude, remercie-Le, Il saura par les bienfaits de quel homme grâce Lui est rendue.

» Et c'est ainsi que, pendant plusieurs jours, je suis resté chez cet homme. Je sortais et revenais, j'y trouvais toujours des plats garnis de mets délicieux, et ma monture y était mieux soignée que si je m'en occupais moi-même.

Omar a regardé l'assistance, cherchant quelque réaction. Mais son récit n'a éveillé aucun éclair sur les lèvres, aucune question dans les yeux. Devinant sa perplexité, le cadi lui explique :

— Bien des villes prétendent qu'elles sont les plus hospitalières de toutes les terres d'islam, mais seuls les habitants de Samarcande méritent pareil titre.

A ma connaissance, jamais aucun voyageur n'a eu à payer pour se loger ou pour se nourrir, je connais des familles entières qui se sont ruinées pour honorer les visiteurs ou les nécessiteux. Pourtant, jamais tu ne les entendras en tirer gloire ou vantardise. Les fontaines que tu as pu observer à tous les coins de rue, constamment remplies d'eau fraîche pour désaltérer les passants, il y en a plus de deux mille dans cette ville, faites de terre cuite, de cuivre ou de porcelaine, et toutes offertes par les gens de Samarcande; crois-tu qu'un seul homme y graverait son nom pour s'attirer des remerciements?

— Je l'admets, nulle part je n'ai rencontré pareille générosité. Me permettriez-vous cependant de poser une question qui me hante l'esprit?

Le cadi lui prend la parole :

— Je sais ce que tu vas demander : comment des gens qui placent si haut les vertus de l'hospitalité peuvent-ils se rendre coupables de violences contre un visiteur comme toi?

— Ou contre un malheureux vieillard comme Jaber-le-Long.

— La réponse, je vais te la donner, elle tient en un seul mot : la peur. Toute violence, ici, est fille de la peur. Notre foi est assaillie de toutes parts, par les Karmates de Bahreïn, les imamiens de Kom, qui attendent l'heure de la revanche, les soixante-douze sectes, les Roum de Constantinople, les infidèles de toutes dénominations, et surtout les Ismaéliens d'Égypte, dont les adeptes sont foule jusqu'en plein cœur de Baghdad, et même ici à Samarcande. N'oublie jamais ce que sont nos villes d'islam, La Mecque, Médine, Ispahan, Baghdad, Damas, Boukhara, Merv, Le Caire, Samarcande : rien que des oasis qu'un moment d'abandon ramènerait au désert. Constamment à la merci d'un vent de sable!

Par une fenêtre sur sa gauche, le cadi a évalué d'un œil expert la trajectoire du soleil. Il s'est levé.

— Il est temps d'aller à la rencontre de notre souverain, dit-il.

Il tape des mains.

— Qu'on nous apporte quelque chose pour la route!

Car c'est son habitude de se munir de raisins secs qu'il grignote en chemin, une habitude que ses familiers et ses visiteurs imitent. D'où l'immense plateau de cuivre qu'on lui apporte, surmonté d'une petite montagne de ces gâteries blondes, où chacun puise de quoi se bourrer les poches.

Quand arrive son tour, l'Étudiant-Balafré se saisit d'une pincée qu'il tend à Khayyam avec ces mots:

— Tu aurais sans doute préféré que je t'offre le raisin sous forme de vin.

Il n'a pas parlé à voix si haute, mais, comme par enchantement, toute l'assistance s'est tue, retenant sa respiration, dressant l'oreille, observant les lèvres d'Omar. Qui laisse tomber:

— Quand on veut boire du vin, on choisit avec soin son échanson et son compagnon de plaisir.

La voix du balafré s'élève quelque peu:

— Pour ma part, je n'en boirai pas la moindre goutte, je tiens à avoir une place au paradis. Tu ne sembles pas désireux de m'y rejoindre.

— L'éternité entière en compagnie d'ulémas sentencieux? Non, merci, Dieu nous a promis autre chose.

L'échange s'est arrêté là, Omar a pressé le pas pour rejoindre le cadi qui l'appelle.

— Il faut que les gens de la ville te voient chevaucher à mes côtés, cela balaiera les impressions d'hier soir.

Dans la foule amassée aux abords de la résidence, Omar croit reconnaître sa voleuse d'amandes, dissimulée à l'ombre d'un poirier. Il ralentit, la cherche des yeux. Mais Abou-Taher le harcèle :

– Plus vite, malheur à tes os si le khan arrivait avant nous.

IV

— Les astrologues l'ont proclamé depuis l'aube des temps, et ils n'ont pas menti : quatre villes sont nées sous le signe de la révolte, Samarcande, La Mecque, Damas et Palerme! Jamais elles n'ont été soumises à leurs gouvernants, si ce n'est par la force, jamais elles ne suivent le droit chemin, s'il n'est tracé par le glaive. C'est par le glaive que le Prophète a réduit l'arrogance des Mecquois, c'est par le glaive que je réduirai l'arrogance des gens de Samarcande!

Nasr Khan, maître de la Transoxiane, gesticule, debout devant son trône, géant cuivré ruisselant de broderies; sa voix fait trembler familiers et visiteurs, ses yeux cherchent dans l'assistance une victime, une lèvre qui oserait frémir, un regard insuffisamment contrit, le souvenir de quelque traîtrise. Mais, d'instinct, chacun se glisse derrière son voisin, laisse s'affaisser son dos, son cou, ses épaules, on attend que l'orage passe.

N'ayant pas trouvé proie à ses griffes, Nasr Khan saisit à pleines mains ses robes d'apparat, les ôte l'une après l'autre, les projette, rageur, sur le sol, les foule aux pieds en hurlant, sonores dans son dialecte turco-mongol de Kashgar, des chapelets d'injures. Selon la coutume, les souverains portent, superposées, trois, quatre, parfois sept robes brodées dont ils se défont au cours de la journée, les déposant avec solennité sur le dos de ceux qu'ils entendent honorer. En agissant comme il vient de le faire, Nasr Khan a manifesté son intention de ne gratifier, ce jour-là, aucun de ses nombreux visiteurs.

Ce devait être pourtant une journée de festivités, comme à chaque visite du souverain à Samarcande, mais la joie s'est éteinte dès les premières minutes. Après avoir escaladé la route dallée qui monte de la rivière Siab, le khan a effectué son entrée solennelle par la porte de Boukhara, située au nord de la ville. Il souriait de toute sa face, ses petits yeux semblaient plus enfoncés, plus bridés que jamais, ses pommettes rayonnaient des reflets ambre du soleil. Et puis, soudain, son humeur a basculé. Il s'est approché des quelque deux cents notables rassemblés autour du cadi Abou-Taher, a dirigé sur le groupe auquel s'était mêlé Omar Khayyam un regard précis, inquiet, comme soupçonneux. N'ayant, semble-t-il, pas aperçu ceux qu'il cherchait, il a cabré brusquement sa monture, tiré sec sur la bride et s'est éloigné en grommelant des mots inaudibles. Raide sur sa jument noire, il n'a plus souri, ni esquissé la moindre réponse aux ovations répétées des milliers de citadins agglutinés depuis l'aube pour saluer son passage; certains agitaient au vent le texte d'une requête, rédigé par quelque écrivain public. En vain. Nul n'osa le présenter au souverain, on s'adressait plutôt au chambellan, qui se penchait chaque fois pour recueillir les feuilles, avec toujours aux lèvres une vague promesse de donner suite.

Précédé de quatre cavaliers levant haut les étendards bruns de la dynastie, suivi à pied par un esclave au torse nu qui hissait un immense parasol, le khan traversa sans s'arrêter les grandes artères bordées de mûriers tortueux, évita les bazars, longea les principaux canaux d'irrigation qu'on appelle les *ariks*, jusqu'au quartier d'Asfizar. C'est là qu'il s'était fait aménager un palais provisoire, à deux pas de la résidence d'Abou-Taher. Par le passé, les souverains demeuraient à l'intérieur de la citadelle, mais, des combats récents l'ayant laissée dans un état d'extrême délabrement, il avait fallu l'abandonner. Désormais, seule la garnison turque y dressait parfois ses yourtes.

Ayant constaté l'humeur peu amène du souverain, Omar avait hésité à se rendre au palais pour lui présenter ses hommages, mais le cadi l'y avait contraint, dans l'espoir sans doute que la présence de son éminent ami pourrait fournir une salutaire diversion. En chemin, Abou-Taher s'était fait un devoir d'éclairer Khayyam sur ce qui venait de se produire : les dignitaires religieux de la ville avaient décidé de bouder la cérémonie d'accueil, ils reprochaient au khan d'avoir fait incendier jusqu'au sol la Grande Mosquée de Boukhara où des opposants en armes s'étaient retranchés.

— Entre le souverain et les hommes de religion, explique le cadi, la guerre est ininterrompue, parfois ouverte, sanglante, le plus souvent sourde et insidieuse.

On racontait même que les ulémas auraient noué des contacts avec nombre d'officiers exaspérés par le comportement du prince. Ses aïeux, disait-on, prenaient leur repas avec la troupe, ils ne perdaient aucune occasion de rappeler que leur pouvoir reposait sur la bravoure des guerriers de leur peuple. Mais, d'une génération à l'autre, les khans turcs avaient acquis les fâcheuses manies des monarques persans. Ils se considéraient comme des demi-dieux, s'entourant d'un cérémonial de plus en plus complexe, incompréhensible et même humiliant pour leurs officiers. Nombre de ceux-ci avaient donc pris langue avec les chefs religieux. Non sans plaisir, ils les écoutaient vilipender Nasr, l'accuser de s'être écarté des voies de l'islam. Pour intimider les militaires, le souverain réagissait avec une extrême fermeté contre les ulémas. Son père, un homme pieux pourtant, n'avait-il pas inauguré son règne en tranchant une tête abondamment enturbannée?

Abou-Taher est, en cette année 1072, l'un des rares dignitaires religieux à garder un rapport étroit avec le prince, il lui rend souvent visite dans la citadelle de Boukhara, sa principale résidence, il l'accueille avec solennité chaque fois qu'il s'arrête à Samarcande. Certains ulémas voient d'un mauvais œil son attitude conciliante, mais la plupart apprécient la présence de cet intermédiaire entre eux et le monarque.

Une fois de plus, habilement, le cadi va jouer ce rôle de conciliateur, évitant de contredire Nasr, profitant de la moindre éclaircie de son humeur pour l'amener à de meilleurs sentiments. Il attend, laisse couler les minutes difficiles, et quand le souverain a repris place sur le trône, quand il l'a vu les reins enfin bien calés contre un coussin moelleux, il entreprend une subtile, une imperceptible reprise en main qu'Omar observe avec soulagement. Sur un signe du cadi, le chambellan a fait venir une jeune esclave qui s'en va ramasser les robes abandonnées sur le sol comme des cadavres après la bataille. D'emblée, l'air est devenu moins irrespirable, on se dégourdit discrètement les membres, certains se hasardent à chuchoter quelques mots à l'oreille la plus proche.

Alors, s'avançant vers l'espace dégagé au centre de la pièce, le cadi se met face au monarque, baisse la tête et ne dit mot. Tant et si bien qu'après une longue minute de silence, lorsque Nasr finit par lancer, avec une vigueur teintée de lassitude : « Va dire à tous les ulémas de cette ville de venir dès l'aube se prosterner à mes pieds; la tête qui ne se courbera pas sera tranchée; et que nul n'essaie de fuir, car aucune terre n'est à l'abri de ma colère », chacun comprend que la tempête est passée, qu'une solution est en vue, et qu'il suffit que les religieux s'amendent pour que le monarque renonce à sévir.

Aussi, le lendemain, lorsque Omar accompagne de nouveau le cadi à la cour, l'atmosphère est méconnaissable. Nasr est assis sur le trône, une espèce de lit-divan surélevé couvert d'un tapis sombre, auprès duquel un esclave tient un plat de pétales de roses confits. Le souverain en choisit un, le pose sur sa langue, le laisse fondre contre son palais, avant de tendre nonchalamment la main vers un autre esclave qui lui asperge les doigts d'eau parfumée et les essuie avec empressement. Le rituel se répète vingt, trente fois, tandis que les délégations défilent. Elles représentent les quartiers de la ville, notamment Asfizar, Panjkhin, Zagrimach, Maturid, les corporations des bazars et celles des métiers, chaudronniers, papetiers, sériciculteurs ou porteurs d'eau, ainsi que les communautés protégées, juifs, guèbres et chrétiens nestoriens.

Tous commencent par baiser le sol, puis ils se relèvent, saluent à nouveau d'une courbette prolongée, jusqu'à ce que le monarque leur fasse signe de se redresser. Alors leur porte-parole prononce quelques phrases, puis ils se retirent à reculons; il est en effet interdit de tourner le dos au souverain avant d'avoir quitté la pièce. Une curieuse pratique. A-t-elle été introduite par un monarque trop soucieux de sa respectabilité? par un visiteur particulièrement méfiant?

Viennent ensuite les dignitaires religieux, attendus avec curiosité, avec appréhension aussi. Ils sont plus d'une vingtaine. Abou-Taher n'a eu aucun mal à les convaincre de venir. Dès lors qu'ils ont amplement manifesté leurs ressentiments, persévérer dans cette voie serait une recherche du martyre, ce qu'aucun d'eux ne désire.

Les voilà donc qui se présentent devant le trône, se courbent aussi bas que possible, chacun selon son âge, ses articulations, attendant un signe du prince pour se redresser. Mais le signe ne vient pas. Dix minutes passent. Puis vingt. Les plus jeunes eux-mêmes ne peuvent rester indéfiniment dans une posture aussi inconfortable. Pourtant que faire? se redresser sans y avoir été autorisé serait se désigner à la vindicte du monarque. L'un après l'autre, ils tombent à genoux, attitude tout aussi respectueuse et moins épuisante. C'est seulement lorsque la dernière rotule a touché terre que le souverain leur fait signe de se relever et de se retirer sans discours. Nul ne s'étonne de la tournure des événements, c'est le prix à payer, c'est dans l'ordre des choses du royaume.

Des officiers turcs, des groupes de notables, se sont approchés ensuite, ainsi que quelques *dihkans*, hobereaux des villages voisins; ils baisent le pied du souverain, sa main, son épaule, chacun selon son rang. Puis un poète s'avance, récite une pompeuse élégie à la gloire du monarque qui, très vite, s'en montre ostensiblement ennuyé. D'un geste il l'a interrompu, a fait signe au chambellan de se pencher, lui a intimé l'ordre qu'il doit transmettre :

— Notre maître fait savoir aux poètes ici présents qu'il en a assez d'entendre répéter toujours les mêmes thèmes, il ne veut plus être comparé ni à un lion, ni à un aigle, et encore moins au soleil. Que ceux qui n'ont rien d'autre à dire s'en aillent.

V

Les propos du chambellan sont suivis de murmures, de gloussements, tout un tumulte se fait parmi les quelque vingt poètes qui attendaient leur tour, certains font même deux pas en arrière, avant de s'éclipser discrètement. Seule une femme sort du rang et s'approche d'un pas ferme. Interrogé du regard par Omar, le cadi chuchote :

— Une poétesse de Boukhara, elle se fait appeler Djahane. Djahane, comme le vaste monde. C'est une jeune veuve aux amours remuantes.

Le ton est réprobateur, mais l'intérêt d'Omar n'en est que plus aiguisé, son regard est indétournable. Djahane a déjà soulevé le bas de son voile, découvrant des lèvres sans fard; elle déclame un poème agréablement tourné dans lequel, chose étrange, on ne mentionne pas une seule fois le nom du khan. Non, on y fait subtilement l'éloge du fleuve Soghd, qui dispense ses bienfaits à Samarcande autant qu'à Boukhara et va se perdre dans le désert, aucune mer n'étant digne de recevoir son eau.

— Tu as bien parlé, que ta bouche s'emplisse d'or, dit Nasr, reprenant la formule qui lui est habituelle.

La poétesse s'est penchée sur un vaste plateau rempli de dinars d'or, elle commence à introduire les pièces une à une dans sa bouche, tandis que l'assistance en compte le nombre à voix haute. Quand Djahane réprime un hoquet, manquant de s'étrangler, la cour entière, monarque en tête, part d'un rire franc. Le chambellan a fait signe à la poétesse de revenir à sa place; on a compté quarante-six dinars.

Seul Khayyam ne rit pas. Les yeux fixés sur Djahane, il cherche le sentiment qu'il éprouve à son égard; sa poésie est si pure, son éloquence digne, sa démarche courageuse, et pourtant la voilà gavée de métal jaunâtre, livrée à cette humiliante récompense. Avant de rabattre son voile, elle l'a soulevé davantage, libérant un regard qu'Omar recueille, aspire, voudrait retenir. Instant indétectable pour la foule, éternité pour l'amant. Le temps a deux visages, se dit Khayyam, il a deux dimensions, la longueur est au rythme du soleil, l'épaisseur au rythme des passions.

Ce moment béni entre tous, le cadi l'a interrompu; il tapote le bras de Khayyam qui se retourne. Trop tard, la femme s'en est allée, elle n'est déjà plus que voiles.

Abou-Taher veut présenter son ami au khan, il y met les formes:

— Votre auguste toit abrite en ce jour le plus grand savant du Khorassan, Omar Khayyam, pour lui les plantes n'ont pas de secret, les étoiles n'ont pas de mystère.

Ce n'est pas un hasard si le cadi a distingué parmi les nombreuses disciplines où excelle Omar la médecine et l'astrologie, elles ont toujours eu les faveurs des princes, la première pour s'efforcer de préserver leur santé et leur vie, la seconde pour vouloir préserver leur fortune.

Le prince se montre réjoui, se dit honoré. Mais, n'étant pas d'humeur à engager une conversation savante, et se trompant apparemment sur les intentions du visiteur, il juge opportun de réitérer sa formule favorite :

— Que sa bouche s'emplisse d'or!

Omar est interloqué, il réprime un haut-le-cœur. Abou-Taher s'en aperçoit et s'en inquiète. Craignant qu'un refus n'offense le souverain, il a posé sur son ami un regard lourd, insistant, il le pousse par l'épaule. En vain. La décision de Khayyam est prise :

— Que Sa Grandeur daigne m'excuser, je suis en période de jeûne et ne puis rien mettre en bouche.

— Pourtant le mois du jeûne est terminé depuis trois semaines, si je ne me trompe!

— A l'époque du *ramadane,* j'étais en voyage, de Nichapour à Samarcande, il m'a donc fallu suspendre le jeûne en faisant vœu de rattraper plus tard les journées perdues.

Le cadi s'effraie, l'assistance s'agite, le visage du souverain est illisible. Il choisit d'interroger Abou-Taher :

— Toi qui es au fait de toutes les minuties de la foi, peux-tu me dire si, en introduisant des pièces d'or dans sa bouche et en les retirant aussitôt, *khwajé* Omar rompt le jeûne?

Le cadi adopte le ton le plus neutre :

— A strictement parler, tout ce qui entre par la bouche peut constituer une rupture de jeûne. Et il est arrivé qu'une pièce soit avalée par erreur.

Nasr admet l'argument, mais il n'en est pas satisfait, il interroge Omar :

— M'as-tu donné la vraie raison de ton refus?

Khayyam a un moment d'hésitation, puis il dit :

— Ce n'est pas la seule raison.

— Parle, dit le khan, tu n'as rien à craindre de moi.

Alors Omar prononce ces vers :

Est-ce la pauvreté qui m'a conduit vers toi?
Nul n'est pauvre s'il sait garder ses désirs simples.
Je n'attends rien de toi, sinon d'être honoré,
Si tu sais honorer un homme droit et libre.

— Dieu assombrisse tes jours, Khayyam!, murmure Abou-Taher comme pour lui-même.

Il n'en pense pas un mot, mais sa peur est réelle. Il a encore aux oreilles l'écho d'une trop récente colère, il n'est pas sûr de pouvoir, cette fois encore, dompter la bête. Le khan est demeuré silencieux, immobile, comme figé dans une insondable délibération; ses proches attendent sa première parole comme un verdict, quelques courtisans préfèrent sortir avant la tempête.

Omar a profité du désarroi général pour chercher des yeux Djahane; elle est adossée à une colonne, le visage enfoui dans ses mains. Serait-ce pour lui qu'elle aussi tremble?

Enfin le khan se lève. Il marche résolument vers Omar, lui donne une vigoureuse accolade, le prend par la main et l'entraîne avec lui.

« Le maître de la Transoxiane, rapportent les chroniqueurs, avait acquis une telle estime pour Omar Khayyam qu'il l'invitait à s'asseoir près de lui sur le trône. »

— Alors te voilà ami du khan, lance Abou-Taher dès qu'ils ont quitté le palais.

Sa jovialité est à la mesure de l'angoisse qui a desséché sa gorge, mais Khayyam répond fraîchement:

— Aurais-tu oublié le proverbe qui dit: « La mer ne connaît point de voisins, le prince ne connaît point d'amis »?

— Ne méprise pas la porte qui s'ouvre, ta carrière me paraît tracée à la cour!

— La vie de cour n'est pas pour moi; mon seul rêve, ma seule ambition est d'avoir un jour un observatoire, avec un jardin de roses, et de contempler éperdument le ciel, une coupe à la main, une belle femme à mes côtés.

— Belle comme cette poétesse? ricane Abou-Taher.

Omar n'a plus qu'elle à l'esprit, mais il se tait. Il craint que le moindre mot échappé ne le trahisse. Se sentant quelque peu frivole, le cadi change de ton et de sujet :

— J'ai une faveur à te demander!

— C'est toi qui me combles de tes faveurs.

— Admettons! concède prestement Abou-Taher. Disons que je voudrais quelque chose en échange.

Ils sont arrivés devant le portail de sa résidence; il l'invite à poursuivre leur conversation autour d'une table garnie.

— J'ai conçu un projet pour toi, un projet de livre. Oublions un moment tes *robaïyat*. Pour moi, ce ne sont là qu'inévitables caprices du génie. Les vrais domaines où tu excelles sont la médecine, l'astrologie, les mathématiques, la physique, la métaphysique. Suis-je dans l'erreur si je dis que depuis la mort d'Ibn-Sina nul ne les connaît mieux que toi?

Khayyam ne dit mot. Abou-Taher poursuit :

— C'est dans ces domaines de la connaissance que j'attends de toi le livre ultime, et ce livre, je veux que tu me le dédies.

— Je ne pense pas qu'il y ait de livre ultime dans ces domaines, et c'est bien pour cela que jusqu'à présent je me suis contenté de lire, d'apprendre, sans rien écrire moi-même.

— Explique-toi!

— Considérons les Anciens, les Grecs, les Indiens,

les musulmans qui m'ont précédé, ils ont écrit abondamment dans toutes ces disciplines. Si je répète ce qu'ils ont dit, mon travail est superflu; si je les contredis, comme je suis constamment tenté de le faire, d'autres viendront après moi pour me contredire. Que restera-t-il demain des écrits des savants? Seulement le mal qu'ils ont dit de ceux qui les ont précédés. On se souvient de ce qu'ils ont détruit dans la théorie des autres, mais ce qu'ils échafaudent eux-mêmes sera immanquablement détruit, ridiculisé même par ceux qui viendront après. Telle est la loi de la science; la poésie ne connaît pas pareille loi, elle ne nie jamais ce qui l'a précédée et n'est jamais niée par ce qui la suit, elle traverse les siècles en toute quiétude. C'est pour cela que j'écris mes *robaïyat*. Sais-tu ce qui me fascine dans les sciences? C'est que j'y trouve la poésie suprême : avec les mathématiques, le grisant vertige des nombres; avec l'astronomie, l'énigmatique murmure de l'univers. Mais, de grâce, qu'on ne me parle pas de vérité!

Il s'est tu un instant, mais déjà il reprend :

– Il m'est arrivé de me promener dans les environs de Samarcande, j'y ai vu des ruines avec des inscriptions que nul ne sait plus déchiffrer, et je me suis demandé : que reste-t-il de la ville qui s'élevait ici jadis? Ne parlons pas des hommes, ce sont les plus éphémères des créatures, mais que reste-t-il de leur civilisation? Quel royaume a subsisté, quelle science, quelle loi, quelle vérité? Rien. J'ai eu beau fouiller dans ces ruines, je n'ai pu découvrir qu'un visage gravé sur un tesson de poterie et un fragment de peinture sur un mur. Voilà ce que seront mes misérables poèmes dans mille ans, des tessons, des fragments, des débris d'un monde à jamais enterré. Ce qui reste d'une cité, c'est le regard détaché qu'aura posé sur elle un poète à moitié ivre.

– Je comprends tes paroles, balbutie Abou-Taher, passablement déboussolé. Pourtant tu ne voudrais pas dédier à un cadi chaféite des poèmes qui sentent le vin!

De fait, Omar saura se montrer conciliant et plein de gratitude, il mettra de l'eau dans son vin, si l'on peut dire. Pendant les mois qui suivent, il entreprend la rédaction d'un fort sérieux ouvrage consacré aux équations cubiques. Pour représenter l'inconnue dans ce traité d'algèbre, Khayyam utilise le terme arabe *chay*, qui signifie « chose »; ce mot, orthographié *Xay* dans les ouvrages scientifiques espagnols, a été progressivement remplacé par sa première lettre, *x*, devenue symbole universel de l'inconnue.

Achevé à Samarcande, l'ouvrage de Khayyam est dédié à son protecteur : « Nous sommes les victimes d'un âge où les hommes de science sont discrédités, et très peu d'entre eux ont la possibilité de s'adonner à une véritable recherche... Le peu de connaissance qu'ont les savants d'aujourd'hui est consacré à la poursuite de fins matérielles... J'avais donc désespéré de trouver en ce monde un homme qui soit intéressé aussi bien à la science qu'aux choses du monde, et qui soit sincèrement préoccupé par le sort du genre humain, jusqu'à ce que Dieu m'ait accordé la grâce de rencontrer le grand cadi, l'imam Abou-Taher. Ses faveurs m'ont permis de m'adonner à ces travaux. »

Quand il revient, cette nuit-là, vers le belvédère qui lui sert désormais de maison, Khayyam a omis d'emporter une lampe, se disant qu'il est trop tard pour lire ou écrire. Pourtant, son chemin n'est guère éclairé par la lune, frêle croissant en cette fin du mois de *chawwal*. Dès qu'il s'est éloigné de la villa du cadi, il n'avance plus qu'à tâtons, trébuche plus d'une fois, s'accroche aux buissons, reçoit en plein visage l'âpre caresse d'un saule pleureur.

A peine a-t-il atteint sa chambre, une voix, un doux reproche :

– Je t'attendais plus tôt.

Est-ce d'avoir tant pensé à cette femme qu'il croit maintenant l'entendre? Debout devant la porte lentement refermée, il cherche des yeux une silhouette. En vain. Seule la voix lui parvient à nouveau, audible mais brumeuse.

– Tu gardes le silence, tu refuses de croire qu'une femme ait osé violer ainsi ta chambre. Au palais, nos regards se sont croisés, une lueur les a traversés, mais le khan était là, et le cadi, et l'ensemble de la cour, et ton regard a fui. Comme tant d'hommes, tu as choisi de ne pas t'arrêter. A quoi bon braver le sort, à quoi bon t'attirer le courroux du prince pour une simple femme, une veuve qui ne t'apporterait en guise de dot qu'une langue acérée et une réputation douteuse?

Omar se sent enchaîné par quelque force mystérieuse, il ne parvient ni à se déplacer ni à desserrer les lèvres.

– Tu ne dis rien, constate Djahane, ironique mais attendrie. Tant pis, je continuerai à parler seule, d'ailleurs c'est moi qui ai tout entrepris jusqu'ici. Quand tu as quitté la cour, j'ai posé quelques questions à ton propos, j'ai appris où tu habitais, j'ai fait dire que j'allais loger chez une cousine mariée à un riche négociant de Samarcande. D'ordinaire, lorsque je me déplace avec la cour, je trouve à dormir avec le harem, j'y ai quelques amies, elles apprécient ma compagnie, elles sont avides des histoires que je leur rapporte, elles ne voient pas en moi une rivale, elles savent que je n'aspire pas à devenir la femme du khan. J'aurais pu le séduire, mais j'ai trop fréquenté les épouses des rois pour que pareil destin me tente. Pour moi, la vie est tellement plus importante que les hommes! Or, tant que je suis la femme d'un autre, ou de personne, le souverain veut bien que je m'exhibe dans son *divan* avec mes vers et mes rires. Si jamais il songeait à m'épouser, il commencerait par m'enfermer.

Émergeant péniblement de sa torpeur, Omar n'a rien saisi des propos de Djahane, et, quand il se décide à prononcer ses premiers mots, il s'adresse moins à elle qu'à lui-même, ou à une ombre :

– Que de fois, adolescent, et plus tard après l'adolescence, j'ai croisé un regard, un sourire. Je rêvais la nuit que ce regard devenait présence, devenait chair, femme, éblouissement dans le noir. Et soudain, dans l'obscurité de cette nuit, dans ce pavillon irréel, dans cette ville irréelle, te voici, femme belle, poétesse de surcroît, offerte.

Elle rit.

– Offerte, qu'en sais-tu? Tu ne m'as pas frôlée, tu ne m'as pas vue, et ne me verras sans doute pas, puisque je partirai bien avant que le soleil ne me chasse.

Dans l'obscurité toujours épaisse, un long frottement désordonné de soie, un parfum. Omar retient son souffle, sa peau est en éveil; il ne peut s'empêcher de demander, avec la naïveté d'un écolier :

– As-tu encore ton voile?

– Je n'ai plus d'autre voile que la nuit.

VI

Une femme, un homme, le peintre anonyme les a imaginés de profil, étendus, enlacés; il a gommé les murs du pavillon pour leur dresser un lit d'herbes bordé de roses et faire couler à leurs pieds un ruisseau argenté. A Djahane il a prêté les seins galbés d'une divinité hindoue, Omar lui caresse les cheveux, dans l'autre main une coupe.

Chaque jour, au palais, ils se croisent, évitent de se regarder par crainte de se trahir. Chaque soir, Khayyam se hâte vers le pavillon, pour attendre sa bien-aimée. Combien de nuits le destin leur a-t-il accordées? Tout dépend du souverain. Quand il se déplacera, Djahane le suivra. Il n'annonce rien à l'avance. Un matin, il sautera sur son destrier, nomade fils de nomade, il prendra la route de Boukhara, de Kish ou de Pendjikent, la cour s'affolera à le rattraper. Omar et Djahane redoutent ce moment, chaque baiser traîne un goût d'adieu, chaque étreinte est une fuite essoufflée.

Une nuit parmi d'autres, cependant l'une des plus lourdes de l'été, Khayyam sort patienter sur la terrasse du belvédère; il entend, tout près lui semble-t-il, les rires des gardes du cadi, il s'inquiète. Sans objet, puisque Djahane arrive et le rassure, nul ne l'a remarquée. Ils échangent un premier baiser, furtif, suivi d'un autre, appuyé, c'est leur façon de finir la journée des autres, puis de commencer leur nuit.

— Combien crois-tu qu'il y ait dans cette ville, à cet instant, d'amants qui, comme nous, se rejoignent?

C'est Djahane qui chuchote, espiègle. Omar ajuste doctement sa calotte du soir, il gonfle ses joues et sa voix.

— Voyons la chose de près : si nous excluons les épouses qui s'ennuient, les esclaves qui obéissent, les filles des rues qui se vendent ou se louent, les vierges qui soupirent, combien de femmes reste-t-il, combien d'amantes rejoindront cette nuit l'homme qu'elles ont choisi? Semblablement, combien d'hommes dorment auprès d'une femme qu'ils aiment, d'une femme surtout qui se donne à eux pour une autre raison que celle de ne pouvoir faire autrement? Qui sait, peut-être n'y a-t-il qu'une amante, cette nuit, à Samarcande, peut-être n'y a-t-il qu'un amant. Pourquoi toi, pourquoi moi, diras-tu? Parce que Dieu nous a faits amoureux comme il a fait certaines fleurs vénéneuses.

Il rit, elle laisse couler des larmes.

— Rentrons et fermons la porte, on pourrait entendre notre bonheur.

Bien des caresses plus tard, Djahane se redresse, se couvre à moitié, écarte doucement son amant.

— Il faut que je te livre un secret, je le tiens de la femme aînée du khan. Saurais-tu pourquoi il est à Samarcande?

Omar l'arrête, il croit à quelque ragot de harem.

— Les secrets des princes ne m'intéressent pas, ils brûlent les oreilles qui les recueillent.

— Écoute-moi plutôt, ce secret nous appartient aussi puisqu'il peut bouleverser notre vie. Nasr Khan est venu inspecter les fortifications. A la fin de l'été, dès que les grandes chaleurs seront passées, il s'attend à une attaque de l'armée seldjoukide.

Les Seldjoukides, Khayyam les connaît, ils peuplent ses premiers souvenirs d'enfance. Bien avant qu'ils ne deviennent les maîtres de l'Asie musulmane, ils s'en étaient pris à sa ville natale, y laissant, pour des générations, le souvenir d'une Grande Peur.

Cela se passait dix ans avant sa naissance, les gens de Nichapour s'étaient réveillés un matin, leur ville totalement encerclée par des guerriers turcs. A leur tête deux frères, Tughrul-Beg, « le Faucon », et Tchagri-Beg, « l'Épervier », fils de Mikaël, fils de Seldjouk, alors d'obscurs chefs de clan nomades tout récemment convertis à l'islam. Un message parvint aux dignitaires de la cité : « On dit que vos hommes sont fiers et que l'eau fraîche coule chez vous dans des canaux souterrains. Si vous tentez de nous résister, vos canaux seront bientôt à ciel ouvert et vos hommes seront sous terre. »

Forfanteries, fréquentes au moment des sièges. Les dignitaires de Nichapour se hâtèrent néanmoins de capituler, contre promesse que les habitants auraient la vie sauve, que leurs biens, leurs maisons, leurs vergers et leurs canalisations seraient épargnés. Mais que valent les promesses d'un vainqueur? Dès que la troupe entra dans la ville, Tchagri voulut lâcher ses hommes dans les rues et dans le bazar. Tughrul s'y opposa, faisant valoir qu'on était au mois de *ramadane,* qu'on ne pouvait piller une ville d'islam pendant la période du jeûne. L'argument porta, mais Tchagri ne désarma pas. Il se résigna seulement à attendre que la population ne soit plus en état de grâce.

Quand les citadins eurent vent du conflit qui

séparait les deux frères, quand ils réalisèrent que dès le début du mois suivant ils seraient livrés au pillage, au viol et au massacre, ce fut la Grande Peur. Pire que le viol est le viol annoncé, l'attente passive, humiliante, du monstre inéluctable. Les échoppes se vidaient, les hommes se terraient, leurs femmes, leurs filles les voyaient pleurer de leur impuissance. Que faire, comment fuir, par quelle route? L'occupant était partout, ses soldats aux cheveux tressés rôdaient dans le bazar du Grand-Carré, dans les quartiers et les faubourgs, aux abords de la porte Brûlée, constamment ivres, à l'affût d'une rançon, d'une rapine, leurs hordes incontrôlées infestaient les campagnes voisines.

Ne souhaite-t-on pas d'habitude que le jeûne s'achève, que vienne le jour de la fête? Cette année-là, on aurait voulu que le jeûne se prolonge à l'infini, que la fête de la Rupture n'arrive jamais. Quand on aperçut le croissant du mois nouveau, nul ne songea aux réjouissances, nul ne songea à égorger un agneau, la ville entière avait l'impression d'être un gigantesque agneau engraissé pour le sacrifice.

La nuit qui précède la fête, cette nuit du Décret où chaque vœu est exaucé, des milliers de familles la passèrent dans les mosquées, les mausolées des saints, des abris précaires, nuit d'agonie, de larmes et de prières.

Dans la citadelle, pendant ce temps, une discussion orageuse s'élevait entre les frères seldjoukides. Tchagri criait que ses hommes n'avaient pas été payés depuis des mois, qu'ils n'avaient accepté de se battre que parce qu'on leur avait promis de leur laisser les mains libres dans cette ville opulente, qu'ils étaient au bord de la révolte, que lui, Tchagri, ne pourrait les retenir plus longtemps.

Tughrul parlait un autre langage :

— Nous ne sommes qu'à l'orée de nos conquêtes,

tant de villes sont à prendre, Ispahan, Chiraz, Rayy, Tabriz, et d'autres, bien au-delà! Si nous pillons Nichapour après sa reddition, après toutes nos promesses, plus aucune porte ne s'ouvrira devant nous, plus aucune garnison ne faiblira.

– Toutes ces villes dont tu rêves, comment pourrions-nous les conquérir si nous perdons notre armée, si nos hommes nous abandonnent? Déjà les plus fidèles se plaignent et menacent.

Les deux frères étaient entourés de leurs lieutenants, des anciens du clan, qui tous, d'une même voix, confirmaient les dires de Tchagri. Encouragé, celui-ci se leva, décidé à conclure :

– Nous avons trop parlé, je vais dire à mes hommes qu'ils se servent sur la ville. Si tu veux retenir les tiens, fais-le, chacun ses troupes.

Tughrul ne répondait pas, ne bougeait pas, en proie à un pénible dilemme. Soudain, il bondit loin de tous et se saisit d'un poignard.

A son tour, Tchagri avait dégainé. Nul ne savait s'il fallait intervenir ou, comme à l'accoutumée, laisser les frères seldjoukides régler leur différend dans le sang. Quand Tughrul lança :

– Frère, je ne peux t'obliger à m'obéir, je ne peux retenir tes hommes. Mais, si tu les lâches sur la ville, je planterai ce poignard dans mon cœur.

Et, disant cela, il pointa l'arme dont il tenait la garde des deux mains vers sa propre poitrine. Le frère hésita peu, il s'avança vers lui, les bras ouverts, et l'embrassa longuement, promettant de ne plus contrarier sa volonté. Nichapour était sauvée, mais jamais elle n'oublierait la Grande Peur de *ramadane*.

VII

— Tels sont les Seldjoukides, observe Khayyam, pillards incultes et souverains éclairés, capables de mesquineries et de gestes sublimes. Tughrul-Beg, surtout, avait la trempe d'un bâtisseur d'empire. J'avais trois ans quand il a pris Ispahan, dix ans quand il a conquis Baghdad, s'imposant comme protecteur du calife, obtenant de lui le titre de « sultan, roi de l'Orient et de l'Occident », épousant même, à soixante-dix ans, la propre fille du Prince des Croyants.

Disant cela, Omar s'est montré admiratif, un tantinet solennel peut-être, mais Djahane part d'un rire fort irrespectueux. Il la regarde, sévère, offensé, ne comprenant pas cette hilarité soudaine; elle s'excuse et s'explique :

— Quand tu as parlé de ce mariage, je me suis rappelé ce qu'on m'en avait raconté au harem.

Omar se souvient vaguement de l'épisode dont Djahane a goulûment retenu chaque détail.

En recevant le message de Tughrul lui demandant la main de sa fille Sayyeda, le calife avait en effet blêmi. L'émissaire du sultan s'était à peine retiré qu'il explosait :

— Ce Turc, tout juste sorti de sa yourte! Ce Turc dont les pères, hier encore, se prosternaient devant je ne sais quelle idole et dessinaient sur leurs étendards des groins de porc! Comment ose-t-il demander en mariage la fille du Prince des Croyants, issue de la plus noble lignée?

S'il tremblait ainsi de tous ses augustes membres, c'est qu'il savait qu'il ne pourrait esquiver la demande. Après des mois d'hésitation et deux messages de rappel, il finit par formuler une réponse. Un de ses vieux conseillers fut chargé de la transmettre; il partit pour la ville de Rayy, dont les ruines sont encore visibles dans les environs de Téhéran. La cour de Tughrul s'y trouvait.

L'émissaire du calife fut d'abord reçu par le vizir, qui l'aborda par ces mots :

— Le sultan s'impatiente, il me harcèle, je suis heureux que tu sois enfin arrivé avec la réponse.

— Tu seras moins heureux quand tu l'auras entendue : le Prince des Croyants vous prie de l'excuser, il ne peut accéder à la demande qui a été élevée jusqu'à lui.

Le vizir ne s'en montra pas autrement affecté, il continua à égrener son passe-temps de jade.

— Ainsi, dit-il, tu vas traverser ce couloir, tu vas franchir cette porte haute, là-bas, et annoncer au maître de l'Irak, du Fars, du Khorassan et de l'Azerbaïjan, au conquérant de l'Asie, au glaive qui défend la Religion vraie, au protecteur du trône abbasside : « Non, le calife ne te donnera pas sa fille! » Fort bien, ce garde va te conduire.

Ledit garde se présenta et l'émissaire se levait pour le suivre, quand le vizir poursuivit, anodin :

— Je suppose qu'en homme avisé tu as payé tes dettes, réparti ta fortune entre tes fils et marié toutes tes filles!

L'émissaire revint s'asseoir, soudain épuisé.

— Que me conseilles-tu?

— Le calife ne t'a-t-il laissé aucune autre directive, aucune possibilité d'arrangement?

— Il m'a dit que, s'il n'y avait vraiment aucun moyen d'échapper à ce mariage, il voudrait, en compensation, trois cent mille dinars d'or.

— Voilà déjà une meilleure façon de procéder. Mais je ne pense pas qu'il soit raisonnable, après tout ce que le sultan a fait pour le calife, après qu'il l'a ramené dans sa ville dont les chiites l'avaient chassé, après qu'il lui a restitué ses biens et ses territoires, qu'il s'entende demander une compensation. Nous pourrions arriver au même résultat sans offenser Tughrul-Beg. Tu lui diras que le calife lui accorde la main de sa fille, et, de mon côté, je profiterai de ce moment d'intense satisfaction pour lui suggérer un cadeau en dinars digne d'un tel parti.

Ce qui fut fait. Le sultan, tout excité, forma un important convoi comprenant le vizir, plusieurs princes, des dizaines d'officiers et de dignitaires, des femmes âgées de sa parenté, avec des centaines de gardes et d'esclaves, par qui il fit porter à Baghdad des cadeaux de grande valeur, camphre, myrrhe, brocart, caissons entiers de pierreries, ainsi que cent mille pièces d'or.

Le calife donna audience aux principaux membres de la délégation, échangea avec eux des propos polis mais vagues, puis, demeuré en tête à tête avec le vizir du sultan, il lui dit sans détour que ce mariage n'avait pas son consentement et que, si on tentait de lui forcer la main, il quitterait Baghdad.

— Si telle est la position du Prince des Croyants, pourquoi a-t-il proposé un arrangement en dinars?

— Je ne pouvais pas répondre non en un seul mot. J'espérais que le sultan comprendrait par mon attitude qu'il ne pouvait obtenir de moi un tel sacrifice. A toi, je peux le dire, jamais les autres sultans, qu'ils soient turcs ou persans, n'ont exigé une telle chose d'un calife. Je dois défendre mon honneur!

– Il y a quelques mois, lorsque j'ai senti que la réponse pourrait être négative, j'ai essayé de préparer le sultan à ce refus, je lui ai expliqué que personne avant lui n'avait osé formuler une telle requête, que cela n'était pas dans les traditions, que les gens allaient s'étonner. Ce qu'il m'a répondu, jamais je n'oserai le répéter.

– Parle, ne crains rien!

– Que le Prince des Croyants m'en dispense, jamais ces mots ne pourront franchir mes lèvres.

Le calife s'impatientait.

– Parle, je te l'ordonne, ne cache rien!

– Le sultan a commencé par m'insulter, m'accusant de prendre fait et cause pour le Prince des Croyants contre lui... Il a menacé de me mettre aux fers...

Le vizir balbutiait à dessein.

– Viens-en au fait, parle, qu'a dit Tughrul-Beg?

– Le sultan a hurlé : « Drôle de clan, ces Abbassides! Leurs ancêtres ont conquis la meilleure moitié de la terre, ils ont bâti les cités les plus florissantes, et regarde-les aujourd'hui! Je leur prends leur empire, ils s'en accommodent. Je leur prends leur capitale, ils s'en félicitent, ils me couvrent de cadeaux et le Prince des Croyants me dit : « Tous les pays que Dieu m'a donnés, je te les donne, tous les croyants dont il m'a confié le sort, je les place entre tes mains. » Il me supplie de mettre son palais, sa personne, son harem, sous l'aile de ma protection. Mais, si je lui demande sa fille, il se révolte et veut défendre son honneur. Les cuisses d'une vierge, est-ce là le seul territoire pour lequel il est encore prêt à se battre? »

Le calife suffoquait, ses mots ne respiraient plus, le vizir en profita pour conclure le message.

– Le sultan a ajouté : « Va leur dire que je la prendrai, cette fille, comme j'ai pris cet empire, comme j'ai pris Baghdad! »

VIII

Djahane raconte par le menu, et avec une coupable délectation, les déboires matrimoniaux des grands de ce monde; renonçant à la blâmer, Omar s'associe maintenant de bon cœur à toutes ses mimiques. Et quand, espiègle, elle menace de se taire, il la supplie, caresses à l'appui, de continuer, alors qu'il sait fort bien comment se termine l'histoire.

Le Prince des Croyants se résigna donc à dire « oui », la mort dans l'âme. Dès que la réponse lui fut parvenue, Tughrul prit la route de Baghdad et, avant même d'atteindre la ville, il dépêcha son vizir en éclaireur, impatient de voir quels arrangements avaient déjà été prévus pour le mariage.

En arrivant au palais califal, l'émissaire s'entendit dire, en termes forts circonstanciés, que le contrat de mariage pouvait être signé, mais que la réunion des deux époux était hors de question, « vu que l'important est l'honneur de l'alliance, et non la rencontre ».

Le vizir était exaspéré, mais il se domina.

— Comme je connais Tughrul-Beg, expliqua-t-il, je puis vous assurer, sans aucun risque d'erreur, que l'importance qu'il accorde à la rencontre n'est nullement secondaire.

De fait, pour insister sur l'ardeur de son désir, le

sultan n'hésita pas à mettre ses troupes en état d'alerte, à quadriller Baghdad et à encercler le palais du calife. Ce dernier dut cesser le combat; la « rencontre » eut donc lieu. La princesse s'assit sur un lit tapissé d'or, Tughrul-Beg entra dans la chambre, baisa le sol devant elle, « puis il l'honora, confirment les chroniqueurs, sans qu'elle écarte le voile de son visage, sans rien lui dire, sans s'occuper de sa présence ». Désormais, il vint la voir chaque jour, avec de riches cadeaux, il l'honora chaque jour, mais pas une seule fois elle ne le laissa voir son visage. A sa sortie, après chaque « rencontre », nombre de gens l'attendaient, car il était de si bonne humeur qu'il accordait toutes les requêtes et offrait des cadeaux sans compter.

De ce mariage de la décadence et de l'arrogance, aucun enfant ne naquit. Tughrul mourut six mois plus tard. Notoirement stérile, il avait répudié ses deux premières femmes, les accusant du mal dont il souffrait. Au fil des femmes, épouses ou esclaves, il avait dû, toutefois, se rendre à l'évidence : si faute il y avait, c'était lui le fautif. Astrologues, guérisseurs et chamanes avaient été consultés, on lui avait prescrit d'avaler, à chaque pleine lune, le prépuce d'un enfant fraîchement circoncis. Sans résultat. Et il lui avait fallu se résigner. Mais, pour éviter que cette infirmité ne réduise son prestige auprès des siens, il s'était forgé une solide réputation d'amant insatiable, traînant derrière lui, pour le plus court déplacement, un harem exagérément fourni. Ses performances étaient un sujet obligé dans son entourage, il n'était pas rare que ses officiers, et même les visiteurs étrangers, s'enquièrent de ses prouesses, vantent son énergie nocturne, lui demandent des recettes et des élixirs.

Sayyeda devint donc veuve. Vide était son lit d'or, elle ne songea pas à s'en plaindre. Plus grave semblait le vide du pouvoir, l'empire venait de naître, et, même s'il portait le nom du nébuleux ancêtre Seldjouk, le véritable fondateur en était Tughrul. Sa disparition sans enfants n'allait-elle pas plonger l'Orient musulman dans l'anarchie? Frères, neveux, cousins étaient légion. Les Turcs ne connaissaient ni droit d'aînesse, ni règle de succession.

Très vite, cependant, un homme parvint à s'imposer : Alp Arslan, fils de Tchagri. En quelques mois, il prit l'ascendant sur les membres du clan, massacrant les uns, achetant l'allégeance des autres. Bientôt il apparaîtrait aux yeux de ses sujets comme un grand souverain, ferme et juste. Mais un chuchotement, nourri par ses rivaux, allait le poursuivre : alors qu'on attribuait au stérile Tughrul une débordante virilité, Alp Arslan, père de neuf enfants, avait, hasard des mœurs et des rumeurs, l'image d'un homme que l'autre sexe attirait peu. Ses ennemis le surnommaient « l'Efféminé », ses courtisans évitaient de laisser leurs conversations glisser vers un sujet si embarrassant. Et c'est cette réputation, méritée ou pas, qui allait causer sa perte, interrompant prématurément une carrière qui s'annonçait fulgurante.

Cela, Djahane et Omar ne le savent pas encore. Au moment où ils devisent, dans le belvédère du jardin d'Abou-Taher, Alp Arslan est, à trente-huit ans, l'homme le plus puissant de la Terre. Son empire s'étend de Kaboul à la Méditerranée, son pouvoir est sans partage, son armée est fidèle, il a pour vizir l'homme d'État le plus habile de son temps, Nizam-el-Molk. Surtout, Alp Arslan vient de remporter, dans le petit village de Malazgerd, en Anatolie, une retentissante victoire sur l'Empire byzantin dont l'armée a été décimée et le basileus capturé. Dans toutes les mosquées, les prédicateurs vantent ses exploits, ils racontent comment, à l'heure de la bataille, il s'est revêtu d'un linceul blanc et s'est parfumé aux aromates des embaumeurs, comment il a noué de sa propre main la queue de son cheval, comment il a pu surprendre, aux abords de son camp, les éclaireurs russes dépêchés par les Byzantins, comment il leur a fait trancher le nez, mais comment, aussi, il a rendu la liberté au basileus prisonnier.

Un grand moment pour l'islam, sans doute, mais un sujet de grave préoccupation pour Samarcande. Alp Arslan l'a toujours convoitée, il a même cherché par le passé à s'en emparer. Seul son conflit avec les Byzantins l'a contraint à conclure une trêve, scellée par des alliances matrimoniales entre les deux dynasties : Malikshah, le fils aîné du sultan, a obtenu la main de Terken Khatoun, la sœur de Nasr ; et le khan lui-même a épousé la fille d'Alp Arslan.

Mais nul n'est dupe de ces arrangements. Depuis qu'il a appris la victoire de son beau-père sur les chrétiens, le maître de Samarcande craint le pire pour sa ville. Il n'a pas tort, les événements se précipitent.

Deux cent mille cavaliers seldjoukides s'apprêtent à traverser « le fleuve », celui qu'on appelle alors le Djayhoun, que les Anciens nommaient l'Oxus et qui allait devenir l'Amou-Daria. Il faudra vingt jours pour que le dernier soldat le franchisse sur un pont branlant de barques attachées.

A Samarcande, la salle du trône est souvent pleine, mais silencieuse, comme la maison d'un défunt. Le khan lui-même semble assagi par l'épreuve, ni colères ni éclats de voix. Les courtisans en paraissent accablés. Sa superbe les rassurait, même s'ils en étaient les victimes. Son calme les inquiète, ils le sentent résigné, le jugent vaincu, songent à leur salut. Fuir, trahir déjà, attendre encore, prier ?

Deux fois par jour, le khan se lève, suivi en cortège par ses proches. Il va inspecter un pan de muraille, se fait acclamer par les soldats et par la populace. Durant l'une de ces tournées, de jeunes citadins ont cherché à approcher le monarque. Maintenus à distance par les gardes, ils hurlent qu'ils sont prêts à se battre aux côtés des soldats, à mourir pour défendre la ville, le khan et la dynastie. Loin de se réjouir de leur initiative, le souverain s'irrite, interrompt sa visite et rebrousse chemin, tout en ordonnant aux soldats de les disperser sans ménagement.

De retour au palais, il sermonne ses officiers :

— Lorsque mon grand-père, Dieu garde en nous le souvenir de sa sagesse, voulut s'emparer de la ville de Balkh, les habitants prirent les armes en l'absence de leur souverain et tuèrent un grand nombre de nos soldats, obligeant notre armée à se retirer. Mon aïeul écrivit alors à Mahmoud, le maître de Balkh, une lettre de reproches : « Je veux bien que nos troupes s'affrontent, Dieu donne la victoire à qui Il veut, mais où allons-nous si les gens du commun commencent à se mêler de nos querelles? » Mahmoud lui donna raison, il punit ses sujets, leur interdit de porter les armes, leur fit verser de l'or pour les destructions causées par les combats. Ce qui est vrai pour les gens de Balkh l'est encore davantage pour ceux de Samarcande, de nature insoumis, et je préfère me rendre seul, sans armes, auprès d'Alp Arslan plutôt que de devoir mon salut aux citadins.

Les officiers se sont tous rangés à son avis, ils ont promis de réprimer tout zèle populaire, ils ont renouvelé leur serment de fidélité, ils ont juré de se battre comme des fauves blessés. Ce ne sont pas que des mots. Les troupes de Transoxiane ne sont pas moins valeureuses que celles des Seldjoukides. Alp Arslan n'a que l'avantage du nombre et celui de l'âge. Non pas le sien, s'entend, mais celui de sa dynastie. Il appartient à la deuxième génération, encore animée par l'ambition fondatrice. Nasr est le cinquième de sa lignée, bien plus soucieux de jouir des acquis que de s'étendre.

Tout au long de ces journées d'effervescence, Khayyam a voulu demeurer à l'écart de la cité. Bien entendu, il ne peut s'abstenir de faire, de temps à autre, une brève apparition à la cour, ou chez le cadi, sans paraître les déserter en un moment d'épreuve. Mais il reste le plus souvent enfermé dans son belvédère, plongé dans ses travaux, ou dans son livre secret, dont il noircit les pages avec acharnement, comme si la guerre n'existait pour lui que par la sagesse détachée qu'elle lui inspirait.

Seule Djahane le relie aux réalités du drame ambiant, elle lui rapporte chaque soir les nouvelles du front, les humeurs du palais, qu'il écoute sans passion manifeste.

Sur le terrain, l'avancée d'Alp Arslan est lente. Lourdeur d'une troupe pléthorique, discipline approximative, maladies, marécages. Résistance aussi, parfois acharnée. Un homme, en particulier, mène la vie dure au sultan, c'est le commandant d'une forteresse, non loin du fleuve. L'armée pourrait la contourner, poursuivre son chemin, mais ses arrières seraient peu sûrs, les harcèlements se multiplieraient et, en cas de difficulté, la retraite s'avérerait périlleuse. Il faut donc en finir, Alp Arslan en a donné l'ordre depuis dix jours, les assauts se sont multipliés.

De Samarcande, on suit de près la bataille. Tous les trois jours, un pigeon arrive, lâché par les défenseurs. Le message n'est jamais un appel à l'aide, il ne décrit pas l'épuisement des vivres et des hommes, il ne parle que des pertes adverses, des rumeurs d'épidémies répandues parmi les assiégeants. Du jour au lendemain, le commandant de la place, un certain Youssef, originaire du Khwarezm, devient le héros de la Transoxiane.

L'heure vient, cependant, où la poignée de défenseurs est submergée, où les fondements de la forteresse sont minés, les murailles escaladées. Youssef s'est battu jusqu'au dernier souffle avant d'être blessé et capturé. On le conduit auprès du sultan, curieux de voir de près la cause de ses ennuis. C'est un petit homme sec, hirsute, poussiéreux, qui se présente devant lui. Il se tient debout, la tête droite, entre deux colosses qui le retiennent vigoureusement par les bras. Alp Arslan, pour sa part, est assis en tailleur sur une estrade en bois couverte de coussins. Les deux hommes se regardent avec défi, longuement, puis le vainqueur ordonne :

— Qu'on plante quatre pieux dans le sol, qu'on l'attache et qu'on l'écartèle!

Youssef regarde l'autre de bas en haut avec mépris et crie :

— Est-ce un traitement à infliger à celui qui s'est battu comme un homme?

Alp Arslan n'a pas répondu, il a détourné son visage. Le prisonnier l'apostrophe :

— Toi, l'Efféminé, c'est à toi que je parle!

Le sultan sursaute, comme piqué par un scorpion. Il se saisit de son arc, posé près de lui, encoche une flèche et, avant de tirer, ordonne aux gardes de lâcher le prisonnier. Il ne peut, sans risquer de blesser ses propres soldats, tirer sur un homme attaché. De toute façon, il ne craint rien, il n'a jamais manqué sa cible.

Est-ce l'énervement extrême, la précipitation, l'embarras de tirer à si courte distance? Toujours est-il que Youssef n'est pas touché, que le sultan n'a pas le temps de décocher une deuxième flèche que le prisonnier s'est précipité sur lui. Et Alp Arslan, qui ne peut se défendre s'il reste juché sur son piédestal et cherche à se dégager, se prend les pieds dans un coussin, trébuche et tombe à terre. Youssef est déjà sur lui, tenant à la main le couteau qu'il gardait enfoui dans ses habits. Il a le temps de lui transpercer le flanc avant d'être lui-même assommé d'un coup de masse. Les soldats se sont acharnés sur son corps inerte, déchiqueté. Mais il garde sur les lèvres un sourire narquois que la mort a figé. Il s'est vengé, le sultan ne lui survivra guère.

Alp Arslan mourra en effet au bout de quatre nuits d'agonie. D'agonie lente et d'amère méditation. Ses paroles ont été rapportées par les chroniques du temps : « L'autre jour, je passais en revue mes troupes du haut d'un promontoire, j'ai senti la terre trembler sous leurs pas, je me suis dit : " C'est moi le maître du monde ! Qui pourrait se mesurer à moi ? " Pour mon arrogance, pour ma vanité, Dieu m'a dépêché le plus misérable des humains, un vaincu, un prisonnier, un condamné en route pour le supplice ; il s'est avéré plus puissant que moi, il m'a frappé, il m'a fait tomber de mon trône, il m'a ôté la vie. »

Est-ce au lendemain de ce drame qu'Omar Khayyam aurait écrit dans son livre :

De temps à autre un homme se dresse en ce monde,
Étale sa fortune et proclame : c'est moi !
Sa gloire vit l'espace d'un rêve fêlé,
Déjà la mort se dresse et proclame : c'est moi !

IX

Dans Samarcande en fête, une femme ose pleurer : épouse du khan qui triomphe, elle est aussi, et plus que tout, fille du sultan poignardé. Certes, son mari est allé lui présenter ses condoléances, il a ordonné à tout le harem de porter le deuil, il a fait fouetter devant elle un eunuque qui étalait trop de joie. Mais, de retour à son *divan*, il n'a pas hésité à répéter autour de lui que « Dieu a exaucé les prières des gens de Samarcande ».

On peut penser qu'à l'époque les habitants d'une ville n'avaient aucune raison de préférer tel souverain turc à tel autre. Ils priaient, pourtant, car ce qu'ils redoutaient, c'était le changement de maître, avec son cortège de massacres, de souffrances, ses inévitables pillages et déprédations. Il fallait que le monarque dépassât toute limite, soumît la population à des taxes outrancières, à des vexations perpétuelles, pour qu'ils en viennent à souhaiter d'être conquis par un autre. Ce n'était pas le cas avec Nasr. S'il n'était pas le meilleur des princes, il n'était certes pas le pire, on s'en accommodait et on s'en remettait au Très-Haut pour qu'Il limite ses excès.

On fête donc à Samarcande la guerre évitée. L'immense place de Ras-al-Tak déborde de cris et de fumées. A chaque mur s'adosse l'étalage d'un marchand ambulant. Sous chaque lampadaire s'improvise une chanteuse, un gratteur de luth. Mille cercles de curieux se font et se défont autour des conteurs, des chiromanciens, des charmeurs de serpents. Au centre de la place, sur une estrade hâtive et branlante, se livre la traditionnelle joute des poètes populaires qui célèbrent Samarcande l'incomparable, Samarcande l'imprenable. Le jugement du public est instantané. Des étoiles montent, d'autres déclinent. Un peu partout, des feux de bois s'élèvent. On est en décembre. Les nuits, déjà, sont rudes. Au palais, les jarres de vin se vident, se brisent, le khan a l'ivresse joviale, bruyante et conquérante.

Le lendemain, il fait dire dans la grande mosquée la prière de l'absent, puis il reçoit les condoléances pour la mort de son beau-père. Ceux-là mêmes qui avaient accouru, la veille, pour le féliciter de sa victoire sont revenus, le visage en deuil, pour exprimer leur affliction. Le cadi, qui a récité quelques versets de circonstance et invité Omar à en faire autant, glisse à l'oreille de ce dernier :

— Ne t'étonne de rien, la réalité a deux visages, les hommes aussi.

Le soir même, Abou-Taher est convoqué par Nasr Khan, qui lui demande de se joindre à la délégation chargée d'aller présenter les hommages de Samarcande au sultan défunt. Omar est du voyage, avec, il est vrai, cent vingt autres personnes.

Le lieu des condoléances est un ancien camp de l'armée seldjoukide, situé juste au nord du fleuve. Des milliers de tentes et de yourtes s'élèvent tout autour, véritable cité improvisée où les dignes représentants de

la Transoxiane côtoient avec méfiance les guerriers
nomades aux longs cheveux tressés venus renouveler
l'allégeance de leur clan. Malikshah, dix-sept ans,
colosse au visage d'enfant, enfoncé dans un ample
manteau de karakul, trône sur un piédestal, celui-là
même qui a vu tomber son père Alp Arslan. Debout, à
quelques pas de lui, se trouve le grand vizir, l'homme
fort de l'empire, cinquante-cinq ans, que Malikshah
appelle « père », signe d'extrême déférence, et que tous
les autres désignent par son titre, Nizam-el-Molk,
Ordre-du-Royaume. Jamais surnom n'a été plus mérité.
Chaque fois qu'un visiteur de marque s'approche, le
jeune sultan consulte du regard son vizir, qui lui
indique d'un signe imperceptible s'il doit se montrer
accueillant ou réservé, serein ou méfiant, attentionné ou
absent.

La délégation de Samarcande au complet s'est
prosternée aux pieds de Malikshah, qui en prend acte
d'un hochement condescendant, puis un certain nombre
de notabilités s'en est détaché pour se diriger vers
Nizam. Le vizir est impassible, ses collaborateurs
s'agitent autour de lui, mais il les regarde et les écoute
sans réagir. Il ne faut pas l'imaginer en maître du palais
vociférant. S'il est omniprésent, c'est plutôt en marion-
nettiste qui, en touches discrètes, imprime aux autres
les mouvements qu'il souhaite. Ses silences sont prover-
biaux. Il n'est pas rare qu'un visiteur passe une heure
en sa présence sans échanger d'autres mots que les
formules d'accueil et d'adieu. Car on ne le visite pas
nécessairement pour s'entretenir avec lui, on le visite
pour renouveler son allégeance, pour dissiper des soupçons, pour éviter l'oubli.

Douze personnes de la délégation de Samarcande
ont obtenu ainsi le privilège de serrer la main qui tient
le gouvernail de l'empire. Omar a emboîté le pas au
cadi, Abou-Taher a balbutié une formule. Nizam hoche

la tête, retient sa main dans la sienne quelques secondes, le cadi en est honoré. Quand arrive le tour d'Omar, le vizir se penche à son oreille et murmure :

– L'année prochaine, comme ce jour, sois à Ispahan, nous parlerons.

Khayyam n'est pas sûr d'avoir bien entendu, il sent comme un flottement dans son esprit. Le personnage l'intimide, le cérémonial l'impressionne, le brouhaha le grise, les hurlements des pleureuses l'assourdissent; il ne fait plus confiance à ses sens, il voudrait une confirmation, une précision, mais déjà le flot des gens le pousse, le vizir regarde ailleurs, recommence à hocher la tête en silence.

Sur le chemin du retour, Khayyam ne cesse de ruminer l'incident. Est-il le seul à qui le vizir ait glissé ces mots, ne l'a-t-il pas confondu avec un autre, et pourquoi un rendez-vous aussi lointain, dans le temps et dans l'espace?

Il se décide à en parler au cadi. Puisque celui-ci se trouvait juste devant lui, il a pu entendre, sentir, voire deviner quelque chose. Abou-Taher le laisse raconter la scène, avant de reconnaître, malicieux :

– J'ai remarqué que le vizir t'avait chuchoté quelques mots; je ne les ai pas entendus, mais je puis t'affirmer qu'il ne t'a pas confondu avec un autre. As-tu vu tous ces collaborateurs qui l'entourent? Ils ont pour mission de s'informer de la composition de chaque délégation, de lui souffler le nom et la qualité de ceux qui viennent vers lui. Ils m'ont demandé ton nom, se sont assurés que tu étais bien le Khayyam de Nichapour, le savant, l'astrologue, il n'y a eu aucune confusion sur ton identité. D'ailleurs, avec Nizam-el-Molk, il n'y a jamais d'autre confusion que celle qu'il juge bon de créer.

Le chemin est plat, caillouteux. A droite, très loin, une ligne de hautes montagnes, les contreforts du

Pamir. Khayyam et Abou-Taher chevauchent côte à côte, leurs montures se frôlent sans cesse.

— Et que peut-il me vouloir?

— Pour le savoir, il te faudra patienter un an. D'ici là, je te conseille de ne pas t'embourber dans des conjectures, l'attente est trop longue, tu t'épuiserais. Et n'en parle surtout à personne!

— Suis-je si bavard d'habitude?

Le ton est au reproche. Le cadi ne se laisse pas démonter :

— Je veux être clair : n'en parle pas à cette femme!

Omar aurait dû s'en douter, les visites de Djahane ne pouvaient se répéter ainsi sans qu'on s'en aperçoive. Abou-Taher reprend :

— Dès votre première rencontre, les gardes sont venus me signaler le fait. J'ai inventé une histoire compliquée pour justifier ses visites, demandé qu'on ne la voie pas passer et interdit qu'on aille te réveiller chaque matin. N'en doute pas un instant, ce pavillon est ta maison, je veux que tu le saches aujourd'hui et demain. Mais il faut que je te parle de cette femme.

Omar est embarrassé. Il n'apprécie nullement la manière qu'a son ami de dire « cette femme », il n'a aucune envie de discuter ses amours. Bien qu'il ne dise rien à son aîné, son visage se ferme ostensiblement.

— Je sais que mon propos te fâche, mais je te dirai jusqu'au dernier mot ce que je dois te dire, et si notre amitié trop récente ne m'en donne pas le droit, mon âge et ma fonction le justifient. Lorsque tu as vu cette femme pour la première fois au palais, tu l'as regardée avec désir. Elle est jeune et belle, sa poésie a pu te plaire, son audace t'a réchauffé le sang. Cependant, en face de l'or, vos attitudes étaient différentes. Elle s'est gavée de ce qui t'a dégoûté. Elle a agi en poétesse de cour, tu as agi en sage. Lui en as-tu parlé depuis?

La réponse est non, et, même si Omar ne dit rien, Abou-Taher l'a fort bien entendue. Il poursuit :

— Souvent, au début d'une liaison, on évite les questions délicates, on a peur de détruire ce fragile édifice qu'on vient tout juste d'élever avec mille précautions, mais, pour moi, ce qui te sépare de cette femme est grave, essentiel. Vous ne posez pas le même regard sur la vie.

— C'est une femme et, qui plus est, une veuve. Elle s'efforce de subsister sans dépendre d'un maître, je ne peux qu'admirer son courage. Et comment lui reprocher de prendre l'or que ses vers lui valent?

— J'entends bien, dit le cadi, satisfait d'avoir fini par entraîner son ami dans cette discussion. Mais admets-tu au moins que cette femme serait incapable d'envisager d'autre vie que celle de la cour?

— Peut-être.

— Admets-tu que, pour toi, la vie de cour est haïssable, insupportable, et que tu n'y resteras pas un instant de plus qu'il ne faut?

Un silence gêné a suivi. Abou-Taher finit par déclarer, précis, ferme :

— Je t'ai dit ce que tu devais entendre d'un véritable ami. Désormais, je n'évoquerai plus ce sujet à moins que tu ne m'en parles le premier.

X

Quand ils atteignent Samarcande, c'est épuisés par le froid, par le cahotement de leurs montures, par le malaise qui s'est installé entre eux. Omar, aussitôt, se retire dans son pavillon, sans prendre le temps de dîner. Il a composé durant le voyage trois quatrains qu'il se met à réciter à voix haute, dix fois, vingt fois, remplaçant un mot, modifiant une tournure, avant de les consigner dans le secret de son manuscrit.

Djahane, arrivée à l'improviste, plus tôt que d'habitude, s'est glissée par la porte entrouverte, défaite sans bruit de son châle de laine. Elle avance sur la pointe des pieds, par-derrière. Omar demeure absorbé, elle lui entoure subitement le cou de ses bras nus, colle son visage au sien, laisser couler sur ses yeux sa chevelure parfumée.

Khayyam devrait être comblé – un amant peut-il espérer plus tendre agression? Ne devrait-il pas à son tour, l'instant de surprise passé, refermer ses bras sur la taille de sa bien-aimée, la serrer, presser sur son corps toute la souffrance de l'éloignement, toute la chaleur des retrouvailles? Mais Omar est perturbé par cette intrusion. Son livre est encore ouvert devant lui, il aurait voulu le faire disparaître. Son premier réflexe est de se dégager, et même s'il s'en repent immédiatement, même si son hésitation n'a duré qu'un instant, Djahane, qui a ressenti ce flottement et cette forme de froideur, ne tarde pas à en comprendre la raison. Elle pose sur le livre des yeux méfiants, comme s'il s'agissait d'une rivale.

— Pardonne-moi! J'étais si impatiente de te revoir, je ne pensais pas que mon arrivée pouvait t'embarrasser.

Un lourd silence les sépare, que Khayyam s'empresse de rompre.

— C'est ce livre, n'est-ce pas? Il est vrai que je n'avais pas prévu de te le montrer. Je l'ai toujours caché en ta présence. Mais la personne qui m'en a fait cadeau m'a fait promettre de le garder secret.

Il le lui tend. Elle le feuillette quelques instants, affectant la plus grande indifférence à la vue de ces quelques rares pages noircies, éparpillées parmi des dizaines de feuilles vides. Elle le lui rend avec une moue déclarée.

— Pourquoi me le montres-tu? Je ne t'ai rien demandé. D'ailleurs, je n'ai jamais appris à lire. Tout ce que je sais, je l'ai acquis à l'écoute des autres.

Omar ne peut s'en étonner. Il n'était pas rare à l'époque que des poètes de qualité soient analphabètes; de même, bien entendu, que la quasi-totalité des femmes.

— Et qu'y a-t-il de si secret dans ce livre, des formules d'alchimie?

— Ce sont des poèmes que j'écris parfois.

— Des poèmes interdits et hérétiques? subversifs?

Elle le regarde d'un air soupçonneux, mais il se défend en riant :

— Non, que vas-tu chercher là? Ai-je l'âme d'un comploteur? Ce ne sont que des *robaïyat* sur le vin, sur la beauté de la vie et sa vanité.

– Toi, des *robaïyat*?

Un cri d'incrédulité lui a échappé, presque de mépris. Les *robaïyat* relèvent d'un genre littéraire mineur, léger et même vulgaire, tout juste digne des poètes des bas quartiers. Qu'un savant comme Omar Khayyam se permette de composer de temps à autre un *robaï* peut être pris pour un divertissement, une peccadille, éventuellement une coquetterie; mais qu'il prenne la peine de consigner ses vers le plus sérieusement du monde dans un livre entouré de mystère, voilà qui étonne et inquiète une poétesse attachée aux normes de l'éloquence. Omar semble honteux; Djahane est intriguée :

– Pourrais-tu m'en lire quelques vers?

Khayyam ne veut pas s'engager plus loin.

– Je pourrai te les lire tous, un jour, quand je les jugerai prêts à être lus.

Elle n'insiste pas, renonce à l'interroger davantage, mais lui lance, sans trop forcer sur l'ironie :

– Quand tu auras rempli ce livre, évite de l'offrir à Nasr Khan, il n'a pas beaucoup de considération pour les auteurs de *robaïyat*; il ne t'inviterait plus jamais à prendre place sur son trône.

– Je n'ai pas l'intention d'offrir ce livre à qui que ce soit, je n'espère en tirer aucun bénéfice, je n'ai pas les ambitions d'un poète de cour.

Elle l'a blessé, il l'a blessée. Dans le silence qui les enveloppe, l'un et l'autre se demandent s'ils n'ont pas été trop loin, s'il n'est pas temps de se reprendre pour sauver ce qui peut encore l'être. A cet instant, ce n'est pas à Djahane que Khayyam en veut, mais au cadi. Il regrette de l'avoir laissé parler et se demande si ses propos n'ont pas troublé irrémédiablement le regard qu'il pose sur son amante. Ils vivaient jusque-là dans la candeur et l'insouciance, avec le désir commun de ne jamais évoquer ce qui pourrait les séparer. « Le cadi m'a-t-il ouvert les yeux sur la vérité, ou bien m'a-t-il seulement voilé le bonheur? » songe Khayyam.

— Tu as changé, Omar; je ne pourrais dire en quoi, mais il y a dans ta façon de me regarder et de me parler un ton que je ne saurais définir. Comme si tu me soupçonnais de quelque méfait, comme si tu m'en voulais pour quelque raison. Je ne te comprends pas, mais, tout à coup, j'en suis profondément triste.

Il cherche à l'attirer vers lui, elle s'écarte vivement.

— Ce n'est pas ainsi que tu peux me rassurer! Nos corps peuvent prolonger nos mots, ils ne peuvent les remplacer ni les démentir. Qu'y a-t-il, dis-moi?

— Djahane! Si nous décidions de ne plus parler de rien jusqu'à demain!

— Demain, je ne serai plus là, le khan quitte Samarcande au petit matin.

— Où va-t-il?

— Kish, Boukhara, Termez, je ne sais. Toute la cour le suivra, et moi avec.

— Ne pourrais-tu rester chez ta cousine à Samarcande?

— S'il ne s'agissait que de trouver des excuses! J'ai ma place à la cour. Pour la gagner, j'ai dû me battre à l'égal de dix hommes. Je ne la lâcherai pas aujourd'hui pour batifoler dans le belvédère du jardin d'Abou-Taher.

Alors, sans vraiment réfléchir, il dit :

— Il ne s'agit pas de batifoler. Ne voudrais-tu pas partager ma vie?

— Partager ta vie? Il n'y a rien à partager!

Elle l'a dit sans hargne aucune. Ce n'était qu'une constatation, non dépourvue de tendresse d'ailleurs. Mais, en voyant la mine épouvantée d'Omar, elle le supplie de l'excuser et sanglote.

— Je savais que j'allais pleurer, ce soir, mais pas

ces larmes amères; je savais que nous allions nous quitter pour un long moment, peut-être pour toujours, mais pas avec ces mots ni avec ces regards. Je ne veux pas emporter du plus bel amour que j'aie vécu le souvenir de ces yeux d'inconnu. Regarde-moi, Omar, une dernière fois! Souviens-toi, je suis ton amante, tu m'as aimée, je t'ai aimé. Me reconnais-tu encore?

Khayyam l'entoure d'un bras attendri. Il soupire :

— Si au moins nous avions le loisir de nous expliquer, je sais que cette stupide querelle serait balayée, mais le temps nous harcèle, il nous somme de jouer notre avenir sur ces minutes embrouillées.

A son tour, il sent sur son visage la fuite d'une larme. Cette larme, il voudrait la cacher, mais Djahane l'enlace sauvagement, elle a collé son visage au sien.

— Tu peux me cacher tes écrits, pas tes larmes. Je veux les voir, les toucher, les mélanger aux miennes, je veux garder leurs traces sur mes joues, je veux garder leur goût salé sur ma langue.

On dirait qu'ils cherchent à se déchirer, à s'étouffer, à s'anéantir. Leurs mains s'affolent, leurs vêtements s'éparpillent. Incomparable nuit d'amour que celle de deux corps incendiés par des larmes brûlantes. Le feu se propage, les enveloppe, les enroule, les enivre, les enflamme, les fusionne peau contre peau jusqu'au bout du plaisir. Sur la table, un sablier s'écoule, goutte à goutte, le feu s'apaise, vacille, s'éteint, un sourire essoufflé s'attarde. Longuement ils se respirent. Omar murmure, à elle ou au destin qu'ils viennent de braver :

— Notre empoignade ne fait que commencer.

Djahane l'étreint, les yeux clos.

— Ne me laisse pas dormir jusqu'à l'aube!

Le lendemain, deux nouvelles lignes dans le manuscrit. La calligraphie en est frêle, hésitante et torturée :

Auprès de ta bien-aimée, Khayyam, comme tu étais seul!
Maintenant qu'elle est partie, tu pourras te réfugier en elle.

XI

Kashan, oasis de maisons basses sur la route de la soie, à la lisière du désert de Sel. Les caravanes s'y blottissent, y reprennent leur souffle avant de longer Kargas Kuh, le sinistre mont des Vautours, le repaire des brigands qui rançonnent les abords d'Ispahan.

Bâtie d'argile et de boue, Kashan. Le visiteur y cherche en vain quelque mur en fête, quelque façade ornementée. C'est pourtant là que se créent les plus prestigieuses briques vernissées qui vont embellir de vert et d'or les mille mosquées, palais ou médersas, de Samarcande à Baghdad. Dans tout l'Orient musulman, la faïence se dit tout simplement *kashi*, ou *kashani*, un peu de la manière dont la porcelaine porte, en persan comme en anglais, le nom de la Chine.

Hors de la ville, un caravansérail à l'ombre des dattiers. Une muraille rectangulaire, des tourelles de surveillance, une cour extérieure pour les bêtes et les marchandises, une cour intérieure bordée de chambrettes. Omar voudrait en louer une, mais l'hôtelier se désole : aucune n'est libre pour la nuit, de riches négociants d'Ispahan viennent d'arriver avec fils et servantes. Pour vérifier ses dires, nul besoin de consulter un registre. Le lieu grouille de commis braillards et de vénérables montures. En dépit de l'hiver qui commence, Omar aurait songé à coucher sous les étoiles, mais les scorpions de Kashan sont à peine moins réputés que sa faïence.

— Vraiment pas le moindre coin pour étendre ma natte jusqu'à l'aube?

Le tenancier se gratte les tempes. Il fait sombre, il ne peut refuser le logis à un musulman :

— J'ai une petite pièce d'angle, occupée par un étudiant, demande-lui de te faire une place.

Ils s'y dirigent, la porte est close. L'hôtelier l'entrouvre sans frapper, une bougie vacille, un livre se referme à la hâte.

— Ce noble voyageur est parti de Samarcande il y a trois longs mois, j'ai pensé qu'il pourrait partager la chambre.

Si le jeune homme est contrarié, il évite de le manifester et demeure poli, quoique sans empressement.

Khayyam entre, salue, décline une prudente identité :

— Omar de Nichapour.

Une brève mais intense lueur d'intérêt dans l'œil de son compagnon. Qui à son tour se présente :

— Hassan, fils d'Ali Sabbah, natif de Kom, étudiant à Rayy, en route pour Ispahan.

Cette énumération détaillée met Khayyam mal à l'aise. C'est une invitation à en dire plus sur lui-même, son activité, le but de son voyage. Il n'en voit pas l'objet et se méfie du procédé. Il garde donc le silence, prend le temps de s'asseoir et de s'adosser au mur, de dévisager ce petit homme brun, si frêle et émacié, si anguleux. Sa barbe de sept jours, son turban noir serré et ses yeux exorbités déconcertent.

L'étudiant le harcèle avec le sourire :

— Quand on se prénomme Omar, il est imprudent de s'aventurer du côté de Kashan.

Khayyam feint la plus totale surprise. Il a pourtant bien compris l'allusion. Son prénom est celui du deuxième successeur du Prophète, le calife Omar, abhorré par les chiites puisqu'il fut un tenace rival de leur père fondateur, Ali. Si, pour l'heure, la population de la Perse est en grande majorité sunnite, le chiisme y représente déjà quelques îlots, notamment les villes-oasis de Kom et de Kashan où d'étranges traditions se sont perpétuées. Chaque année, on célèbre par un carnaval burlesque l'anniversaire du meurtre du calife Omar. A cet effet, les femmes se fardent, préparent des sucreries et des pistaches grillées, les enfants se postent sur les terrasses et déversent des trombes d'eau sur les passants en criant joyeusement : « Dieu maudisse Omar ! » On fabrique un mannequin à l'effigie du calife portant à la main un chapelet de crottes enfilées, qu'on promène dans certains quartiers en chantant : « Depuis que ton nom est Omar, tu as ta place en enfer, toi le chef des scélérats, toi l'infâme usurpateur ! » Les cordonniers de Kom et de Kashan ont pris l'habitude d'écrire « Omar » sur les semelles qu'ils fabriquent, les muletiers donnent son nom à leurs bêtes, se plaisant à le prononcer à chaque bastonnade, et les chasseurs, quand il ne leur reste plus qu'une seule flèche, murmurent en la décochant : « Celle-ci est pour le cœur d'Omar ! »

Hassan a évoqué ces pratiques en quelques mots vagues, évitant d'entrer crûment dans les détails, mais Omar le regarde sans aménité, pour laisser tomber d'un ton las et définitif :

— Je ne changerai pas de route à cause de mon nom, je ne changerai pas de nom à cause de ma route.

Un long silence froid s'ensuit, les yeux se fuient. Omar se déchausse et s'étend pour chercher le sommeil. C'est Hassan qui le relance :

– Je t'ai peut-être offensé en rappelant ces coutumes, je voulais seulement que tu sois prudent quand tu mentionneras ton nom en ce lieu. Ne te trompe pas sur mes intentions. Il m'est certes arrivé dans mon enfance à Kom de participer à ces festivités, mais dès l'adolescence j'ai jeté sur elles un autre regard, j'ai compris que de tels excès ne sont pas dignes d'un homme de savoir. Ni conformes à l'enseignement du Prophète. Cela dit, lorsque tu t'émerveilles, à Samarcande ou ailleurs, devant une mosquée admirablement habillée de briques vernissées par les artisans chiites de Kashan, et que le prédicateur de cette même mosquée lance du haut de sa chaire invectives et imprécations contre « les maudits hérétiques sectateurs d'Ali », ce n'est guère plus conforme à l'enseignement du Prophète.

Omar se relève légèrement :

– Voilà les paroles d'un homme sensé.

– Je sais être sensé, comme je sais être fou. Je peux être aimable ou exécrable. Mais comment se montrer affable avec celui qui vient partager ta chambre sans même daigner se présenter ?

– Il a suffi que je te dise mon prénom pour que tu m'assailles de propos désobligeants, que n'aurais-tu pas dit si j'avais décliné mon identité entière ?

– Peut-être n'aurais-je rien dit de tout cela. On peut détester Omar le calife et n'éprouver qu'estime et admiration pour Omar le géomètre, Omar l'algébriste, Omar l'astronome ou même Omar le philosophe.

Khayyam se redresse. Hassan triomphe :

– Crois-tu qu'on n'identifie les gens qu'à leur nom ? On les reconnaît à leur regard, à la démarche, à l'allure et au ton qu'ils affectent. Dès que tu es entré, j'ai su que tu étais un homme de connaissance, habitué aux honneurs et en même temps méprisant à l'égard des honneurs, un homme qui arrive sans avoir à demander sa route. Dès que tu as livré le commencement de ton nom, j'ai compris : mes oreilles ne connaissent qu'un seul Omar de Nichapour.

— Si tu as cherché à m'impressionner, je dois admettre que tu y as réussi. Qui es-tu donc?

— Je t'ai dit mon nom, mais il n'éveille rien en toi. Je suis Hassan Sabbah de Kom. Je ne m'enorgueillis de rien, sinon d'avoir achevé à dix-sept ans la lecture de tout ce qui concerne les sciences de la religion, la philosophie, l'histoire et les astres.

— On ne lit jamais tout, il y a tant de connaissances à acquérir chaque jour!

— Mets-moi à l'épreuve.

Par jeu, Omar s'est mis à poser à son interlocuteur quelques questions, sur Platon, Euclide, Porphyre, Ptolémée, sur la médecine de Dioscoride, de Galien, de Razès et d'Avicenne, puis sur les interprétations de la Loi coranique. Et toujours la réponse de son compagnon arrive précise, rigoureuse, irréprochable. Quand l'aube se lève, ni l'un ni l'autre n'a dormi, ils n'ont pas senti le temps fuir. Hassan éprouve une réelle jouissance. Omar, lui, est subjugué, il ne peut qu'avouer :

— Jamais je n'ai rencontré un homme qui ait appris tant de choses. Que comptes-tu faire de tout ce savoir accumulé?

Hassan le regarde avec défiance, comme si on avait violé quelque part secrète de son âme, mais il se rassérène et baisse les yeux :

— Je voudrais m'introduire auprès de Nizam-el-Molk, peut-être a-t-il un travail pour moi.

Khayyam est si envoûté par son compagnon qu'il est tout près de lui révéler que lui-même se rend auprès du grand vizir. Au dernier moment, pourtant, il se ravise. Un reste de méfiance demeure qui, pour s'être fait lointain, n'en a pas pour autant disparu.

Deux jours plus tard, alors qu'ils se sont joints à une caravane de marchands, ils cheminent côte à côte, citant abondamment de mémoire, en persan ou en arabe, les plus belles pages des auteurs qu'ils admirent. Parfois, un débat s'engage, mais il retombe aussitôt. Quand Hassan parle de certitudes, hausse le ton, proclame des « vérités indiscutables », somme son compagnon de les admettre, Omar demeure sceptique, s'attarde à jauger diverses opinions, choisit rarement, étale volontiers son ignorance. Dans sa bouche reviennent inlassablement ces mots : « Que veux-tu que je dise, ces choses sont voilées, nous sommes toi et moi du même côté du voile, et quand il tombera, nous ne serons plus là. »

Une semaine de route, ils sont à Ispahan.

XII

Esfahane, nesf-é djahane! disent aujourd'hui les Persans. « Ispahan, la moitié du monde! » L'expression est née bien après l'âge de Khayyam, mais déjà, en 1074, que de mots pour vanter la ville : « ses pierres, de la galène, ses mouches des abeilles, son herbe du safran », « son air est si pur, si sain, ses greniers ne connaissent pas la calandre, aucune chair ne s'y décompose ». Il est vrai qu'elle est située à cinq mille pieds d'altitude. Mais Ispahan abrite aussi soixante caravansérails, deux cents banquiers et changeurs, d'interminables bazars couverts. Ses ateliers filent la soie et le coton. Ses tapis, ses tissus, ses cadenas s'exportent vers les plus lointaines contrées. Ses roses s'épanouissent en mille variétés. Son opulence est proverbiale. Cette ville, la plus peuplée du monde persan, attire tous ceux qui cherchent le pouvoir, la fortune ou la connaissance.

Je dis « cette ville », mais il ne s'agit pas à proprement parler d'une ville. On y raconte d'ailleurs encore l'histoire d'un jeune voyageur de Rayy, si pressé de voir les merveilles d'Ispahan qu'il s'était séparé de sa caravane le dernier jour pour galoper seul à bride abattue. Au bout de quelques heures, se retrouvant au bord du Zayandé-Roud, « le Fleuve qui donne la vie », il le longea et atteignit une muraille de terre. L'agglomération lui sembla de taille respectable, mais bien plus petite que sa propre cité de Rayy. Arrivé à la porte, il se renseigna auprès des gardes.

– C'est ici la ville de Djay, lui répondit-on.

Il ne daigna donc pas même y entrer, il la contourna et poursuivit sa route vers l'ouest. Sa monture était épuisée, mais il cravachait sec. Bientôt il se retrouva, haletant, aux portes d'une autre cité, plus imposante que la première, mais à peine plus étendue que Rayy. Il interrogea un vieux passant.

– C'est ici Yahoudiyé, la Ville-Juive.

– Y a-t-il donc tant de juifs en ce pays?

– Il y en a quelques-uns, mais la plupart des habitants sont musulmans comme toi et moi. On l'appelle Yahoudiyé parce que le roi Nabuchodonosor y avait installé, dit-on, les juifs qu'il avait déportés de Jérusalem; d'autres prétendent que c'est l'épouse juive d'un shah de Perse qui avait fait venir en ce lieu, avant l'âge de l'islam, des gens de sa communauté. Dieu seul connaît la vérité!

Notre jeune voyageur se détourna donc, résigné à poursuivre sa route, même si son cheval devait s'écrouler sous ses jambes, lorsque le vieil homme le rappela :

– Où comptes-tu aller de ce pas, mon fils?

– A Ispahan!

L'ancien éclata de rire.

– Ne t'a-t-on jamais dit qu'Ispahan n'existait pas?

– Comment donc, n'est-elle pas la plus grande, la plus belle des cités de la Perse, n'était-elle pas déjà, aux temps reculés, la fière capitale d'Artaban, roi des Parthes, n'a-t-on pas vanté ses merveilles dans les livres?

– Je ne sais pas ce que disent les livres, mais je suis né ici il y a soixante-dix ans et seuls les étrangers me parlent de la ville d'Ispahan, jamais je ne l'ai vue.

Il exagérait à peine. Le nom d'Ispahan désigna longtemps non une ville mais une oasis où s'élevaient deux villes bien distinctes, séparées l'une de l'autre par une heure de route, Djay et Yahoudiyé. Il faudra attendre le XVIᵉ siècle pour que celles-ci, et les villages alentour, se fondent en une vraie cité. Au temps de Khayyam, elle n'existe pas encore, mais une muraille a été construite, longue de trois parasanges, soit une douzaine de milles, destinée à protéger l'ensemble de l'oasis.

Omar et Hassan sont arrivés tard le soir. Ils ont trouvé à se loger à Djay, dans un caravansérail proche de la porte de Tirah. C'est là qu'ils s'étendent et, sans avoir le temps d'échanger le moindre mot, se mettent à ronfler à l'unisson.

Le lendemain, Khayyam se rend auprès du grand vizir. Place des Changeurs, voyageurs et marchands de toutes origines, andalous, grecs ou chinois, s'affairent autour des vérificateurs de monnaies qui, dignement munis de leur balance réglementaire, grattent un dinar de Kirman, de Nichapour ou de Séville, reniflent un *tanka* de Delhi, soupèsent un dirham de Boukhara ou font la moue devant un maigre *nomisma* de Constantinople, nouvellement dévalué.

Le portail du *divan,* siège du gouvernement et résidence officielle de Nizam-el-Molk, n'est pas éloigné. Des fifres de la *nowba* s'y tiennent, à charge, trois fois par jour, de faire claironner leurs trompettes en l'honneur du grand vizir. En dépit de ces marques d'apparat, tout un chacun peut y entrer, et jusqu'aux plus humbles veuves autorisées à s'aventurer au *divan,* la vaste salle d'audience, pour approcher l'homme fort de l'empire et lui exposer larmes et doléances. C'est là seulement que gardes et chambellans font cercle autour de Nizam, interrogent les visiteurs, écartent les importuns.

Omar s'est arrêté dans l'encadrement de la porte. Il scrute la pièce, ses murs dénudés, ses trois épaisseurs de tapis. D'un geste hésitant, il salue l'assistance, une multitude bigarrée mais recueillie qui entoure le vizir, en conversation, pour l'heure, avec un officier turc. Du coin de l'œil, Nizam a repéré le nouveau venu; il lui sourit amicalement et lui fait signe de s'asseoir. Cinq minutes plus tard, il vient à lui, l'embrasse sur les deux joues puis sur le front.

— Je t'attendais, je savais que tu viendrais à temps, j'ai bien des choses à te dire.

Alors, il l'entraîne par la main vers une petite pièce attenante où s'isoler. Ils se sont assis côte à côte sur un énorme coussin de cuir.

— Certaines de mes paroles vont te surprendre, mais j'espère qu'au bout du compte tu ne regretteras pas d'avoir répondu à mon invitation.

— Quelqu'un a-t-il jamais regretté d'avoir franchi la porte de Nizam-el-Molk!

— C'est arrivé, murmure le vizir avec un sourire féroce. J'ai élevé des hommes jusqu'aux nues, j'en ai rabaissé d'autres, je dispense chaque jour la vie et la mort, Dieu me jugera sur mes intentions, c'est Lui la source de tout pouvoir. Il a confié l'autorité suprême au calife arabe, qui l'a cédée au sultan turc, qui l'a remise entre les mains du vizir persan, ton serviteur. Des autres, j'exige qu'ils respectent cette autorité; à toi, *khwajé* Omar, je demande de respecter mon rêve. Oui, sur cette immense contrée qui m'échoit, je rêve de bâtir l'État le plus puissant, le plus prospère, le plus stable, le mieux policé de l'univers. Je rêve d'un empire où chaque province, chaque ville, serait administrée par un

homme juste, craignant Dieu, attentif aux plaintes du
plus faible des sujets. Je rêve d'un État où le loup et
l'agneau boiraient ensemble, en toute quiétude, l'eau du
même ruisseau. Mais je ne me contente pas de rêver, je
construis. Promène-toi demain dans les quartiers d'Ispahan, tu verras des régiments de travailleurs qui
creusent et bâtissent, des artisans qui s'affairent. Partout surgissent des hospices, des mosquées, des caravansérails, des citadelles, des palais du gouvernement.
Bientôt chaque ville importante aura sa grande école,
elle portera mon nom, « médersa Nizamiya ». Celle de
Baghdad fonctionne déjà, j'ai dessiné de ma main le
plan des lieux, j'en ai établi le programme d'études, je
lui ai choisi les meilleurs enseignants, à chaque étudiant
j'ai alloué une bourse. Cet empire, tu le vois, est un
immense chantier, il s'élève, il s'épanouit, il prospère, c'est un âge béni que le Ciel nous accorde de
vivre.

Un serviteur aux cheveux clairs est entré. Il
s'incline, portant sur un plateau d'argent ciselé deux
coupes de sirop de roses glacé. Omar en prend une,
ruisselante de buée fraîche; il y trempe les lèvres, bien
décidé à la siroter longuement. Nizam avale la sienne
d'une gorgée avant de poursuivre :

— Ta présence en ce lieu me réjouit et m'honore !

Khayyam veut répondre à cet assaut d'amabilité.
Nizam l'en empêche d'un geste :

— Ne crois pas que je cherche à te flatter. Je suis
assez puissant pour n'avoir à chanter que les louanges
du Créateur. Mais vois-tu, *khwajé* Omar, aussi étendu
que soit un empire, aussi peuplé, aussi opulent soit-il, il
y a toujours pénurie d'hommes. En apparence, que de
créatures, que de places grouillantes, que de foules
denses ! Et pourtant il m'arrive de contempler mon
armée déployée, une mosquée à l'heure de la prière, un
bazar, ou même mon *divan*, et de m'interroger : si

j'exigeais de ces hommes une sagesse, un savoir, une loyauté, une intégrité, ne verrais-je pas à chaque qualité que j'énumère la masse s'éclaircir, puis fondre et disparaître? Je me retrouve seul, *khwajé* Omar, désespérément seul. Mon *divan* est vide, mon palais aussi. Cette ville, cet empire sont vides. J'ai toujours l'impression d'avoir à applaudir avec une main derrière le dos. Des hommes comme toi, je ne me contenterais pas de les faire venir de Samarcande, je suis prêt à aller moi-même à pied jusqu'à Samarcande pour les ramener.

Omar a murmuré un « A Dieu ne plaise! » confus, mais le vizir ne s'y arrête pas.

— Tels sont mes rêves et mes soucis. Je pourrais t'en parler des journées et des nuits durant, mais je voudrais t'entendre. J'ai hâte de savoir si ce rêve te touche en quelque façon, si tu es prêt à prendre à mes côtés la place qui te revient.

— Tes projets sont exaltants et ta confiance m'honore!

— Qu'exiges-tu pour collaborer avec moi? Dis-le sans dissimulation, comme je t'ai parlé moi-même. Tout ce que tu désires, tu l'obtiendras. Ne te montre pas timoré, ne laisse pas passer ma minute de folle prodigalité!

Il rit. Khayyam parvient à faire flotter un pâle sourire sur son extrême confusion.

— Je ne désire rien d'autre que de poursuivre mes modestes travaux à l'abri du besoin. De quoi boire et manger, me loger et me vêtir, mon avidité ne va pas au-delà.

— Pour te loger, je t'offre l'une des plus belles maisons d'Ispahan. J'y ai résidé moi-même pendant la construction de ce palais. Elle sera tienne avec jardins, vergers, tapis, serviteurs et servantes. Pour tes dépenses, je t'alloue une pension de dix mille dinars sultaniens. Tant que je serai en vie, elle te sera versée au début de chaque année. Est-ce suffisant?

— C'est plus qu'il ne me faut, je ne saurais que faire d'une telle somme.

Khayyam est sincère, mais Nizam s'en montre irrité.

— Quand tu auras acheté tous les livres, rempli toutes tes jarres de vin et couvert de bijoux toutes tes maîtresses, tu distribueras des aumônes aux nécessiteux, tu financeras la caravane de La Mecque, tu construiras une mosquée à ton nom!

Comprenant que son détachement et la modestie de ses exigences ont déplu à son hôte, Omar s'enhardit :

— J'ai toujours voulu construire un observatoire, avec un grand sextant en pierre, un astrolabe et divers instruments. Je voudrais mesurer la longueur exacte de l'année solaire.

— Exaucé! Dès la semaine prochaine, des fonds te seront alloués à cet effet, tu choisiras l'emplacement et ton observatoire s'élèvera en quelques mois. Mais rien d'autre, dis-moi, ne te ferait plaisir?

— Par Dieu, je ne veux plus rien, ta générosité me comble et me noie.

— Alors peut-être pourrais-je à mon tour te formuler une demande?

— Après ce que tu viens de m'accorder, ce sera un bonheur pour moi de te montrer une part infime de mon immense gratitude.

Nizam ne se fait pas prier.

— Je te sais discret, peu enclin à la parole, je te sais sage, juste, équitable, en mesure de discerner le vrai du faux en toute chose, je te sais digne de confiance : je voudrais remettre entre tes mains la charge la plus délicate de toutes.

Omar s'attend au pire, et c'est bien le pire qui l'attend.

– Je te nomme *sahib-khabar.*

– *Sahib-khabar,* moi, chef des espions?

– Chef des renseignements de l'empire. Ne réponds pas à la hâte, il ne s'agit pas d'espionner les bonnes gens, de s'introduire dans les demeures des croyants, mais de veiller à la tranquillité de tous. Dans un État, la moindre exaction, la moindre injustice doit être connue du souverain et réprimée de façon exemplaire, quel que soit le coupable. Comment savoir si tel cadi ou tel gouverneur de province ne profite pas de sa fonction pour s'enrichir aux dépens des humbles? Par nos espions, puisque les victimes n'osent pas toujours se plaindre!

– Encore faut-il que ces espions ne se laissent pas acheter par les cadis, les gouverneurs ou les émirs, qu'ils ne deviennent pas leurs complices!

– Ton rôle, le rôle du *sahib-khabar,* est précisément de trouver des hommes incorruptibles pour les charger de ces missions.

– Si ces hommes incorruptibles existent, ne serait-il pas plus simple de les nommer eux-mêmes gouverneurs ou cadis!

Observation naïve, mais qui, aux oreilles de Nizam, semble persifler. Il s'impatiente et se lève :

– Je n'ai pas le désir d'argumenter. Je t'ai dit ce que je t'offrais et ce que j'attendais de toi. Va, réfléchis à ma proposition, pèses-en calmement le pour et le contre et reviens demain avec une réponse.

XIII

Réfléchir, peser, évaluer, Khayyam n'en est plus capable ce jour-là. En sortant du *divan,* il s'enfonce dans la plus étroite ruelle du bazar, serpente à travers hommes et bêtes, avance sous les voûtes de stuc entre les monticules d'épices. A chaque pas la ruelle est un peu plus sombre, la foule semble se mouvoir au ralenti, vociférer en murmures, marchands et chalands sont des acteurs masqués, des danseurs somnambules. Omar va à l'aveuglette, tantôt à gauche, tantôt à droite, il craint de tomber ou de s'évanouir. Soudain il débouche sur une petite place noyée de lumière, véritable clairière dans la jungle. Le soleil cru le fouette; il se redresse, respire. Que lui arrive-t-il? on lui a proposé le paradis enchaîné à l'enfer, comment dire oui, comment dire non, avec quelle face se représenter devant le grand vizir, avec quelle face quitter la ville?

A sa droite, la porte d'une taverne est entrouverte; il la pousse, descend quelques marches ensablées, atterrit dans une salle au plafond bas, mal éclairée. Le plancher de terre moite, les bancs incertains, les tables délavées. Il commande un vin sec de Kom. On le lui apporte dans une jarre ébréchée. Il le hume longuement, les yeux clos.

Passe le temps béni de ma jeunesse,
Pour oublier je me verse du vin.
Il est amer? C'est ainsi qu'il me plaît,
Cette amertume est le goût de ma vie.

Mais soudain surgit une idée. Sans doute lui fallait-il plonger jusqu'au fond de cette taverne sordide pour la trouver, cette idée; elle l'attendait ici, sur cette table, à la troisième gorgée de la quatrième coupe. Il règle la note, laisse un généreux bakchich, refait surface. La nuit est tombée, la place est déjà vide, chaque ruelle du bazar est barrée d'un lourd portail protecteur. Omar doit faire un détour pour rejoindre son caravansérail.

Quand il entre dans sa chambre sur la pointe des pieds, Hassan dort déjà, le visage sévère et torturé. Omar le contemple longuement. Mille questions parcourent son esprit, mais il les écarte sans chercher à répondre. Sa décision est prise, irrévocable.

Une légende court les livres. Elle parle de trois amis, trois Persans qui ont marqué, chacun à sa façon, les débuts de notre millénaire : Omar Khayyam qui a observé le monde, Nizam-el-Molk qui l'a gouverné, Hassan Sabbah qui l'a terrorisé. On dit qu'ils étudièrent ensemble à Nichapour. Ce qui ne peut être vrai, Nizam avait trente ans de plus qu'Omar et Hassan a fait ses études à Rayy, peut-être un peu aussi dans sa ville natale de Kom, certainement pas à Nichapour.

La vérité se trouve-t-elle dans le *Manuscrit de Samarcande?* La chronique qui parcourt les marges affirme que les trois hommes se sont retrouvés pour la première fois à Ispahan, dans le *divan* du grand vizir, à l'initiative de Khayyam, aveugle apprenti du destin.

Nizam s'était isolé dans la petite salle du palais, entouré de quelques papiers. Dès qu'il a vu le visage d'Omar dans l'encadrement de la porte, il a compris que la réponse serait négative.

— Ainsi donc, mes projets t'indiffèrent.

Khayyam réplique, contrit mais ferme :

— Tes rêves sont grandioses et je souhaite qu'ils se réalisent, mais ma contribution ne peut être celle que tu m'as proposée. Entre les secrets et ceux qui les dévoilent, je suis du côté des secrets. La première fois qu'un agent viendra me rapporter une conversation, je lui imposerai silence en lui déclarant que ces affaires ne regardent ni lui ni moi, je lui interdirai ma maison. Ma curiosité des gens et des choses s'exprime autrement.

— Je respecte ta décision, je ne crois pas inutile pour l'empire que des hommes se consacrent entièrement à la science. Bien entendu, tout ce que je t'ai promis, l'or annuel, la maison, l'observatoire, te sont dus, je ne reprends jamais ce que j'ai donné de plein gré. J'aurais voulu t'associer de près à mon action, je me console en me disant que les chroniques écriront pour la postérité : du temps de Nizam-el-Molk a vécu Omar Khayyam, il était honoré, à l'abri des intempéries, il pouvait dire non au grand vizir sans risquer la disgrâce.

— Je ne sais si je pourrai un jour manifester toute la gratitude que mérite ta magnanimité.

Omar s'est interrompu. Il hésite avant de poursuivre :

— Peut-être pourrais-je faire oublier mon refus en te présentant un homme que je viens de rencontrer. Il est d'une grande intelligence, son savoir est immense et son habileté désarmante. Il me semble tout indiqué pour la fonction de *sahib-khabar* et je suis sûr que ta proposition l'enchantera. Il m'a avoué qu'il était venu de Rayy à Ispahan avec le ferme espoir de se faire engager auprès de toi.

— Un ambitieux, murmure Nizam entre les dents. C'est bien là mon destin. Quand je trouve un homme digne de confiance, il manque d'ambition et se méfie des choses du pouvoir; et quand un homme me semble prêt à sauter sur la première fonction que je lui offre, son empressement m'inquiète.

Il paraît las et résigné.

— Par quel nom connaît-on cet homme?

— Hassan fils d'Ali Sabbah. Je me dois cependant de te prévenir, il est né à Kom.

— Un chiite imamien? Cela ne me gêne pas. Bien que je sois hostile à toutes les hérésies et à toutes les déviations. Certains de mes meilleurs collaborateurs sont des sectateurs d'Ali, mes meilleurs soldats sont arméniens, mes trésoriers sont juifs, je ne leur dénie pas pour autant ma confiance et ma protection. Les seuls dont je me méfie sont les ismaéliens. Ton ami n'appartient pas à cette secte, je suppose?

— Je l'ignore. Mais Hassan m'a accompagné jusqu'ici. Il attend dehors. Avec ta permission, je vais l'appeler, tu pourras l'interroger.

Omar a disparu quelques secondes. Il est revenu accompagné de son ami, qui ne semble nullement intimidé. Pourtant Khayyam, lui, devine sous la barbe deux muscles qui se tendent et frémissent.

— Je te présente Hassan Sabbah, jamais autant de savoir n'a pu tenir dans un turban aussi serré.

Nizam sourit.

— Me voilà bien doctement entouré. Ne dit-on pas que le prince qui fréquente les savants est le meilleur des princes?

C'est Hassan qui réplique :

— On dit aussi que le savant qui fréquente les princes est le pire des savants.

Un grand rire les rapproche, franc mais bref. Nizam fronce déjà les sourcils, il désire quitter au plus vite l'inévitable proverbiage qui introduit toute palabre persane pour exposer à Hassan ce qu'il attend de lui. Or, curieusement, dès les premiers mots ils se retrouvent complices, Omar n'a plus qu'à s'éclipser.

Ainsi, très vite, Hassan Sabbah est devenu l'indispensable collaborateur du grand vizir. Il a réussi à mettre en place un réseau touffu d'agents, faux marchands, faux derviches, faux pèlerins, qui sillonnent l'empire seldjoukide, ne laissant aucun palais, aucune maison ni fond de bazar à l'abri de leurs oreilles. Complots, rumeurs, médisances, tout est rapporté, exposé, déjoué, d'une manière discrète ou exemplaire.

Aux premiers temps, Nizam est comblé, la redoutable machine est entre ses mains. Il en tire fierté auprès du sultan Malikshah, jusque-là réticent. Son père Alp Arslan ne lui avait-il pas recommandé de s'opposer à cette forme de politique? « Quand tu auras implanté partout des espions, l'avait-il prévenu, tes vrais amis ne s'en méfieront pas, puisqu'ils se savent fidèles. Alors que les félons seront sur leurs gardes. Ils voudront soudoyer les informateurs. Peu à peu, tu commenceras à recevoir des rapports défavorables à tes vrais amis, favorables à tes ennemis. Or les paroles, bonnes ou mauvaises, sont comme des flèches, quand on en tire plusieurs, il y en a bien une qui atteindra son but. Alors ton cœur se fermera à tes amis, les félons prendront leur place à tes côtés, que restera-t-il de ta puissance? »

Il faudra attendre qu'une empoisonneuse soit

démasquée dans son propre harem pour que le sultan cesse de douter de l'utilité du chef des espions; du jour au lendemain, il en fait l'un de ses familiers. Mais c'est Nizam qui alors prend ombrage de l'amitié qui s'établit entre Hassan et Malikshah. Les deux hommes sont jeunes, il leur arrive de plaisanter ensemble aux dépens du vieux vizir, surtout le vendredi, jour du *shölen,* le banquet traditionnel que le sultan offre à ses familiers.

La première partie des festivités est fort officielle, fort retenue. Nizam est assis à la droite de Malikshah. Lettrés et savants les entourent, des discussions s'animent sur les sujets les plus variés, des mérites comparés des épées indiennes ou yéménites aux diverses lectures d'Aristote. Le sultan se passionne un moment pour ce genre de joutes, puis il se dissipe, son œil ne se fixe plus. Le vizir comprend qu'il est l'heure de partir, les dignes invités le suivent. Musiciens et danseuses les remplacent à l'instant, les cruches de vin se déhanchent, la beuverie, douce ou folle selon l'humeur du prince, se prolonge jusqu'au matin. Entre deux accords de rebec, de luth ou de *târ,* des chansonniers improvisent sur leur thème favori : Nizam-el-Molk. Incapable de se passer de son puissant vizir, le sultan se venge par le rire. Il suffit de voir avec quelle frénésie enfantine il tape des mains pour deviner qu'un jour il en viendra à frapper son « père ».

Hassan sait nourrir chez le souverain tout signe de ressentiment à l'encontre de son vizir. De quoi Nizam se prévaut-il, de sa sagesse, de son savoir? Hassan fait habile étalage de l'une comme de l'autre. De sa capacité à défendre le trône et l'empire? Hassan a fait en peu de temps la preuve d'une compétence équivalente. De sa fidélité? Quoi de plus simple que de mimer la loyauté, elle n'est jamais plus vraie que dans les bouches menteuses.

Plus que tout, Hassan sait cultiver en Malikshah sa proverbiale avarice. Constamment il l'entretient des dépenses du vizir, lui fait remarquer ses nouvelles robes et celles de ses proches. Nizam aime le pouvoir et l'apparat, Hassan n'aime que le pouvoir. En cela, il sait être un ascète de la domination.

Quand il sent Malikshah totalement livré, mûr pour donner l'estocade à son éminence grise, Hassan crée l'incident. La scène se déroule dans la salle du trône, un samedi. Le sultan s'est réveillé à midi avec le désagrément d'un mal de tête. Il est d'humeur massacrante, et d'apprendre que soixante mille dinars d'or viennent d'être distribués aux soldats de la garde arménienne du vizir l'exaspère. L'information, nul n'en doute, est arrivée par le biais de Hassan et de son réseau. Nizam explique patiemment que pour prévenir toute velléité d'insoumission il faut nourrir les troupes, voire les engraisser, que pour venir à bout de la moindre rébellion on serait contraint de dépenser dix fois plus. Mais à force de jeter l'or par brassées entières, rétorque Malikshah, on finira par ne plus pouvoir payer la solde ; alors commenceront les vraies rébellions. Un bon gouvernement ne doit-il pas savoir garder son or pour les moments difficiles ?

L'un des douze fils de Nizam, qui assiste à la scène, croit habile d'intervenir :

— Aux premiers temps de l'islam, alors qu'on accusait le calife Omar de dépenser tout l'or amassé pendant les conquêtes, celui-ci demanda à ses détracteurs : « Cet or, n'est-ce pas la bonté du Très-Haut qui nous l'a prodigué ? Si vous croyez Dieu incapable d'en prodiguer davantage, ne dépensez plus rien. Quant à moi, j'ai foi en l'infinie générosité du Créateur, je ne garderai pas dans mon coffre une seule pièce que je pourrais dépenser pour le bien des musulmans. »

Mais Malikshah n'a pas l'intention de suivre cet

exemple, il nourrit une idée dont Hassan l'a convaincu ; il ordonne :

— J'exige que l'on me présente un relevé détaillé de tout ce qui rentre dans mon Trésor et de la manière précise dont il est dépensé. Quand pourrai-je l'avoir ?

Nizam paraît accablé.

— Je peux fournir ce relevé, mais il faudra du temps.

— Combien de temps, *khwajé* ?

Il n'a pas dit *ata,* mais *khwajé,* appellation fort respectueuse, mais dans ce contexte si distante qu'elle ressemble fort à un désaveu, prélude à la disgrâce.

Désemparé, Nizam explique :

— Il faut envoyer un émissaire dans chaque province, effectuer de longs calculs. Par la grâce de Dieu, l'empire est immense, il sera difficile d'achever ce rapport en moins de deux ans.

Mais Hassan s'approche d'un air solennel :

— Je promets à notre maître que s'il m'en fournit les moyens, s'il ordonne que tous les papiers du *divan* me soient remis entre les mains, je lui présenterai un rapport complet d'ici quarante jours.

Le vizir veut répondre, mais Malikshah s'est déjà levé. Il se dirige à grandes enjambées vers la sortie en lançant :

— Fort bien, Hassan s'installera dans le *divan.* Tout le secrétariat sera à ses ordres. Personne n'y entrera sans son autorisation. Et dans quarante jours je trancherai.

XIV

Aussitôt, tout l'empire est en émoi, l'administration est paralysée, on rapporte des mouvements de troupes, on parle de guerre civile. Nizam, dit-on, a distribué des armes dans certains quartiers d'Ispahan. Au bazar, la marchandise a été mise à l'abri. Les portails des principaux souks, ceux des joailliers notamment, sont fermés dès le début de l'après-midi. Dans les environs du *divan,* la tension est extrême. Le grand vizir a dû abandonner ses bureaux à Hassan, mais sa résidence les jouxte, et seul un petit jardin le sépare de ce qui est devenu le quartier général de son rival. Or ce jardin est transformé en véritable caserne, la garde personnelle de Nizam y patrouille nerveusement, armée jusqu'aux dents.

Aucun homme n'est plus embarrassé qu'Omar. Il voudrait intervenir pour calmer les esprits, trouver un accommodement entre les deux adversaires. Mais, si Nizam continue à le recevoir, il ne manque pas une occasion de lui reprocher « le cadeau empoisonné » qu'il lui a fait. Quant à Hassan, il vit constamment enfermé avec ses papiers, occupé à préparer le rapport qu'il doit présenter au sultan. La nuit seulement, il consent à s'étendre sur le grand tapis du *divan,* entouré d'une poignée de fidèles.

Trois jours avant la date fatidique, Khayyam veut néanmoins tenter une dernière médiation. Il se rend auprès de Hassan et insiste pour le voir, mais on lui demande de revenir une heure plus tard, le *sahib-khabar* étant en réunion avec les trésoriers. Omar décide donc de faire quelques pas au-dehors. Il vient de franchir le portail quand un eunuque sultanien, tout habillé de rouge, s'adresse à lui :

— Si *khwajé* Omar daigne me suivre, il est attendu!

Après que l'homme l'a conduit à travers un labyrinthe de tunnels et d'escaliers, Khayyam se retrouve dans un jardin dont il ne soupçonnait pas l'existence. Des paons s'y pavanent en liberté, des abricotiers y fleurissent, une fontaine chante. Derrière la fontaine, ils ont atteint une porte basse incrustée de nacre. L'eunuque l'a ouverte. Il invite Omar à s'avancer.

C'est une vaste pièce aux murs tapissés de brocart, avec à son extrémité une sorte de niche voûtée que protège une tenture. Celle-ci frémit, indiquant une présence. Khayyam vient à peine d'entrer que la porte s'est refermée avec un bruit feutré. Une minute d'attente encore, de perplexité, puis une voix de femme se fait entendre. Il ne la reconnaît pas, il croit identifier quelque dialecte turc. Mais la voix est basse, le débit vif, seuls quelques mots émergent comme les rocs d'un torrent. Le sens du discours lui échappe, il voudrait l'interrompre, lui demander de parler en persan, en arabe, ou alors plus lentement, mais il n'est pas si aisé de s'adresser à une femme à travers une tenture. Il se résigne à attendre qu'elle en ait fini. Soudain une autre voix lui succède :

— Ma maîtresse Terken Khatoun, épouse du sultan, te remercie d'être venu à ce rendez-vous.

Cette fois, la langue est persane, et la voix,

Khayyam la reconnaîtrait dans un bazar à l'heure du Jugement. Il va crier, mais son cri se mue soudain en un murmure joyeux et plaintif :

– Djahane !

Elle écarte le bord de la tenture, relève son voile et sourit, mais d'un geste l'empêche d'approcher.

– La sultane, dit-elle, est préoccupée par la lutte qui se déroule au sein du *divan*. Le malaise se propage, le sang va être répandu. Le sultan lui-même en est très affecté, il est devenu irritable, le harem retentit de ses éclats de colère. Cette situation ne peut durer. La sultane sait que tu tentes l'impossible pour réconcilier les deux protagonistes, elle souhaite de te voir réussir, mais cela lui semble éloigné.

Khayyam a approuvé d'un hochement de tête résigné. Djahane poursuit :

– Terken Khatoun estime qu'il serait préférable, au point où en sont les choses, d'écarter les deux adversaires et de confier le vizirat à un homme de bien, capable de calmer les esprits. Son époux, notre maître, n'a que faire, selon elle, des intrigants qui l'entourent, il n'a besoin que d'un homme sage, dénué de basses ambitions, un homme de bon jugement et d'excellent conseil. Le sultan te tenant en haute estime, elle voudrait lui suggérer de te nommer grand vizir, ta nomination soulagerait la cour tout entière. Néanmoins, avant d'avancer une telle suggestion, elle voulait s'assurer de ton accord.

Omar a mis du temps à réaliser ce qu'on lui demande, mais il s'écrie :

– Par Dieu, Djahane, chercherais-tu ma perte ? Me vois-tu commander les armées de l'empire, décapiter un émir, réprimer une révolte d'esclaves ? Laisse-moi à mes étoiles !

– Écoute-moi, Omar. Je sais que tu n'as pas le désir de diriger les affaires, ton rôle sera simplement d'être là. Les décisions seront prises et exécutées par d'autres!

— Autrement dit, tu seras le vrai vizir, et ta maîtresse le vrai sultan, c'est cela, n'est-ce pas, que tu cherches?

— En quoi cela te gênerait-il? Tu auras les honneurs, sans avoir les soucis, que pourrais-tu souhaiter de mieux?

Terken Khatoun intervient pour nuancer le propos. Djahane traduit :

— Ma maîtresse dit : c'est parce que des hommes comme toi se détournent de la politique que nous sommes si mal gouvernés. Elle estime que tu as toutes les qualités pour être un excellent vizir.

— Dis-lui que les qualités qu'il faut pour gouverner ne sont pas celles qu'il faut pour accéder au pouvoir. Pour bien gérer les affaires, il faut s'oublier, ne s'intéresser qu'aux autres, surtout aux plus malheureux; pour arriver au pouvoir, il faut être le plus avide des hommes, ne penser qu'à soi-même, être prêt à écraser ses plus proches amis. Et moi je n'écraserai personne!

Pour l'heure, les projets des deux femmes en resteront là. Omar refusera de se plier à leurs exigences. Cela n'aurait servi à rien, d'ailleurs, l'affrontement entre Nizam et Hassan était devenu inéluctable.

Ce jour-là, la salle d'audience est une arène paisible, les quinze personnes qui s'y trouvent se contentent de s'observer en silence. Malikshah lui-même, d'habitude si exubérant, converse à mi-voix avec son chambellan en triturant, c'est sa manie, le bout de sa moustache. De temps à autre, il risque un regard vers les deux gladiateurs. Hassan est debout, robe noire froissée, turban noir, barbe plus basse que d'ordinaire, visage creusé, yeux ardents prêts à croiser ceux de Nizam, mais rouges de fatigue et de veille. Derrière lui, un secrétaire porte une liasse de papiers enserrés dans une large bande de cordouan.

Privilège des ans, le grand vizir est assis, affalé même. Sa robe est grise, sa barbe blanchissante, son front parcheminé, seul son regard paraît jeune et alerte, pétillant même. Deux de ses fils l'accompagnent, ils distribuent alentour des expressions de haine ou de défi.

Tout près du sultan se tient Omar, aussi ténébreux qu'accablé. Il formule dans sa tête des paroles conciliantes qu'il n'aura sans doute jamais l'occasion de prononcer.

— C'est aujourd'hui qu'on nous a promis un rapport détaillé sur l'état de notre Trésor, est-ce prêt? demande Malikshah.

Hassan s'incline.

— Ma promesse est tenue, le rapport est ici.

Il s'est retourné vers son secrétaire qui le rejoint, empressé, défait le cordon de cuir et lui tend la liasse. Sabbah en entreprend la lecture. Les premières pages ne sont, selon la coutume, que remerciements, pieuses adresses, savantes citations, pages éloquentes bien tournées, mais l'auditoire attend davantage. Il y arrive :

— J'ai pu calculer avec précision, déclare-t-il, ce qu'a rapporté au Trésor sultanien la perception de chaque province, de chaque ville renommée. J'ai également évalué le butin gagné sur l'ennemi et je sais maintenant de quelle façon cet or a été dépensé...

Cérémonieusement, il se racle la gorge, tend à son secrétaire la page qu'il vient de lire, approche la suivante de ses yeux. Ses lèvres s'entrouvrent puis se serrent. Le silence retombe. Il a écarté la feuille, plongé son regard dans la suivante, l'a rangée à son tour d'un geste rageur. Toujours le silence.

Le sultan s'agite, il s'impatiente :

— Que se passe-t-il? Nous t'écoutons.

— Maître, je ne retrouve pas la suite. J'avais rangé mes papiers dans l'ordre, la feuille que je cherche a dû tomber, je la retrouverai.

Piteusement, il fouille encore. Nizam en profite pour intervenir, sur un ton qui se veut magnanime :

— Il peut arriver à chacun d'égarer un papier, il ne faut pas en vouloir à notre jeune ami. Au lieu d'attendre ainsi, je propose de passer à la suite du rapport.

— Tu as raison, *ata,* passons à la suite.

Chacun a remarqué que le sultan a de nouveau appelé son vizir « père ». Est-ce le signe d'un regain de faveur? Alors que Hassan nage dans la plus lamentable confusion, le vizir pousse son avantage :

— Oublions cette page perdue. Au lieu de faire attendre le sultan, je suggère que notre frère Hassan nous présente les chiffres concernant quelques villes ou provinces importantes.

Le sultan s'empresse d'acquiescer. Nizam enchaîne :

— Prenons par exemple la ville de Nichapour, patrie d'Omar Khayyam, ici présent. Pourrions-nous savoir combien cette ville et sa province ont rapporté au Trésor?

— Tout de suite, répond Hassan, qui cherche à retomber sur ses pieds.

D'une main experte, il a fendu la liasse, a voulu en extraire la page trente-quatre où il sait avoir inscrit tout ce qui concerne Nichapour. Vainement.

— La page n'est pas là, dit-il, elle a disparu... On me l'a volée... On a dispersé mes papiers...

Nizam s'est levé. Il s'approche de Malikshah et lui chuchote à l'oreille :

— Si notre maître n'a pas confiance dans ses serviteurs les plus compétents, ceux qui savent la difficulté des choses et discernent le possible de l'impossible, il ne manquera pas de se retrouver ainsi insulté et bafoué, accroché aux lèvres d'un fou, d'un charlatan ou d'un ignorant.

Malikshah ne se doute pas un instant qu'il vient d'être la victime d'une géniale machination. Comme le rapportent les chroniqueurs, Nizam-el-Molk avait réussi à soudoyer le secrétaire de Hassan, lui ordonnant d'escamoter certaines pages et de changer la place des autres, réduisant à néant le patient travail effectué par son rival. Ce dernier a beau dénoncer un complot, le tumulte couvre sa voix, et le sultan, déçu d'avoir été joué, mais plus encore de constater que sa tentative de secouer la tutelle de son vizir a échoué, rejette sur Hassan toute la faute. Ayant ordonné aux gardes de se saisir de lui, il prononce, séance tenante, sa condamnation à mort.

Pour la première fois, Omar prend la parole :

— Que notre maître soit clément. Hassan Sabbah a peut-être commis des erreurs, peut-être a-t-il péché par excès de zèle ou excès d'enthousiasme, et pour ces écarts il doit être congédié, mais il ne s'est rendu coupable d'aucune faute grave envers ta personne.

— Alors qu'il soit aveuglé! Apportez la galène, faites rougir le fer.

Hassan demeure muet, c'est Omar qui intervient à nouveau. Il ne peut laisser tuer ou aveugler un homme qu'il a lui-même fait engager.

— Maître, supplie-t-il, n'inflige pas pareil châtiment à un homme jeune qui ne pourrait se consoler de sa disgrâce que dans la lecture et l'écriture.

Alors Malikshah dit :

– C'est pour toi, *khwajé* Omar, le plus sage, le plus pur des hommes, que j'accepte de revenir une fois encore sur ma décision. Hassan Sabbah est donc condamné au bannissement, il s'exilera vers une contrée lointaine jusqu'à la fin de sa vie. Jamais il ne pourra fouler à nouveau le sol de l'empire.

Mais l'homme de Kom reviendra, pour accomplir une vengeance exemplaire.

LIVRE DEUX

Le paradis des Assassins

Le paradis et l'enfer sont en toi.

Omar KHAYYAM.

XV

Sept années ont passé, sept années fastes pour Khayyam comme pour l'empire, les dernières années de paix.

Une table dressée sous un plafond de vigne, une carafe au col étiré pour le meilleur vin blanc de Chiraz, musqué à point, tout autour un festin éclaté en cent petits bols, tel est le rituel d'une soirée de juin sur la terrasse d'Omar. Commencer par le plus léger, recommande-t-il, d'abord le vin, les fruits, puis les mets composés, riz aux épines-vinettes et coings farcis.

Un vent subtil, il arrive des monts Jaunes à travers les vergers en fleurs. Djahane saisit un luth, en pince une corde puis une autre. La musique étalée, lente, accompagne le vent. Omar lève sa coupe, la hume profondément. Djahane l'observe. Elle choisit sur la table le plus gros jujube, le plus rouge, le plus lisse de peau, elle l'offre à son homme, ce qui, dans le langage des fruits, signifie « un baiser, tout de suite ». Il se penche vers elle, leurs lèvres se frôlent, se fuient, se frôlent encore, s'écartent et s'unissent. Leurs doigts s'enlacent, une servante arrive, sans hâte ils se séparent, saisissent chacun sa coupe. Djahane sourit et murmure :

– Si j'avais sept vies, j'en passerais une à venir

m'étendre chaque soir sur cette terrasse, sur ce *divan* langoureux je boirais ce vin, je plongerais les doigts dans ce bol, le bonheur s'embusque dans la monotonie.

Omar réplique :

— Une vie, ou trois ou sept, je les traverserais toutes comme je traverse celle-ci, étendu sur cette terrasse, ma main dans tes cheveux.

Ensemble, et différents. Amants depuis neuf ans, mariés depuis quatre ans, leurs rêves ne vivent toujours pas sous le même toit. Djahane dévore le temps, Omar le sirote. Elle veut dominer le monde, elle a l'oreille de la sultane, qui a l'oreille du sultan. Le jour, elle intrigue au harem royal, surprend les messages qui vont et viennent, les rumeurs d'alcôves, les promesses de joyaux, les relents de poison. Elle s'excite, elle s'agite, elle s'enflamme. Le soir, elle s'abandonne au bonheur d'être aimée. Pour Omar, la vie est différente, elle est plaisir de la science, science du plaisir. Il se lève tard, boit à jeun le traditionnel « coup du matin », puis s'installe à sa table de travail, écrit, calcule, trace lignes et figures, écrit encore, transcrit quelque poème dans son livre secret.

La nuit, il se rend à l'observatoire bâti sur un monticule proche de sa maison. Il n'a qu'un jardin à traverser pour se retrouver au milieu des instruments qu'il chérit et qu'il caresse, qu'il huile et astique de sa main. Souvent il est accompagné de quelque astronome de passage. Les trois premières années de son séjour ont été consacrées à l'observatoire d'Ispahan, il en a supervisé la construction, la fabrication du matériel, surtout il a mis en place le nouveau calendrier, inauguré en pompe le premier jour de Favardin 458, le 21 mars 1079. Quel Persan pourrait oublier que cette année-là, en vertu des calculs de Khayyam, la sacro-sainte fête du Norouze a été déplacée, que le nouvel an qui devait tomber au milieu du signe des Poissons a été retardé jusqu'au premier soleil du Bélier, que c'est depuis cette réforme que les mois persans se confondent avec les signes des astres, Favardin devenant ainsi le mois du Bélier, Esfand celui des Poissons? En juin 1081, les habitants d'Ispahan et de tout l'empire vivent donc la troisième année de la nouvelle ère. Celle-ci porte officiellement le nom du sultan, mais dans la rue, et même dans certains documents, on se contente de mentionner « telle année de l'ère d'Omar Khayyam ». Quel homme a connu de son vivant pareil honneur? C'est dire si Khayyam, alors âgé de trente-trois ans, est un personnage renommé et respecté. Sans doute même est-il redouté par ceux qui ignorent sa profonde aversion pour la violence et la domination.

Ce qui le rapproche malgré tout de Djahane? Un détail, mais un gigantesque détail : ni l'un ni l'autre ne veulent d'enfants. Djahane s'est décidée une fois pour toutes à ne pas s'alourdir d'une progéniture. Khayyam a fait sienne la maxime d'Aboul-Ala, un poète syrien qu'il vénère : « Je souffre par la faute de celui qui m'a engendré, personne ne souffrira par ma faute. »

Ne nous méprenons pas sur cette attitude, Khayyam n'a rien d'un misanthrope. N'est-ce pas lui qui a écrit : « Quand la douleur t'accable, quand tu en viens à souhaiter qu'une nuit éternelle s'abatte sur le monde, pense à la verdure qui miroite après la pluie, pense au réveil d'un enfant. » S'il refuse de procréer, c'est que l'existence lui semble trop lourde à porter. « Heureux celui qui n'est jamais venu au monde », ne cesse-t-il de clamer.

On le voit, les raisons qu'ils ont l'un et l'autre de refuser de donner la vie ne sont pas identiques. Elle agit par excès d'ambition, lui, par excès de détachement. Mais se retrouver, homme et femme, étroitement unis par une attitude que condamnent tous les hommes et toutes les femmes de Perse, laisser chuchoter que l'un ou l'autre est stérile sans même daigner y répondre, voilà qui, en ce temps-là, tisse une impérieuse complicité.

Une complicité qui a ses limites, cependant. Il arrive que Djahane recueille auprès d'Omar la précieuse opinion d'un homme sans convoitise, mais rarement elle se soucie de l'informer de ses activités. Elle sait qu'il les désapprouverait. A quoi bon susciter d'interminables querelles? Certes, Khayyam n'est jamais bien loin de la cour. S'il évite de s'y incruster, s'il fuit et méprise toutes les intrigues, notamment celles qui opposent depuis toujours les médecins et les astrologues du palais, il n'en a pas moins des obligations auxquelles il lui est impossible d'échapper : assister parfois au banquet du vendredi, examiner quelque émir malade, surtout fournir à Malikshah son *taqvim,* son horoscope mensuel, le sultan étant, comme tout un chacun, censé le consulter pour savoir chaque jour ce qu'il doit ou ne doit pas faire. « Le 5, un astre te guette, tu ne quitteras pas le palais. Le 7, ni saignée ni potion d'aucune sorte. Le 10, tu enrouleras ton turban à l'envers. Le 13, tu n'approcheras aucune de tes femmes... » Jamais le sultan ne songerait à transgresser ces directives. Nizam non plus, qui reçoit son *taqvim* de la main d'Omar avant la fin du mois, le lit avidement et s'y conforme à la lettre. Peu à peu, d'autres personnages ont acquis ce privilège, le chambellan, le grand cadi d'Ispahan, les trésoriers, certains émirs de l'armée, certains riches marchands, ce qui finit par représenter pour Omar un travail considérable qui occupe les dix dernières nuits de chaque mois. Les gens sont si friands de prédictions! Les plus fortunés consultent Omar, les autres se trouvent un astrologue moins prestigieux, à moins que, pour chaque décision à prendre, ils ne s'adressent à un homme de religion qui, fermant les yeux, ouvre devant eux le Coran au hasard, pose le doigt sur un verset, dont il leur donne lecture afin qu'ils y découvrent la réponse à leur préoccupation. Certaines femmes pauvres, parce que pressées de prendre une décision, vont sur la place publique recueillir à la sauvette la première phrase entendue qu'elles interprètent comme une directive de la Providence.

— Terken Khatoun m'a demandé aujourd'hui si son *taqvim* pour le mois de Tîr était prêt, dit ce soir-là Djahane.

Omar promène son regard au plus loin :

— Je vais le lui préparer dans la nuit. Le ciel est limpide, aucune étoile ne se cache, il est temps que j'aille à l'observatoire.

Il s'apprêtait à se lever, sans empressement, lorsqu'une servante vient annoncer :

— Un derviche est à la porte, il demande l'hospitalité pour la nuit.

— Fais-le entrer, dit Omar. Donne-lui la petite chambre sous l'escalier et dis-lui de se joindre à nous pour le repas.

Djahane se couvre le visage afin de se préparer à l'entrée de l'étranger, mais la servante revient seule.

— Il préfère rester à prier dans la chambre, il m'a donné ce message.

Omar a lu. Il a blêmi, il s'est levé comme un automate. Djahane s'inquiète :

— Quel est cet homme ?

— Je reviens.

Déchirant le message en mille morceaux, il marche à grandes enjambées vers la petite chambre dont il referme la porte sur lui. Un instant d'attente, d'incrédulité. Une accolade, suivie d'un reproche :

— Que viens-tu faire à Ispahan ? Tous les agents de Nizam-el-Molk te recherchent.

— Je viens te convertir.

Omar le dévisage. Il veut s'assurer que l'autre a encore tous ses esprits, mais Hassan rit, de ce même rire feutré que Khayyam a connu dans le caravansérail de Kashan.

— Rassure-toi, tu es la dernière personne que je songerais à convertir, mais j'ai besoin d'un abri. Quel meilleur protecteur qu'Omar Khayyam, commensal du sultan, ami du grand vizir?

— Ils ont plus de haine pour toi que d'amitié pour moi. Tu es le bienvenu sous mon toit, mais ne crois pas un instant que mes relations te sauveraient si on soupçonnait ta présence.

— Demain je serai loin.

Omar se montre méfiant :

— Tu es revenu pour te venger?

Mais l'autre réagit comme si sa dignité venait d'être bafouée.

— Je ne cherche pas à venger ma misérable personne, je souhaite détruire la puissance turque.

Omar observe son ami : il a échangé son turban noir contre un autre, blanc mais imbibé de sable, et ses habits sont de laine grossière et usée.

— Tu me parais si sûr de toi! Je ne vois devant moi qu'un homme proscrit, traqué, se cachant de maison en maison, avec pour tout équipement ce ballot et ce turban, et tu prétends te mesurer à un empire qui s'étend sur tout l'Orient de Damas à Hérat!

— Tu parles de ce qui est, je parle de ce qui sera. Face à l'empire des Seldjoukides se dressera bientôt la Nouvelle Prédication, minutieusement organisée, puissante, redoutable. Elle fera trembler sultan et vizirs. Il n'y a pas si longtemps, quand toi et moi sommes nés, Ispahan appartenait à une dynastie persane et chiite qui imposait sa loi au calife de Baghdad. Aujourd'hui, les Persans ne sont plus que les serviteurs des Turcs, et ton ami Nizam-el-Molk est le plus vil serviteur de ces intrus. Comment peux-tu affirmer que ce qui était vrai hier est impensable pour demain ?

— Les temps ont changé, Hassan, les Turcs détiennent la force, les Persans sont vaincus. Les uns cherchent, comme Nizam, un compromis avec les vainqueurs, d'autres, comme moi, se réfugient dans les livres.

— Et d'autres encore se battent. Ils ne sont qu'une poignée aujourd'hui, demain ils seront des milliers, une armée nombreuse, décidée, invincible. Je suis l'apôtre de la Nouvelle Prédication, je parcourrai le pays sans relâche, j'userai de la persuasion comme de la force et, avec l'aide du Très-Haut, j'abattrai le pouvoir corrompu. Je te le dis à toi, Omar, qui m'as sauvé un jour la vie : le monde assistera bientôt à des événements dont peu de gens comprendront le sens. Toi, tu comprendras, tu sauras ce qui se passe, tu sauras qui secoue cette terre et comment va se terminer le tumulte.

— Je ne veux pas mettre en doute tes convictions ni ton enthousiasme, mais je me souviens de t'avoir vu à la cour de Malikshah disputer à Nizam-el-Molk les faveurs du sultan turc.

— Détrompe-toi, je ne suis pas l'ignoble personnage que tu suggères.

— Je ne suggère rien, je relève seulement quelques dissonances.

— Elles ne sont dues qu'à ton ignorance de mon passé. Je ne peux t'en vouloir de juger sur l'apparence des choses, mais tu me regarderas autrement quand je t'aurai raconté ma véritable histoire. Je viens d'une famille chiite traditionnelle. On m'a toujours appris que les ismaéliens n'étaient que des hérétiques. Jusqu'au moment où j'ai rencontré un missionnaire qui, pour avoir longuement discuté avec moi, a ébranlé ma foi. Quand, de peur de lui céder, je décidai de ne plus lui adresser la parole, je tombai malade. Si gravement que je crus ma dernière heure arrivée. J'y vis un signe, un signe du Très-Haut, et fis le vœu, si je survivais, de me convertir à la foi des ismaéliens. Je me rétablis du jour au lendemain. Dans ma famille, personne ne parvenait à croire à une aussi subite guérison.

» Bien entendu, je tins parole, prêtai serment, et au bout de deux ans on me confia une mission : me rendre auprès de Nizam-el-Molk, m'insinuer dans son *divan* afin de protéger nos frères ismaéliens en difficulté. J'ai donc quitté Rayy pour Ispahan, et me suis arrêté en route dans un caravansérail de Kashan. Me retrouvant seul dans ma petite chambre, j'étais en train de me demander par quel moyen j'allais pouvoir m'introduire auprès du grand vizir quand la porte s'est ouverte. Qui est entré? Khayyam, le grand Khayyam, que le Ciel m'avait dépêché en ce lieu pour faciliter ma mission.

Omar est stupéfait.

— Dire que Nizam-el-Molk m'avait demandé si tu étais ismaélien et que j'ai répondu que je ne le pensais pas!

— Tu n'as pas menti, tu ne savais pas. Maintenant, tu sais.

Il s'interrompt.

— Ne m'avais-tu pas offert de manger?

Omar a ouvert la porte, a hélé la servante, lui a demandé d'apporter quelques mets, puis il reprend son interrogatoire :

— Et depuis sept ans tu erres ainsi en habit de soufi?

— J'ai beaucoup erré. En quittant Ispahan, j'ai été poursuivi par des agents de Nizam qui voulaient ma mort. J'ai pu les semer à Kom où des amis m'ont caché, puis j'ai repris la route jusqu'à Rayy où j'ai rencontré un ismaélien qui m'a recommandé d'aller en Égypte, de me rendre à l'École des missionnaires qu'il avait lui-même fréquentée. J'ai fait un détour par l'Azerbaïdjan avant de redescendre sur Damas. Je comptais emprunter la route de l'intérieur vers Le Caire, mais on se battait autour de Jérusalem entre Turcs et Maghrébins et il m'a fallu rebrousser chemin, reprendre la route côtière par Beyrouth, Saïda, Tyr et Acre, d'où j'ai trouvé place sur un bateau. A mon arrivée à Alexandrie, j'ai été reçu comme un émir de haut rang, un comité d'accueil m'attendait, présidé par Abou-Daoud, chef suprême des missionnaires.

La servante vient d'entrer. Elle dépose quelques bols sur le tapis. Hassan entame une prière qu'il interrompt dès qu'elle est repartie.

— Au Caire, j'ai passé deux ans. Nous étions plusieurs dizaines à l'École des missionnaires, mais une poignée seulement d'entre nous était destinée à agir en dehors du territoire fatimide.

Il évite de donner trop de détails. On sait, toutefois, par diverses sources, que les cours se tenaient en deux lieux différents : les principes de la foi étaient exposés par des ulémas dans la médersa d'al-Azhar, les moyens de la propager étaient enseignés dans l'enceinte du palais califal. C'est le chef des missionnaires lui-même, haut personnage de la cour fatimide, qui exposait aux étudiants les méthodes de la persuasion, l'art de développer une argumentation, de parler à la raison autant qu'au cœur. C'est également lui qui leur faisait mémoriser le code secret qu'ils devaient utiliser dans leurs communications. A la fin de chaque séance, les étudiants venaient un à un s'agenouiller devant le chef des missionnaires qui leur passait sur la tête un document portant la signature de l'imam. Après quoi, une autre séance se tenait, plus courte, destinée aux femmes.

— J'ai reçu en Égypte tout l'enseignement dont j'avais besoin.

— Ne m'avais-tu pas dit un jour que tu savais déjà tout à dix-sept ans? persifle Khayyam.

— Jusqu'à dix-sept ans, j'ai accumulé des connaissances, puis j'ai appris à croire. Au Caire, j'ai appris à convertir.

— Et que dis-tu à ceux que tu cherches à convertir?

— Je leur dis que la foi n'est rien sans un maître pour l'enseigner. Quand nous proclamons : « Il n'y a pas d'autre dieu que Dieu », nous ajoutons tout de suite : « Et Mohammed est son Messager. » Pourquoi? Parce que cela n'aurait aucun sens d'affirmer qu'il y a un seul Dieu si nous ne citons pas la source, c'est-à-dire le nom de celui qui nous a appris une telle vérité. Mais cet homme, ce Messager, ce Prophète, il est mort depuis longtemps, comment pouvons-nous savoir qu'il a existé et qu'il a parlé comme on nous l'a rapporté? Moi qui ai lu comme toi Platon et Aristote, il me faut des preuves.

— Quelles preuves? Y a-t-il vraiment des preuves dans ces matières-là?

— Pour vous, les sunnites, il n'y a effectivement pas de preuve. Vous pensez que Mohammed est mort sans désigner d'héritier, qu'il a laissé les musulmans à l'abandon et qu'alors ils se sont laissé gouverner par le plus fort ou le plus rusé. C'est absurde. Nous pensons que le Messager de Dieu a nommé un successeur, un dépositaire de ses secrets : l'imam Ali, son gendre, son cousin, son presque frère. A son tour, Ali a désigné un successeur. La lignée des imams légitimes s'est ainsi perpétuée et, à travers eux, s'est transmise la preuve du message de Mohammed et de l'existence du Dieu unique.

— Dans tout ce que tu dis, je ne vois pas en quoi tu diffères des autres chiites.

— La différence est grande entre ma foi et celle de mes parents. Ils m'ont toujours appris que nous devions subir patiemment le pouvoir de nos ennemis en attendant que revienne l'imam caché, qui établira sur terre le règne de la justice et récompensera les vrais croyants. Ma propre conviction, c'est qu'il faut agir dès à présent, préparer par tous les moyens l'avènement de notre imam dans cette contrée. Je suis le Précurseur, celui qui aplanit la terre pour qu'elle soit prête à recevoir l'imam du Temps. Ignores-tu que le Prophète a parlé de moi?

— De toi, Hassan fils d'Ali Sabbah, natif de Kom?

— N'a-t-il pas dit : « Un homme viendra de Kom, il appellera les gens à suivre le droit chemin, des hommes se rassembleront autour de lui, comme des fers de lance, le vent des tempêtes ne les dispersera pas, ils ne se lasseront pas de la guerre, ils ne faibliront pas, et sur Dieu ils s'appuieront. »

— Je ne connais pas cette citation. J'ai pourtant lu les recueils des traditions certifiées.

— Tu as lu les recueils que tu veux, les chiites ont d'autres recueils.

— Et c'est de toi qu'il s'agit?

— Bientôt tu n'en douteras plus.

XVI

L'homme aux yeux exorbités a repris sa vie d'errance. Infatigable missionnaire, il parcourt l'Orient musulman, Balkh, Merv, Kashgar, Samarcande. Partout il prêche, il argumente, il convertit, il organise. Il ne quitte pas une ville ou un village sans y avoir désigné un représentant qu'il laisse entouré d'un cercle d'adeptes, chiites lassés d'attendre et de subir, sunnites persans ou arabes excédés par la domination des Turcs, jeunes en mal de remous, croyants en quête de rigueur. L'armée de Hassan grossit chaque jour. On les appelle « batinis », les gens du secret, on les traite d'hérétiques, d'athées. Les ulémas lancent anathème sur anathème : « malheur à qui s'associera à eux, malheur à qui mangera à leur table, malheur à qui s'unira à eux par le mariage, verser leur sang est aussi légitime que d'arroser son jardin ».

Le ton monte, la violence ne reste pas longtemps enfermée dans les mots. Dans la ville de Savah, le prédicateur d'une mosquée dénonce certaines personnes qui, aux heures de la prière, se rassemblent à l'écart des autres musulmans. Il invite la police à sévir. Dix-huit hérétiques sont arrêtés. Quelques jours plus tard, le dénonciateur est retrouvé poignardé. Nizam-el-Molk ordonne un châtiment exemplaire : un menuisier ismaélien est accusé du meurtre, il est torturé, crucifié, puis son corps est traîné à travers les ruelles du bazar.

« Ce prédicateur fut la première victime des ismaéliens, ce menuisier fut leur premier martyr », estime un chroniqueur, pour ajouter que leur premier grand succès fut remporté près de la ville de Kaïn, au sud de Nichapour. Une caravane arrivait de Kirman, convoyant plus de six cents marchands et pèlerins, ainsi qu'une importante cargaison d'antimoine. A une demi-journée de Kaïn, des hommes armés et masqués lui barrèrent la route. Le vieux de la caravane pensa qu'il s'agissait de brigands, il voulut négocier une rançon, il en avait l'habitude. Mais ce n'est pas de cela qu'il s'agissait. Les voyageurs furent conduits vers un village fortifié où on les retint pendant plusieurs jours, où on les sermonna en les invitant à se convertir. Certains acceptèrent, quelques autres furent relâchés, la plupart furent finalement massacrés.

Pourtant, ce détournement de caravane va bientôt apparaître comme une péripétie mineure dans la gigantesque mais sournoise épreuve de force qui se développe. Tueries et contre-tueries se succèdent, aucune ville, aucune province, ni aucune route n'est épargnée, la « paix seldjoukide » commence à s'effriter.

C'est alors qu'éclate la mémorable crise de Samarcande. « Le cadi Abou-Taher est à l'origine des événements », affirme péremptoirement un chroniqueur. Non, les choses ne sont pas si simples.

Il est vrai qu'un après-midi de novembre l'ancien protecteur de Khayyam arrive inopinément à Ispahan avec femmes et bagages, égrenant jurons et imprécations. Dès qu'il a franchi la porte de Tirah, il se fait conduire auprès de son ami, qui l'installe chez lui, heureux d'avoir enfin l'occasion de lui témoigner sa gratitude. Les effusions d'usage sont promptement expédiées. Abou-Taher demande, au bord des larmes :

— Il faut que je parle à Nizam-el-Molk, au plus tôt.

Khayyam n'a jamais vu le cadi dans un tel état. Il cherche à le rassurer :

— Nous irons voir le vizir dès cette nuit. Est-ce si grave ?

— J'ai dû m'enfuir de Samarcande.

Il ne peut continuer, sa voix s'étrangle, ses larmes coulent. Il a vieilli depuis leur dernière rencontre, sa peau est flétrie, sa barbe est blanche, seuls ses sourcils restent dressés en une frémissante broussaille noire. Omar prononce quelques phrases de consolation. Le cadi se reprend, ajuste son turban puis déclare :

— Te rappelles-tu cet homme qu'on surnommait l'Étudiant-Balafré ?

— Comment oublier celui qui a agité ma propre mort devant mes yeux !

— Tu te souviens qu'il se déchaînait contre le moindre soupçon de parfum d'hérésie ? Eh bien, depuis trois ans qu'il a rejoint les ismaéliens, il proclame aujourd'hui leurs erreurs avec le même zèle dont il usait pour défendre la Vraie Foi. Des centaines, des milliers de citadins le suivent. Il est le maître de la rue, il impose sa loi aux marchands du bazar. A plusieurs reprises, je suis allé voir le khan. Toi, tu as connu Nasr Khan, ses colères subites qui retombaient tout aussi subitement, ses accès de violence ou de prodigalité, Dieu ait son âme, je le mentionne dans chaque prière. Le pouvoir est aujourd'hui aux mains de son neveu Ahmed, un jeune homme glabre, indécis, imprévisible, je ne sais jamais par quelle épaule le prendre. A plusieurs reprises, je me suis plaint à lui des menées des hérétiques, je lui ai exposé les dangers de la situation, il ne m'écoutait que d'une oreille distraite, ennuyée. Voyant qu'il ne se décidait pas à agir, j'ai rassemblé les commandants de la milice, ainsi que quelques fonctionnaires dont la loyauté m'était acquise, et je leur ai demandé de surveiller les réunions des ismaéliens. Trois hommes de confiance se relayaient pour suivre l'Étudiant-Balafré, mon but étant de présenter au khan un rapport détaillé sur leurs activités afin de lui ouvrir les yeux. Jusqu'au jour où mes hommes m'informèrent que le chef des hérétiques était arrivé à Samarcande.

— Hassan Sabbah ?

— En personne. Les miens se postèrent aux deux bouts de la rue Abdack, dans le quartier de Ghatfar, où se tenait la réunion des ismaéliens. Quand Sabbah en sortit, déguisé en soufi, ils se jetèrent sur lui, lui recouvrirent la tête d'un sac de toile et me l'amenèrent. Sur-le-champ, je le conduisis au palais, fier d'annoncer au souverain ma capture. Or, pour la première fois, il se montra intéressé et demanda à voir le personnage. Seulement, quand Sabbah fut en sa présence, il ordonna de défaire ses liens et de le laisser seul avec lui. J'eus beau le prévenir contre ce dangereux hérétique, lui rappeler les méfaits dont il s'était rendu coupable, rien n'y fit. Il voulait, disait-il, convaincre l'homme de revenir vers le droit chemin. L'entretien se prolongea. De temps en temps, l'un de ses familiers entrebâillait la porte, les deux hommes discutaient toujours. Au petit matin, on les vit soudain se prosterner côte à côte pour la prière, murmurant les mêmes paroles. Les conseillers se bousculaient pour les observer.

Ayant bu une gorgée de sirop d'orgeat, Abou-Taher formule un remerciement avant de poursuivre :

— Il fallut se rendre à l'évidence, le maître de Samarcande, souverain de la Transoxiane, héritier de la dynastie des Khans-Noirs, venait d'adhérer à l'hérésie.

Certes, il évita de le proclamer, continua à simuler son attachement à la Vraie Foi, mais plus rien ne fut comme avant. Les conseillers du prince furent remplacés par des ismaéliens. Les chefs de la milice, artisans de la capture de Sabbah, moururent brutalement, l'un après l'autre. Ma propre garde fut remplacée par les hommes de l'Étudiant-Balafré. Quel choix me restait-il? Partir avec la première caravane de pèlerins, venir exposer la situation à ceux qui portent le glaive de l'islam, Nizam-el-Molk et Malikshah.

Le soir même, Khayyam a conduit Abou-Taher chez le vizir. Il l'introduit puis les laisse en tête à tête. Nizam écoute son visiteur avec recueillement, son visage a pris une expression d'inquiétude. Lorsque le cadi se tait, il lui lance :

— Sais-tu quel est le vrai responsable des malheurs de Samarcande, et de tous nos malheurs? C'est cet homme qui t'a accompagné jusqu'ici!

— Omar Khayyam?

— Qui d'autre? C'est *khwajé* Omar qui a intercédé en faveur de Hassan Sabbah le jour où je pouvais obtenir sa mort. Il nous a empêchés de le tuer. Pourra-t-il maintenant l'empêcher de nous tuer?

Le cadi ne sait que dire. Nizam soupire. Un court silence gêné s'ensuit.

— Que nous suggères-tu de faire?

C'est Nizam qui interroge. Abou-Taher a son idée toute prête, il l'énonce avec la lenteur des proclamations solennelles :

— Il est temps que le drapeau des Seldjoukides flotte sur Samarcande.

La face du vizir s'illumine puis se rembrunit.

— Tes paroles valent leur pesant d'or. Depuis des années je ne cesse de répéter au sultan que l'empire doit s'étendre vers la Transoxiane, que des villes prestigieuses et aussi prospères que Samarcande et Boukhara ne peuvent demeurer en dehors de notre autorité. Peine perdue, Malikshah ne veut rien entendre.

— L'armée du khan est pourtant très affaiblie, ses émirs ne sont plus payés, ses forteresses tombent en ruine.

— Cela, nous le savons.

— Malikshah craindrait-il de subir le sort de son père Alp Arslan si, comme lui, il franchissait le fleuve?

— Nullement.

Le cadi n'interroge plus, il attend l'explication.

— Le sultan ne craint ni le fleuve ni l'armée adverse, dit Nizam. Il a peur d'une femme!

— Terken Khatoun?

— Elle a juré que, si Malikshah franchissait le fleuve, elle lui interdirait à jamais sa couche et transformerait son harem en géhenne. Samarcande, ne l'oublions pas, est sa ville. Nasr Khan était son frère. Ahmed Khan est son neveu. C'est à sa famille qu'appartient la Transoxiane. Si le royaume bâti par ses ancêtres venait à s'écrouler, elle perdrait la place qu'elle occupe parmi les femmes du palais et compromettrait les chances qu'a son fils de succéder un jour à Malikshah.

— Mais son fils n'a que deux ans!

— Précisément, plus il est jeune, plus sa mère doit se battre pour lui conserver ses atouts.

— Si j'ai bien compris, conclut le cadi, le sultan n'acceptera jamais de prendre Samarcande.

— Je n'ai pas dit cela, mais il faut lui faire changer d'avis. Et il ne sera pas facile de trouver des armes plus persuasives que celles de la Khatoun.

Le cadi a rougi. Il sourit poliment, sans toutefois se laisser détourner de son propos.

— Ne suffirait-il pas que je répète devant le sultan ce que je viens de vous dire, ne suffirait-il pas que je l'informe du complot ourdi par Hassan Sabbah?

— Non, réplique sèchement Nizam.

Pour l'instant, il est trop absorbé pour argumenter. Un plan s'élabore dans sa tête. Son visiteur attend qu'il se détermine.

— Voici, énonce le vizir avec autorité. Demain matin, tu te présenteras à la porte du harem sultanien et tu demanderas à voir le chef des eunuques. Tu lui diras que tu arrives de Samarcande et que tu désirerais transmettre à Terken Khatoun des nouvelles de sa famille. S'agissant du cadi de sa ville, d'un vieux serviteur de sa dynastie, elle ne peut que te recevoir.

Le cadi n'a pas à effectuer plus d'un hochement de tête, Nizam poursuit :

— Quand tu seras dans la salle des tentures, .tu raconteras la misère dans laquelle se trouve Samarcande du fait des hérétiques, mais tu omettras d'évoquer la conversion d'Ahmed. Bien au contraire, tu laisseras entendre que Hassan Sabbah convoite son trône, que sa vie est menacée et que seule la Providence pourrait encore le sauver. Tu ajouteras que tu es venu me voir, mais que je n'ai pas su te prêter une oreille attentive, voire que je t'ai même dissuadé d'en parler au sultan.

Le lendemain, le stratagème réussit sans rencontrer le moindre obstacle. Tandis que Terken Khatoun prend sur elle de convaincre le sultan de la nécessité de sauver le khan de Samarcande, Nizam-el-Molk, qui fait mine de s'y opposer, s'occupe avec acharnement des préparatifs de l'expédition. Par cette guerre des dupes, Nizam ne cherche pas seulement à annexer la Transoxiane, encore moins à sauver Samarcande, il veut surtout rétablir son prestige bafoué par la subversion ismaélienne. Et là, il a besoin d'une victoire franche et retentissante. Depuis des années, ses espions lui jurent chaque jour que Hassan a été localisé, que son arrestation est imminente, mais le rebelle demeure insaisissable, ses troupes s'évaporent au premier contact. Nizam cherche donc une occasion de l'affronter face à face, armée contre armée. Samarcande est un terrain inespéré.

Au printemps 1089, une armée de deux cent mille hommes est en marche, avec éléphants et instruments de siège. Peu importent les intrigues et les mensonges qui ont présidé à sa mise sur pied, elle accomplira ce que toute armée doit accomplir. Elle commence par s'emparer de Boukhara, sans la moindre résistance, puis se dirige vers Samarcande. Arrivé aux portes de la ville, Malikshah annonce à Ahmed Khan, dans un message pathétique, qu'il est enfin venu le délivrer du joug des hérétiques. « Je n'ai rien demandé à mon auguste frère », répond froidement le khan. Malikshah s'en étonne auprès de Nizam qui ne s'en émeut guère : « Le khan n'est plus libre de ses mouvements, il faut faire comme s'il n'existait pas. » De toute manière, l'armée ne peut rebrousser chemin, les émirs veulent leur part du butin, ils ne reviendront pas les mains vides.

Dès les premiers jours, la trahison d'un gardien de tour a permis aux assiégeants de s'engouffrer dans la ville. Ils prennent position à l'ouest, près de la porte du Monastère. Les défenseurs, eux, se replient vers les souks du sud, autour de la porte de Kish. Une partie de la population a décidé de soutenir les troupes du sultan, elle les nourrit, les encourage, une autre partie a épousé la cause d'Ahmed Khan, chacun selon sa foi. Les combats font rage deux semaines durant, mais à aucun moment leur issue ne fait le moindre doute. Le khan, qui s'était réfugié chez un ami dans le quartier des coupoles, est bientôt fait prisonnier ainsi que tous les chefs ismaéliens, seul Hassan parvient à s'échapper en traversant de nuit un canal souterrain.

Nizam a gagné, certes, mais, à force de se jouer du sultan comme de la sultane, il a irrémédiablement envenimé ses relations avec la cour. Si Malikshah ne regrette pas d'avoir conquis à si bon compte les plus prestigieuses cités de Transoxiane, il souffre dans son amour-propre de s'être laissé abuser. Il va jusqu'à refuser d'organiser pour la troupe le traditionnel banquet de la victoire. « C'est l'avarice! » chuchote méchamment Nizam à qui veut l'entendre.

Quant à Hassan Sabbah, il tire de sa défaite un précieux enseignement. Plutôt que de chercher à convertir des princes, il va se forger un redoutable instrument de guerre, qui ne ressemble en rien à tout ce que l'humanité avait connu jusqu'alors : l'ordre des Assassins.

XVII

Alamout. Une forteresse sur un rocher, à six mille pieds d'altitude, un paysage de monts nus, de lacs oubliés, de falaises raides, de cols étranglés. L'armée la plus nombreuse ne saurait y accéder qu'homme après homme. Les plus puissantes catapultes ne pourraient effleurer ses murs.

Entre les montagnes règne le Shah-Roud, surnommé « fleuve fou », qui, au printemps, à la fonte des neiges de l'Elbourz, se gonfle et s'accélère, arrachant sur son passage arbres et pierres. Malheur à qui ose s'approcher, malheur à la troupe qui ose camper sur ses rives!

Du fleuve, des lacs, monte chaque soir une brume épaisse, cotonneuse, qui escalade la falaise puis s'arrête à mi-vertige. Pour ceux qui s'y trouvent, le château d'Alamout est alors une île dans un océan de nuages. Vu d'en bas, c'est un repaire de djinns.

En dialecte local, Alamout signifie « la leçon de l'aigle ». On raconte qu'un prince qui voulait bâtir une forteresse pour contrôler ces montagnes y aurait lâché un rapace dressé. Celui-ci, après avoir tournoyé dans le ciel, vint se poser sur ce rocher. Le maître comprit qu'aucun emplacement ne serait meilleur.

Hassan Sabbah a imité l'aigle. Il a parcouru la

Perse à la recherche d'un lieu où il puisse rassembler ses fidèles, les instruire, les organiser. De sa mésaventure à Samarcande, il a appris qu'il serait illusoire de vouloir s'emparer d'une grande ville, l'affrontement avec les Seldjoukides serait immédiat et, inévitablement, tournerait à l'avantage de l'empire. Il lui faut donc autre chose, un réduit montagneux, inaccessible, imprenable, un sanctuaire à partir duquel développer son activité tous azimuts.

Au moment où les drapeaux capturés en Transoxiane sont déployés dans les rues d'Ispahan, Hassan se trouve dans les environs d'Alamout. Ce site a été pour lui une révélation. Dès qu'il l'a aperçu de loin, il a compris que c'était ici, et nulle part ailleurs, que s'achèverait son errance, que s'élèverait son royaume. Alamout est alors un village fortifié, un parmi tant d'autres, où vivent quelques soldats avec leurs familles, quelques artisans, quelques agriculteurs et un gouverneur nommé par Nizam-el-Molk, un brave châtelain appelé Mahdi l'Alaouite, qui ne se préoccupe guère que de son eau d'arrosage, sa récolte de noix, de raisins et de grenades. Les tumultes de l'empire n'affectent pas son sommeil.

Hassan a commencé par envoyer quelques compagnons, fils de la région, qui se mêlent à la garnison, prêchent et convertissent. Quelques mois plus tard, ils sont en mesure d'annoncer au maître que le terrain est prêt et qu'il peut venir. Hassan se présente, déguisé comme à son habitude en derviche soufi. Il flâne, inspecte, vérifie. Le gouverneur accueille le saint homme. Il lui demande ce qui lui ferait plaisir.

— Il me faut cette forteresse, dit Hassan.

Le gouverneur sourit, il se dit que ce derviche ne manque pas d'humour. Mais son invité ne sourit pas.

— Je suis venu prendre possession de la place, tous les hommes de la garnison me sont acquis!

La conclusion de cet échange est, il faut l'avouer, aussi inouïe qu'invraisemblable. Les orientalistes qui ont consulté les chroniques de l'époque, notamment les récits consignés par les ismaéliens, ont dû les lire et les relire pour s'assurer qu'ils n'étaient pas victimes d'une mystification.

En effet, revoyons la scène.

Nous sommes à la fin du XIᵉ siècle, très exactement le 6 septembre 1090. Hassan Sabbah, génial fondateur de l'ordre des Assassins, est sur le point de s'emparer de la forteresse qui sera, pendant 166 ans, le siège de la secte la plus redoutable de l'Histoire. Or il est là, assis en tailleur en face du gouverneur, à qui il répète, sans hausser le ton :

– Je suis venu prendre possession d'Alamout.

– Cette forteresse m'a été donnée au nom du sultan, répond l'autre. J'ai payé pour l'obtenir!

– Combien?

– Trois mille dinars-or!

Hassan Sabbah prend un papier et écrit : « Veuillez payer la somme de trois mille dinars-or à Mahdi l'Alaouite pour prix de la forteresse d'Alamout. Dieu nous suffit, c'est le meilleur des Protecteurs. » Le gouverneur était inquiet, il ne pensait pas que la signature d'un homme habillé de bure pourrait être honorée pour une telle somme. Mais, dès qu'il arriva dans la ville de Damghan, il put encaisser son or sans aucun délai.

XVIII

Quand la nouvelle de la prise d'Alamout parvient à Ispahan, elle suscite peu de remous. La ville s'intéresse bien davantage au conflit qui fait désormais rage entre Nizam et le palais. Terken Khatoun n'a pas pardonné au vizir l'opération qu'il a menée contre le fief de sa famille. Elle insiste auprès de Malikshah pour qu'il se débarrasse sans délai de son trop puissant vizir. Que le sultan, dit-elle, ait eu un tuteur à la mort de son père, rien de plus normal, il n'avait que dix-sept ans; aujourd'hui, il en a trente-cinq, c'est un homme accompli, il ne peut laisser indéfiniment la gestion des affaires entre les mains de son *ata;* il est temps que l'on sache qui est le véritable maître de l'empire! L'affaire de Samarcande n'a-t-elle pas prouvé que Nizam cherchait à imposer sa volonté, qu'il dupait son maître et le traitait comme un mineur devant le monde entier?

Si Malikshah hésite encore à franchir le pas, un incident va l'y pousser. Nizam a nommé comme gouverneur de la ville de Merv son propre petit-fils. Adolescent prétentieux, trop confiant dans la toute-puissance de son grand-père, il s'est permis d'insulter en public un vieil émir turc. Lequel est venu en larmes se plaindre à Malikshah qui, hors de lui, a fait écrire à Nizam, séance tenante, une lettre ainsi tournée : « Si tu es mon adjoint, tu dois m'obéir et interdire à tes proches de s'en prendre à mes hommes; si tu t'estimes mon égal, mon associé dans le pouvoir, je prendrai les décisions qui s'imposent. »

Au message, convoyé par une délégation de hauts dignitaires de l'empire, Nizam transmet sa réponse : « Dites au sultan, s'il l'ignorait jusqu'ici, que je suis bien son associé et que sans ma personne il n'aurait jamais pu bâtir sa puissance! A-t-il oublié que c'est moi qui ai pris ses affaires en charge à la mort de son père, que c'est moi qui ai écarté les autres prétendants et mis tous les rebelles au pas? Que c'est grâce à moi qu'il est obéi et respecté jusqu'aux extrémités de la terre? Allez lui dire, oui, que le sort de son bonnet est lié à celui de mon encrier! »

Les émissaires sont abasourdis. Comment un homme aussi sage que Nizam-el-Molk peut-il adresser au sultan des mots qui vont causer sa propre disgrâce, et sans doute sa mort? Son arrogance aurait-elle rejoint la folie?

Un seul homme, ce jour-là, sait avec précision ce qui explique pareille détermination, c'est Khayyam. Depuis des semaines, Nizam se plaignait à lui de douleurs atroces qui, la nuit, le maintiennent éveillé et le jour l'empêchent de se concentrer sur son travail. L'ayant longuement examiné, tâté, questionné, Omar a diagnostiqué une tumeur phlegmoneuse qui ne lui laissera plus beaucoup de temps à vivre.

Une nuit bien pénible que celle où Khayyam a dû annoncer à son ami la vérité sur son état.

– Combien de temps me reste-t-il à vivre?

– Quelques mois.

– Je continuerai à souffrir?

– Je pourrais te prescrire de l'opium pour réduire la souffrance, mais tu seras dans un constant étourdissement et tu ne pourras plus travailler.

– Je ne pourrai plus écrire?

– Ni soutenir une longue conversation.

– Alors je préfère souffrir.

Entre une réplique et l'autre s'installaient de longs moments de silence. Et de souffrance dignement contenue.

– As-tu peur de l'au-delà, Khayyam?

– Pourquoi avoir peur? Après la mort, il y a le néant ou la miséricorde.

– Et le mal que j'ai pu faire?

– Aussi grandes que soient tes fautes, le pardon de Dieu est plus grand.

Nizam s'était montré quelque peu rassuré.

– J'ai aussi fait du bien, j'ai bâti des mosquées, des écoles, j'ai combattu l'hérésie.

Comme Khayyam ne le contredisait pas, il avait enchaîné :

– Se souviendra-t-on de moi dans cent ans, dans mille ans?

– Comment savoir?

Nizam, après l'avoir dévisagé avec défiance, avait repris :

– N'est-ce pas toi qui as dit un jour : « La vie est comme un incendie. Flammes que le passant oublie, cendres que le vent disperse, un homme a vécu. » Crois-tu que tel sera le sort de Nizam-el-Molk?

Il haletait. Omar n'avait toujours rien dit.

– Ton ami Hassan Sabbah parcourt le pays en clamant que je ne suis qu'un vil serviteur des Turcs. Crois-tu que c'est cela qu'on dira de moi demain? qu'on fera de moi la honte des Aryens? Oubliera-t-on que je suis le seul à avoir tenu tête aux sultans pendant trente ans et à leur avoir imposé ma volonté? Que pouvais-je faire d'autre après la victoire de leurs armées? Mais tu ne dis rien.

Il avait eu l'air absent.

– Soixante-quatorze ans, soixante-quatorze années qui repassent devant mes yeux. Tant de déceptions, tant de regrets, tant de choses que j'aurais voulu vivre autrement !

Ses yeux s'étaient fermés à moitié, ses lèvres s'étaient crispées :

– Malheur à toi, Khayyam ! C'est de ta faute si Hassan Sabbah peut perpétrer aujourd'hui tous ses méfaits.

Omar avait eu envie de répondre : « Entre toi et Hassan, que de choses en commun ! Si une cause vous séduit, bâtir un empire ou préparer le règne de l'imam, vous n'hésitez pas à tuer pour la faire triompher. Pour moi, toute cause qui tue cesse de me séduire. Elle s'enlaidit à mes yeux, se dégrade et s'avilit, aussi belle qu'elle ait pu être. Aucune cause n'est juste quand elle s'allie à la mort. » Il avait eu envie de le crier, mais il s'était dominé, il s'était tu, il avait décidé de laisser son ami glisser paisiblement vers son destin.

En dépit de cette nuit éprouvante, Nizam avait fini par se résigner. Il s'était habitué à l'idée de n'être plus. Mais, du jour au lendemain, il s'était détourné des affaires de l'État, décidé qu'il était à consacrer tout le temps qui lui restait à l'achèvement d'un livre, *Siyas-set-Nameh*, le Traité du Gouvernement, un ouvrage remarquable, équivalent pour l'Orient musulman de ce que sera pour l'Occident quatre siècles plus tard *le Prince* de Machiavel. Avec une différence de taille : *le Prince* est l'œuvre d'un déçu de la politique, frustré de tout pouvoir, le *Siyasset-Nameh* est le fruit de l'irremplaçable expérience d'un bâtisseur d'empire.

Ainsi, au moment même où Hassan Sabbah vient de conquérir ce sanctuaire inexpugnable dont il a longtemps rêvé, l'homme fort de l'empire ne songe plus qu'à sa place dans l'Histoire. Il préfère les mots vrais aux mots qui plaisent, il est prêt à défier le sultan jusqu'au bout. On dirait même qu'il désire une mort spectaculaire, une mort à sa mesure.

Il l'obtiendra.

Lorsque Malikshah reçoit la délégation qui a rencontré Nizam, il n'arrive pas à croire ce qu'on vient de lui rapporter.

– Il a bien dit qu'il était mon associé, mon égal?

Les émissaires ayant confirmé d'un air accablé, le sultan laisse éclater sa fureur. Il parle de faire empaler son tuteur, de le dépecer vivant, de le crucifier sur les créneaux de la citadelle. Puis il court annoncer à Terken Khatoun qu'il a enfin décidé de démettre Nizam-el-Molk de toutes ses fonctions et qu'il souhaite sa mort. Reste à savoir de quelle manière se fera l'exécution sans provoquer de réaction au sein des nombreux régiments qui lui restent fidèles. Mais Terken et Djahane ont leur idée : puisque Hassan souhaite également la mort de Nizam, pourquoi ne pas lui faciliter la chose, tout en laissant Malikshah à l'abri des soupçons?

Un corps d'armée est donc envoyé à Alamout, sous le commandement d'un fidèle du sultan. En apparence, l'objectif est d'assiéger la forteresse des ismaéliens; en réalité, il s'agit d'une couverture pour négocier sans éveiller les soupçons. Le déroulement des événements est mis au point jusque dans les détails : le sultan attirera Nizam à Nihavand, une ville située à égale distance d'Ispahan et d'Alamout. Là, les Assassins s'en chargeront.

Les textes de l'époque rapportent que Hassan Sabbah rassembla ses hommes et leur tint les propos suivants : « Lequel d'entre vous débarrassera ce pays du malfaisant Nizam-el-Molk ? », qu'un homme surnommé Arrani posa sa main sur sa poitrine en signe d'acceptation, que le maître d'Alamout le chargea de cette mission et ajouta : « Le meurtre de ce démon est le commencement de la félicité. »

Pendant ce temps, Nizam est enfermé chez lui. Ceux qui hantaient son *divan* l'ont déserté en apprenant sa disgrâce, seuls Khayyam et les officiers de la garde nizamiya fréquentent sa demeure. L'essentiel de son temps, il le passe à écrire. Il écrit avec frénésie et demande parfois à Omar de le relire.

En parcourant le texte, celui-ci esquisse ici un sourire amusé, là une grimace. Comme tant d'autres grands hommes, Nizam n'a pu s'empêcher, au soir de sa vie, de décocher des flèches, de régler des comptes. Avec Terken Khatoun par exemple. Le quarante-troisième chapitre s'intitule : « Des femmes qui vivent derrière les tentures. » « A une époque ancienne, écrit Nizam, l'épouse d'un roi prit un grand ascendant sur lui, il n'en résulta que discorde et troubles. Je n'en dirai pas plus, car chacun peut observer à d'autres époques des faits semblables. » Il ajoute : « Pour qu'une entreprise réussisse, il faut faire le contraire de ce que disent les femmes. »

Les six chapitres suivants sont consacrés aux ismaéliens; ils s'achèvent ainsi : « J'ai parlé de cette secte pour que l'on se tienne sur ses gardes... On se rappellera mes paroles lorsque ces mécréants auront précipité dans le néant les personnes que le sultan affectionne, ainsi que les grands de l'État, lorsque leurs tambours résonneront partout et que leurs desseins seront dévoilés. Au milieu du tumulte qui se produira, que le prince sache que tout ce que j'ai dit est la vérité. Puisse le Très-Haut préserver notre maître et l'empire du mauvais sort ! »

Le jour où un messager vient de la part du sultan le voir et l'inviter à se joindre à lui pour un voyage à Baghdad, le vizir ne doute pas un instant de ce qui l'attend. Il appelle Khayyam pour lui faire ses adieux.

— Dans ton état, tu ne devrais pas parcourir de telles distances, lui dit ce dernier.

— Dans mon état, plus rien n'importe, et ce n'est pas la route qui me tuera.

Omar ne sait que dire. Nizam l'embrasse et le congédie amicalement, avant d'aller s'incliner devant celui qui l'a condamné. Suprême élégance, suprême inconscience, suprême perversité, le sultan et le vizir jouent l'un et l'autre avec la mort.

Alors qu'ils sont en route pour le lieu du supplice, Malikshah interroge son « père » :

— Combien crois-tu que tu vivras encore?

Nizam répond sans l'ombre d'une hésitation :

— Longtemps, très longtemps.

Le sultan est désemparé :

— Que tu te montres arrogant avec moi, passe encore, mais avec Dieu! Comment peux-tu affirmer une chose pareille, dis plutôt que Sa volonté soit faite, c'est Lui le maître des âges!

— Si j'ai répondu ainsi, c'est que j'ai fait un songe, la nuit dernière. J'ai vu notre Prophète, prière sur lui! je lui ai demandé quand j'allais mourir, et j'ai obtenu une réponse réconfortante.

Malikshah s'impatiente :

— Quelle réponse?

— Le Prophète m'a dit : « Tu es un pilier de l'islam, tu fais le bien autour de toi, ton existence est précieuse pour les croyants, je te donne donc le privilège de choisir le moment de ta mort. » J'ai répondu : « Dieu m'en garde, quel homme pourrait choisir un tel jour! On veut toujours davantage, et même si je fixais la date la plus éloignée possible je vivrais dans la hantise de son approche, et la veille de ce jour-là, que ce soit dans un mois ou dans cent ans, je tremblerais de peur. Je ne veux pas choisir la date. La seule faveur que je demande, Prophète bien-aimé, c'est de ne pas survivre à mon maître le sultan Malikshah. Je l'ai vu grandir, je l'ai entendu m'appeler " père ", et je ne voudrais pas subir l'humiliation et la souffrance de le voir mort. – C'est accordé, me dit le Prophète, tu mourras quarante jours avant le sultan. »

Malikshah a le visage blanc, il tremble, il s'est presque trahi. Nizam sourit :

– Tu le vois, je ne montre aucune arrogance, je suis sûr aujourd'hui que je vivrai longtemps.

Le sultan a-t-il été tenté, à cet instant-là, de renoncer à faire tuer son vizir? Il en aurait été bien inspiré. Car, si le songe n'était qu'une parabole, Nizam avait effectivement pris de redoutables dispositions. La veille de son départ, les officiers de sa garde rassemblés à ses côtés avaient juré l'un après l'autre, la main sur le Livre, que s'il était tué aucun de ses ennemis ne lui survivrait!

XIX

Dans l'empire seldjoukide, du temps où il était le plus puissant de l'univers, une femme osa prendre le pouvoir de ses mains nues. Assise derrière sa tenture, elle déplaçait des armées d'un bord à l'autre de l'Asie, nommait les rois et les vizirs, les gouverneurs et les cadis, dictait des lettres au calife et dépêchait des émissaires auprès du maître d'Alamout. A des émirs qui maugréaient en l'entendant donner des ordres aux troupes, elle répondit : « Chez nous, ce sont les hommes qui font la guerre, mais ce sont les femmes qui leur disent contre qui se battre. »

Au harem du sultan, on la surnomme « la Chinoise ». Elle est née à Samarcande, d'une famille originaire de Kashgar, et, comme son frère aîné Nasr Khan, sa face ne révèle aucun mélange de sang, ni les traits sémites des Arabes, ni les traits aryens des Persans.

Elle est, de beaucoup, la plus ancienne des femmes de Malikshah. Quand il l'a épousé, il n'avait que neuf ans, elle en avait onze. Patiemment, elle a attendu qu'il mûrisse. Elle a frôlé le premier duvet de sa barbe, surpris le premier sursaut de désir dans son corps, vu ses membres s'étirer, ses muscles se gonfler, majestueuse baudruche qu'elle a tôt fait d'apprivoiser. Jamais elle n'a cessé d'être la favorite, adulée, courtisée, honorée, écoutée surtout. Et obéie. En fin de journée, au retour d'une chasse au lion, d'un tournoi, d'une mêlée sanglante, d'une tumultueuse assemblée d'émirs ou, pire, d'une pénible séance de travail avec Nizam, Malikshah trouve la paix dans les bras de Terken. Il écarte la soie fluide qui la recouvre, vient s'écraser contre sa peau, s'ébat, rugit, conte ses exploits et ses lassitudes. La Chinoise enveloppe le fauve échauffé, elle le couve, elle l'accueille en héros dans les plis de son corps, elle le retient longtemps, elle l'enserre, elle ne le lâche que pour l'attirer à nouveau; il s'étale de tout son poids, conquérant essoufflé, haletant, soumis, ensorcelé, elle sait le mener jusqu'au fond du plaisir.

Puis, doucement, ses doigts menus commencent à dessiner ses sourcils, ses paupières, ses lèvres, les lobes de ses oreilles, les lignes de son cou moite; le fauve est affaissé, il ronronne, il s'engourdit, félin repu, il sourit. Les mots de Terken s'écoulent alors dans le creux de son âme, elle parle de lui, d'elle, de leurs enfants, elle lui rapporte des anecdotes, lui cite des poèmes, lui susurre des paraboles riches d'enseignements; pas un instant il ne s'ennuie dans ses bras, il se promet de rester auprès d'elle tous les soirs. A sa façon, bourrue, brutale, enfantine, animale, il l'aime, il l'aimera jusqu'à son dernier souffle. Elle sait qu'il ne peut rien lui refuser, c'est elle qui lui désigne ses conquêtes du moment, maîtresses ou provinces. Dans tout l'empire elle n'a d'autre rival que Nizam, et en cette année 1092 elle est en voie de le terrasser.

Comblée, la Chinoise? Comment le serait-elle? Dès qu'elle est seule, ou avec Djahane, sa confidente, elle pleure, larmes de mère, larmes de sultane, elle maudit le sort injuste, et nul ne songe à l'en blâmer. L'aîné de ses fils avait été choisi par Malikshah comme héritier, il était de tous les voyages, de toutes les cérémonies. Son père en était si fier qu'il l'exhibait partout, lui montrait une à une ses provinces, lui parlait du jour où il lui succéderait. « Jamais sultan n'aura légué plus grand empire à son fils! » lui disait-il. En ce temps-là, oui, Terken était comblée, aucune douleur ne déformait son sourire.

Puis l'héritier est mort. Une fièvre subite, foudroyante, impitoyable. Les médecins ont eu beau prescrire saignées et cataplasmes, en deux nuits il s'est éteint. On a dit que c'était le mauvais œil, peut-être même quelque indétectable poison. Éplorée, Terken s'est pourtant ressaisie. Le deuil passé, elle a fait désigner comme dauphin le deuxième de ses fils. Malikshah s'en est vite épris, il l'a gratifié de titres fort surprenants pour ses neuf ans, mais l'époque est pompeuse, cérémonieuse : « Roi des rois, Pilier de l'État, Protecteur du Prince des Croyants »...

Malédiction et mauvais œil, le nouvel héritier n'a pas tardé lui aussi à mourir. Aussi subitement que son frère. D'une fièvre tout aussi suspecte.

La Chinoise avait un dernier fils, elle a demandé au sultan qu'il le désigne comme successeur. La chose était moins aisée cette fois, l'enfant avait un an et demi et Malikshah était père de trois autres garçons, tous plus âgés. Deux nés d'une esclave, mais l'aîné, prénommé Barkyarouk, était le fils de la propre cousine du sultan. Comment l'écarter, sous quel prétexte? Qui mieux que ce prince doublement seldjoukide pouvait accéder à la dignité de dauphin? Tel était l'avis de Nizam. Lui qui voulait mettre un peu d'ordre dans les querelles turques, lui qui avait toujours eu le souci d'instaurer quelque règle de succession dynastique, il avait insisté, avec les meilleurs arguments du monde, pour que l'aîné soit désigné. Sans résultat. Malikshah n'osait pas contrarier Terken, et puisqu'il ne pouvait nommer son fils à elle, il ne nommerait personne. Il préférait prendre le risque de mourir sans héritier, comme son père, comme tous les siens.

Terken n'est pas satisfaite, elle ne le serait que si sa descendance était dûment assurée. C'est dire si plus que tout au monde elle a souhaité la disgrâce de Nizam, obstacle à ses ambitions. Pour obtenir son arrêt de mort, elle était prête à tout, intrigues et menaces, elle a suivi jour après jour les négociations avec les Assassins. Elle a accompagné le sultan et son vizir sur la route de Baghdad. Elle tient à être là pour l'exécution.

C'est le dernier repas de Nizam, la cène est un *iftar,* le banquet qui salue la rupture du jeûne du dixième jour de *ramadane*. Dignitaires, courtisans, émirs de l'armée, tous sont inhabituellement sobres par égard au mois saint. La table est dressée sous une immense yourte. Quelques esclaves portent des flambeaux pour qu'on puisse choisir. Vers les vastes plats d'argent, le meilleur morceau de chameau ou d'agneau, la plus charnue des cuisses de perdreau, soixante mains affamées se tendent, elles fouillent la chair et la sauce. On partage, on déchire, on dévore. Quand on se trouve en possession d'une pièce appétissante, on la présente à un voisin que l'on veut honorer.

Nizam mange peu. Ce soir-là, il souffre plus que d'habitude, sa poitrine est en feu, ses entrailles comme saisies par la main d'un géant invisible. Il fait un effort pour se tenir droit. Malikshah est à ses côtés, croquant tout ce que ses voisins lui destinent. On le voit parfois tenter un regard oblique vers son vizir, il doit penser

qu'il a peur. Soudain, il tend la main vers un plateau de
figues noires, choisit la plus dodue, l'offre à Nizam, qui
la prend poliment, l'entame du bout des dents. Quel
goût peuvent avoir les figues quand on se sait trois fois
condamné, par Dieu, par le sultan et par les Assassins?

Enfin l'*iftar* s'achève, il fait nuit déjà. Malikshah
se lève d'un bond, il est pressé de rejoindre sa Chinoise
pour lui raconter les grimaces du vizir. Nizam, lui,
s'accoude, puis il se hisse péniblement pour se mettre
debout. Les tentes de son harem ne sont pas loin, sa
vieille cousine lui aura préparé une concoction de
mirobolan pour le soulager. Il n'a que cent pas à faire.
Autour de lui, l'inévitable brouhaha des camps royaux.
Soldats, serviteurs, marchands ambulants. Parfois le
rire étouffé d'une courtisane. Que la route paraît
longue, et il se traîne seul. D'habitude une couronne de
courtisans l'entoure, mais qui voudrait être vu avec un
proscrit? Les quémandeurs eux-mêmes ont fui, que
pourraient-ils obtenir d'un vieillard en disgrâce?

Un individu s'approche pourtant, un brave homme
vêtu d'un caban rapiécé. Il murmure des paroles
pieuses. Nizam tâte sa bourse et en retire trois pièces
d'or. Il faut bien récompenser l'inconnu qui vient
encore à lui.

Un éclair, l'éclair d'une lame, tout s'est passé très
vite. A peine si Nizam a vu la main bouger, déjà le
poignard a percé son habit, sa peau, la pointe s'est
faufilée entre ses côtes. Il n'a même pas crié. Rien
qu'un mouvement de stupeur, une dernière bouffée
d'air aspirée. En s'écroulant, il a peut-être revu au
ralenti cet éclair, ce bras qui se tend, se détend, et cette
bouche crispée qui crache : « Prends ce cadeau, il te
vient d'Alamout! »

Des cris ont fusé alors. L'Assassin a couru, on l'a
traqué de tente en tente, on l'a retrouvé. A la hâte, on

lui a tranché la gorge, puis on l'a traîné par ses pieds nus pour le jeter dans un feu.

Dans les années et les décennies à venir, d'innombrables messagers d'Alamout connaîtront la même mort, avec cette différence qu'ils ne chercheront plus à fuir. « Il ne suffit pas de tuer nos ennemis, leur enseigne Hassan, nous ne sommes pas des meurtriers mais des exécuteurs, nous devons agir en public, pour l'exemple. Nous tuons un homme, nous en terrorisons cent mille. Cependant, il ne suffit pas d'exécuter et de terroriser, il faut aussi savoir mourir, car si en tuant nous décourageons nos ennemis d'entreprendre quoi que ce soit contre nous, en mourant de la façon la plus courageuse nous forçons l'admiration de la foule. Et de cette foule des hommes sortiront pour se joindre à nous. Mourir est plus important que tuer. Nous tuons pour nous défendre, nous mourons pour convertir, pour conquérir. Conquérir est un but, se défendre n'est qu'un moyen. »

Désormais, les assassinats auront lieu de préférence le vendredi, dans les mosquées et à l'heure de la prière solennelle, devant le peuple réuni. La victime, vizir, prince, dignitaire religieux, arrive, entourée d'une garde imposante. La foule est impressionnée, soumise et admirative. L'envoyé d'Alamout est là, quelque part, sous le plus inattendu des déguisements. Membre de la garde par exemple. A l'heure où tous les regards sont rassemblés, il frappe. La victime s'écroule, le bourreau ne bouge pas, il hurle une formule apprise, affecte un sourire de défi, attendant de se laisser immoler par les gardes déchaînés puis dépecer par la foule apeurée. Le message est arrivé ; le successeur du personnage assassiné se montrera plus conciliant à l'égard d'Alamout ; et dans l'assistance il y aura dix, vingt, quarante conversions.

On a souvent dit, au vu de ces scènes irréelles, que les hommes de Hassan étaient drogués. Comment expliquer autrement qu'ils aillent au-devant de la mort avec le sourire? On a accrédité la thèse qu'ils agissaient sous l'effet du haschisch. Marco Polo a popularisé cette idée en Occident; leurs ennemis dans le monde musulman les ont parfois appelés *haschichiyoun*, « fumeurs de haschisch », pour les déconsidérer; certains orientalistes ont cru voir dans ce terme l'origine du mot « assassin » qui est devenu, dans plusieurs langues européennes, synonyme de meurtrier. Le mythe des « Assassins » n'en a été que plus terrifiant.

La vérité est autre. D'après les textes qui nous sont parvenus d'Alamout, Hassan aimait à appeler ses adeptes *Assassiyoun*, ceux qui sont fidèles au *Assass*, au « Fondement » de la foi, et c'est ce mot, mal compris des voyageurs étrangers, qui a semblé avoir des relents de haschisch.

Il est vrai que Sabbah était passionné par les plantes, qu'il connaissait à merveille leurs vertus curatives, sédatives ou stimulantes. Lui-même cultivait toutes sortes d'herbes et soignait ses fidèles quand ils étaient malades, sachant leur prescrire des potions pour leur rafraîchir le tempérament. On connaît ainsi l'une de ses recettes, destinée à activer le cerveau de ses adeptes et à les rendre plus aptes aux études. C'est un mélange de miel, de noix pilées et de coriandre. On le voit, une bien douce médecine. En dépit d'une tradition tenace et séduisante, il faut se rendre à l'évidence : les Assassins n'avaient pas d'autre drogue qu'une foi sans nuances. Constamment raffermie par le plus serré des enseignements, la plus efficace des organisations, la plus stricte répartition des tâches.

Au sommet de la hiérarchie siège Hassan, le

Grand Maître, le Prédicateur suprême, le détenteur de tous les secrets. Il est entouré d'une poignée de missionnaires-propagandistes, les *daï,* parmi lesquels trois adjoints, l'un pour la Perse orientale, le Khorassan, le Kuhistan et la Transoxiane; l'autre pour la Perse occidentale et l'Irak; un troisième pour la Syrie. Juste au-dessous se trouvent les compagnons, les *rafik,* les cadres du mouvement. Ayant reçu l'enseignement adéquat, ils sont habilités à commander une forteresse, à diriger l'organisation à l'échelle d'une ville ou d'une province. Les plus aptes seront un jour missionnaires.

Plus bas dans la hiérarchie sont les *lassek,* littéralement ceux qui sont rattachés à l'organisation. Ce sont les croyants de base, sans prédisposition particulière aux études ni à l'action violente. Ils comptent parmi eux beaucoup de bergers des environs d'Alamout, nombre de femmes et de vieillards.

Puis viennent les *mujib,* les « répondants », en fait les novices. Ils reçoivent un premier enseignement et, selon leurs capacités, sont orientés soit vers des études plus poussées pour devenir compagnons, soit vers la masse des croyants, soit encore vers la catégorie suivante, celle qui symbolise aux yeux des musulmans de l'époque la vraie puissance de Hassan Sabbah : la classe des *fidaï,* « ceux qui se sacrifient ». Le Grand Maître les choisit parmi les adeptes qui ont d'immenses réserves de foi, d'habileté et d'endurance, mais peu d'aptitudes à l'enseignement. Jamais il n'enverrait au sacrifice un homme qui pourrait devenir missionnaire.

L'entraînement du *fidaï* est une tâche délicate à laquelle Hassan s'adonne avec passion et raffinement. Apprendre à dissimuler son poignard, à le sortir d'un geste furtif, à le planter net dans le cœur de la victime, ou dans son cou si sa poitrine est protégée d'une cotte de mailles; se familiariser avec les pigeons voyageurs, mémoriser les alphabets codés, instruments de commu-

nication rapide et discrète avec Alamout; apprendre
parfois un dialecte, un accent régional, savoir s'insérer
dans un milieu étranger, hostile, s'y fondre pendant des
semaines, des mois, endormir toutes les méfiances en
attendant le moment propice à l'exécution; savoir
suivre la proie comme un chasseur, étudier avec précision sa démarche, ses vêtements, ses habitudes, ses
heures de sortie; parfois, quand il s'agit d'un personnage exceptionnellement bien protégé, trouver le moyen
de s'engager auprès de lui, l'approcher, se lier avec
certains de ses proches. On raconte que, pour exécuter
l'une de leurs victimes, deux *fidaï* durent vivre deux
mois dans un couvent chrétien en se faisant passer pour
des moines. Remarquable capacité de caméléonage qui
ne peut raisonnablement s'accompagner d'un quelconque usage de haschisch! Plus important que tout,
l'adepte doit acquérir la foi nécessaire pour affronter la
mort, la foi en un paradis que le martyre lui vaudra à
l'instant même où sa vie lui sera ôtée par la foule
déchaînée.

Nul ne pourrait le contester, Hassan Sabbah a
réussi à bâtir la machine à tuer la plus redoutable de
l'Histoire. Face à elle, il s'en est toutefois dressé une
autre, en cette sanglante fin de siècle, et celle-là, c'est la
Nizamiya qui, par fidélité au vizir assassiné, va semer
la mort avec des méthodes différentes, peut-être plus
insidieuses, certainement moins spectaculaires, mais
dont les effets ne seront pas moins dévastateurs.

XX

Pendant que la foule s'acharnait sur les restes de l'Assassin, cinq officiers se sont réunis en pleurant autour de la dépouille chaude encore de Nizam, cinq mains droites se sont tendues, cinq bouches ont répété, à l'unisson : « Dors en paix, maître, aucun de tes ennemis ne survivra ! »

Par qui commencer ? Longue est la liste des proscrits, mais les consignes de Nizam sont claires. Les cinq hommes n'ont guère besoin de se consulter. Ils murmurent un nom. Leurs mains se tendent à nouveau, puis ils posent genou à terre. Ensemble ils soulèvent le corps amaigri par la maladie mais alourdi par la mort et le portent en procession jusqu'à ses quartiers. Les femmes sont déjà rassemblées pour gémir, la vue du cadavre ravive leurs ululements, l'un des officiers s'en irrite : « Ne pleurez pas tant qu'il n'a pas été vengé ! » Apeurées, les pleureuses se sont interrompues, toutes ont regardé l'homme. Qui déjà s'éloigne. Elles ont repris leurs bruyantes lamentations.

Arrive le sultan. Il était auprès de Terken quand les premiers cris lui sont parvenus. Un eunuque parti aux nouvelles est revenu tremblant : « C'est Nizam-el-Molk, maître ! Un tueur a bondi sur lui ! Il t'a donné le reste de son âge ! » Sultan et sultane ont échangé un regard, puis Malikshah s'est levé. Il s'est recouvert de son long manteau de karakul et s'est tapoté le visage devant la glace de son épouse, il a accouru auprès du défunt, feignant la surprise et la plus pesante affliction.

Les femmes se sont écartées pour le laisser approcher du corps de son *ata*. Il se penche, prononce une prière, quelques formules de circonstance, avant de s'en retourner chez Terken pour de discrètes réjouissances.

Curieux comportement que celui de Malikshah. On aurait pu penser qu'il profiterait de la disparition de son tuteur pour prendre enfin dans ses propres mains les affaires de son empire. Il n'en est rien. Trop content d'être enfin débarrassé de celui qui freinait ses ardeurs, le sultan batifole, il n'y a pas d'autre mot. Toute réunion de travail est annulée d'office, toute réception d'ambassadeur, les journées sont consacrées au polo et à la chasse, les soirées aux beuveries.

Plus grave encore, dès son arrivée à Baghdad, il envoie dire au calife : « J'ai l'intention de faire de cette ville ma capitale d'hiver, le Prince des Croyants doit déménager au plus tôt, se trouver une autre résidence. » Le successeur du Prophète, dont les ancêtres ont vécu à Baghdad depuis trois siècles et demi, demande un mois de délai pour mettre de l'ordre dans ses affaires.

Terken s'inquiète de cette frivolité, peu digne d'un souverain de trente-sept ans, maître de la moitié du monde, mais son Malikshah est ce qu'il est, elle le laisse donc folâtrer, et en profite pour asseoir sa propre autorité. C'est à elle qu'émirs et dignitaires ont recours, ce sont ses hommes de confiance qui remplacent les fidèles de Nizam. Le sultan donne son accord entre deux virées ou deux soûleries.

Le 18 novembre 1092, Malikshah se trouve au nord de Baghdad, il chasse l'onagre dans une zone boisée et marécageuse. Sur ses douze dernières flèches, une seule a manqué son but, ses compagnons chantent ses louanges, aucun d'eux ne songerait à égaler ses prouesses. La marche lui a donné faim, il l'exprime par des jurons. Les esclaves s'affairent. Ils sont bien une douzaine à dépecer, embrocher, vider les bêtes sauvages qui bientôt grillent dans une clairière. Le gigot le plus gras est pour le souverain, qui le saisit, le déchiquette à plein appétit et se régale tout en buvant une liqueur fermentée. De temps à autre, il croque des fruits confits au vinaigre, son mets préféré dont son cuisinier transporte partout d'immenses terrines pour être sûr de ne jamais en manquer.

Soudain, des coliques, déchirantes. Malikshah hurle de douleur, ses compagnons tremblent. Nerveusement, il rejette sa coupe, crache ce qu'il a dans la bouche. Il est plié en deux, son corps se vide, il délire, s'évanouit. Autour de lui, des dizaines de courtisans, de soldats et de serviteurs tremblent, s'observant avec méfiance. On ne saura jamais quelle main a glissé le poison dans la liqueur. A moins que ce ne fût dans le vinaigre. Ou dans la chair du gibier ? Mais chacun a fait le compte : trente-cinq jours se sont écoulés depuis la mort de Nizam. Celui-ci avait dit « moins de quarante ». Ses vengeurs sont dans les temps.

Terken Khatoun est au camp royal, à une heure du lieu du drame. Vers elle on porte le sultan, inanimé mais vivant encore. Elle se hâte d'éloigner tous les curieux, ne garde auprès d'elle que Djahane, deux ou trois autres fidèles, ainsi qu'un médecin de la cour qui tient la main de Malikshah.

— Le maître pourra-t-il se relever? interroge la Chinoise.

— Le pouls faiblit, Dieu a soufflé la bougie, elle vacille avant de s'éteindre, nous n'avons plus d'autre recours que la prière.

— Si telle est la volonté du Très-Haut, écoutez bien ce que je vais dire.

Ce n'est pas le ton d'une future veuve, mais d'une maîtresse d'empire.

— Personne hors de cette yourte ne doit savoir que le sultan n'est plus parmi nous. Contentez-vous de dire qu'il se rétablit lentement, qu'il a besoin de repos, que personne ne peut le voir.

Fugace et sanglante épopée que celle de Terken Khatoun. Avant même que le cœur de Malikshah n'ait cessé de battre, elle a exigé de sa poignée de fidèles qu'ils jurent loyauté au sultan Mahmoud, âgé de quatre ans et quelques mois. Puis elle a envoyé un messager au calife, lui annonçant la mort de son époux et lui demandant de confirmer la succession pour son fils; en échange, il ne sera plus question d'inquiéter le Prince des Croyants dans sa capitale, et son nom sera glorifié dans les sermons de toutes les mosquées de l'empire.

Quand la cour sultanienne reprend la route d'Ispahan, Malikshah est mort depuis quelques jours, mais la Chinoise continue à cacher la nouvelle aux troupes. Le cadavre est étendu sur un grand chariot tiré par six chevaux et recouvert d'une tente. Mais le manège ne peut s'éterniser, un corps qui n'a pas été embaumé ne peut rester parmi les vivants sans que la décomposition trahisse sa présence. Terken choisit de s'en débarrasser. C'est ainsi que Malikshah, « le sultan vénéré, le grand Shahinshah, le roi de l'Orient et de l'Occident, le pilier de l'islam et des musulmans, la fierté du monde et de la religion, le père des conquêtes, le ferme soutien du calife de Dieu » a été enterré de nuit, à la sauvette, au bord d'une route, en un lieu que nul n'a su retrouver depuis. « Jamais, disent les chroniqueurs, on n'avait entendu dire qu'un souverain aussi puissant soit mort ainsi sans que personne ne prie ni ne pleure sur son corps. »

La disparition du sultan finit par s'ébruiter, mais Terken se justifie aisément : son premier souci a été de cacher la nouvelle à l'ennemi alors que l'armée et la cour étaient loin de la capitale. En réalité, la Chinoise a gagné le temps qu'il lui fallait pour installer son fils sur le trône et prendre elle-même les rênes du pouvoir.

Les chroniques de l'époque ne s'y trompent pas. En parlant des troupes impériales, elles disent désormais « les armées de Terken Khatoun ». En parlant d'Ispahan, elles précisent que c'est la capitale de la Khatoun. Quant au nom du sultan-enfant, il sera quasiment oublié, on ne se souviendra que du « fils de la Chinoise ».

Face à la sultane se dressent néanmoins les officiers de la Nizamiya. Sur leur liste de proscrits, Terken Khatoun vient en deuxième position, juste après Malikshah. Au fils aîné de ce dernier, Barkyarouk, âgé de onze ans, ils proclament leur appui. Ils l'entourent, le conseillent et le conduisent au combat. Les premiers affrontements tournent à leur avantage, la sultane doit se replier sur Ispahan qui est bientôt assiégée. Mais Terken n'est pas femme à s'avouer vaincue, pour se défendre elle est prête à des ruses qui resteront célèbres.

Elle écrit, par exemple, à plusieurs gouverneurs de province des lettres ainsi libellées : « Je suis veuve, j'ai la garde d'un enfant mineur qui a besoin d'un père pour guider ses pas, pour diriger l'empire en son nom. Qui mieux que toi remplirait ce rôle ? Viens le plus vite possible à la tête de tes troupes, tu dégageras Ispahan, tu y entreras en triomphateur, je t'épouserai, le pouvoir entier sera entre tes mains. » L'argument porte, les émirs accourent, de l'Azerbaïjan comme de Syrie, et s'ils ne parviennent pas à briser le siège de la capitale, ils ménagent à la sultane de longs mois de répit.

Terken reprend également contact avec Hassan Sabbah. « Ne t'avais-je pas promis la tête de Nizam-el-Molk? Je te l'ai offerte. Aujourd'hui, c'est Ispahan, la capitale de l'empire, que je t'offre. Je sais que tes hommes sont nombreux dans cette ville, pourquoi vivent-ils dans l'ombre? Dis-leur de se montrer, ils obtiendront de l'or et des armes et pourront prêcher au grand jour. » De fait, après tant d'années de persécutions, des centaines d'ismaéliens se dévoilent. Les conversions se multiplient. Dans certains quartiers, ils forment des milices armées pour le compte de la sultane.

Cependant, la dernière ruse de Terken est probablement la plus ingénieuse et la plus audacieuse : des émirs de son entourage se présentent un jour au camp adverse, annonçant à Barkyarouk qu'ils ont décidé d'abandonner la sultane, que leurs troupes sont disposées à se révolter et que, s'il acceptait de les accompagner et s'introduisait avec eux par surprise dans la ville, ils pourraient donner le signal d'un soulèvement : Terken et son fils seraient massacrés, il pourrait quant à lui s'établir fermement sur le trône. Nous sommes en 1094, le prétendant n'a que treize ans, la proposition le séduit. S'emparer en personne de la ville alors que ses émirs l'assiègent sans succès depuis plus d'un an! Il n'hésite guère. La nuit suivante, il se glisse hors de son camp, à l'insu de ses proches, se présente avec les émissaires de Terken devant la porte de Kahab qui, comme par enchantement, s'ouvre devant lui. Le voilà qui marche d'un pas décidé, entouré d'une escorte exagérément joviale à son goût, ce qu'il croit dû à la réussite sans faille de son exploit. Si les hommes rient trop haut, il leur ordonne de se calmer et ceux-ci répondent révérencieusement, avant de s'esclaffer de plus belle.

Hélas! quand il se rend compte que leur allégresse est suspecte, il est trop tard. Ils l'ont immobilisé, lui ont attaché les mains et les pieds, masqué la bouche et les yeux, pour le conduire, dans un cortège de railleries, jusqu'à la porte du harem. Réveillé, le chef des eunuques court avertir Terken de leur arrivée. C'est à elle de décider du sort du rival de son fils, s'il faut l'étrangler ou se contenter de l'aveugler. L'eunuque s'est enfoncé dans le long couloir peu éclairé quand soudain éclatent des hurlements, des appels et des sanglots venus de l'intérieur. Intrigués et inquiets, les officiers, qui n'ont pu se retenir de pénétrer dans la zone interdite, se heurtent à une vieille servante bavarde : on vient de découvrir Terken Khatoun morte dans son lit avec à ses côtés l'instrument du crime, le large coussin moelleux qui l'a étouffée. Un eunuque aux bras vigoureux a disparu; la servante se rappelle qu'il avait été introduit au harem quelques années plus tôt sur recommandation de Nizam-el-Molk.

XXI

Étrange dilemme pour les partisans de Terken : leur sultane est morte, mais leur principal adversaire est à leur merci; leur capitale est encerclée, mais celui-là même qui les assiège est leur prisonnier. Que faire de lui? C'est Djahane qui a pris la place de Terken comme gardienne de l'enfant-sultan, c'est devant elle qu'on porte le débat pour qu'elle le tranche. Elle s'était montrée jusque-là pleine de ressources, mais la mort de sa maîtresse a secoué la terre sous ses pieds. A qui s'adresser, qui consulter, si ce n'est Omar!

Quand ce dernier arrive, c'est pour la trouver assise sur le divan de Terken, au pied du rideau écarté, la tête baissée, les cheveux s'étalant négligemment sur ses épaules. Le sultan est auprès d'elle, tout habillé de soie, un turban sur sa petite tête. Il est immobile sur son coussin; son visage est rouge et boutonneux, ses yeux sont à moitié fermés, il a l'air de s'ennuyer.

Omar s'est approché de Djahane. Il lui a pris tendrement la main, a passé lentement sa paume sur son visage. Il chuchote :

— On vient de m'apprendre pour Terken Khatoun. Tu as bien fait de m'appeler à tes côtés.

Alors qu'il lui caresse les cheveux, Djahane le repousse.

– Si je t'ai fait venir, ce n'est pas pour que tu me consoles. Mais pour te consulter sur une affaire grave.

Omar fait un pas en arrière, croise les bras et écoute.

– Barkyarouk a été attiré dans un traquenard, il est prisonnier dans ce palais, les hommes sont partagés sur le sort qu'il faut lui réserver. Certains exigent de le tuer, notamment ceux qui lui ont tendu ce piège, ils veulent être sûrs de ne jamais répondre devant lui de leurs actes. D'autres préfèrent s'entendre avec lui, l'installer sur le trône, gagner ses faveurs, en espérant qu'il oubliera sa mésaventure. D'autres encore proposent de le garder en otage pour négocier avec les assiégeants. Quelle voie nous conseilles-tu de suivre?

– Et c'est pour me demander cela que tu m'as arraché à mes livres?

Djahane se lève, excédée.

– La chose ne te paraîtrait-elle pas suffisamment importante? Ma vie en dépend. Le sort de milliers de gens, celui de cette ville, de l'empire, peut dépendre de cette décision. Et toi, Omar Khayyam, tu ne voudrais pas qu'on te dérange pour si peu!

– Eh bien, non, je ne veux pas qu'on me dérange pour si peu!

Il a fait mouvement vers la porte; au moment de l'ouvrir, il revient vers Djahane.

– On me consulte toujours quand le forfait est commis. Que veux-tu que je dise maintenant à tes amis? Si je leur conseille de relâcher l'adolescent, comment leur garantir que demain il ne voudra pas leur trancher la gorge? Si je leur conseille de le garder en otage, ou de le tuer, je deviens leur complice. Laisse-moi loin de ces querelles, Djahane, et toi aussi restes-en loin.

Il la fixe avec compassion.

— Un rejeton de sultan turc remplace un autre rejeton, un vizir écarte un vizir, par Dieu, Djahane, comment peux-tu passer les plus belles années de ta vie dans cette cage aux fauves? Laisse-les s'égorger, tuer et mourir. Le soleil en sera-t-il moins éclatant, le vin en sera-t-il moins suave?

— Baisse la voix, Omar, tu fais peur à l'enfant. Et dans les pièces voisines des oreilles écoutent.

Omar s'entête :

— Ne m'as-tu pas appelé pour me demander mon avis? Eh bien, je vais te le donner sans détour : quitte cette salle, abandonne ce palais, ne regarde pas derrière toi, ne dis pas adieu, ne ramasse même pas tes affaires, viens, donne-moi la main, rentrons chez nous, tu composeras tes poèmes, j'observerai mes étoiles. Chaque soir tu viendras te blottir nue contre moi, le vin musqué nous fera chanter, pour nous le monde cessera d'exister, nous le traverserons sans le voir, sans l'entendre, ni sa boue ni son sang ne s'attacheront à nos semelles.

Djahane a les yeux embués.

— Si je pouvais revenir à cet âge d'innocence, crois-tu que j'hésiterais? Mais il est trop tard, je suis allée trop loin. Si demain les fidèles de Nizam-el-Molk s'emparaient d'Ispahan, ils ne m'épargneraient pas, je suis sur leur liste de proscrits.

— J'ai été le meilleur ami de Nizam, je te protégerai, ils ne viendront pas dans ma maison pour m'arracher ma femme.

— Ouvre les yeux, Omar, tu ne connais pas ces hommes, ils ne pensent qu'à se venger. Hier, ils t'ont reproché d'avoir sauvé la tête de Hassan Sabbah; demain, ils te reprocheront d'avoir caché Djahane, et ils te tueront en même temps que moi.

— Eh bien, soit, nous resterons ensemble, chez nous, et si mon destin est de mourir avec toi je m'y résignerai.

Elle se redresse.

— Moi, je ne me résigne pas! Je suis dans ce palais, entourée de troupes qui me sont fidèles, dans une ville qui désormais m'appartient, je me battrai jusqu'au bout, et si je meurs, ce sera comme une sultane.

— Et comment meurent les sultanes? Empoisonnées, étouffées, étranglées! Ou en couches! Ce n'est pas dans l'apparat que l'on échappe à la misère humaine.

Un long moment, ils s'observent en silence. Djahane s'approche, elle dépose sur les lèvres d'Omar un baiser qu'elle veut brûlant, elle s'affaisse un instant dans ses bras. Mais il s'écarte, ces adieux lui sont insupportables. Il la supplie une dernière fois :

— Si tu attaches encore la moindre valeur à notre amour, viens avec moi, Djahane, la table est mise sur la terrasse, un vent léger nous vient des monts Jaunes, dans deux heures nous serons ivres, nous irons nous coucher. Aux servantes je dirai de ne pas nous réveiller quand Ispahan changera de maître.

XXII

Ce soir-là, le vent d'Ispahan porte un vert parfum d'abricot. Mais que les rues sont mortes! Khayyam cherche refuge dans son observatoire. D'habitude, il lui suffit d'y entrer, de tourner son regard vers le ciel, de sentir dans les doigts les disques gradués de son astrolabe, pour que les soucis du monde s'évanouissent. Pas cette fois. Les étoiles sont silencieuses, aucune musique, aucun murmure, aucune confidence. Omar ne les harcèle pas, elles doivent avoir de bonnes raisons de se taire. Il se résigne à revenir chez lui, il marche lentement, dans la main un roseau qui s'abat quelquefois sur une touffe d'herbe ou sur une branche rebelle.

Il est maintenant étendu dans sa chambre, lumières éteintes; ses bras serrent désespérément une Djahane imaginaire, ses yeux sont rouges de larmes et de vin. A sa gauche, posées à terre, une carafe, une coupe d'argent, qu'il saisit de temps à autre d'une main lasse pour de longues gorgées pensives et désabusées. Ses lèvres dialoguent avec lui-même, avec Djahane, avec Nizam. Avec Dieu surtout. Qui d'autre peut encore retenir cet univers qui se décompose?

C'est seulement à l'aube qu'épuisé, la tête embrumée, Omar s'abandonne enfin au sommeil. Combien d'heures a-t-il dormi? Un martèlement de pas le réveille, le soleil déjà haut s'insinue par une fente de la tenture, le contraignant à se protéger les yeux. Il aperçoit alors, dans l'encadrement de la porte, l'homme dont l'arrivée tapageuse l'a dérangé. Il est grand, moustachu, sa main tapote, d'un geste maternel, la garde de son épée. Sa tête est enserrée dans un turban d'un vert éclatant. Et sur ses épaules la courte cape en velours des officiers de la Nizamiya.

— Qui es-tu? demande Khayyam d'une bouche bâillante. Et qui t'a donné des droits sur mon sommeil?

— Le maître ne m'a-t-il jamais vu avec Nizam-el-Molk? J'étais son garde du corps, j'étais son ombre. On m'appelle Vartan l'Arménien.

Omar s'en souvient maintenant, ce qui ne le rassure guère. Il sent comme une corde qui se noue, de sa gorge à ses tripes. Mais, s'il a peur, il ne veut rien en laisser paraître.

— Son garde du corps et son ombre, dis-tu? C'était donc à toi de le protéger de l'assassin?

— Il m'avait ordonné de rester loin. Nul n'ignore qu'il a voulu une telle mort. J'aurais pu tuer un meurtrier, un autre aurait surgi. Qui suis-je pour m'interposer entre mon maître et son destin?

— Et que me veux-tu?

— La nuit dernière, nos troupes se sont infiltrées dans Ispahan. La garnison s'est ralliée à nous. Le sultan Barkyarouk a été délivré. Cette ville lui appartient désormais.

Khayyam s'est retrouvé debout.

— Djahane!

Un cri et une interrogation angoissée. Vartan ne dit rien. Sa mine inquiète jure avec son allure martiale. Omar croit lire dans ses yeux un monstrueux aveu. L'officier murmure :

– J'aurais tant voulu la sauver, j'aurais été si fier de me présenter chez l'illustre Khayyam en lui ramenant son épouse indemne! Mais je suis arrivé trop tard. Tous les gens du palais avaient été massacrés par les soldats.

Omar s'est avancé vers l'officier, il l'a empoigné de toutes ses forces, sans toutefois réussir à l'ébranler.

– Et c'est pour m'annoncer cela que tu es venu!

L'autre a toujours la main sur la garde de son épée. Il n'a pas dégainé. Il parle d'une voix plate.

– Je suis venu pour bien autre chose. Les officiers de la Nizamiya ont décidé que tu devais mourir. Quand on blesse le lion, disent-ils, il est prudent de l'achever. J'ai reçu pour mission de te mettre à mort.

Khayyam est soudain plus calme. Rester digne au moment ultime. Que de sages ont consacré leur vie entière à atteindre ce sommet de la condition humaine! Il ne plaide pas pour sa vie. Bien au contraire, il sent à chaque instant le reflux de sa peur, il songe surtout à Djahane, il ne doute pas qu'elle aussi a su être digne.

– Jamais je n'aurais pardonné à ceux qui ont tué ma femme, toute ma vie je serais resté leur ennemi, toute ma vie j'aurais rêvé de les voir un jour empalés! Vous avez bien raison de vous débarrasser de moi!

– Ce n'est pas mon avis, maître. Nous étions cinq officiers à décider, mes compagnons ont tous voulu ta mort, j'ai été le seul à m'y opposer.

– Tu as eu tort. Tes compagnons me semblent plus sages.

– Je t'ai souvent vu avec Nizam-el-Molk, vous étiez assis à deviser comme père et fils, il n'a jamais cesser de t'aimer malgré les agissements de ta femme. S'il était parmi nous, il ne t'aurait pas condamné. Et à elle aussi il aurait pardonné, pour toi.

Khayyam dévisage de près son visiteur, comme s'il venait tout juste de découvrir sa présence.

— Puisque tu étais hostile à ma mort, pourquoi t'ont-ils choisi pour venir m'exécuter?

— C'est moi qui me suis proposé. Les autres t'auraient tué. Moi, j'ai l'intention de te laisser la vie sauve. Crois-tu, sinon, que je resterais à dialoguer ainsi avec toi?

— Et comment t'en expliqueras-tu auprès de tes compagnons?

— Je n'expliquerai rien. Je partirai. Mes pas s'attacheront aux tiens.

— Tu l'annonces si calmement, comme une décision longtemps mûrie.

— C'est la vérité même. Je n'agis pas sur un coup de tête. J'ai été le plus fidèle serviteur de Nizam-el-Molk, j'ai cru en lui. Si Dieu l'avait permis, je serais mort pour le protéger. Mais depuis longtemps j'avais décidé que, si le maître venait à disparaître, je ne servirais ni ses fils ni ses successeurs et que j'abandonnerais à jamais le métier de l'épée. Les circonstances de sa mort m'ont contraint à l'assister une dernière fois. J'ai trempé dans le meurtre de Malikshah, et je ne le regrette pas : il avait trahi son tuteur, son père, l'homme qui l'avait hissé au sommet; il méritait donc de mourir. Il m'a fallu tuer, mais je ne suis pas devenu un tueur pour autant. Jamais je n'aurais versé le sang d'une femme. Et, quand mes compagnons ont proscrit Khayyam, j'ai compris que le moment était venu pour moi de partir, de changer de vie, de me transformer en ermite ou en poète errant. Si tu veux bien, maître, rassemble quelques affaires et quittons cette ville au plus tôt.

— Et pour aller où?

— Nous prendrons la route que tu voudras, partout je te suivrai, comme un disciple, et mon épée te protégera. Nous reviendrons lorsque le tumulte sera retombé.

Pendant que l'officier apprête les montures, Omar ramasse à la hâte son manuscrit, son écritoire, sa gourde et une bourse gonflée d'or. Ils traversent de part en part l'oasis d'Ispahan, jusqu'au faubourg de Marbine, vers l'ouest, sans que les soldats, pourtant nombreux, songent à les inquiéter. Un mot de Vartan, et les portes s'ouvrent, et les sentinelles s'écartent respectueusement. Cette complaisance ne manque pas d'intriguer Omar, qui évite néanmoins d'interroger son compagnon. Pour l'instant, il n'a pas d'autre choix que de lui faire confiance.

Ils sont partis depuis moins d'une heure lorsqu'une foule déchaînée vient piller la maison de Khayyam et y mettre le feu. En fin d'après-midi, l'observatoire est saccagé. Au même moment, le corps apaisé de Djahane était mis en terre au pied de la muraille qui borde le jardin du palais.

Aucune dalle n'indique à la postérité son lieu de sépulture.

Parabole extraite du *Manuscrit de Samarcande* :
« Trois amis étaient en promenade sur les hauts plateaux de Perse. Surgit une panthère, toute la férocité du monde était en elle.

» La panthère observa longuement les trois hommes puis courut vers eux.

» Le premier était le plus âgé, le plus riche, le plus puissant. Il cria : " Je suis le maître de ces lieux, jamais je ne permettrai à une bête de ravager les terres qui m'appartiennent. " Il était accompagné de deux chiens de chasse, il les lâcha sur la panthère, ils purent la mordre, mais elle n'en devint que plus vigoureuse, les assomma, bondit sur leur maître et lui déchira les entrailles.

» Tel fut le lot de Nizam-el-Molk.

» Le deuxième se dit : " Je suis un homme de savoir, chacun m'honore et me respecte, pourquoi laisserais-je mon sort se décider entre chiens et panthère ? " Il tourna le dos et s'enfuit sans attendre l'issue du combat. Depuis, il a erré de grotte en grotte, de cabane en cabane, persuadé que le fauve était constamment à ses trousses.

» Tel fut le lot d'Omar Khayyam.

» Le troisième était homme de croyance. Il s'avança vers la panthère les paumes ouvertes, le regard dominateur, la bouche éloquente. " Sois la bienvenue en ces terres, lui dit-il. Mes compagnons étaient plus riches que moi, tu les as dépouillés, ils étaient plus fiers, tu les as rabaissés. " La bête écoutait, séduite, domptée. Il prit l'ascendant sur elle, il réussit à l'apprivoiser. Depuis, aucune panthère n'ose s'approcher de lui, et les hommes se tiennent à distance. »

Le *Manuscrit* conclut : « Quand survient le temps des bouleversements, nul ne peut arrêter son cours, nul ne peut le fuir, quelques-uns parviennent à s'en servir. Mieux que quiconque, Hassan Sabbah a su apprivoiser la férocité du monde. Tout autour de lui, il a semé la peur ; pour se ménager, dans son réduit d'Alamout, un minuscule espace de quiétude. »

A peine s'était-il emparé de la forteresse que Hassan Sabbah entreprit des travaux pour lui assurer une totale étanchéité par rapport au monde extérieur. Il lui fallait en priorité rendre impossible toute pénétration ennemie. Il améliora donc, grâce à de judicieuses constructions, les qualités déjà exceptionnelles du site, bouchant par des pans de mur le moindre passage entre deux collines.

Mais ces fortifications ne suffisent pas à Hassan. Même si l'assaut est impossible, les assiégeants pourraient avoir raison de son réduit en parvenant à l'affamer ou à l'assoiffer. C'est ainsi que s'achèvent la plupart des sièges. Et sur ce point Alamout est particulièrement vulnérable, n'ayant que de faibles ressources d'eau potable. Le Grand Maître a donc trouvé la parade. Plutôt que de tirer son eau des rivières avoisinantes, il a creusé dans la montagne un impressionnant réseau de citernes et de canaux afin de recueillir la pluie et l'eau de la fonte des neiges. Quand on visite aujourd'hui les ruines du château, on peut encore admirer, dans la grande pièce où vivait Hassan, un « bassin miraculeux » qui se remplit à mesure qu'on le vide et qui, prodige d'ingéniosité, ne déborde jamais.

Pour les provisions, le Grand Maître a aménagé des puits où s'engrangent l'huile, le vinaigre et le miel; il a également amassé de l'orge, de la graisse d'agneau et des fruits secs, en quantités considérables, suffisantes pour soutenir près d'un an d'encerclement total. Ce qui, à l'époque, excédait de beaucoup les capacités d'endurance des assiégeants. Particulièrement dans une zone où l'hiver est rude.

Hassan dispose ainsi d'un bouclier sans faille; il tient, si l'on peut dire, l'arme défensive absolue. Avec ses tueurs dévoués, il possède également l'arme offensive absolue. Comment se prémunir, en effet, contre un homme décidé à mourir? Toute protection se fonde sur la dissuasion, les hauts personnages, on le sait, s'entourent d'une garde à l'allure terrifiante faisant craindre à tout agresseur éventuel une mort inévitable. Mais si l'agresseur ne craint pas de mourir? s'il est persuadé que le martyre est un raccourci vers le paradis? s'il a constamment à l'esprit les mots du Prédicateur : « Vous n'êtes pas faits pour ce monde, mais pour l'autre. Un poisson aurait-il peur si on menaçait de le jeter à la mer »? si, de plus, l'assassin a réussi à s'infiltrer dans l'entourage de sa victime? alors, il n'y a plus rien à faire pour l'arrêter. « Je suis moins puissant que le sultan, mais je peux te nuire bien plus qu'il ne peut te nuire », avait écrit Hassan un jour à un gouverneur de province.

S'étant ainsi forgé les instruments de guerre les plus parfaits qu'on puisse imaginer, Hassan Sabbah s'est installé dans sa forteresse, il ne l'a plus jamais quittée; ses biographes disent même que, durant les trente dernières années de sa vie, il n'est sorti que deux fois de sa maison, et les deux fois pour monter sur le toit! Matin et soir, il était là, assis en tailleur sur une natte que son corps avait usée mais qu'il ne voulut jamais changer ou réparer. Il enseignait, il écrivait, lançait ses tueurs aux trousses de ses ennemis. Et, cinq fois par jour, il priait, sur la même natte, avec ses visiteurs du moment.

A l'intention de ceux qui n'ont jamais eu l'occasion de visiter les ruines d'Alamout, il n'est sans doute pas inutile de préciser que ce site n'aurait pas acquis une telle importance dans l'Histoire s'il avait eu pour seul avantage d'être difficilement accessible, et s'il n'y avait eu, au sommet du piton rocheux, un plateau assez vaste pour contenir une ville, ou tout au moins un gros village. Du temps des Assassins, on y accédait par un étroit tunnel, à l'est, qui débouchait sur la forteresse basse, ruelles enchevêtrées, petites maisons de terre à l'abri des murailles; en traversant le *meydane,* la grand-place, seule aire de rassemblement pour la communauté entière, on atteignait la forteresse haute. Celle-ci avait la forme d'une bouteille couchée, large à l'est et col allongé vers l'ouest. Le goulet était un couloir fortement gardé. La maison de Hassan était à son extrémité. Son unique fenêtre donnait sur un précipice. Forteresse dans la forteresse.

Par les meurtres spectaculaires qu'il a ordonnés, par les légendes qui se sont tissées autour de lui, de sa secte et de son château, le Grand Maître des Assassins a durablement terrorisé l'Orient et l'Occident. Dans chaque ville musulmane, de hauts dignitaires sont tombés; les croisés ont eu à déplorer deux ou trois éminentes victimes. Mais, on l'oublie trop souvent, c'est à Alamout d'abord que la terreur a été souveraine.

Quel règne est pire que celui de la vertu militante? Le Prédicateur suprême voulut réglementer pour ses adeptes chaque instant de leur vie. Il bannit tous les instruments de musique; s'il découvrait la plus petite flûte, il la brisait en public, la jetait aux flammes; le fautif était mis aux fers, abondamment bastonné, avant d'être expulsé de la communauté. L'usage des boissons alcoolisées était plus sévèrement puni encore. Le propre fils de Hassan, surpris un soir par son père en état d'ébriété, fut condamné à mort, séance tenante; malgré les supplications de sa mère, il fut décapité le lendemain à l'aube. Pour l'exemple. Plus personne n'osa avaler une gorgée de vin.

La justice d'Alamout était pour le moins expéditive. On raconte qu'un crime fut commis un jour dans l'enceinte de la forteresse. Un témoin accusa le second fils de Hassan. Sans chercher à vérifier les faits, celui-ci fit trancher la tête de son dernier enfant mâle. Quelques jours plus tard, le véritable coupable avouait; à son tour il était décapité.

Les biographes du Grand Maître mentionnent le massacre de ses fils pour illustrer sa rigueur et son impartialité; ils précisent que la communauté d'Alamout devint, par le bienfait de ces châtiments exemplaires, un havre de vertu et de moralité, ce qu'on croit aisément; on sait cependant, par diverses sources, qu'au lendemain de ces exécutions la femme unique de Hassan ainsi que ses filles s'insurgèrent contre son autorité, qu'il ordonna de les chasser d'Alamout et qu'il recommanda à ses successeurs d'agir de même à l'avenir pour éviter que des influences féminines n'altèrent leur droit jugement.

S'extraire du monde, faire le vide autour de sa personne, s'entourer de murailles de pierre et de peur, tel semble avoir été le rêve insensé de Hassan Sabbah.

Mais ce vide commence à l'étouffer. Les rois les plus puissants ont des fous, ou de gais compagnons pour alléger l'irrespirable rigueur qui les enveloppe. L'homme aux yeux exorbités est irrémédiablement seul, muré dans sa forteresse, enfermé dans sa maison, clos en lui-même. Personne à qui parler, rien que des sujets dociles, des serviteurs muets, des adeptes magnétisés.

De tous les êtres qu'il a connus, il n'y en a qu'un avec lequel il sait pouvoir parler encore, sinon d'ami en ami, du moins d'homme à homme. Et c'est Khayyam. Il lui a donc écrit. Une lettre où le désespoir se dissimule sous une épaisse façade d'orgueil :

« Au lieu de vivre comme un fugitif, pourquoi ne viendrais-tu pas à Alamout? Comme toi, j'ai été persécuté; maintenant, c'est moi qui persécute. Ici, tu seras protégé, soigné, respecté, et tous les émirs de la Terre ne pourraient pas toucher un cheveu de ta tête. J'ai fondé une immense bibliothèque, tu y trouveras les ouvrages les plus rares, tu pourras y lire et y écrire à loisir. Tu atteindras la paix en ce lieu. »

XXIII

Depuis qu'il a quitté Ispahan, Khayyam mène effectivement une existence de fugitif et de paria. Quand il se rend à Baghdad, le calife lui interdit de parler en public ou de recevoir les nombreux admirateurs qui se pressent à sa porte. Quand il visite La Mecque, ses détracteurs ricanent à l'unisson : « Pèlerinage de complaisance! » Quand, au retour, il passe par Bassora, le fils du cadi de la ville vient lui demander, le plus poliment du monde, d'écourter son séjour.

Son destin est alors des plus déconcertants. Nul ne conteste son génie ni son érudition; où qu'il aille, de véritables foules de lettrés s'assemblent autour de lui. On l'interroge sur l'astrologie, l'algèbre, la médecine, et même sur les questions religieuses. On l'écoute avec recueillement. Mais, immanquablement, quelques jours ou quelques semaines après son arrivée, une cabale s'organise, propageant sur son compte toutes sortes de calomnies. On le taxe de mécréant ou d'hérétique, on rappelle son amitié avec Hassan Sabbah, on reprend parfois les accusations d'alchimiste déjà proférées à Samarcande, on lui envoie des contradicteurs zélés qui perturbent ses causeries, on menace de représailles ceux qui osent l'héberger. D'habitude, il n'insiste pas. Dès qu'il sent l'atmosphère s'alourdir, il simule un malaise pour ne plus paraître en public. Et ne tarde pas à s'en aller. Vers une nouvelle étape. Qui sera tout aussi brève, tout aussi hasardeuse.

Vénéré et maudit, sans autre compagnon que Vartan, il est constamment à la recherche d'un toit, d'un protecteur, d'un mécène aussi. Puisque la généreuse pension que lui avait allouée Nizam n'est plus versée depuis la mort de ce dernier, il est contraint de visiter des princes, des gouverneurs, de leur préparer des horoscopes mensuels. Mais, bien qu'il soit souvent dans le besoin, il sait se faire payer sans courber la tête.

On raconte qu'un vizir, étonné d'entendre Omar exiger une somme de cinq mille dinars d'or, lui aurait lancé :

— Sais-tu que je ne suis pas payé autant moi-même ?

— C'est bien normal, rétorqua Khayyam.

— Et pourquoi donc ?

— Parce que des savants comme moi, il n'y en a qu'une poignée par siècle. Alors que des vizirs comme toi, on pourrait en nommer cinq cents chaque année.

Les chroniqueurs affirment que le personnage sut rire abondamment, puis satisfaire toutes les exigences de Khayyam, reconnaissant avec civilité la justesse d'une si orgueilleuse équation.

« Aucun sultan n'est plus heureux que moi, aucun mendiant n'est plus triste », écrit Omar à cette époque.

Les années passent, on le retrouve en 1114 dans la ville de Merv, antique capitale du Khorassan, toujours célèbre pour ses étoffes de soie et ses dix bibliothèques, mais privée, depuis quelque temps, de tout rôle politi-

que. Pour redonner du lustre à sa cour ternie, le
souverain local cherche à attirer les célébrités du
moment. Il sait comment séduire le grand Khayyam :
en lui proposant de construire un observatoire en tout
point semblable à celui d'Ispahan. A soixante-six ans,
Omar ne rêve encore que de cela, il accepte avec un
enthousiasme d'adolescent, il s'attelle au projet. Bientôt
le bâtiment s'élève sur une colline, dans le quartier de
Bab Sendjan, au milieu d'un jardin de jonquilles et de
mûriers blancs.

Pendant deux ans, Omar est heureux, il travaille
avec acharnement; il effectue, nous dit-on, des expériences étonnantes dans la prévision météorologique, sa
connaissance du ciel lui permettant de décrire avec
exactitude les changements de climat sur cinq journées
successives. Il développe également ses théories
d'avant-garde en mathématiques; il faudra attendre le
XIXe siècle pour que les chercheurs européens reconnais-
sent en lui un génial précurseur des géométries non
euclidiennes. Il écrit également des *robaïyat,* stimulé, il
faut croire, par l'exceptionnelle qualité des vignobles de
Merv.

A tout cela, il y a bien évidemment une contrepar-
tie. Omar a l'obligation d'assister aux interminables
cérémonies du palais, d'offrir solennellement ses hommages au souverain lors de chaque fête, chaque circon-
cision princière, chaque retour de chasse ou de campa-
gne, et d'être souvent présent au *divan,* prêt à lancer un
mot d'esprit, une citation, un vers de circonstance. Ces
séances l'épuisent. Outre l'impression d'avoir endossé la
peau d'un ours savant, il a constamment celle de perdre
au palais un temps précieux qu'il aurait mieux utilisé à
sa table de travail. Sans compter le risque d'y faire
d'odieuses rencontres.

Comme en cette froide journée de février, lorsqu'on lui a cherché une mémorable querelle à propos

d'un quatrain de jeunesse tombé dans l'oreille d'un jaloux. Le *divan* grouille ce jour-là de lettrés enturbannés, le monarque est comblé, il contemple sa cour avec béatitude.

Quand Omar arrive, le débat est déjà engagé sur la question qui passionne alors les hommes de religion : « L'univers aurait-il pu être mieux créé ? » Ceux qui répondent « oui » se font accuser d'impiété, puisqu'ils insinuent que Dieu n'a pas suffisamment soigné son œuvre. Ceux qui répondent « non » se font également accuser d'impiété, puisqu'ils laissent entendre que le Très-Haut serait incapable de faire mieux.

On discute ferme, on gesticule. Khayyam se contente d'observer distraitement les mimiques de chacun. Mais un orateur le nomme, fait l'éloge de son savoir et lui demande son opinion. Omar s'éclaircit la gorge. Il n'a pas encore prononcé la moindre syllabe que le grand cadi de Merv, qui n'a jamais apprécié la présence de Khayyam dans sa ville, ni surtout les égards dont il est constamment entouré, bondit de sa place, pointant sur lui un doigt accusateur.

— J'ignorais qu'un athée pouvait exprimer un avis sur les questions de notre foi !

Omar a un sourire las mais inquiet.

— Qu'est-ce qui t'autorise à me traiter d'athée ? Attends au moins de m'avoir entendu !

— Je n'ai pas besoin d'entendre. N'est-ce pas à toi qu'on attribue ce vers : « Si Tu punis le mal que j'ai fait par le mal, quelle est la différence entre Toi et moi, dis ? » L'homme qui profère de telles paroles n'est-il pas un athée ?

Omar hausse les épaules.

— Si je ne croyais pas que Dieu existe, je ne m'adresserais pas à Lui !

— Sur ce ton ? ricane le cadi.

— C'est aux sultans et aux cadis qu'il faut parler

avec des circonlocutions. Pas au Créateur. Dieu est grand, Il n'a que faire de nos petits airs et de nos petites courbettes. Il m'a fait pensant, alors je pense, et je Lui livre sans dissimulation le fruit de ma pensée.

Sur les murmures d'approbation de l'assistance, le cadi se retire en marmonnant des menaces. Après avoir ri, le souverain est saisi d'inquiétude, il craint des retombées dans certains quartiers. Sa mine étant assombrie, ses visiteurs se hâtent de prendre congé.

En revenant chez lui en compagnie de Vartan, Omar jure contre la vie de cour, ses pièges et ses futilités, se promettant de quitter Merv au plus vite; son disciple n'en est pas trop ému, c'est bien la septième fois que son maître menace de partir; le lendemain, d'ordinaire plus résigné, il reprend ses recherches, le temps qu'on vienne le consoler.

Ce soir-là, rentré dans sa chambre, Omar écrit dans son livre un quatrain dépité qui se termine ainsi :

> Échange ton turban contre du vin
> Et sans regret coiffe-toi d'un bonnet de laine!

Puis il glisse le manuscrit dans sa cachette habituelle, entre le lit et le mur. Au réveil, il veut relire son *robaï*, un mot ne lui semble pas à sa place. Sa main fouille à tâtons, saisit le livre. Et c'est en l'ouvrant qu'il découvre la lettre de Hassan Sabbah, glissée entre deux pages pendant son sommeil.

Dans l'instant, Omar reconnaît l'écriture, et cette signature convenue entre eux depuis quarante ans maintenant : « L'ami rencontré au caravansérail de Kashan. » En lisant, il ne peut réprimer un éclat de rire.

Vartan, à peine réveillé dans la chambre voisine, vient voir ce qui amuse tant son maître après le mauvais sang de la veille.

— Nous venons de recevoir une généreuse invitation : logés, défrayés, protégés jusqu'à la fin de notre vie.

— Par quel grand prince?

— Celui d'Alamout.

Vartan sursaute. Il se sent fautif.

— Comment cette lettre a-t-elle pu arriver jusqu'ici? J'avais vérifié toutes les issues avant de me coucher!

— Ne cherche pas à savoir. Les sultans et les califes eux-mêmes ont renoncé à se protéger. Quand Hassan décide de t'adresser une missive ou une lame de poignard, tu es sûr de les recevoir, que tes portes soient grandes ouvertes ou cadenassées.

Le disciple approche la lettre de sa moustache, il la hume bruyamment, puis la lit et la relit.

— Ce démon n'a peut-être pas tort, conclut-il. C'est encore à Alamout que ta sécurité serait le mieux assurée. Après tout, Hassan est ton plus vieil ami.

— Pour l'heure, mon plus vieil ami est le vin nouveau de Merv!

Avec un plaisir enfantin, Omar se met à déchirer la feuille en une infinité de morceaux qu'il lance en l'air; et c'est en les observant flotter et tournoyer dans leur chute qu'il recommence à parler :

— Qu'y a-t-il de commun entre cet homme et moi? Je suis un adorateur de la vie, et lui un idolâtre de la mort. Moi, j'écris : « Si tu ne sais pas aimer, à quoi te sert-il que le soleil se lève et se couche? » Hassan exige de ses hommes qu'ils ignorent l'amour, la musique, la poésie, le vin, le soleil. Il méprise ce qu'il y a de plus beau dans la Création, et il ose prononcer le nom du Créateur. Et il ose promettre le paradis! Crois-moi, si sa

forteresse était la porte du paradis, je renoncerais au
paradis! Jamais je ne mettrai les pieds dans cette
caverne de faux dévots!

Vartan s'assied, se gratte intensément la nuque,
avant de dire sur le ton le plus accablé :

— Puisque telle est ta réponse, il est temps que je
te dévoile un trop vieux secret. Ne t'es-tu jamais
demandé pourquoi, lorsque nous avions fui Ispahan, les
soldats nous avaient laissés si candidement filer?

— La chose m'a toujours intrigué. Mais, comme
depuis des années je n'ai constaté de ta part que
fidélité, dévouement et filiale affection, je n'ai jamais
voulu remuer le passé.

— Ce jour-là, les officiers de la Nizamiya savaient
que j'allais te sauver et partir avec toi. Cela faisait
partie d'un stratagème que j'avais imaginé.

Avant de poursuivre, il sert à son maître et à
lui-même une bien utile rasade de vin grenat.

— Tu n'ignores pas que sur la liste des proscrits
établie de la main de Nizam-el-Molk il y avait un
homme que nous n'avons jamais réussi à atteindre,
Hassan Sabbah. N'est-ce pas lui le principal responsable de l'assassinat? Mon plan était simple : partir avec
toi dans l'espoir que tu chercherais refuge à Alamout.
Je t'y aurais accompagné en te demandant de ne pas
révéler mon identité, et j'y aurais trouvé une occasion
de débarrasser les musulmans et le monde entier de ce
démon. Mais tu t'es obstiné à ne jamais mettre les pieds
dans la sombre forteresse.

— Pourtant tu es resté à mes côtés tout ce
temps.

— Au début, je croyais qu'il me suffirait d'être
patient, que lorsque tu serais chassé de quinze villes
successives tu te résignerais à prendre le chemin
d'Alamout. Puis les années ont passé, je me suis attaché
à toi, mes compagnons se sont dispersés aux quatre

coins de l'empire, ma détermination a faibli. Et voilà comment Omar Khayyam a, pour la seconde fois, sauvé la vie de Hassan Sabbah.

— Évite de te lamenter, c'est peut-être à toi que j'ai sauvé la vie.

— Il est vrai qu'il doit être bien protégé dans son repaire.

Vartan ne peut dissimuler un reste d'amertume, dont Khayyam s'amuse.

— Cela dit, si tu m'avais révélé ton plan, je t'aurais sans doute conduit à Alamout.

Le disciple a bondi de sa place.

— Tu dis vrai?

— Non. Rassieds-toi! C'était seulement pour te donner des regrets. Malgré tout ce que Hassan a pu commettre, si je le voyais à cet instant en train de se noyer dans le fleuve Murghab, je tendrais la main pour le secourir.

— Moi, je lui enfoncerais vigoureusement la tête sous l'eau! Cependant, ton attitude me réconforte. C'est parce que tu es capable de telles paroles et de tels actes que j'ai choisi de demeurer en ta compagnie. Et cela, je ne le regrette pas.

Khayyam serre son disciple longuement contre lui.

— Je suis heureux que mes doutes à ton égard se soient dissipés. Je suis vieux maintenant, j'ai besoin de savoir qu'il y a, à mes côtés, un homme de confiance. A cause de ce manuscrit. C'est la chose la plus précieuse que je possède. Pour affronter le monde, Hassan Sabbah a bâti Alamout; moi, je n'ai bâti que ce minuscule château de papier, mais je prétends qu'il survivra à Alamout. Tel est mon pari, telle est ma fierté. Et rien ne m'effraie plus que de songer qu'à ma mort mon manuscrit pourrait tomber entre des mains frivoles ou malveillantes.

Avec un geste quelque peu cérémonieux, il tend le livre secret à Vartan :

— Tu peux l'ouvrir, puisque tu en seras le gardien.

Le disciple est ému.

— Quelqu'un d'autre aurait-il eu ce privilège avant moi?

— Deux personnes. Djahane, après une querelle à Samarcande. Et Hassan, quand nous habitions dans la même chambre à notre arrivée à Ispahan.

— Tu lui faisais à ce point confiance?

— A vrai dire, non. Mais j'avais souvent envie d'écrire et il avait fini par remarquer le manuscrit. J'ai donc préféré le lui montrer moi-même puisqu'il pouvait de toute façon le lire à mon insu. Et puis je le croyais capable de garder un secret.

— Il sait fort bien garder un secret. Mais pour mieux l'utiliser contre toi.

C'est désormais dans la chambre de Vartan que le manuscrit passera ses nuits. Au moindre bruit, l'ancien officier est debout, épée brandie, oreilles dressées; il inspecte chaque pièce de la maison puis sort faire une ronde dans le jardin. A son retour, il ne parvient pas toujours à se rendormir, alors il allume une lampe sur sa table, lit un quatrain qu'il mémorise, puis inlassablement il le repasse dans sa tête pour en saisir la plus profonde signification. Et pour chercher à deviner dans quelles circonstances son maître a pu l'écrire.

Au fil de quelques nuits perturbées, une idée prend forme dans son esprit, à laquelle Omar fait tout de suite bon accueil : rédiger, dans la marge laissée par les *robaïyat*, l'histoire du manuscrit et, par ce biais, celle de Khayyam lui-même, son enfance à Nichapour, sa jeunesse à Samarcande, sa renommée à Ispahan, ses rencontres avec Abou-Taher, Djahane, Hassan, Nizam et bien d'autres. C'est donc sous la supervision de Khayyam, parfois même sous sa dictée, que sont écrites les premières pages de la chronique. Vartan s'applique, il recommence dix, quinze fois chaque phrase sur une feuille volante, avant de la transcrire, d'une calligraphie anguleuse, fine, laborieuse. Qui, un jour, s'interrompt brutalement, au milieu d'une phrase.

Omar s'est réveillé tôt, ce matin-là. Il appelle Vartan, qui ne répond pas. Encore une nuit passée à écrire, se dit Khayyam, paternel. Il le laisse se reposer, se verse le coup du matin, d'abord un fond de coupe qu'il avale d'un trait, puis une coupe pleine qu'il emporte avec lui pour une promenade dans le jardin. Il fait un tour, s'amuse à souffler la rosée retenue par les fleurs, puis s'en va cueillir des mûres blanches qu'il dépose, juteuses, sur sa langue et fait éclater contre son palais avec chaque gorgée de vin.

Si bien que lorsqu'il se décide à rentrer une bonne heure s'est déjà écoulée. Il est temps que Vartan se lève. Il ne l'appelle plus, il rentre directement dans sa chambre. Pour le trouver étendu par terre, la gorge noire de sang, la bouche et les yeux ouverts et figés comme dans un dernier appel étouffé.

Et sur sa table, entre la lampe et l'écritoire, le poignard du crime, planté dans une feuille recroquevillée dont Omar écarte les bords pour lire :

« Ton manuscrit t'a précédé sur le chemin d'Alamout. »

XXIV

Omar Khayyam a pleuré son disciple, comme il avait pleuré d'autres amis, avec la même dignité, la même résignation, la même pudique affliction. « Nous avions bu le même vin, mais ils se sont enivrés deux ou trois tournées avant moi. » Cependant, pourquoi le nier ? c'est la perte du manuscrit qui l'a plus durablement affecté. Il aurait certes pu le reconstituer ; il s'en serait rappelé le moindre accent. Apparemment, il ne l'a pas voulu ; d'une telle retranscription, il ne reste en tout cas pas la moindre trace. Il semble que Khayyam ait tiré du rapt de son manuscrit un sage enseignement : plus jamais il ne chercherait à garder prise sur l'avenir, ni le sien, ni celui de ses poèmes.

Il quitte bientôt Merv. Non pour Alamout – pas une fois il n'envisagera de s'y rendre ! – mais pour sa ville natale. « Il est temps, se dit-il, que je mette fin à mon errance. Nichapour a été ma première escale dans la vie, n'est-il pas dans l'ordre des choses qu'elle soit également la dernière ? » C'est là qu'il va vivre désormais, entouré de quelques proches, une sœur cadette, un beau-frère attentionné, des neveux, une nièce surtout, qui aura le meilleur de sa tendresse automnale. Entouré aussi de ses livres. Il n'écrit plus, mais il relit sans lassitude les ouvrages de ses maîtres.

Un jour qu'il est assis dans sa chambre comme à son habitude, sur ses genoux le *Livre de la Guérison* d'Avicenne, ouvert sur le chapitre intitulé « l'Un et le Multiple », Omar sent la montée d'une douleur sourde. Son cure-dents en or, qu'il tient à la main, il le dépose entre les feuillets pour marquer la page, referme le livre, appelle les siens pour leur dicter son testament. Puis il prononce une prière qui finit par ces mots : « Mon Dieu, Tu sais que j'ai cherché à Te percevoir autant que je l'ai pu. Pardonne-moi si ma connaissance de Toi a été mon seul chemin vers Toi ! »

Il n'a plus ouvert les yeux. C'était le 4 décembre 1131. Omar Khayyam était dans sa quatre-vingt-quatrième année, il était né le 18 juin 1048, au lever du jour. Que l'on connaisse avec une telle précision la date de naissance d'un personnage de cette époque éloignée est tout à fait exceptionnel. Mais Khayyam manifestait, en la matière, les préoccupations d'un astrologue. Il avait vraisemblablement interrogé sa mère pour connaître son ascendant, Gémeaux, et pour déterminer l'emplacement du Soleil, de Mercure et de Jupiter à l'heure de sa venue au monde. Ainsi avait-il tracé son thème astral qu'il avait pris soin de communiquer au chroniqueur Beihaki.

Un autre de ses contemporains, l'écrivain Nizami Aruzi, raconte : « J'avais rencontré Omar Khayyam vingt ans avant sa mort, dans la ville de Balkh. Il était descendu chez un notable, rue des Marchands-d'Esclaves, et, vu sa renommée, je le suivais comme son ombre pour recueillir chacune de ses paroles. C'est ainsi que je l'ai entendu dire : " Ma tombe sera en un lieu tel qu'à chaque printemps le vent du nord y répandra des fleurs. " Sur le coup, ces paroles me semblèrent absurdes; pourtant je savais qu'un homme comme lui ne pouvait parler inconsidérément. »

Le témoin poursuit : « Je suis passé par Nichapour

quatre ans après la mort de Khayyam. Comme j'éprouvais envers lui la vénération que l'on doit à un maître de la science, je me suis rendu en pèlerinage à sa dernière demeure. Un guide me conduisit au cimetière. En tournant à gauche après l'entrée, j'ai vu la tombe, adossée au mur d'un jardin. Des poiriers et des pêchers étendaient leurs branches qui avaient répandu leurs fleurs sur la sépulture, si bien qu'elle était cachée sous un tapis de pétales. »

Goutte d'eau qui tombe et se perd dans la mer,
Grain de poussière qui se fond dans la terre.
Que signifie notre passage en ce monde?
Un vil insecte a paru, puis disparu.

Omar Khayyam a tort. Car, loin d'être aussi passagère qu'il le dit, son existence vient tout juste de commencer. Du moins celle de ses quatrains. Mais n'est-ce pas à eux que le poète souhaitait l'immortalité qu'il n'osait espérer pour lui-même?

Ceux qui, à Alamout, avaient le terrifiant privilège de se rendre auprès de Hassan Sabbah ne manquaient pas de remarquer, dans une niche creusée dans le mur et interdite par un épais grillage, la silhouette d'un livre. On ne savait pas ce qu'il était, on n'osait pas interroger le Prédicateur suprême, on supposait qu'il avait ses raisons pour ne pas le déposer à la grande bibliothèque où se trouvaient pourtant des ouvrages renfermant les plus indicibles vérités.

Quand Hassan mourut, à près de quatre-vingts ans, le lieutenant qu'il avait désigné pour lui succéder n'osa pas s'installer dans l'antre du maître; encore moins osa-t-il ouvrir la mystérieuse grille. Longtemps après la disparition du fondateur, les habitants d'Alamout demeuraient terrifiés par la seule vue des murs qui l'avaient abrité; ils évitaient de s'aventurer vers ce quartier désormais inhabité, de peur d'y rencontrer son ombre. La vie de l'ordre était encore soumise aux règles que Hassan avait édictées; la plus sévère ascèse était le lot permanent des membres de la communauté. Aucun écart, aucun plaisir; et, face au monde extérieur, plus de violence, plus d'assassinats que jamais, ne serait-ce que pour démontrer que la mort du chef n'avait affaibli en rien la résolution de ses adeptes.

Ceux-ci acceptaient-ils de bon cœur cette sévérité? De moins en moins. Quelques murmures se faisaient entendre. Pas tant parmi les anciens, qui avaient rallié Alamout du vivant de Hassan; ceux-là vivaient encore dans le souvenir des persécutions endurées dans leurs contrées d'origine, ils craignaient que le moindre relâchement ne les rende plus vulnérables. Ces hommes devenaient cependant moins nombreux chaque jour, la forteresse était désormais habitée par leurs fils et leurs petits-fils. A tous, dès le berceau, on avait certes prodigué le plus rigoureux endoctrinement, qui les obligeait à apprendre et à respecter les pesantes directives de Hassan comme si elles étaient Parole révélée. Mais la plupart y étaient de plus en plus réfractaires, en eux la vie reprenait ses droits.

Quelques-uns osèrent un jour demander pourquoi on les forçait à passer leur jeunesse entière dans cette espèce de couvent-caserne d'où était bannie toute joie. La répression s'abattit sur eux si lourdement qu'ils se gardèrent désormais d'émettre la moindre opinion discordante. En public, s'entend, car des réunions commencèrent à se tenir dans le secret des maisons. Les jeunes conjurés étaient encouragés par toutes ces femmes qui avaient vu partir un fils, un frère ou un mari pour une mission secrète dont il n'était jamais revenu.

De cette aspiration sourde, étouffée, réprimée, un homme se fit le porte-parole. Nul autre que lui n'aurait pu se le permettre : il était le petit-fils de celui que Hassan avait désigné pour lui succéder; lui-même était appelé à devenir, à la mort de son père, le quatrième Grand Maître de l'ordre.

Il avait sur ses prédécesseurs un avantage appréciable : né peu après la mort du fondateur, il n'avait pas eu à vivre dans la terreur de ce dernier. Il observait sa demeure avec curiosité, une certaine appréhension bien sûr, mais sans cette morbide fascination qui paralysait tous les autres.

Une fois même, à l'âge de dix-sept ans, il était entré dans la chambre interdite, en avait fait le tour, s'était approché du bassin magique, avait trempé la main dans son eau glacée puis s'était arrêté devant la niche où était enfermé le manuscrit. Il avait failli l'ouvrir, mais s'était ravisé, avait fait un pas en arrière et quitté la chambre à reculons. Pour sa première visite, il ne voulait pas aller plus loin.

Quand l'héritier arpentait, pensif, les ruelles d'Alamout, les gens se rassemblaient sur son passage, sans toutefois l'approcher de trop près; ils prononçaient de curieuses formules de bénédiction. Il se prénommait Hassan, comme Sabbah, mais on chuchotait déjà autour de lui un autre nom : « Le Rédempteur! Celui qu'on attend depuis toujours! » On ne craignait qu'une chose : que la vieille garde des Assassins, qui connaissait ses sentiments et qui l'avait déjà entendu vitupérer imprudemment la rigueur ambiante, ne fasse tout pour l'empêcher d'accéder au pouvoir. De fait, son père tentait de lui imposer silence, l'accusant même d'être un athée et de trahir les enseignements du Fondateur. On dit même qu'il mit à mort deux cent cinquante de ses partisans et en chassa deux cent cinquante autres en les obligeant à porter sur le dos, jusqu'au pied de la montagne, les cadavres de leurs amis exécutés. Mais, par un reste de sentiment paternel, le Grand Maître n'osa pas suivre la tradition infanticide de Hassan Sabbah.

Et quand le père mourut, en 1162, le fils rebelle lui succéda, sans le moindre accroc. Pour la première fois depuis longtemps, une joie vraie éclata dans les grises ruelles d'Alamout.

Mais s'agit-il bien du Rédempteur attendu? s'interrogeaient les adeptes. Est-ce bien celui qui doit mettre fin à nos souffrances? Lui ne disait rien. Il continuait à marcher d'un air absorbé dans les rues d'Alamout ou restait de longues heures dans la bibliothèque, sous l'œil protecteur du copiste qui en avait la charge, un homme originaire de Kirman.

Un jour, on le vit s'avancer d'un pas décidé vers l'ancienne résidence de Hassan Sabbah, pousser la porte d'un geste brusque, aller jusqu'à la niche, en tirer la grille des deux mains avec tant de vigueur qu'elle se détacha du mur, laissant couler sur le sol de longs filets de sable et de cailloux. Il en retira le manuscrit de Khayyam, l'épousseta en quelques tapes saccadées, avant de l'emporter sous son bras.

Alors on dit qu'il s'enferma chez lui, à lire, à relire, à méditer. Et cela jusqu'au septième jour, lorsqu'il donna l'ordre de convoquer tous les gens d'Alamout, hommes, femmes et enfants, pour un rassemblement dans le *meydane,* la seule place qui puisse les contenir.

C'était le 8 août 1164, le soleil d'Alamout pesait sur les têtes et les visages, mais nul ne songeait à se protéger. Vers l'ouest s'élevait une estrade en bois, ornée aux coins par quatre immenses étendards : un rouge, un vert, un jaune et un blanc. C'est en sa direction que se tournaient les regards.

Quand soudain, le voilà. Tout vêtu de blanc éclatant, derrière lui sa femme, jeune et menue, le visage découvert, les yeux rivés au sol et les pommettes rouges de confusion. Dans la foule, il semblait que cette apparition dissipait les derniers doutes; on murmura hardiment : « C'est Lui, c'est le Rédempteur! »

A pas dignes, il monta les quelques marches de la tribune, adressa à ses fidèles un ample geste de salutation destiné à faire taire les chuchotements. Avant de prononcer l'un des discours les plus étonnants qui aient jamais retenti sur notre planète :

— A tous les habitants du monde, djinns, hommes et anges! dit-il, l'imam du Temps vous offre sa bénédiction et vous pardonne tous vos péchés passés et à venir.

» Il vous annonce que la Loi sacrée est abolie, car l'heure de la Résurrection a sonné. Dieu vous avait imposé la Loi pour vous faire mériter le paradis. Vous l'avez mérité. A compter de ce jour, le paradis est à vous. Vous êtes donc libérés du joug de la Loi.

» Tout ce qui était interdit est permis, et tout ce qui était obligatoire est interdit!

» Les cinq prières quotidiennes sont interdites, continua le Rédempteur. Puisque nous sommes maintenant au paradis, en liaison permanente avec le Créateur, nous n'avons plus besoin de nous adresser à Lui à des heures déterminées; ceux qui s'obstineraient à effectuer les cinq prières manifesteraient par là leur peu de foi dans la Résurrection. Prier est devenu acte d'incroyance. »

En revanche, le vin, considéré par le Coran comme la boisson du paradis, était désormais autorisé; ne pas en boire était le signe manifeste d'un manque de foi.

« Quand cela fut proclamé, relate un historien

persan de l'époque, l'assemblée se mit à jouer de la harpe et de la flûte, et à boire ostensiblement du vin sur les marches mêmes de la tribune. »

Réaction excessive, à la mesure des excès pratiqués par Hassan Sabbah au nom de la Loi coranique. Bientôt les successeurs du Rédempteur s'emploieront à atténuer son ardeur messianique, mais Alamout ne sera plus jamais ce réservoir à martyrs souhaité par le Prédicateur suprême, la vie y sera douce désormais et la longue série de meurtres qui avait terrorisé les villes d'islam sera interrompue. Les ismaéliens, secte radicale s'il en fut, se transformeront en une communauté d'une tolérance exemplaire.

De fait, après avoir annoncé la bonne nouvelle aux gens d'Alamout et de ses environs, le Rédempteur dépêcha des émissaires vers les autres communautés ismaéliennes d'Asie et d'Égypte, munis de documents signés de sa main. Ils demandaient à tous de célébrer désormais le jour de la Rédemption, dont ils donnaient la date selon trois calendriers différents : celui de l'hégire du Prophète, celui d'Alexandre le Grec et celui de « l'homme le plus éminent des deux mondes, Omar Khayyam de Nichapour ».

A Alamout, le Rédempteur ordonna que le *Manuscrit de Samarcande* soit vénéré comme un grand livre de sagesse. Des artistes furent chargés de l'ornementer : peintures, enluminures, coffret en or ciselé incrusté de pierreries. Nul n'avait le droit de le recopier, mais il était constamment posé sur une table basse en bois de cèdre, dans la petite salle intérieure où travaillait le bibliothécaire. Là, sous la sourcilleuse surveillance de celui-ci, quelques privilégiés venaient le consulter.

Jusqu'alors, seuls étaient connus quelques quatrains composés par Khayyam du temps de sa jeunesse imprudente ; désormais, plusieurs autres furent appris, cités, répétés, certains avec de graves altérations. On assista même, dès cette époque, à un phénomène des plus singuliers : chaque fois qu'un poète composait un quatrain pouvant lui attirer des ennuis, il l'attribuait à Omar; des centaines de faux vinrent ainsi se mêler aux *robaïyat* de Khayyam, si bien qu'il devint impossible, en l'absence du manuscrit, de discerner le vrai.

Est-ce à la demande du Rédempteur que les bibliothécaires d'Alamout reprirent, de père en fils, la chronique du manuscrit au point où Vartan l'avait laissée? C'est en tout cas par cette seule source que nous savons l'influence posthume de Khayyam sur la métamorphose subie par les Assassins. La relation des événements, concise mais irremplaçable, se poursuivit ainsi sur près d'un siècle avant de connaître une nouvelle interruption brutale. Lors des invasions mongoles.

La première vague, conduite par Gengis Khan, fut, sans aucun doute, le fléau le plus dévastateur qui ait jamais frappé l'Orient. Des villes prestigieuses furent rasées, et leur population exterminée, telles Pékin, Boukhara ou Samarcande, dont les habitants furent traités comme du bétail, les jeunes femmes distribuées aux officiers de la horde victorieuse, les artisans réduits en esclavage, les autres massacrés, à la seule exception d'une minorité qui, regroupée autour du grand cadi du moment, proclama très tôt son allégeance à Gengis Khan.

En dépit de cette apocalypse, Samarcande apparaît presque comme une privilégiée, puisqu'elle allait un jour renaître de ses décombres pour devenir la capitale d'un empire mondial, celui de Tamerlan. Au contraire de tant d'autres villes qui ne se relèveront plus; et notamment les trois grandes métropoles du

Khorassan, où fut longtemps concentrée toute l'activité intellectuelle de cette partie du monde : Merv, Balkh et Nichapour. Auxquelles il faut ajouter Rayy, berceau de la médecine orientale, dont on oubliera jusqu'au nom; il faudra attendre plusieurs siècles pour voir renaître, sur un site voisin, la ville de Téhéran.

C'est la deuxième vague qui emportera Alamout. Elle sera un peu moins sanguinaire, mais plus étendue. Comment ne pas compatir avec la terreur des contemporains quand on sait que les troupes mongoles purent alors, à quelques mois d'intervalle, dévaster Baghdad, Damas, Cracovie en Pologne et la province chinoise de Szetchuan!

La forteresse des Assassins choisit donc de se rendre, elle qui avait tenu tête à tant d'envahisseurs pendant cent soixante-six ans! Le prince Houlagou, petit-fils de Gengis Khan, vint lui-même admirer ce prodige de construction militaire; la légende dit qu'il y trouva des provisions conservées intactes depuis l'époque de Hassan Sabbah.

Après avoir inspecté les lieux avec ses lieutenants, il ordonna aux soldats de tout détruire, de ne plus laisser pierre sur pierre. Sans excepter la bibliothèque. Cependant, avant d'y mettre le feu, il autorisa un historien de trente ans, un certain Djouvayni, à s'y rendre. Celui-ci était en train de rédiger, à la demande de Houlagou, une *Histoire du Conquérant du Monde,* qui demeure, aujourd'hui encore, notre plus précieuse source pour connaître les invasions mongoles. Il put donc entrer dans ce lieu mystérieux où des dizaines de milliers de manuscrits étaient rangés, empilés ou enroulés; au-dehors l'attendaient un officier mongol et un soldat muni d'une brouette. Ce qu'elle pourrait contenir serait sauvé, le reste serait la proie des flammes. Il n'était pas question de lire les textes, ni même de répertorier les titres.

Sunnite fervent, Djouvayni se dit que son premier devoir était de sauver du feu la Parole de Dieu. Il se mit donc à ramasser à la hâte les exemplaires du Coran, reconnaissables à leur reliure épaisse et regroupés en un même endroit. Il y en avait bien une vingtaine; il les transporta en trois voyages jusqu'à la brouette, qui s'en trouva déjà quasiment pleine. Et maintenant, que choisir? Se dirigeant vers l'un des murs, contre lequel les volumes semblaient mieux rangés qu'ailleurs, il y découvrit les innombrables ouvrages écrits par Hassan Sabbah durant ses trente années de réclusion volontaire. Il choisit d'en sauver un seul, une autobiographie dont il devait citer quelques fragments dans son propre ouvrage. Il retrouva également une chronique d'Alamout, récente et apparemment bien documentée, qui relatait dans le détail l'histoire du Rédempteur. Cela, il se dépêcha de l'emporter, car cet épisode était totalement inconnu en dehors des communautés ismaéliennes.

L'historien connaissait-il l'existence du *Manuscrit de Samarcande*? Il ne semble pas. L'aurait-il cherché s'il en avait entendu parler, et, l'ayant feuilleté, l'aurait-il sauvé? On l'ignore. Ce que l'on raconte, c'est qu'il s'arrêta devant un ensemble d'ouvrages consacrés aux sciences occultes et qu'il s'y plongea, oubliant l'heure. L'officier mongol qui vint la lui rappeler en quelques syllabes avait le corps recouvert d'une épaisse armure à bordures rouges, la tête protégée par un casque s'élargissant vers la nuque comme une chevelure étalée. A la main il portait une torche. Pour bien montrer qu'il était pressé, il approcha le feu d'un tas de rouleaux poussiéreux. L'historien n'insista pas, il prit dans les mains et sous les aisselles tout ce qu'il pouvait emporter, sans chercher à faire le moindre tri, et quand le manuscrit intitulé *Secrets éternels des astres et des nombres* lui échappa, il ne se baissa pas pour le ramasser.

C'est ainsi que la bibliothèque des Assassins brûla sept jours et sept nuits, que d'innombrables ouvrages furent perdus dont il ne reste pas copie. On prétend qu'ils contenaient les secrets les mieux gardés de l'univers.

Longtemps on pensa que le *Manuscrit de Samarcande* s'était, lui aussi, consumé dans le brasier d'Alamout.

LIVRE TROIS

La fin du millénaire

Lève-toi, nous avons l'éternité pour dormir!

Omar KHAYYAM.

XXV

Jusqu'à cette page, j'ai peu parlé de moi-même, je tenais à exposer, le plus fidèlement, ce que le *Manuscrit de Samarcande* révèle de Khayyam, de ceux qu'il a connus, de quelques événements qu'il a côtoyés. Reste à dire de quelle façon cet ouvrage égaré au temps des Mongols a reparu au cœur de notre époque, au travers de quelles aventures j'ai pu en prendre possession, et, commençons là, par quel facétieux hasard j'ai appris son existence.

J'ai déjà mentionné mon nom, Benjamin O. Lesage. Malgré la consonance française, héritage d'un aïeul huguenot émigré au siècle de Louis XIV, je suis citoyen américain, natif d'Annapolis, dans le Maryland, sur la baie de Chesapeake, modeste bras de l'Atlantique. Mes rapports avec la France ne se limitent pourtant pas à cette lointaine ascendance, mon père s'est appliqué à les renouveler. Il avait toujours fait preuve d'une douce obsession concernant ses origines. Il avait noté dans son cahier d'écolier : « Mon arbre généalogique aurait-il donc été abattu pour construire un radeau de fugitifs ! » et s'était mis à l'étude du français. Puis, avec émotion et solennité, il avait traversé l'Atlantique dans le sens inverse des aiguilles du temps.

Trop mal ou trop bien choisie fut son année de

pèlerinage. Il quitta New York le 9 juillet 1870 à bord du *Scotia*; il atteignit Cherbourg le 18, était à Paris le 19 au soir – la guerre avait été déclarée à midi. Retraite, débâcle, invasion, famine, Commune, massacres, jamais mon père ne devait vivre une année plus intense, elle resterait son plus beau souvenir. Pourquoi le nier? il est une joie perverse à se trouver dans une ville assiégée, les barrières tombent quand s'élèvent les barricades, hommes et femmes retrouvent les joies du clan primitif. Que de fois, à Annapolis, autour de l'inévitable dinde des fêtes, père et mère évoquaient avec émotion la pièce de trompe d'éléphant qu'ils avaient partagée le soir du nouvel an parisien, achetée quarante francs la livre chez Roos, le boucher anglais du boulevard Haussmann!

Ils venaient de se fiancer, ils devaient se marier un an plus tard, la guerre avait parrainé leur bonheur. « Dès mon arrivée à Paris, se souvenait mon père, j'avais pris l'habitude de me rendre le matin au café Riche, boulevard des Italiens. Avec une pile de journaux, *le Temps*, *le Gaulois*, *le Figaro*, *la Presse*, je m'attablais, lisant chaque ligne, notant discrètement sur un calepin les mots que je n'arrivais pas à comprendre, " guêtre " ou " moblot ", de manière à pouvoir, de retour à mon hôtel, interroger l'érudit concierge.

» Le troisième jour, un homme à la moustache grise vint s'asseoir à la table voisine. Il avait sa propre pile de journaux, mais il la délaissa bientôt pour m'observer; il avait une question au bout des lèvres. N'y tenant plus, il m'interpella, la voix enrouée, une main refermée sur la crosse de sa canne, l'autre pianotant nerveusement sur le marbre mouillé. Il voulait s'assurer que cet homme jeune, apparemment valide, avait de bonnes raisons de ne pas se trouver au front pour défendre la patrie. Le ton était poli, quoique fort soupçonneux, et accompagné de regards obliques en direction du calepin où il m'avait vu griffonner à la sauvette. Je n'eus pas besoin d'argumenter, mon accent était mon éloquente défense. L'homme s'excusa bravement, m'invita à sa table, invoqua La Fayette, Benjamin Franklin, Tocqueville et Pierre L'Enfant, avant de m'expliquer longuement ce que je venais de lire dans la presse, à savoir que cette guerre " ne sera pour nos troupes qu'une promenade jusqu'à Berlin ". »

Mon père avait envie de le contredire. S'il ne savait rien de la puissance comparée des Français et des Prussiens, il venait de participer à la guerre de Sécession, avait été blessé au siège d'Atlanta. « Je pouvais témoigner qu'aucune guerre n'est une promenade, racontait-il. Mais les nations sont si oublieuses, la poudre est si enivrante, je me gardai bien de polémiquer. L'heure n'était pas aux débats, l'homme ne demandait pas mon avis. De temps à autre il lâchait un " n'est-ce pas " fort peu interrogatif; je répondais par un hochement entendu.

» Il était aimable. Du reste, nous nous retrouvâmes désormais chaque matin. Je parlais toujours aussi peu, il se disait heureux qu'un Américain puisse partager si infailliblement ses vues. Au bout du quatrième monologue aussi enthousiaste, ce vénérable gentilhomme m'invita à l'accompagner chez lui pour déjeuner; il était si sûr d'obtenir une fois de plus mon accord qu'il héla un cocher avant même que j'aie pu formuler une réponse. Je dois avouer que je ne l'ai jamais regretté. Il s'appelait Charles-Hubert de Luçay, habitait un hôtel particulier boulevard Poissonnière. Il était veuf, ses deux fils étaient à l'armée, sa fille allait devenir ta mère. »

Elle avait dix-huit ans, mon père dix ans de plus. Ils s'observèrent longuement en silence sur fond d'envolées patriotiques. A partir du 7 août, quand, après trois défaites successives, il était devenu clair que la guerre était perdue, que le territoire national était menacé, mon grand-père se fit plus laconique. Sa fille et son futur gendre s'employant à tempérer sa mélancolie, une complicité s'établit entre eux. Désormais un regard suffisait pour décider lequel devait intervenir, et par la médecine de quel argument.

« La première fois que nous nous sommes retrouvés seuls, elle et moi, dans l'immense salon, ce fut un silence de mort. Suivi d'un fou rire. Nous venions de découvrir qu'au bout de nombreux repas communs nous ne nous étions jamais adressé directement la parole. C'était un rire frais, complice, abandonné, mais qu'il eût été malséant de prolonger. J'étais censé dire le premier mot. Ta mère serrait un livre contre son corsage, je lui demandai ce qu'elle lisait. »

A cet instant précis, Omar Khayyam est entré dans ma vie. Je devrais presque dire qu'il m'a donné naissance. Ma mère venait d'acquérir *les Quatrains de Khéyam, traduits du persan par J.-B. Nicolas, ex-premier drogman de l'Ambassade française en Perse*, publié en 1867 par l'Imprimerie impériale. Mon père avait dans ses bagages *The Rubáiyát of Omar Khayyám* d'Edward FitzGerald, édition de 1868.

« Le ravissement de ta mère ne fut pas mieux caché que le mien, nous étions sûrs l'un et l'autre que nos lignes de vie venaient de se rejoindre, à aucun moment nous n'avons pensé qu'il pouvait s'agir d'une banale coïncidence de lecture. Omar nous est apparu dans l'instant comme un mot de passe du destin, l'ignorer eût été quasiment sacrilège. Bien entendu, nous n'avons rien dit de ce qui s'agitait en nous, la conversation tourna autour des poèmes. Elle m'apprit que Napoléon III en personne avait ordonné la publication de l'ouvrage. »

En ce temps-là, l'Europe venait tout juste de découvrir Omar. Quelques spécialistes, il est vrai, en avaient parlé tôt dans le siècle, son algèbre avait été publiée à Paris en 1851, des articles avaient paru dans des revues spécialisées. Mais le public occidental l'ignorait encore, et, en Orient même, que restait-il de Khayyam? Un nom, deux ou trois légendes, des quatrains de facture incertaine, une brumeuse réputation d'astrologue.

Et lorsqu'un obscur poète britannique, FitzGerald, décida de publier, en 1859, une traduction de soixante-quinze quatrains, ce fut l'indifférence. Le livre fut tiré à deux cent cinquante exemplaires, l'auteur en offrit quelques-uns à ses amis, le reste s'éternisa chez le libraire Bernard Quaritch. « Poor old Omar », ce pauvre vieux Omar n'intéresse apparemment personne, écrivit FitzGerald à son professeur de persan. Au bout de deux ans, l'éditeur décida de solder le stock : d'un prix initial de cinq shillings, *the Rubaiyat* passa à un penny, soixante fois moins. Même à ce prix, il se vendit peu. Jusqu'au moment où deux critiques littéraires le découvrirent. Ils le lurent. S'en émerveillèrent. Revinrent le lendemain. Rachetèrent six exemplaires pour les offrir autour d'eux. Sentant qu'un intérêt était en train de naître, l'éditeur en augmenta le prix, qui passa à deux pence.

Dire qu'à mon dernier passage en Angleterre je dus payer chez le même Quaritch, désormais richement installé à Piccadilly, quatre cents livres sterling un exemplaire qu'il gardait de cette première édition!

Mais le succès ne fut pas immédit à Londres. Il fallut passer par Paris, que M. Nicolas publie sa traduction, que Théophile Gautier lance, sur les pages du *Moniteur universel*, un retentissant « Avez-vous lu les quatrains de Kéyam? » saluant « cette liberté absolue d'esprit que les plus hardis penseurs modernes égalent à peine », qu'Ernest Renan renchérisse : « Khayyam est peut-être l'homme le plus curieux à étudier pour comprendre ce qu'a pu devenir le libre génie de la Perse dans l'étreinte du dogmatisme musulman », pour que, dans le monde anglo-saxon, FitzGerald et son « poor old Omar » sortent enfin de l'anonymat. Le réveil fut alors foudroyant. Du jour au lendemain, toutes les images de l'Orient se retrouvèrent rassemblées autour du seul nom de Khayyam, les traductions se succédèrent, les éditions se multiplièrent en Angleterre, puis dans plusieurs villes américaines; des sociétés « omariennes » se formèrent.

En 1870, répétons-le, la vogue Khayyam en était à ses débuts, le cercle des admirateurs d'Omar s'élargissait chaque jour, mais sans avoir passé encore les limites de la classe intellectuelle. Cette lecture commune ayant rapproché mon père et ma mère, ils se mirent à réciter les quatrains d'Omar, à discuter de leur signification : le vin et la taverne étaient-ils, sous la plume de Khayyam, de purs symboles mystiques, comme l'affirmait Nicolas? étaient-ils, au contraire, l'expression d'une vie de plaisirs, voire de débauche, comme le soutenaient FitzGerald et Renan? Ces débats prenaient sur leurs lèvres une saveur nouvelle. Quand mon père évoquait Omar caressant les cheveux parfumés de sa belle, ma mère rougissait. Et c'est entre deux quatrains amoureux qu'ils échangèrent leur premier baiser. Le jour où ils parlèrent mariage, ils se promirent d'appeler leur premier fils Omar.

Au cours des années quatre-vingt-dix, des centaines de petits Américains furent ainsi nommés; lorsque je naquis, le 1er mars 1873, la chose était inusitée. Ne voulant pas trop m'encombrer de ce prénom exotique, mes parents le reléguèrent à la seconde place, afin que je puisse, si je le désirais, le remplacer par un discret O.; à l'école, mes camarades supposaient que c'était Oliver, Oswald, Osborne ou Orville, je ne démentais personne.

L'hérédité qui m'était ainsi dévolue ne pouvait qu'éveiller ma curiosité concernant ce lointain parrain. A quinze ans, je m'étais mis à lire tout ce qui le concernait. J'avais formé le projet d'étudier langue et littérature persanes, de visiter longuement ce pays. Mais, après une phase d'enthousiasme, je m'attiédis. Si, de l'avis de tous les critiques, les vers de FitzGerald constituaient un chef-d'œuvre de la poésie anglaise, ils n'avaient cependant qu'un très lointain rapport avec ce qu'avait pu composer Khayyam. S'agissant des quatrains eux-mêmes, certains auteurs en citaient près d'un millier, Nicolas en avait traduit plus de quatre cents, des spécialistes rigoureux n'en reconnaissaient qu'une centaine comme « probablement authentiques ». D'éminents orientalistes allaient même jusqu'à nier qu'il y en eût un seul qui puisse être attribué à Omar avec certitude.

On supposait qu'un livre originel avait pu exister, qui aurait permis de distinguer une fois pour toutes le vrai du faux, mais rien ne laissait croire qu'un tel manuscrit pût être retrouvé.

Finalement je me détournai du personnage comme de l'œuvre, j'appris à ne voir dans mon « O. » central que l'indélébile résidu d'un enfantillage parental. Jusqu'à ce qu'une rencontre me ramène à mes amours premières et oriente résolument ma vie sur les pas de Khayyam.

XXVI

C'est en 1895, à la fin de l'été, que je m'embarquai pour le vieux continent. Mon grand-père venait de fêter ses soixante-seize ans, il m'avait écrit, ainsi qu'à ma mère, des lettres larmoyantes. Il tenait à me voir, ne serait-ce qu'une fois, avant de mourir. J'accourus, toutes études cessantes, et, sur le bateau, je me préparai au rôle qu'il m'incomberait de jouer, m'agenouiller à son chevet, tenir courageusement sa main refroidie en l'écoutant murmurer ses dernières recommandations.

Tout cela fut parfaitement inutile. Grand-père m'attendait à Cherbourg. Je crois le revoir, quai de Caligny, plus droit que sa canne, la moustache parfumée, la démarche enjouée, le haut-de-forme s'élevant de lui-même au passage des dames. Quand nous fûmes attablés au restaurant de l'Amirauté, il me prit fermement par le bras. « Mon ami, dit-il, délibérément théâtral, un jeune homme vient de renaître en moi, et il a besoin d'un compagnon. »

J'eus tort de prendre ses mots à la légère, notre virée fut un tourbillon. A peine avions-nous fini de dîner au Brébant, chez Foyot ou chez le Père Lathuile, il nous fallait courir à la Cigale où se produisait Eugénie Buffet, au Mirliton où régnait Aristide Bruant, à la

Scala où Yvette Guilbert chantait *les Vierges, le Fœtus* et *le Fiacre*. Nous étions deux frères, moustache blanche moustache brune, même allure, même chapeau, et c'était lui d'abord que les femmes regardaient. A chaque bouchon de champagne qui sautait, je guettais ses gestes, sa démarche, pas une fois je ne le pris en défaut. Il se levait d'un bond, marchait aussi vite que moi, sa canne n'était guère plus qu'un ornement. Il voulait cueillir chaque rose de ce printemps tardif. Je suis heureux de dire qu'il allait vivre jusqu'à quatre-vingt-treize ans. Dix-sept années encore, toute une nouvelle jeunesse.

Un soir, il m'emmena dîner chez Durand, place de la Madeleine. Dans une aile du restaurant, autour de plusieurs tables regroupées, se tenait un groupe d'acteurs et d'actrices, de journalistes et de politiciens, que grand-père me nomma un à un, à voix audible. Au milieu de ces célébrités, une chaise restait vide, mais un homme arriva bientôt, et je compris que c'était pour lui que la place était réservée. Tout de suite il fut entouré, adulé, chacun de ses mots provoquait exclamations ou rires. Mon grand-père se leva, me faisant signe de le suivre.

— Viens, il faut que je te présente à mon cousin Henri!

En disant cela, il m'entraîna jusqu'à lui.

Les deux cousins se donnèrent l'accolade, avant de se retourner vers moi.

— Mon petit-fils américain. Il aimerait tant te rencontrer!

Je cachai mal ma surprise. L'homme m'observa d'un air sceptique. Avant de lâcher :

— Qu'il vienne me voir dimanche matin, après ma promenade en tricycle.

C'est seulement en regagnant ma place que je réalisai à qui j'avais été présenté. Mon grand-père voulait absolument que je le connaisse, il avait parlé de lui souvent et avec une agaçante fierté de clan.

Il est vrai que ledit cousin, peu connu de mon côté de l'Atlantique, était, en France, plus célèbre que Sarah Bernhardt, puisqu'il s'agissait de Victor-Henri de Rochefort-Luçay, en démocratie Henri Rochefort, marquis et communard, ancien député, ancien ministre, ancien bagnard. Déporté en Nouvelle-Calédonie par les Versaillais, il avait réussi en 1874 une rocambolesque échappée qui avait enflammé l'imagination des contemporains; Édouard Manet lui-même avait peint *l'Évasion de Rochefort*. En 1889, il était pourtant reparti en exil, pour avoir comploté contre la République avec le général Boulanger, et c'est de Londres qu'il avait dirigé son influent journal, *l'Intransigeant*. Rentré en février 1895 à la faveur d'une amnistie, il avait été accueilli par deux cent mille Parisiens en délire. Blanquiste et boulangiste, révolutionnaire de gauche et de droite, idéaliste et démagogue, il s'était fait le porte-voix de cent causes contradictoires. Tout cela, je le savais, mais j'ignorais encore l'essentiel.

Au jour fixé, je me rendis donc à son hôtel particulier, rue Pergolèse, incapable alors d'imaginer que cette visite au cousin préféré de mon grand-père serait le premier pas de mon interminable périple dans l'univers oriental.

— Ainsi, m'aborda-t-il, vous êtes le fils de la douce Geneviève, c'est bien vous qu'elle a prénommé Omar?

— Oui. Benjamin Omar.

— Sais-tu que je t'ai déjà porté dans mes bras?

En la circonstance, le passage au tutoiement s'imposait. Il demeura à sens unique.

— Ma mère m'a effectivement raconté qu'après votre évasion vous aviez débarqué à San Francisco et pris le train pour la côte est. Nous étions à New York pour vous accueillir à la gare. J'avais deux ans.

– Je m'en souviens parfaitement. Nous avons parlé de toi, de Khayyam, de la Perse, je t'avais même prédit un destin de grand orientaliste.

Je me composai une mine embarrassée pour lui avouer que je m'étais écarté de ses prévisions, que mes intérêts étaient désormais ailleurs, que je m'étais orienté plutôt vers les études financières, envisageant de reprendre un jour l'entreprise de construction maritime créée par mon père. Se montrant sincèrement déçu de mon choix, Rochefort se lança dans un plaidoyer touffu où se mêlaient *les Lettres persanes* de Montesquieu et son célèbre « Comment peut-on être persan ? », l'aventure de la brelandière Marie Petit qui avait été reçue par le shah de Perse en se faisant passer pour l'ambassadrice de Louis XIV, l'histoire de ce cousin de Jean-Jacques Rousseau qui avait fini sa vie comme horloger à Ispahan. Et moi, je ne l'écoutais qu'à moitié. Je l'observais surtout, sa tête volumineuse, démesurée, son front protubérant surmonté d'une houppe de cheveux drus et ondulés. Il parlait avec ferveur, mais sans emphase, sans les gesticulations qu'on aurait pu attendre de sa personne, connaissant ses écrits enflammés.

– Je me passionne pour la Perse, bien que je n'y aie jamais mis les pieds, précisa Rochefort. Je n'ai pas l'âme d'un voyageur. Si je n'avais été quelquefois banni ou déporté, je n'aurais jamais quitté la France. Mais les temps changent, les événements qui agitent l'autre bout de la planète affectent désormais nos vies. Aurais-je eu vingt ans aujourd'hui, au lieu de soixante, j'aurais été fortement tenté par une aventure en Orient. Surtout si je me prénommais Omar !

Je me sentis contraint de justifier pourquoi je m'étais désintéressé de Khayyam. Et, pour ce faire, j'évoquai les doutes qui entouraient les *Robaïyat*, l'absence d'ouvrage qui puisse certifier une fois pour toutes leur authenticité. A mesure que je parlais, apparaissait néanmoins dans ses yeux une lueur intense, débordante, et pour moi incompréhensible. Rien dans mes propos n'était censé provoquer une telle excitation. Intrigué et agacé, je finis par abréger, puis par me taire d'une manière quelque peu abrupte. Rochefort m'interrogea avec ferveur :

— Et si tu étais sûr que ce *Manuscrit* existait, ton intérêt pour Omar Khayyam renaîtrait-il?

— Sans doute, avouai-je.

— Et si je te disais que ce *Manuscrit* de Khayyam, je l'ai vu de mes propres yeux, à Paris même, et que je l'ai feuilleté?

XXVII

Dire que cette révélation, d'emblée, bouleversa ma vie serait inexact. Je ne crois pas avoir eu la réaction que Rochefort escomptait. Surpris, intrigué, je l'étais, abondamment, mais sceptique tout autant. L'homme ne m'inspirait pas une confiance illimitée. Comment pouvait-il savoir que le manuscrit qu'il avait feuilleté était l'œuvre authentique de Khayyam? Il ne connaissait pas le persan, il avait pu être abusé. Pour quelle raison incongrue ce livre se serait-il trouvé à Paris sans qu'aucun orientaliste ait songé à le signaler? Je me contentai donc d'émettre un « Incroyable! » poli mais sincère, puisqu'il ménageait à la fois l'enthousiasme de mon interlocuteur et mes propres doutes. J'attendais pour croire.

Rochefort enchaîna :

— J'ai eu la chance de rencontrer un personnage extraordinaire, un de ces êtres qui traversent l'Histoire avec la volonté de laisser leur empreinte sur les générations à venir. Le sultan de Turquie le craint et le courtise, le shah de Perse tremble à la seule mention de son nom. Descendant de Mahomet, il a pourtant été chassé de Constantinople pour avoir dit dans une conférence publique, en présence des plus grands dignitaires religieux, que le métier de philosophe était aussi indispensable à l'humanité que le métier de prophète. Il s'appelle Djamaleddine. Le connais-tu?

Je ne pus qu'avouer ma totale ignorance.

– Quand l'Égypte s'est soulevée contre les Anglais, poursuivit Rochefort, c'était à l'appel de cet homme. Tous les lettrés de la vallée du Nil se réclament de lui, ils l'appellent « Maître » et vénèrent son nom. Pourtant, il n'est pas égyptien et n'a fait qu'un court séjour dans ce pays. Exilé aux Indes, il a réussi à susciter là encore un formidable mouvement d'opinion. Sous son influence, des journaux se sont créés, des associations se sont formées. Le vice-roi s'est alarmé, il a fait expulser Djamaleddine, qui a alors choisi de s'installer en Europe, et c'est de Londres puis de Paris qu'il a poursuivi son incroyable activité.

» Il collaborait régulièrement à *l'Intransigeant*, nous nous rencontrions souvent. Il m'a présenté ses disciples, musulmans des Indes, juifs d'Égypte, maronites de Syrie. Je crois que j'ai été son plus proche ami français, mais certainement pas le seul. Ernest Renan et Georges Clemenceau l'ont bien connu et, en Angleterre, des gens comme lord Salisbury, Randolph Churchill ou Wilfrid Blunt. Victor Hugo, peu avant de mourir, l'a rencontré lui aussi.

» Ce matin même, j'étais en train de revoir quelques notes sur lui que je compte insérer dans mes Mémoires.

Rochefort prit dans un tiroir quelques feuillets à l'écriture minuscule et lut : « On me présenta un proscrit, célèbre dans tout l'islam, comme réformateur et révolutionnaire, le cheikh Djamaleddine, un homme à la tête d'apôtre. Ses beaux yeux noirs, pleins de douceur et de feu, sa barbe d'un fauve très foncé qui ruisselait jusqu'à sa poitrine lui imprimaient une majesté singulière. Il représentait le type du dominateur des foules. Il comprenait à peu près le français qu'il parlait à peine, mais son intelligence toujours en éveil suppléait assez facilement à son ignorance de notre langue. Sous son apparence reposée et sereine, son activité était dévorante. Nous nous étions tout de suite fort liés, car j'ai l'âme instinctivement révolutionnaire et tout émancipateur m'attire... »

Bientôt il rangea ses feuillets, avant de poursuivre :

– Djamaleddine avait loué une petite chambre au dernier étage d'un hôtel, rue de Sèze, près de la Madeleine. Ce modeste endroit lui suffisait pour éditer un journal qui partait par ballots entiers vers les Indes ou l'Arabie. Il ne m'est arrivé qu'une fois de pénétrer dans son antre, j'étais curieux de voir à quoi il pouvait ressembler. J'avais invité Djamaleddine à dîner chez Durand et promis de passer le prendre. Je suis monté directement dans sa chambre. On pouvait difficilement y progresser tant les journaux et les livres s'y empilaient, parfois sur le lit même, et jusqu'au plafond. Il y régnait une suffocante odeur de cigare.

Malgré son admiration pour ce personnage, il avait prononcé cette dernière phrase avec une moue de dégoût, m'incitant à éteindre sur-le-champ mon propre cigare, un élégant havane que je venais tout juste d'allumer. Rochefort m'en remercia d'un sourire et poursuivit :

– Après s'être excusé pour le désordre dans lequel il me recevait et qui, disait-il, n'était pas digne du rang qui était le mien, Djamaleddine m'a montré ce jour-là quelques livres auxquels il était attaché. Celui de Khayyam en particulier, émaillé de sublimes miniatures. Il m'a expliqué qu'on appelait cet ouvrage le *Manuscrit de Samarcande*, qu'il contenait les quatrains écrits de la propre main du poète, auxquels avait été jointe en marge une chronique. Surtout il m'a raconté par quelles voies détournées le *Manuscrit* lui était parvenu.

– Good Lord!

Ma pieuse interjection anglaise soutira au cousin Henri un rire triomphal, elle était la preuve que mon froid scepticisme était balayé et que je serais désormais irrémédiablement accroché à ses lèvres. Il se hâta d'en tirer avantage.

– Bien entendu, je ne me rappelle pas grand-chose de ce qu'a pu me dire Djamaleddine, ajouta-t-il cruellement. Ce soir-là, nous avions surtout parlé du Soudan. Ensuite je n'ai plus revu ce *Manuscrit*. Je puis donc témoigner qu'il a existé, mais je crains fort qu'aujourd'hui il ne soit perdu. Tout ce que mon ami possédait a été brûlé, détruit ou éparpillé.

– Même le *Manuscrit* de Khayyam?

Pour toute réponse, Rochefort me gratifia d'une moue peu encourageante. Avant de se lancer dans une explication passionnée, en se référant de près à ses notes :

– Quand le shah vint en Europe pour assister à l'Exposition universelle de 1889, il proposa à Djamaleddine de rentrer en Perse « au lieu de passer le reste de sa vie au milieu des infidèles », lui laissant entendre qu'il le nommerait à une haute fonction. L'exilé posa des conditions : qu'une Constitution soit promulguée, que des élections soient organisées, que soit reconnue l'égalité de tous devant la loi « comme dans les pays civilisés » et qu'enfin soient abolies les concessions outrancières accordées aux puissances étrangères. Il faut dire qu'en ce domaine la situation de la Perse avait fait depuis des années la joie de nos caricaturistes : les Russes, qui avaient déjà le monopole de la construction des routes, venaient de prendre en charge la formation militaire. Ils avaient créé une brigade de Cosaques, la mieux équipée de l'armée persane, directement commandée par les officiers du tsar; en compensation, les Anglais avaient obtenu pour une bouchée de pain le

droit d'exploiter toutes les ressources minières et fores-
tières du pays, comme d'en gérer le système bancaire;
les Autrichiens avaient, quant à eux, la haute main sur
les postes. En exigeant du monarque qu'il mette fin à
l'absolutisme royal et aux concessions étrangères, Djamaleddine était persuadé d'essuyer un refus. Or, à sa
grande surprise, le shah accepta toutes ses conditions et
promit d'œuvrer à la modernisation du pays.

» Djamaleddine alla donc s'installer en Perse, dans
l'entourage du souverain, qui, les premiers temps, lui
montra tous les égards, jusqu'à le présenter en grande
pompe aux femmes de son harem. Mais les réformes
restaient en souffrance. Une Constitution? Des chefs
religieux persuadèrent le shah qu'elle serait contraire à
la Loi de Dieu. Des élections? Des courtisans le
prévinrent que s'il acceptait qu'on remette en cause son
autorité absolue il finirait comme Louis XVI. Les
concessions étrangères? Loin d'abolir celles qui exis-
taient, le monarque, constamment à court d'argent,
devait en contracter de nouvelles : à une société
anglaise il confia, pour la modique somme de quinze
mille livres sterling, le monopole du tabac persan. Non
seulement l'exportation, mais également la consomma-
tion interne. Dans un pays où chaque homme, chaque
femme et bon nombre d'enfants s'adonnent au plaisir de
de la cigarette ou de la pipe à eau, ce commerce était
des plus fructueux.

» Avant que la nouvelle de ce dernier abandon ne
soit annoncée à Téhéran, des pamphlets étaient distribués en secret, conseillant au shah de revenir sur sa
décision. Un exemplaire fut même déposé dans la
chambre à coucher du monarque, qui soupçonna Djamaleddine d'en être l'auteur. Inquiet, le réformateur
décida de se mettre en état de rébellion passive. C'est
une coutume pratiquée en Perse : lorsqu'un personnage
craint pour sa liberté ou pour sa vie, il se retire dans un

vieux sanctuaire des environs de Téhéran, s'y enferme et y reçoit des visiteurs auxquels il expose ses griefs. Nul n'est censé franchir la grille pour s'en prendre à lui. C'est ce que fit Djamaleddine, qui provoqua un gigantesque mouvement de foule. Des milliers d'hommes affluèrent de tous les coins de la Perse pour l'entendre.

» Excédé, le shah ordonna de le déloger. On dit qu'il avait beaucoup hésité avant de commettre cette félonie, mais son vizir, pourtant éduqué en Europe, le convainquit que Djamaleddine n'avait pas droit à l'immunité du sanctuaire puisqu'il n'était qu'un philosophe, notoirement mécréant. Les soldats pénétrèrent donc en armes dans ce lieu de culte, se frayèrent un passage parmi les nombreux visiteurs et se saisirent de la personne de Djamaleddine, qu'ils dépouillèrent de tout ce qu'il possédait avant de le traîner à moitié nu jusqu'à la frontière.

» Ce jour-là, dans le sanctuaire, le *Manuscrit de Samarcande* se perdit sous les bottes des soldats du shah.

Sans s'interrompre, Rochefort se leva, s'adossa au mur, croisa les bras, une posture qu'il affectionnait.

– Djamaleddine était vivant, mais malade, et surtout scandalisé que tant de visiteurs, qui l'écoutaient pourtant avec enthousiasme, aient assisté sans broncher à son humiliation publique. Il en tira de curieuses conclusions : lui qui avait passé sa vie à fustiger l'obscurantisme de certains religieux, lui qui avait fréquenté les loges maçonniques d'Égypte, de France et de Turquie, il prit le parti d'utiliser la dernière arme qui lui restait pour faire plier le shah. Quelles qu'en soient les conséquences.

» Il écrivit donc une longue lettre au chef suprême des religieux persans, lui demandant d'user de son autorité pour empêcher le monarque de brader aux infidèles les biens des musulmans. La suite, tu as pu la lire dans les journaux.

La presse américaine, je m'en souvenais, avait effectivement rapporté que le grand pontife des chiites avait fait circuler une étonnante proclamation : « Toute personne qui consommerait du tabac se mettrait en état de rébellion contre l'imam du Temps, que Dieu hâte sa venue. » Du jour au lendemain, plus aucun Persan n'avait allumé la moindre cigarette. Les pipes à eau, les fameux *kalyans,* furent rangées ou brisées, les marchands de tabac fermèrent boutique. Parmi les épouses du shah elles-mêmes, la prohibition fut strictement observée. Le monarque s'affola, il accusa dans une lettre le chef religieux d'irresponsabilité « puisqu'il ne se souciait pas des conséquences graves que la privation de tabac pourrait avoir sur la santé des musulmans ». Mais le boycottage se durcit, il s'accompagna de manifestations tapageuses à Téhéran, à Tabriz, à Ispahan. Et la concession dut être annulée.

— Entre-temps, reprit Rochefort, Djamaleddine s'était embarqué pour l'Angleterre. Je l'y ai rencontré, j'ai longuement discuté avec lui; il me semblait désemparé, il ne faisait que répéter : « Il faut abattre le shah. » C'était un homme blessé, humilié, il ne songeait plus qu'à se venger. D'autant que le monarque, le poursuivant de sa haine, avait écrit à lord Salisbury une lettre irritée : « Nous avons expulsé cet homme parce qu'il agissait contre les intérêts de l'Angleterre, et où va-t-il se réfugier? A Londres. » Officiellement on avait répondu au shah que la Grande-Bretagne était un pays libre et qu'aucune loi ne pouvait être invoquée pour empêcher un homme de s'exprimer. En privé, on avait promis de chercher les moyens légaux de restreindre l'activité de Djamaleddine, qui s'était vu prier d'écourter son séjour. Ce qui l'avait décidé à partir pour Constantinople, la mort dans l'âme.

    – C'est là qu'il se trouve à présent?

    – Oui. On me dit qu'il y est fort mélancolique. Le sultan lui a alloué une belle demeure où il peut recevoir amis et disciples, mais il lui est interdit de quitter le pays, et il vit constamment sous étroite surveillance.

XXVIII

Somptueuse prison aux portes grandes ouvertes : un palais de bois et de marbre sur la colline de Yildiz, près de la résidence du grand vizir; les repas venaient chauds des cuisines sultaniennes; les visiteurs se succédaient, ils traversaient la grille puis longeaient l'allée, avant de quitter leurs galoches sur le seuil. A l'étage, la voix du Maître tonnait, syllabes rocailleuses à voyelles fermées; on l'entendait fustiger la Perse et le shah, annoncer les malheurs à venir.

Je me faisais tout petit, moi l'étranger d'Amérique, avec mon petit chapeau d'étranger, mes petits pas d'étranger, mes préoccupations d'étranger, qui avait fait le trajet de Paris à Constantinople, soixante-dix heures de train à travers trois empires, pour m'enquérir d'un manuscrit, d'un vieux livre de poésie, dérisoire fétu de papier dans l'Orient des tumultes.

Un serviteur m'aborda. Une courbette ottomane, deux mots d'accueil en français, mais pas la moindre question. Ici tout le monde venait pour la même raison, rencontrer le Maître, écouter le Maître, espionner le Maître. Je fus invité à attendre dans un vaste salon.

Dès mon entrée, j'y remarquai la présence d'une silhouette féminine. Cela m'incita à baisser les yeux; on m'avait trop parlé des habitudes du pays pour que je

m'avance paume tendue, mine épanouie et regard rieur.
Juste un balbutiement, mon chapeau qui s'agite. J'avais
déjà repéré, à l'opposé de l'endroit où elle était assise,
un fauteuil bien anglais où m'enfoncer. Mais voilà que
mon regard rase le tapis, se heurte aux escarpins de la
visiteuse, s'élève le long de sa robe bleu et or, jusqu'à
son genou, son buste, son cou, jusqu'à son voile.
Étrangement pourtant ce n'est pas la barrière d'un voile
que je heurte, mais un visage découvert, mais des yeux
qui croisent les miens. Et un sourire. Mon regard fuit
jusqu'au sol, flotte à nouveau sur le tapis, balaie un
bout de carrelage, puis remonte vers elle, inexorable-
ment, comme un bouchon de liège vers la surface de
l'eau. Elle portait sur les cheveux un *mindil* de soie
fine, prêt à être rabattu sur le visage quand surgirait
l'étranger. Mais justement l'étranger était là, et le voile
était toujours relevé.

Cette fois, son regard était au loin, elle m'offrait
son profil à contempler, sa peau hâlée d'un grain si pur.
La douceur aurait-elle un teint, ce serait le sien; le
mystère aurait-il une lueur, ce serait la sienne. J'en
avais les joues moites, les mains froides. Le bonheur
battait mes tempes. Dieu, qu'elle était belle, ma première image de l'Orient! une femme comme seuls
auraient su la chanter les poètes du désert : sa face le
soleil, auraient-ils dit, ses cheveux l'ombre protectrice,
ses yeux des fontaines d'eau fraîche, son corps le plus
élancé des palmiers, son sourire un mirage.

Lui parler? Ainsi? d'un bout à l'autre de la pièce,
les mains en porte-voix? Me lever? marcher vers elle?
m'asseoir sur un fauteuil plus proche, prendre le risque
de voir s'évanouir son sourire et s'abattre son voile
comme un couperet? A nouveau nos regards se croisè-
rent comme par hasard, puis se fuirent comme par jeu.
Que le serviteur vint interrompre. Une première fois,
pour m'offrir thé et cigarettes. Un moment plus tard,

courbé jusqu'au sol, pour s'adresser à elle en turc. Je la vis alors se lever, se couvrir le visage, lui donner à porter une sacoche en cuir. Il se hâtait vers la sortie. Elle le suivit.

Arrivée à la porte du salon, elle ralentit pourtant, laissant l'homme s'éloigner, se retourna vers moi et prononça, à voix haute et dans un français plus pur que le mien :

— Sait-on jamais, nos chemins pourraient se croiser!

Politesse ou promesse, son mot s'accompagnait d'un sourire espiègle, dans lequel je vis aussi bien un défi qu'un doux reproche. Ensuite, alors que je m'extrayais de mon siège avec une parfaite gaucherie, et tandis que je m'empêtrais et me dépêtrais, cherchant à retrouver l'équilibre mais également une certaine contenance, elle demeura immobile, son regard m'enveloppant d'une bienveillance amusée. Pas un mot ne trouva son chemin jusqu'à mes lèvres. Elle disparut.

J'étais encore debout à la fenêtre, en train de chercher à distinguer entre les arbres le fiacre qui l'emmenait, lorsqu'une voix m'arracha à mes rêves.

— Excusez-moi de vous avoir fait attendre.

C'était Djamaleddine. Sa main gauche serrait un cigare éteint; il me tendit la droite, pour me donner une poignée franche, molletonnée mais vigoureuse.

— Mon nom est Benjamin Lesage, je viens de la part d'Henri Rochefort.

Je lui présentai ma lettre d'introduction, mais il la glissa dans sa poche sans la regarder, ouvrit les bras, me donna l'accolade et un baiser sur le front.

— Les amis de Rochefort sont mes amis, je leur parle à cœur ouvert.

Me prenant par l'épaule, il m'entraîna vers un escalier en bois qui menait à l'étage.

— Mon ami Henri se porte bien, j'espère, j'ai su

que son retour d'exil était un vrai triomphe. Tous ces Parisiens qui ont défilé en scandant son nom, quel bonheur il a dû ressentir! J'en ai lu le compte rendu dans *l'Intransigeant*. Il me l'envoie régulièrement, mais je le reçois avec retard. Sa lecture ramène à mes oreilles les bruits de Paris.

Djamaleddine parlait laborieusement un français correct, parfois je lui soufflais le mot qu'il semblait chercher. Quand je tombais juste, il m'en remerciait, sinon il continuait à ratisser sa mémoire, avec une légère contorsion des lèvres et du menton. Il poursuivit :

— J'ai vécu à Paris dans une chambre obscure, mais elle s'ouvrait sur le vaste monde. Elle était cent fois plus petite que cette maison, mais j'y étais moins à l'étroit. Je me trouvais à des milliers de kilomètres de mon peuple, mais j'œuvrais pour l'avancement des miens plus efficacement que je ne peux le faire ici ou en Perse. Ma voix était reçue d'Alger à Kaboul; aujourd'hui, seuls peuvent m'entendre ceux qui m'honorent de leur visite. Bien sûr, ils sont toujours les bienvenus, surtout s'ils viennent de Paris.

— Je ne vis pas à Paris moi-même. Ma mère est française, mon nom sonne français, mais je suis américain. J'habite le Maryland.

Cela sembla l'amuser.

— Quand j'ai été expulsé des Indes en 1882, je suis passé par les États-Unis. Figurez-vous que j'y ai même envisagé de demander la nationalité américaine. Vous souriez! beaucoup de mes coreligionnaires seraient scandalisés! Le seyyed Djamaleddine, apôtre de la renaissance islamique, descendant du Prophète, prendre la nationalité d'un pays chrétien? Mais je n'en ai nulle honte, je l'ai d'ailleurs raconté à mon ami Wilfrid Blunt, l'autorisant à le citer dans ses Mémoires. Ma justification est simple : sur les terres d'islam, il n'est pas un seul coin où je puisse vivre à l'abri de la tyrannie. En Perse, j'ai voulu me réfugier dans un sanctuaire qui bénéficie traditionnellement d'une pleine immunité, les soldats du monarque y sont entrés, ils m'ont arraché aux centaines de visiteurs qui m'écoutaient, et, à une malheureuse exception près, personne n'a bougé ni osé protester. Pas un lieu de culte, pas une université, pas une cabane où l'on puisse se protéger de l'arbitraire!

D'une main fébrile, il caressa un globe terrestre en bois peint posé sur une table basse, avant d'ajouter :

— En Turquie, c'est pire. Ne suis-je pas l'invité officiel d'Abdel-Hamid, sultan et calife? Ne m'a-t-il pas envoyé lettre sur lettre, me reprochant, comme l'avait fait le shah, de passer ma vie parmi les infidèles? J'aurais dû me contenter de lui répondre : si vous n'aviez pas transformé nos beaux pays en prisons, nous n'aurions pas besoin de trouver refuge auprès des Européens! Mais j'ai faibli, et me suis laissé duper. Je suis venu à Constantinople, et vous en voyez le résultat. Au mépris des règles de l'hospitalité, ce demi-fou me retient prisonnier. Dernièrement, je lui ai fait parvenir un message qui disait : «Suis-je votre invité? Donnez-moi la permission de partir! Suis-je votre prisonnier? Mettez-moi des chaînes aux pieds, jetez-moi dans un cachot!» Mais il n'a pas daigné me répondre. Si j'avais la nationalité des États-Unis, de la France, de l'Autriche-Hongrie, sans parler de la Russie ou de l'Angleterre, mon consul serait entré sans frapper dans le bureau du grand vizir et il aurait obtenu ma liberté dans la demi-heure. Je vous le dis, nous les musulmans de ce siècle, nous sommes des orphelins.

Il était essoufflé, il fit un effort pour ajouter :

— Vous pouvez écrire tout ce que je viens de dire, sauf que j'ai traité le sultan Abdel-Hamid de demi-fou. Je ne veux pas perdre toute chance de m'envoler un jour de cette cage. D'ailleurs ce serait un mensonge, car cet individu est un fou à part entière, et un dangereux criminel, maladivement soupçonneux, entièrement abandonné à l'emprise de son astrologue alépin.

— N'ayez aucune crainte, je n'écrirai rien de tout cela.

Je profitai de sa requête pour dissiper un malentendu.

— Je dois vous dire que je ne suis pas journaliste. M. Rochefort, qui est le cousin de mon grand-père, m'a recommandé de venir vous voir, mais le but de ma visite n'est pas d'écrire un article sur la Perse ni sur vous-même.

Je lui révélai mon intérêt pour le *Manuscrit* de Khayyam, mon désir intense de le feuilleter un jour, d'étudier de près son contenu. Il m'écouta avec une attention soutenue et une joie évidente.

— Je vous suis reconnaissant de m'arracher quelques instants à mes pénibles préoccupations. Le sujet que vous évoquez m'a toujours passionné. Avez-vous lu dans l'introduction de M. Nicolas aux *Robaïyat* l'histoire des trois amis, Nizam-el-Molk, Hassan Sabbah et Omar Khayyam? Ce sont des personnages fort différents, mais qui représentent chacun un aspect éternel de l'âme persane. J'ai parfois l'impression d'être les trois à la fois. Comme Nizam-el-Molk, j'aspire à créer un grand État musulman, fût-il dirigé par un insupportable sultan turc. Comme Hassan Sabbah, je sème la subversion sur toutes les terres d'islam, j'ai des disciples qui me suivraient jusqu'à la mort...

Il s'interrompit, soucieux, puis se ravisa, sourit et enchaîna :

— Comme Khayyam, je guette les rares joies de l'instant présent et compose des vers sur le vin, l'échanson, la taverne, la bien-aimée; comme lui, je me méfie des faux dévots. Quand, dans certains quatrains, Omar parle de lui-même, il m'arrive de croire que c'est moi qu'il dépeint : « Sur la Terre bariolée chemine un homme, ni riche ni pauvre, ni croyant ni infidèle, il ne courtise aucune vérité, il ne vénère aucune loi... Sur la Terre bariolée, quel est cet homme brave et triste ? »

Disant cela, il ralluma son cigare, pensif. Une minuscule braise atterrit sur sa barbe, il la chassa d'un geste d'habitué. Et reprit :

– Depuis l'enfance, j'ai une immense admiration pour Khayyam, le poète, mais surtout le philosophe, le penseur libre. Je suis émerveillé par sa conquête tardive de l'Europe et de l'Amérique. Vous imaginez donc quel fut mon bonheur quand j'ai eu entre les mains le livre originel des *Robaïyat*, écrit de la propre main de Khayyam.

– A quel moment l'avez-vous eu ?

– Il m'a été offert il y a quatorze ans, aux Indes, par un jeune Persan qui avait fait le trajet dans le seul but de me rencontrer. Il s'était présenté en ces termes : « Mirza Reza, natif de Kirman, ancien marchand au bazar de Téhéran, votre serviteur obéissant. » J'avais souri, je lui avais demandé ce que voulait dire « ancien marchand » et c'est ce qui l'avait amené à me raconter son histoire. Il venait d'ouvrir un commerce d'habits usagés, lorsque l'un des fils du shah vint lui prendre de la marchandise, des châles et des fourrures, pour une somme de onze cents toumans – environ mille dollars. Mais, quand Mirza Reza se présenta le lendemain chez ce prince pour être payé, il fut insulté et battu, menacé même de mort s'il s'avisait de réclamer son dû. C'est alors qu'il avait décidé de venir me voir. J'enseignais à Calcutta. « Je viens de comprendre, me dit-il, qu'on ne peut pas gagner honnêtement sa vie dans un pays livré à l'arbitraire. N'est-ce pas toi qui écris qu'il faut une Constitution et un parlement pour la Perse ? Considère-moi à partir de ce jour comme le plus dévoué de tes disciples. J'ai fermé mon commerce, j'ai quitté ma femme pour te suivre. Ordonne-moi, j'obéirai! »

En évoquant cet homme, Djamaleddine semblait souffrir.

— J'étais ému, mais embarrassé. Je suis un philosophe errant, je n'ai ni maison ni patrie, j'ai évité de me marier pour n'avoir aucun être à ma charge, je ne voulais pas que cet homme me suive comme si j'étais le Messie ou le Rédempteur, l'imam du Temps. Pour le dissuader, je lui dis : « Est-ce vraiment la peine de tout quitter, ton commerce, ta famille, pour une vile question d'argent? » Alors son visage se ferma, il ne me répondit pas et sortit.

» Il ne revint que six mois plus tard. D'une poche intérieure, il retira un petit coffret en or, serti de pierreries, qu'il me présenta ouvert.

» — Regarde ce manuscrit, combien crois-tu qu'il peut valoir?

» Je le feuilletai, puis en découvris le contenu en tremblant d'émotion.

» — Le texte authentique de Khayyam; ces peintures, cet ornement, c'est inestimable!

» — Plus que onze cents toumans?

» — Infiniment plus!

» — Je te l'offre, garde-le. Il te rappellera que Mirza Reza n'est pas venu vers toi pour récupérer son argent, mais pour retrouver sa fierté.

» C'est ainsi, poursuivit Djamaleddine, que le *Manuscrit* est tombé en ma possession et que je ne m'en suis plus séparé. Il m'a accompagné aux Etats-Unis, en Angleterre, en France, en Allemagne, en Russie, puis en Perse. Je l'avais sur moi lors de ma retraite au sanctuaire de Shah-Abdol-Azim. C'est là que je l'ai perdu.

— Vous ne savez pas où il pourrait se trouver à présent?

– Je vous l'ai dit, lorsque j'ai été appréhendé, un seul homme a osé s'opposer aux soldats du shah, c'était Mirza Reza. Il s'est levé, il a crié, pleuré, traité de lâches soldats et assistance. On l'a arrêté et torturé, il a passé plus de quatre ans dans les cachots. Quand il a été libéré, il est venu à Constantinople pour me voir. Il était si mal en point que je l'ai fait entrer à l'hôpital français de la ville, où il est resté jusqu'en novembre dernier. J'ai cherché à le retenir plus longtemps, de peur qu'il ne soit appréhendé à son retour. Mais il a refusé. Il voulait, disait-il, récupérer le *Manuscrit* de Khayyam, plus rien d'autre ne l'intéressait. Il y a ainsi des gens qui voguent d'obsession en obsession.

– Quel est votre sentiment? Le *Manuscrit* existe encore?

– Seul Mirza Reza pourrait vous renseigner. Il prétend pouvoir retrouver le soldat qui l'a subtilisé lors de mon arrestation, il espérait le lui reprendre. En tout cas, il était décidé à aller le voir, il parlait de le lui racheter, Dieu sait avec quel argent.

– S'il s'agit de récupérer le *Manuscrit,* l'argent ne posera aucun problème!

J'avais parlé avec ferveur. Djamaleddine me dévisagea, fronça les sourcils, se pencha vers moi comme pour m'ausculter.

– J'ai l'impression que vous n'êtes pas moins obsédé par ce *Manuscrit* que ce malheureux Mirza. Dans ce cas, vous n'avez qu'une voie à suivre, allez à Téhéran! Je ne vous garantis pas que vous y découvrirez ce livre, mais, si vous savez regarder, peut-être y trouverez-vous d'autres traces de Khayyam.

Ma réponse, spontanée, sembla confirmer son diagnostic :

– Si j'obtiens un visa, je suis prêt à partir dès demain.

– Ce n'est pas un obstacle. Je vous donnerai un

mot pour le consul de Perse à Bakou, il se chargera des formalités nécessaires et assurera même votre transport jusqu'à Enzéli.

Ma mine devait trahir une inquiétude. Djamaleddine s'en amusa.

– Sans doute vous dites-vous : comment pourrais-je me recommander d'un proscrit auprès d'un représentant du gouvernement persan? Sachez que j'ai des disciples partout, dans toutes les villes, dans tous les milieux, même dans le proche entourage du monarque. Il y a quatre ans, lorsque j'étais à Londres, je publiais avec un ami arménien un journal qui partait par petits colis discrets pour la Perse. Le shah s'en est alarmé, il a convoqué le ministre des Postes et lui a ordonné de mettre fin coûte que coûte à la circulation de ce journal. Le ministre a demandé aux douaniers d'intercepter aux frontières tous les colis subversifs et de les lui envoyer à son domicile.

Il tira sur son cigare, la bouffée fut dispersée par un éclat de rire.

– Ce que le shah ignorait, poursuivit Djamaleddine, c'est que son ministre des Postes était l'un de mes plus fidèles disciples et que je l'avais précisément chargé de la bonne diffusion du journal!

Le rire de Djamaleddine pétaradait encore quand arrivèrent trois visiteurs arborant des fez de feutre rouge sang. Il se leva, les salua, les embrassa, les invita à s'asseoir, échangeant avec eux quelques mots en arabe. Je devinai qu'il leur expliquait qui j'étais, leur demandant quelques moments encore. Il revint vers moi.

– Si vous êtes décidé à partir pour Téhéran, je vais vous donner quelques lettres d'introduction. Venez demain, elles seront prêtes. Et surtout ne craignez rien, personne ne songera à fouiller un Américain.

Le lendemain, trois enveloppes brunes m'attendaient. Il me les donna en main propre, ouvertes. La première était pour le consul de Bakou, la deuxième pour Mirza Reza. En me tendant cette dernière, il fit ce commentaire :

— Je dois vous prévenir que cet homme est un déséquilibré et un obsédé, ne le fréquentez pas plus qu'il ne faut. J'ai beaucoup d'affection pour lui, il est plus sincère et plus fidèle, plus pur aussi sans doute que tous mes disciples, mais il est capable des pires folies.

Il soupira, plongea la main dans la poche du large pantalon griset qu'il portait sous sa tunique blanche :

— Voici dix livres-or, donnez-les-lui de ma part ; il ne possède plus rien, peut-être même a-t-il faim, mais il est trop fier pour mendier.

— Où pourrai-je le trouver ?

— Je n'en ai pas la moindre idée. Il n'a plus de maison, plus de famille, il erre d'un lieu à l'autre. C'est pourquoi je vous remets cette troisième lettre à l'adresse d'un autre jeune homme, celui-là bien différent. C'est le fils du plus riche commerçant de Téhéran, et bien qu'il n'ait que vingt ans, et brûle du même feu que nous tous, il est toujours d'humeur égale, prêt à débiter les idées les plus révolutionnaires avec un sourire d'enfant repu. Je lui reproche parfois de n'avoir pas grand-chose d'oriental. Vous le verrez, sous un habit persan, c'est la froideur anglaise, les idées françaises, l'esprit plus anticlérical que M. Clemenceau. Il s'appelle Fazel. C'est lui qui vous mènera jusqu'à Mirza Reza. Je l'ai chargé de garder un œil sur lui, autant que possible. Je ne pense pas qu'il puisse l'empêcher de faire ses folies, mais il saura où le trouver.

Je me levai pour partir. Il me salua chaleureusement et retint ma main dans la sienne :

— Rochefort me dit dans sa lettre que vous vous

prénommez Benjamin Omar. En Perse, utilisez seulement Benjamin, ne prononcez jamais le mot Omar.

— C'est pourtant celui de Khayyam!

— Depuis le XVIᵉ siècle, depuis que la Perse s'est
convertie au chiisme, ce prénom est banni, il pourrait
vous causer les pires ennuis. On croit s'identifier à
l'Orient, on se trouve pris dans ses querelles.

Une moue de regret, de consolation, un geste
d'impuissance. Je le remerciai de son conseil, me
retournai pour sortir, mais il me rattrapa :

— Une dernière chose. Vous avez croisé hier une
jeune personne alors qu'elle s'apprêtait à partir, lui
avez-vous parlé?

— Non, je n'en ai pas eu l'occasion.

— C'est la petite-fille du shah, la princesse Chirine.
Si, pour une raison quelconque, toutes les portes se
fermaient devant vous, faites-lui parvenir un message et
rappelez-lui que vous l'avez vue chez moi. Un mot
d'elle, et bien des obstacles se trouvent aplanis.

XXIX

En voilier jusqu'à Trébizonde, la mer Noire est calme, trop calme, le vent souffle peu, on contemple pendant des heures le même point de côte, le même rocher, le même bosquet anatolien. J'aurais eu tort de me plaindre, j'avais besoin de temps plat, étant donné la tâche ardue que j'avais à accomplir : mémoriser tout un livre de dialogues persans-français écrit par M. Nicolas, le traducteur de Khayyam. Car je m'étais promis de m'adresser à mes hôtes dans leur propre langue. Je n'ignorais pas qu'en Perse, comme en Turquie, beaucoup de lettrés, de marchands ou de hauts responsables parlent le français. Quelques-uns connaissent même l'anglais. Mais si l'on veut dépasser le cercle restreint des sérails et des légations, si l'on veut voyager hors des grandes villes, ou dans leurs bas-fonds, il faut se mettre au persan.

Le défi me stimulait et m'amusait, je me délectais des affinités que je découvrais avec ma propre langue, comme avec diverses langues latines. Père, mère, frère, fille, « father », « mother », « brother », « daughter », se disent « pedar », « madar », « baradar », « dokhtar », la parenté indo-européenne peut difficilement mieux s'illustrer. Même pour nommer Dieu, les musulmans de Perse disent « Khoda », terme bien plus proche de l'anglais God ou de l'allemand Gott que d'Allah. En dépit de cet exemple, l'influence prédominant demeure celle de l'arabe, qui s'exerce de façon curieuse : beaucoup de mots persans peuvent être remplacés, arbitrairement, par leur équivalent arabe, c'est même une forme de snobisme culturel, fort appréciée des lettrés, que de truffer leurs propos de termes, ou de phrases entières, en arabe. Djamaleddine, en particulier, affectionnait cette pratique.

Je me promis de me mettre à l'arabe plus tard. Pour le moment, j'avais fort à faire pour retenir les textes de M. Nicolas, qui me procuraient, outre la connaissance du persan, des informations utiles sur le pays. On y trouvait ce genre de dialogues :

« – Quels sont les produits que l'on pourrait exporter de la Perse?

» – Ce sont les châles de Kirman, les perles fines, les turquoises, les tapis, le tabac de Chiraz, les soies du Mazanderan, les sangsues et les tuyaux de pipe en bois de cerisier.

» – Quand on est en voyage, est-on obligé d'avoir un cuisinier avec soi?

» – Oui, en Perse on ne peut pas faire un pas sans son cuisinier, son lit, ses tapis et ses domestiques.

» – Quelles sont les monnaies étrangères qui ont cours en Perse?

» – Les impériaux russes, les carbovans et les ducats de Hollande. Les monnaies françaises et anglaises sont très-rares.

» – Comment s'appelle le roi actuel?

» – Nassereddine Shah.

» – On dit que c'est un excellent roi.

» – Oui, il est excessivement bienveillant pour les étrangers et très-généreux. Il est très-instruit, il connaît l'histoire, la géographie, le dessin; il parle le français et possède très-bien les langues orientales : l'arabe, le turc et le persan. »

Arrivé à Trébizonde, je m'installai à l'Hôtel d'Italie, le seul de la ville, confortable si l'on consentait à oublier les nuées de mouches qui transformaient chaque repas en une gesticulation ininterrompue, exaspérante. Je me résignai donc à imiter les autres visiteurs en engageant, pour quelques menues pièces, un jeune adolescent qui s'occuperait de m'éventer et d'écarter les insectes. Le plus difficile fut de le convaincre de les éloigner de ma table sans chercher à les écraser sous mes yeux entre dolmas et kébabs. Il m'obéissait quelque temps, mais, dès qu'il voyait une mouche à portée de son redoutable instrument, la tentation était trop forte, il frappait.

Le quatrième jour, je trouvai place à bord d'un paquebot des Messageries maritimes qui faisait la ligne Marseille-Constantinople-Trébizonde, jusqu'à Batum, le port russe à l'est de la mer Noire, d'où je pris le chemin de fer transcaucasien. Pour Bakou, sur la Caspienne. L'accueil du consul de Perse y fut si aimable que j'hésitai à lui montrer la lettre de Djamaleddine. Ne valait-il pas mieux demeurer un voyageur anonyme afin de ne pas éveiller les soupçons ? Mais je fus pris de quelques scrupules. Peut-être y avait-il dans la lettre un message autre que celui me concernant, je n'avais pas le droit de le garder pour moi. Brusquement, je me résolus donc à dire, d'un ton énigmatique :

– Nous avons peut-être un ami commun.

Et je sortis l'enveloppe. Aussitôt, le consul la décacheta avec soin ; il avait pris sur son bureau des lunettes cerclées d'argent et lisait quand soudain je vis ses doigts trembler. Il se leva, alla fermer à clef la porte de la pièce, posa ses lèvres sur le papier et resta ainsi quelques secondes, comme recueilli. Puis il vint vers moi, me serra comme si j'étais un frère rescapé d'un naufrage.

Dès qu'il se fut néanmoins recomposé un visage, il appela ses serviteurs, leur ordonna de porter ma malle chez lui, de m'installer dans la plus belle chambre et de préparer un festin pour le soir. Il me retint ainsi chez lui deux jours, négligeant tout travail pour rester avec moi et m'interroger sans répit sur le Maître, sa santé, son humeur, et surtout sur ce qu'il disait de la situation en Perse. Quand vint le moment de partir, il me loua une cabine sur un paquebot russe des lignes Caucase-et-Mercure. Puis il me confia son cocher, à qui il donna la mission de m'accompagner jusqu'à Kazvin et de demeurer à mes côtés tant que j'aurais besoin de ses services.

Le cocher s'avéra sur-le-champ fort débrouillard, souvent même irremplaçable. Ce n'est pas moi qui aurais su glisser quelques pièces dans la main de ce douanier à la moustache fière pour qu'il daigne lâcher un instant le tuyau de son *kalyan* et vienne viser ma volumineuse Welseley. Ce fut lui encore qui négocia à l'administration de la Chaussée l'obtention immédiate d'une voiture à quatre chevaux, alors que le fonctionnaire nous invitait impérieusement à revenir le lendemain et qu'un sordide tavernier, visiblement son complice, nous proposait déjà ses services.

Je me consolai de toutes ces peines de la route en songeant au calvaire des voyageurs qui m'avaient précédé. Treize ans plus tôt, on ne pouvait atteindre la Perse que par l'ancienne route des chameliers qui, à partir de Trébizonde, menait vers Tabriz, par Erzéroum, une quarantaine d'étapes, six semaines épuisantes et coûteuses, parfois même fort dangereuses en raison des incessantes guerres tribales. Le Transcauca-sien a bouleversé cet ordre des choses, il a ouvert la Perse sur le monde, on peut désormais atteindre cet empire sans risque ni désagrément majeur, en paquebot de Bakou au port d'Enzéli, puis en une semaine sur route carrossable jusqu'à Téhéran.

En Occident, le canon est un instrument de guerre ou de parade; en Perse, il est également instrument de supplice. Si j'en parle, c'est parce qu'en atteignant l'enceinte circulaire de Téhéran je fus confronté au spectacle d'un canon qui servait au plus atroce usage : on avait placé dans le large tube un homme ligoté dont seule la tête rasée apparaissait. Il devait rester là, sous le soleil, sans nourriture ni eau, jusqu'à ce que mort s'ensuive; et même après, m'expliqua-t-on, on avait coutume de laisser le corps longuement exposé, de manière à rendre le châtiment exemplaire, à inspirer silence et frayeur à tous ceux qui franchissaient les portes de la cité.

Fut-ce en raison de cette première image que la capitale de la Perse exerça si peu de magie sur moi? Dans les villes d'Orient, on cherche les couleurs du présent et les ombres du passé. A Téhéran, je ne côtoyai rien de tel. Qu'y vis-je? De trop larges artères pour relier les riches des quartiers nord aux pauvres des quartiers sud; un bazar certes grouillant de chameaux, de mulets et d'étoffes bariolées, mais qui ne soutenait guère la comparaison avec les souks du Caire, de Constantinople, d'Ispahan ou de Tabriz. Et, partout où se posait le regard, d'innombrables bâtisses grises.

Trop neuve, Téhéran, trop peu d'histoire! Long-temps elle n'a été qu'une obscure dépendance de Rayy, la prestigieuse cité des savants démolie au temps des

Mongols. Ce n'est qu'à la fin du XVIIIᵉ siècle qu'une tribu turkmène, celle des Kadjars, a pris possession de cette localité. Ayant réussi à soumettre par le glaive l'ensemble de la Perse, la dynastie a élevé son modeste repaire au rang de capitale. Jusque-là, le centre politique du pays se trouvait plus au sud, à Ispahan, Kirman ou Chiraz. C'est dire si les habitants de ces cités pensent pis que pendre des « rustres nordistes » qui les gouvernent et qui ignorent jusqu'à leur langue. Le shah régnant avait eu besoin, lors de son accession au pouvoir, d'un traducteur pour s'adresser à ses sujets. Il semblait toutefois qu'il eût acquis depuis une meilleure connaissance du persan.

Il faut dire que le temps ne lui avait pas manqué. A mon arrivée à Téhéran, en avril 1896, ce monarque s'apprêtait à fêter son jubilé, sa cinquantième année au pouvoir. La ville en cet honneur était pavoisée à l'emblème national, portant le signe du lion et du soleil, les notables étaient venus de toutes les provinces, de nombreuses délégations étrangères s'étaient déplacées et, bien que la plupart des invités officiels fussent logés dans des villas, les deux hôtels pour Européens, l'Albert et le Prévost, étaient inhabituellement pleins. C'est dans le dernier nommé que je trouvai finalement une chambre.

J'avais pensé me rendre directement chez Fazel, lui délivrer la lettre, lui demander comment joindre Mirza Reza, mais je sus réprimer mon impatience. N'ignorant pas les habitudes des Orientaux, je savais que le disciple de Djamaleddine m'inviterait à demeurer chez lui; je ne voulais ni l'offenser par un refus ni prendre le risque d'être mêlé à son activité politique, encore moins à celle de son Maître.

Je m'installai donc à l'hôtel Prévost, tenu par un Genevois. Le matin, je louai une vieille jument pour me rendre, utile courtoisie, à la légation américaine, bou-

levard des Ambassadeurs. Puis chez le disciple préféré
de Djamaleddine. Moustache fine, longue tunique blanche, port de tête majestueux, un rien de froideur, Fazel
correspondait, dans l'ensemble, à l'image que m'en
avait faite l'exilé de Constantinople.

Nous allions devenir les meilleurs amis du monde.
Mais le premier contact fut distant, son langage direct
me dérangea et m'inquiéta. Comme lorsque nous parlâmes de Mirza Reza.

— Je ferai ce que je peux pour vous aider, mais je
ne veux rien avoir à faire avec ce fou. C'est un martyr
vivant, m'a dit le Maître. J'ai répondu : il aurait mieux
valu qu'il meure! Ne me regardez pas ainsi, je ne suis
pas un monstre, mais cet homme a tellement souffert
qu'il en a l'esprit tout déformé; chaque fois qu'il ouvre
la bouche, il fait du tort à notre cause.

— Où se trouve-t-il aujourd'hui?

— Depuis des semaines, il vit au mausolée de
Shah-Abdol-Azim, rôdant dans les jardins ou dans les
couloirs, entre les bâtiments, parlant aux gens de
l'arrestation de Djamaleddine, les exhortant à renverser
le monarque, racontant ses propres souffrances, criant
et gesticulant. Il ne cesse de répéter que seyyed
Djamaleddine est l'imam du Temps, bien que l'intéressé lui ait déjà interdit de proférer des propos aussi
insensés. Je ne tiens réellement pas à être vu en sa
compagnie.

— C'est la seule personne qui puisse me renseigner
sur le *Manuscrit*.

— Je le sais, je vous conduirai jusqu'à lui, mais je
ne resterai pas un instant avec vous.

Ce soir-là, un dîner fut offert en mon honneur par
le père de Fazel, l'un des hommes les plus riches de
Téhéran. Proche ami de Djamaleddine, bien qu'à
l'écart de toute action politique, il tenait à honorer le
Maître à travers moi; il avait invité près d'une centaine

de personnes. La conversation tourna autour de Khayyam. Quatrains et anecdotes fusaient de toutes les bouches, des discussions s'animaient, dérivant souvent vers la politique; tous semblaient manier habilement le persan, l'arabe et le français, la plupart avaient quelques notions de turc, de russe et d'anglais. Je me sentais d'autant plus ignare qu'ils me considéraient tous comme un grand orientaliste et un spécialiste des *Robaïyat*, appréciation fort exagérée, je dirais même outrancière, mais que je dus vite renoncer à démentir, dès lors que mes protestations apparaissaient comme une manifestation d'humilité qui est, chacun le sait, la marque des vrais savants.

La soirée commença au coucher du soleil, mais mon hôte avait insisté pour que je vienne plus tôt; il souhaitait me montrer les couleurs de son jardin. Possède-t-il un palais, comme c'était le cas du père de Fazel, un Persan cherche rarement à le faire visiter, il le néglige en faveur du jardin, son unique sujet de fierté.

A mesure qu'ils arrivaient, les invités se saisirent de leurs coupes et s'en furent prendre place près des cours d'eau, naturels ou artificiels, qui serpentaient entre les peupliers. Selon qu'ils préféraient s'asseoir parfois sur un tapis ou un coussin, les serviteurs s'empressaient de le jeter à l'endroit choisi, mais certains adoptaient un rocher ou la terre nue; les jardins de Perse ne connaissent pas le gazon, ce qui, aux yeux d'un Américain, leur donne un aspect quelque peu dénudé.

On but ce soir-là raisonnablement. Les plus pieux se limitaient au thé. A cet effet, un gigantesque samovar circulait, convoyé par trois serviteurs, deux pour le soutenir, un troisième pour servir. Beaucoup préféraient l'arak, la vodka ou le vin, mais je n'observai aucune attitude disgracieuse, les plus éméchés se con-

tentant d'accompagner en sourdine les musiciens engagés par le maître de céans, un joueur de *târ,* un virtuose
du *zarb,* un flûtiste. Plus tard vinrent les danseurs, de
jeunes garçons pour la plupart. Aucune femme ne se
montra au cours de la réception.

Le dîner ne fut servi que vers minuit. Tout au long
de la soirée, on se contentait de pistaches, d'amandes,
de graines salées et de sucreries, et le repas ne fut que
le point final du cérémonial. L'hôte avait le devoir de le
retarder autant que possible, car dès qu'arrive le plat
principal, ce soir-là un *djavaher polow,* un « riz aux
bijoux », chaque invité l'avale en dix minutes, se lave
les mains et s'en va. Cochers et porteurs de lanternes
s'agglutinaient à la porte quand nous sortîmes, chacun
pour cueillir son maître.

Le lendemain à l'aube, Fazel m'accompagna dans
un fiacre jusqu'à la porte du sanctuaire de Shah-
Abdol-Azim. Il y entra seul, pour revenir avec un
homme à l'allure inquiétante : grand, maladivement
maigre, il avait la barbe hirsute, ses mains tremblaient
sans arrêt. Revêtu d'une longue robe blanche, étroite et
rapiécée, il portait un sac sans couleur et sans forme qui
contenait tout ce qu'il possédait encore sur cette terre.
Dans ses yeux on pouvait lire toute la détresse de
l'Orient.

Quand il apprit que j'arrivais de chez Djamaleddine, il tomba à genoux, m'agrippa la main, la couvrit
de baisers. Fazel, mal à l'aise, balbutia une excuse et
s'éloigna.

A Mirza Reza je tendis la lettre du Maître. Il me
l'arracha presque des mains et, bien qu'elle comportât
plusieurs pages, il la lut en entier, sans se presser,
oubliant totalement ma présence.

J'attendis qu'il en ait terminé pour lui parler de ce qui m'intéressait. Mais alors il me dit dans un mélange de persan et de français que j'avais quelque mal à comprendre :

— Le livre est avec un soldat originaire de Kirman, qui est aussi ma ville. Il a promis de venir me voir ici même après-demain, vendredi. Il faudra lui donner un peu d'argent. Pas pour racheter le livre, mais pour remercier l'homme de l'avoir restitué. Malheureusement, je n'ai plus une seule pièce.

Sans hésiter, je sortis de ma poche l'or que Djamaleddine lui envoyait; j'y ajoutai une somme équivalente; il en parut satisfait.

— Reviens samedi. Si Dieu le veut, j'aurai le *Manuscrit*, je te le confierai, tu le remettras au Maître à Constantinople.

XXX

De la ville assoupie montaient des bruits de paresse, la poussière était chaude, étincelante au soleil, c'était une journée persane tout en langueur, un repas de poulets aux abricots, un vin frais de Chiraz, une sieste aveugle sur le balcon de ma chambre d'hôtel sous un parasol décoloré, le visage couvert d'une serviette mouillée.

Mais, ce 1er mai 1896, une vie allait s'achever au crépuscule, une autre commencer au-delà.

Des coups répétés et furieux sur ma porte. Je finis par entendre, je m'étire, je sursaute, je cours pieds nus, cheveux collés, moustache affaissée, vêtu d'une tunique flottante achetée la veille. Mes doigts flasques ont du mal à tirer le loquet. Fazel pousse la porte, me bouscule pour la refermer, me secoue par les deux épaules.

— Réveille-toi, dans un quart d'heure tu es un homme mort!

Ce que Fazel m'apprit en quelques phrases hachées, le monde entier allait le savoir dès le lendemain, par la magie du télégraphe.

Le monarque s'était rendu, à midi, au sanctuaire de Shah-Abdol-Azim pour la prière du vendredi. Il était vêtu de l'habit d'apparat confectionné pour son jubilé, fils d'or, corniches de turquoise et d'émeraude, toque à

plumes. Dans la grande salle du sanctuaire, il choisit
son espace de prière, on étale à ses pieds un tapis.
Avant de s'agenouiller, il cherche des yeux ses femmes,
leur fait signe de se ranger derrière lui, lisse ses longues
moustaches effilées, blanches à reflets bleuâtres, tandis
que se presse la foule, fidèles et mollahs, que les gardes
s'évertuent à contenir. De la cour extérieure parviennent encore des acclamations. Les épouses royales
s'avancent. Entre elles un homme s'est faufilé. Vêtu de
laine à la manière des derviches, il tient un papier, le
tend du bout de la main. Le shah chausse ses binocles
pour le lire. Soudain, un coup de feu. Le pistolet était
caché par la feuille. Le souverain est atteint en plein
cœur. Mais il peut encore murmurer : « Soutenez-moi! »
avant de chanceler.

Dans le tumulte général, c'est le grand vizir qui, le
premier, reprend ses esprits, il crie : « Ce n'est rien, la
blessure est légère! » Il fait évacuer la salle, porter le
shah à la voiture royale. Et jusqu'à Téhéran il évente le
cadavre assis sur le siège arrière comme s'il respirait
encore. Entre-temps, il fait mander le prince héritier de
Tabriz, dont il est gouverneur.

Au sanctuaire, le meurtrier est assailli par les
épouses du shah qui l'insultent et le rouent de coups, la
foule lui arrache ses habits, il va être dépecé quand le
colonel Kassakovsky, chef de la brigade cosaque, intervient pour le sauver. Ou plutôt pour le soumettre à un
premier interrogatoire. Curieusement, l'arme du crime
a disparu. On dit qu'une femme l'a ramassée, qu'elle l'a
cachée sous son voile, on ne la retrouvera jamais. En
revanche, la feuille de papier qui a servi à camoufler le
pistolet est récupérée.

Bien entendu, Fazel m'épargna tous ces détails, sa
synthèse fut lapidaire :

— Ce fou de Mirza Reza a tué le shah. On a trouvé
sur lui la lettre de Djamaleddine. Ton nom y est

mentionné. Garde ton habit persan, prends ton argent et ton passeport. Rien d'autre. Et cours te réfugier à la légation américaine.

Ma première pensée fut pour le *Manuscrit*. Mirza Reza l'avait-il récupéré ce matin-là? Il est vrai que je ne mesurais pas encore la gravité de ma situation : complicité dans l'assassinat d'un chef d'État, moi qui étais venu vers l'Orient des poètes! Néanmoins, les apparences étaient contre moi, trompeuses, mensongères, absurdes, mais accablantes. Quel juge, quel commissaire ne me soupçonnerait pas?

Fazel épiait du balcon; soudain il se baissa pour crier d'une voix enrouée :

– Les Cosaques sont déjà là, ils établissent des barrages tout autour de l'hôtel!

Nous dévalâmes l'escalier. Arrivés dans le vestibule d'entrée, nous reprîmes une démarche plus digne, moins suspecte. Un officier, barbe blonde, toque enfoncée, les yeux balayant les recoins de la pièce, venait de faire son entrée. Fazel eut juste le temps de me chuchoter : « A la légation! » Puis il se sépara de moi, se dirigea vers l'officier, je l'entendis prononcer *Palkovnik*! – Colonel! – et les vis se serrer cérémonieusement la main, échanger quelques propos de condoléances. Kassakovsky avait souvent dîné chez le père de mon ami, ce qui me valut quelques secondes de répit. J'en profitai pour presser le pas vers la sortie, enveloppé dans mon *aba*, et m'engager dans le jardin que les Cosaques s'employaient à transformer en camp retranché. Ils ne m'inquiétèrent pas. Comme je venais de l'intérieur, ils ont pu supposer que leur chef m'avait laissé passer. Je traversai donc la grille, me dirigeant vers la petite ruelle qui, sur ma droite, menait au boulevard des Ambassadeurs et en dix minutes à ma légation.

Trois soldats étaient postés à l'entrée de ma ruelle.

Allais-je passer devant eux? A gauche, j'aperçus une autre ruelle. Je pensai qu'il valait mieux l'emprunter, quitte à me rabattre plus tard sur la droite. J'avançai donc, évitant de regarder en direction des soldats. Quelques pas encore, je ne les verrais plus, ils ne me verraient plus.

– Halte!

Que faire? M'arrêter? A la première question posée, on allait découvrir que je parlais à peine le persan, me demander mes papiers et m'arrêter. M'enfuir? Ils n'auraient pas de mal à me rattraper, j'aurais agi en coupable, je ne pourrais même plus plaider ma bonne foi. Je n'avais qu'une fraction de seconde pour choisir.

Je décidai de poursuivre mon chemin sans me hâter, comme si je n'avais pas entendu. Mais voici un nouveau hurlement, des carabines qui se chargent, des pas. Je ne réfléchis plus, je cours à travers les ruelles, je ne regarde pas en arrière, je me jette dans les passages les plus étroits, les plus sombres, le soleil est déjà couché, dans une demi-heure il fera noir.

Dans ma tête, je cherchais une prière à réciter; je ne parvenais qu'à répéter : « Dieu! Dieu! Dieu! » imploration insistante, comme si j'étais déjà mort et tambourinais à la porte du paradis.

Et la porte s'ouvrit. La porte du paradis. Une petite porte dérobée dans un mur sali de boue. A l'angle d'une rue, elle s'ouvrit, une main toucha la mienne, je m'y agrippai, elle m'attira vers elle, referma derrière moi. Je gardai les yeux fermés, de peur, d'essoufflement, d'incrédulité, de bonheur. Dehors, la cavalcade se prolongeait.

Trois paires d'yeux rieurs me contemplaient, trois femmes, dont les cheveux étaient voilés mais qui avaient le visage découvert et qui me couvaient du regard comme un nouveau-né. La plus âgée, la quarantaine, me fit signe de la suivre. Au fond du jardin où j'avais atterri se trouvait une petite cabane, où elle m'installa sur une chaise en osier, me promettant d'un geste qu'elle viendrait me délivrer. Elle me rassura d'une moue et d'un mot magique : *andaroun*, « maison intérieure ». Les soldats ne viendraient pas fouiller là où demeurent les femmes !

De fait, les bruits de soldats ne s'étaient rapprochés que pour s'éloigner à nouveau, avant de s'évanouir. Comment auraient-ils su dans laquelle des ruelles j'avais pu me volatiliser ? Le quartier était un fouillis, fait de dizaines de passages, de centaines de maisons et de jardins. Et il faisait presque nuit.

Au bout d'une heure, on m'apporta du thé noir, on me roula des cigarettes, une conversation s'établit. Quelques lentes phrases en persan, quelques mots de français, on m'expliqua à quoi je devais mon salut. Le bruit avait couru dans le quartier qu'un complice de l'assassin du shah se trouvait à l'hôtel des étrangers. Me voyant fuir, elles avaient compris que c'était moi l'héroïque coupable, elles avaient voulu me protéger. Les raisons de leur attitude ? Leur mari et père avait été exécuté quinze ans plus tôt, injustement accusé d'appartenir à une secte dissidente, les *babis*, qui prônaient l'abolition de la polygamie, l'égalité absolue entre hommes et femmes et l'établissement d'un régime démocratique. Menée par le shah et le clergé, la répression avait été sanglante et, outre les dizaines de milliers de *babis*, bien des innocents avaient été massacrés sur simple dénonciation d'un voisin. Depuis, restée seule avec deux filles en bas âge, ma bienfaitrice n'attendait que l'heure de la revanche. Les trois femmes se disaient honorées que l'héroïque vengeur ait atterri dans leur humble jardin.

Quand on se lit en héros dans les yeux des femmes, a-t-on vraiment envie de les détromper ? Je me persuadai qu'il serait malséant, voire même imprudent, de les décevoir. Dans mon difficile combat pour la survie, j'avais besoin de ces alliées, de leur enthousiasme et de leur courage, de leur admiration injustifiée. Je me réfugiai donc dans un énigmatique silence qui leva pour elles les derniers doutes.

Trois femmes, un jardin, une salutaire méprise, je pourrais conter à l'infini les quarante journées irréelles de ce torride printemps persan. Étranger, on peut difficilement l'être davantage, et qui plus est dans l'univers des femmes d'Orient où je n'avais pas la moindre place. Ma bienfaitrice n'ignorait rien des difficultés dans lesquelles elle s'était jetée. Je suis sûr que durant la première nuit, tandis que je dormais, dans la cabane au fond du jardin, étendu sur trois nattes empilées, elle fut en proie à la plus tenace insomnie, car dès l'aube elle me manda, me fit asseoir en tailleur à sa droite, installa ses deux filles à sa gauche, et nous tint un discours laborieusement préparé.

Elle commença par faire l'éloge de mon courage, redit sa joie de m'avoir accueilli. Puis, ayant observé quelques instants de silence, elle se mit soudain à dégrafer son corsage sous mes yeux ébahis. Je rougis, détournai les yeux, mais elle m'attira vers elle. Ses épaules étaient nues ainsi que ses seins. Par la parole et par le geste, elle m'invitait à téter. Les deux filles pouffaient sous cape, mais la mère avait le sérieux des sacrifices rituels. Posant mes lèvres, le plus pudiquement du monde, sur un bout de sein, puis sur l'autre, je m'exécutai. Elle se couvrit alors, sans hâte, disant sur le ton le plus solennel :

— Par ce geste, tu es devenu mon fils, comme si tu étais né de ma chair.

Puis, se tournant vers ses filles, qui avaient cessé de rire, elle leur annonça qu'elles devaient agir désormais avec moi comme si j'étais leur propre frère.

Au moment même, la cérémonie me parut émouvante mais grotesque. En y repensant, toutefois, j'y découvris toute la subtilité de l'Orient. Pour cette femme, en effet, ma situation était embarrassante. Elle n'avait pas hésité à me prêter une main secourable, au péril de sa vie, et m'avait offert l'hospitalité la plus inconditionnelle. En même temps, la présence d'un étranger, homme jeune, côtoyant ses filles nuit et jour, ne pouvait que provoquer un jour ou l'autre quelque incident. Comment mieux détourner la difficulté que par le geste rituel de l'adoption symbolique? Désormais, je pouvais circuler à ma guise dans la maison, me coucher dans la même chambre, apposer un baiser sur le front de mes « sœurs », nous étions tous protégés, et puissamment tenus, par la fiction de l'adoption.

D'autres que moi se seraient sentis piégés par cette mise en scène. J'en étais, tout au contraire, réconforté. Ayant atterri sur une planète de femmes, se retrouver en train de nouer, par oisiveté, par promiscuité, une liaison hâtive avec l'une des trois hôtesses; s'ingénier, peu à peu, à éviter les deux autres, à tromper leur vigilance, à les exclure; s'attirer immanquablement leur hostilité; se retrouver soi-même exclu, penaud, contrit d'avoir embarrassé, attristé ou déçu des femmes qui avaient été rien de moins que providentielles, voilà un déroulement qui aurait fort peu correspondu à mon tempérament. Cela étant dit, je n'aurais jamais su concocter, avec mon esprit d'Occidental, ce que cette femme sut trouver dans l'inépuisable arsenal des prescriptions de sa foi.

Comme par miracle, tout devint simple, limpide et pur. Dire que le désir était mort serait mentir, tout dans nos rapports était éminemment charnel, et pourtant, je le répète, éminemment pur. Ainsi vécus-je dans l'intimité de ces femmes, sans voiles ni pudeurs excessives, au cœur d'une ville où j'étais probablement l'homme le plus recherché, des moments de paix nonchalante.

Avec le recul du temps, je vois mon séjour parmi ces femmes comme un moment privilégié, sans lequel mon adhésion à l'Orient serait demeurée tronquée ou superficielle. C'est à elles que je dois les immenses progrès que j'effectuai alors dans la compréhension et l'utilisation du persan usuel. Si mes hôtesses avaient fait, le premier jour, le louable effort de rassembler quelques mots de français, toutes nos conversations se déroulaient désormais dans la langue du pays. Des conversations animées ou nonchalantes, subtiles ou crues, souvent même polissonnes, puisqu'en ma qualité de frère aîné, tant que je demeurais hors des limites de l'inceste, je pouvais tout me permettre. Tout ce qui était badin était licite, y compris les plus théâtrales démonstrations d'affection.

L'expérience aurait-elle gardé son charme si elle s'était prolongée? Je ne le saurai jamais. Je ne tiens pas à le savoir. Un événement, hélas trop prévisible, vint y mettre fin. Une visite, fort banale, celle des grands-parents.

D'ordinaire, je demeurais loin des portes d'entrée, celle du *birouni*, qui mène à la demeure des hommes et qui est la porte principale, et celle du jardin, par laquelle j'étais entré. A la première alerte, je m'éclipsais. Cette fois, inconscience, excès de confiance, je n'entendis pas arriver le vieux couple. J'étais assis en tailleur dans la chambre des femmes, je fumais tranquillement depuis deux bonnes heures un *kalyan* préparé par mes « sœurs » et m'étais assoupi sur place, le tuyau à la bouche, la tête renversée contre le mur, lorsqu'un toussotement d'homme me réveilla en sursaut.

XXXI

Pour ma mère adoptive, qui arriva quelques secondes trop tard, la présence d'un mâle européen au cœur de ses appartements devait être promptement expliquée. Plutôt que de ternir sa réputation, ou celle de ses filles, elle choisit de dire la vérité, sur un ton qu'elle choisit le plus patriotique et le plus triomphant. Qui était cet étranger? Rien de moins que le *farangui* que toute la police recherchait, le complice de celui qui avait abattu le tyran et vengé ainsi son martyr de mari!

Un moment de flottement, puis tomba le verdict. On me congratulait, on vantait mon courage ainsi que celui de ma protectrice. Il est vrai que, face à une situation aussi incongrue, son explication était la seule plausible. Bien que ma posture affalée, en plein cœur de l'*andaroun,* fût quelque peu compromettante, elle pouvait aisément s'expliquer par la nécessité de me soustraire aux regards.

L'honneur était sauf, donc, mais il était désormais clair que je devais partir. Deux voies s'offraient à moi. La plus évidente était de sortir déguisé en femme et de marcher jusqu'à la légation américaine; de poursuivre, en somme, le chemin interrompu quelques semaines plus tôt. Mais « ma mère » m'en dissuada. Ayant effectué une tournée d'éclaireur, elle se rendit compte que toutes les ruelles menant à la légation étaient contrôlées. De plus, étant assez grand de taille, un mètre quatre-vingt-trois, mon déguisement en femme persane ne tromperait aucun soldat un tant soit peu observateur.

L'autre solution était d'envoyer, suivant les conseils de Djamaleddine, un message de détresse à la princesse Chirine. J'en parlai à ma « mère », qui m'approuva; elle avait entendu parler de la petite-fille du shah assassiné, on la disait sensible aux souffrances des pauvres gens, elle proposa de lui porter une lettre. Le problème était de trouver les mots que je pourrais lui adresser, des mots qui, tout en étant suffisamment explicites, ne me trahiraient pas s'ils tombaient dans d'autres mains. Je ne pouvais mentionner mon nom, ni celui du Maître. Je me contentai donc d'inscrire, sur une feuille de papier, la seule phrase qu'elle m'eût jamais dite : « Sait-on jamais, nos chemins pourraient se croiser. »

Ma « mère » avait décidé d'approcher la princesse lors des cérémonies du quarantième du vieux shah, dernière phase des cérémonies mortuaires. Dans l'inévitable confusion générale des badauds et des pleureuses barbouillées de suie, elle n'eut aucun mal à faire passer le papier d'une main à l'autre; la princesse le lut, chercha des yeux, avec frayeur, l'homme qui l'avait écrit; la messagère lui chuchota : « Il est chez moi! » A l'instant, Chirine quitta la cérémonie, appela son cocher et installa ma « mère » à ses côtés. Pour ne pas attirer les soupçons, le fiacre aux insignes royaux s'arrêta devant l'hôtel Prévost, d'où les deux femmes, lourdement voilées, anonymes, poursuivirent leur chemin à pied.

Nos retrouvailles s'avérèrent à peine plus volubiles que notre première rencontre. La princesse m'évaluait du regard, un sourire au coin des lèvres. Soudain elle ordonna :

— Demain à l'aube, mon cocher viendra vous chercher, soyez prêt, couvrez-vous d'un voile et marchez tête basse!

J'étais persuadé qu'elle allait me conduire à ma légation. C'est au moment où son carrosse franchissait la porte de la ville que je constatai mon erreur. Elle m'expliqua :

— J'aurais effectivement pu vous conduire chez le ministre américain, vous auriez été à l'abri, mais on n'aurait eu aucun mal à savoir comment vous y étiez arrivé. Même si j'ai quelque influence de par mon appartenance à la famille kadjare, je ne peux tout de même pas en user pour protéger le complice apparent de l'assassin du shah. J'aurais été embarrassée, de moi on serait remonté aux braves femmes qui vous ont accueilli. Et votre légation n'aurait été nullement enchantée d'avoir à protéger un homme accusé d'un tel crime. Croyez-moi, il vaut mieux pour tout le monde que vous quittiez la Perse. Je vais vous conduire chez l'un de mes oncles maternels, un des chefs des Bakhtiaris. Il est venu avec les guerriers de sa tribu pour les cérémonies du quarantième. Je lui ai révélé votre identité et démontré votre innocence, mais ses hommes ne doivent rien savoir. Il s'est engagé à vous escorter jusqu'à la frontière ottomane par des routes qu'ignorent les caravanes. Il nous attend au village de Shah-Abdol-Azim. Avez-vous de l'argent?

— Oui. J'ai donné deux cents toumans à mes salvatrices, mais j'en ai gardé près de quatre cents.

— Ce n'est pas assez. Il vous faudra distribuer la moitié de votre avoir à vos accompagnateurs et garder une bonne somme pour le reste du voyage. Voici quelques pièces turques, elles ne seront pas de trop. Voici également un texte que je voudrais faire parvenir au Maître. Vous passez bien par Constantinople?

Il était difficile de lui dire non. Elle poursuivit, en glissant les papiers repliés dans la fente de ma tunique :

— C'est le procès-verbal du premier interrogatoire de Mirza Reza, j'ai passé la nuit à le recopier. Vous pouvez le lire, vous devez même le lire, il vous apprendra bien des choses. En outre, il vous occupera pendant votre longue traversée. Mais que personne d'autre ne le voie.

Nous étions déjà aux abords du village, la police était partout, elle fouillait jusqu'aux chargements des mules, mais qui aurait osé entraver un attelage royal? Nous poursuivîmes notre route jusqu'à la cour d'une vaste bâtisse couleur de safran. En son centre trônait un immense chêne centenaire autour duquel s'agitaient des guerriers ceints de deux cartouchières croisées. La princesse n'eut qu'un regard de dédain pour ces virils ornements qui faisaient pendant aux épaisses moustaches.

— Je vous laisse en de bonnes mains, comme vous le voyez; ils vous protégeront mieux que les faibles femmes qui vous ont pris en charge jusqu'ici.

— J'en doute.

Mes yeux suivaient avec inquiétude les canons de fusil qui se braquaient en tous sens.

— J'en doute aussi, rit-elle. Mais ils vous mèneront quand même jusqu'en Turquie.

Au moment de dire adieu, je me ravisai :

— Je sais que le moment est peu propice pour en parler, mais sauriez-vous par hasard si l'on a trouvé dans les bagages de Mirza Reza un vieux manuscrit?

Ses yeux me fuirent, son ton devint grinçant.

— Le moment est effectivement mal choisi. Ne prononcez plus le nom de ce fou avant d'avoir atteint Constantinople!

– C'est un manuscrit de Khayyam!

J'avais raison d'insister. Après tout, c'était bien à cause de ce livre que je m'étais laissé entraîner dans mon aventure persane. Mais Chirine eut un soupir d'impatience.

– Je ne sais rien. Je vais m'informer. Laissez-moi votre adresse, je vous écrirai. Mais, de grâce, évitez de me répondre.

En griffonnant « Annapolis, Maryland », j'eus l'impression d'être loin déjà, et déjà me vint le regret que mon incursion en Perse eût été si brève et, dès l'origine, si mal engagée. Je tendis le papier à la princesse. Quand elle chercha à s'en saisir, je lui retins la main. Étreinte courte mais appuyée; à son tour elle appuya, plantant un ongle dans ma paume, sans me blesser, mais laissant, pour quelques minutes, une marque bien tracée. Deux sourires effleurèrent nos lèvres, la même phrase fut prononcée à l'unisson :

– Sait-on jamais, nos chemins pourraient se croiser!

Pendant deux mois, je ne vis rien qui ressemblât à ce que j'ai coutume d'appeler route. En quittant Shah-Abdol-Azim, nous nous orientâmes vers le sud-ouest, en direction du territoire tribal des Bakhtiaris. Après avoir contourné le lac salé de Kom, nous longeâmes le fleuve du même nom, mais sans pénétrer dans la ville elle-même. Mes accompagnateurs, les fusils constamment brandis comme pour une battue, prenaient soin d'éviter toutes les agglomérations, et bien que l'oncle de Chirine eût souvent pris la peine de m'informer, « Nous sommes à Amouk, à Vertcha, à Khomeïn », ce n'était qu'une figure de style, voulant simplement dire que nous étions à la hauteur de ces localités dont nous apercevions au loin les minarets et dont je me contentais de deviner les contours.

Dans les montagnes du Luristan, au-delà des sources du fleuve Kom, mes accompagnateurs relâchèrent leur surveillance, nous étions en territoire bakhtiari. Un festin s'organisa en mon honneur, on me donna à fumer une pipe d'opium et je m'assoupis, séance tenante, dans l'hilarité générale. Il me fallut alors attendre deux jours avant de reprendre la route qui était encore longue : Chouster, Ahvaz, enfin la périlleuse traversée des marécages jusqu'à Bassorah, ville de l'Irak ottoman sur le Chatt-el-Arab.

Enfin hors de Perse, et sauf! Restait un long mois en mer, pour aller en voilier de Fao à Bahreïn, longer la côte des Pirates jusqu'à Aden, remonter la mer Rouge et le canal de Suez jusqu'à Alexandrie, pour finalement traverser la Méditerranée dans un vieux paquebot turc jusqu'à Constantinople.

Tout au long de cette interminable fuite, fatigante mais sans accroc, je n'eus pas d'autre loisir que la lecture et la relecture des dix pages manuscrites qui constituaient l'interrogatoire de Mirza Reza. Sans doute m'en serais-je lassé si j'avais eu d'autres distractions, mais ce tête-à-tête forcé avec un condamné à mort exerçait sur moi une indéniable fascination, d'autant que je pouvais aisément l'imaginer, avec ses membres effilés, ses yeux de supplicié, son habit d'improbable dévot. Parfois je croyais même entendre sa voix torturée.

« – Quelles raisons ont pu te pousser à tuer notre shah bien-aimé?

» – Ceux qui ont des yeux pour observer n'auront aucun mal à remarquer que le shah a été abattu à l'endroit même où Seyyed Djamaleddine a été maltraité. Qu'avait fait cet homme saint, vrai descendant du

Prophète, pour qu'on le traîne ainsi hors du sanctuaire?

» – Qui t'a poussé à tuer le shah, quels sont tes
complices?

» – Je jure par Dieu, le Très-Haut, le Tout-
Puissant, Lui qui a créé Seyyed Djamaleddine et tous
les autres humains, que personne, à part moi-même et le
seyyed, n'était au courant de mon projet de tuer le
shah. Le seyyed est à Constantinople, essayez donc de
l'atteindre!

» – Quelles directives t'a données Djamaleddine?

» – Lorsque je suis allé à Constantinople, je lui ai
raconté les tortures que le fils du shah m'avait fait
subir. Le seyyed m'a imposé silence en me disant :
" Cesse de te lamenter comme si tu animais une
cérémonie funèbre! Tu ne sais rien faire d'autre que de
pleurer? Si le fils du shah t'a torturé, tue-le! "

» – Pourquoi tuer le shah plutôt que son fils,
puisque c'est celui-ci qui t'a fait du tort, puisque
c'est du fils que Djamaleddine t'a conseillé de te
venger?

» – Je me suis dit : " Si je tue le fils, le shah, avec
sa formidable puissance, va tuer des milliers de personnes en représailles. " Au lieu de couper une branche,
j'ai préféré déraciner l'arbre de la tyrannie, en espérant
qu'un autre arbre pourra croître à sa place. D'ailleurs,
le sultan de Turquie a dit en privé à Seyyed Djamaleddine qu'il faudrait se débarrasser de ce shah pour
réaliser l'union de tous les musulmans.

» – Comment sais-tu ce que le sultan a pu dire en
privé à Djamaleddine?

» – C'est Seyyed Djamaleddine lui-même qui me
l'a rapporté. Il me fait confiance, il ne me cache rien.
Lorsque j'étais à Constantinople, il m'a traité comme
son propre fils.

» – Si tu étais aussi bien traité là-bas, pourquoi

es-tu rentré en Perse où tu craignais d'être arrêté et
torturé?

» – Je suis de ceux qui croient qu'aucune feuille ne
se détache d'un arbre si cela n'a été consigné, depuis
toujours, dans le Livre du Destin. Il était écrit que je
viendrais en Perse et que je serais l'instrument de l'acte
qui vient d'être accompli. »

XXXII

Ces hommes qui déambulaient sur la colline de Yildiz, tout autour de la maison de Djamaleddine, s'ils avaient écrit sur leurs fez « espion du sultan », n'auraient rien révélé de plus que ce que le plus naïf des visiteurs constatait dès le premier coup d'œil. Mais peut-être était-ce là la vraie raison de leur présence : décourager les visiteurs. De fait, cette demeure autrefois grouillante de disciples, de correspondants étrangers, de personnalités de passage, était, en cette pesante journée de septembre, totalement déserte. Seul le serviteur était là, toujours aussi discret. Il me conduisit au premier étage, où je trouvai le Maître pensif, lointain, enfoncé dans un fauteuil de cretonne et de velours.

En me voyant arriver, sa face s'illumina. Il vint vers moi à grandes enjambées, me serra contre lui, s'excusant du mal qu'il m'avait causé, se disant heureux que j'eusse pu m'en tirer. Je lui racontai par le menu ma fuite et l'intervention de la princesse, avant de revenir sur mon trop court séjour et ma rencontre avec Fazel. Puis Mirza Reza. La seule mention de son nom irrita Djamaleddine.

— On vient de m'apprendre qu'il a été pendu le mois dernier. Dieu lui pardonne! Bien entendu, il connaissait son sort, seul peut surprendre le délai qu'on a mis à l'exécuter. Plus de cent jours après la mort du shah! Sans doute l'ont-ils torturé pour lui extorquer des aveux.

Djamaleddine parlait lentement. Il me parut affaibli, amaigri; son visage, d'ordinaire si serein, était traversé par des tics qui par moments le défiguraient, sans toutefois lui ôter son magnétisme. On avait l'impression qu'il souffrait, surtout quand il évoquait Mirza Reza.

— Je n'arrive pas encore à croire que ce pauvre garçon que j'ai fait soigner ici même, à Constantinople, dont la main tremblait sans arrêt et semblait incapable de soulever une tasse de thé, ait pu tenir un pistolet, tirer sur le shah et l'abattre d'un seul coup. Ne croyez-vous pas qu'on a pu profiter de sa folie pour lui coller le crime d'un autre?

Pour toute réponse, je lui présentai le procès-verbal recopié par la princesse. Chaussant de fins binocles, il le lut, le relut, avec ferveur, ou terreur, parfois même, me sembla-t-il, avec une sorte de joie intérieure. Puis il replia les feuilles, les glissa dans sa poche et se mit à arpenter la pièce. Dix minutes de silence passèrent, avant qu'il ne prononce cette curieuse prière :

— Mirza Reza, enfant perdu de la Perse! Si tu pouvais n'être que fou, si tu pouvais n'être que sage! Si tu pouvais te contenter de me trahir ou de m'être fidèle! Si tu pouvais n'inspirer que tendresse ou répulsion! Comment t'aimer, comment te haïr? Et Dieu lui-même, que fera-t-Il de toi? T'élèvera-t-Il au paradis des victimes, te reléguera-t-Il à l'enfer des bourreaux?

Il revint s'asseoir, épuisé, le visage dans les mains. J'étais toujours aussi silencieux, je m'efforçais même de retenir le bruit de ma respiration. Djamaleddine se redressa. Sa voix me semblait plus sereine et son esprit plus clair.

– Les mots que j'ai lus sont bien de Mirza Reza. Jusqu'à présent, j'avais encore des doutes. Je n'en ai plus, c'est certainement lui l'assassin. Et il a probablement pensé agir pour me venger. Il a peut-être cru m'obéir. Mais, contrairement à ce qu'il prétend, je ne lui ai jamais donné aucun ordre de meurtre. Lorsqu'il est venu à Constantinople me raconter comment il avait été torturé par le fils du shah et ses acolytes, ses larmes coulaient. Voulant le secouer, je lui ai dit : « Cesse donc de te lamenter! On dirait que tout ce que tu recherches, c'est qu'on te plaigne! Tu serais même prêt à te mutiler pour être sûr qu'on te plaindra! » Je lui ai raconté une vieille légende : lorsque les armées de Darius affrontèrent celles d'Alexandre le Grand, les conseillers du Grec lui auraient fait remarquer que les troupes des Perses étaient beaucoup plus nombreuses que les siennes. Alexandre aurait haussé les épaules avec assurance. « Mes hommes, aurait-il dit, se battent pour vaincre, les hommes de Darius se battent pour mourir! »

Djamaleddine sembla fouiller dans ses souvenirs.

– C'est alors que j'ai dit à Mirza Reza : « Si le fils du shah te persécute, détruis-le, au lieu de te détruire toi-même! » Est-ce vraiment un appel au meurtre? Et croyez-vous réellement, vous qui connaissez Mirza Reza, que j'aurais pu confier une pareille mission à un fou que mille personnes ont pu rencontrer ici même dans ma maison?

Je voulus me montrer sincère.

– Vous n'êtes pas coupable du crime que l'on vous attribue, mais votre responsabilité morale ne peut être niée.

Ma franchise le toucha.

– Cela, je l'admets. Comme j'admets avoir souhaité chaque jour la mort du shah. Mais à quoi bon me défendre, je suis déjà condamné.

Il alla vers un petit coffre, en retira une feuille soigneusement calligraphiée.

– Ce matin, j'ai écrit mon testament.

Ce texte, il me le plaça entre les mains et je lus avec émotion :

« Je ne souffre pas d'être retenu prisonnier, je ne redoute pas la mort prochaine. Ma seule cause de désolation est de constater que je n'ai pas vu fleurir les graines que j'ai semées. La tyrannie continue d'écraser les peuples d'Orient, et l'obscurantisme d'étouffer leur cri de liberté. Peut-être aurais-je mieux réussi si j'avais planté mes graines dans la terre fertile du peuple au lieu des terres arides des cours royales. Et toi, peuple de Perse, en qui j'ai placé mes plus grands espoirs, ne crois pas qu'en éliminant un homme tu peux gagner ta liberté. C'est le poids des traditions séculaires que tu dois oser secouer. »

– Gardez-en une copie, traduisez-le pour Henri Rochefort, *l'Intransigeant* est le seul journal qui clame encore mon innocence, les autres me traitent d'assassin. Tout le monde souhaite ma mort. Qu'ils soient rassurés, j'ai un cancer, un cancer de la mâchoire!

Comme chaque fois qu'il avait la faiblesse de se plaindre, il se racheta sur-le-champ par un rire faussement insouciant et une docte badinerie.

– Cancer, cancer, cancer, répéta-t-il comme une imprécation. Les médecins des temps passés attribuaient toutes les maladies aux conjonctions des astres. Seul le cancer a gardé, dans toutes les langues, son nom astrologique. La frayeur est intacte.

Resté quelques instants pensif et mélancolique, il ne tarda pas à se reprendre, d'un ton allègre, fort affecté, mais d'autant plus poignant.

– Je maudis ce cancer. Pourtant rien ne dit que c'est lui qui me tuera. Le shah demande mon extradition : le sultan ne peut me livrer puisque je reste son invité, il ne peut non plus laisser un régicide impuni. Il a beau détester le shah et sa dynastie, comploter chaque jour contre lui, une solidarité continue à lier la confrérie des grands de ce monde face à un gêneur comme Djamaleddine. La solution? Le sultan me fera tuer ici même, et le nouveau shah en sera réconforté, puisqu'en dépit de ses demandes répétées d'extradition il n'a nulle envie de marquer ses mains de mon sang au commencement de son règne. Qui me tuera? le cancer? le shah? le sultan? Peut-être n'aurai-je jamais le temps de le savoir. Mais toi, mon jeune ami, tu le sauras.

Et il eut la témérité de rire!

En fait, je ne le sus jamais. Les circonstances de la mort du grand réformateur de l'Orient demeurent un mystère. J'appris la nouvelle quelques mois après mon retour à Annapolis. Une notice dans *l'Intransigeant* du 12 mars 1897 m'informait de sa disparition survenue trois jours plus tôt. C'est seulement vers la fin de l'été, quand la fameuse lettre promise par Chirine me parvint, que je pus connaître, sur la mort de Djamaleddine, la version qui circulait parmi ses disciples. « Il souffrait, écrivait-elle, depuis quelques mois de violentes rages de dents liées sans doute à son cancer. Ce jour-là, parce que la douleur dépassait les limites du supportable, il envoya son serviteur chez le sultan, qui lui dépêcha son propre dentiste. Celui-ci l'ausculta, tira de sa serviette une seringue déjà prête et le piqua à la gencive en lui expliquant que la douleur allait bientôt s'estomper. Quelques secondes ne s'étaient pas encore écoulées que la mâchoire du Maître s'enfla. Le voyant étouffer, son serviteur courut rattraper le dentiste, qui n'était pas encore sorti de la maison, mais, au lieu de revenir sur ses pas, l'homme se mit à courir de plus belle vers le carrosse qui l'attendait. Seyyed Djamaleddine mourut quelques minutes plus tard. Le soir, des agents du sultan vinrent ramasser son corps, qui fut lavé puis enterré à la sauvette. » Le récit de la princesse s'achevait, sans transition, sur ces mots de Khayyam, traduits par ses soins : « Ceux qui ont amassé tant de connaissances, qui nous ont conduits vers le savoir, ne sont-ils pas noyés eux-mêmes dans le doute? Ils racontent une histoire, puis ils vont se coucher. »

Sur le sort du *Manuscrit,* qui était pourtant le but de la lettre, Chirine m'informait de manière plus laconique : « Il se trouvait effectivement dans les affaires du meurtrier. Il est maintenant chez moi. Vous pourrez le consulter à loisir quand vous reviendrez en Perse. »

Revenir en Perse où pesaient sur moi tant de soupçons?

XXXIII

De mon aventure persane je n'avais gardé que des soifs. Un mois pour atteindre Téhéran, trois mois pour en sortir, et dans ses rues quelques brèves journées engourdies, à peine le temps de humer, de frôler ou d'entrevoir. Trop d'images m'appelaient encore vers la terre interdite : ma fière paresse de fumeur de *kalyan*, trônant dans les vapeurs de braise et de tombacs; ma main se refermant sur celle de Chirine, le temps d'une promesse; mes lèvres sur ces seins, en chasteté offerts par ma mère d'un soir; et plus que tout le *Manuscrit* qui m'attendait, pages ouvertes, dans les bras de sa gardienne.

A ceux qui n'auraient jamais contracté l'obsession de l'Orient, j'ose à peine raconter qu'un samedi au crépuscule, babouches aux pieds, vêtu de ma tunique persane et portant sur la tête ma *kulah* en peau de mouton, je m'en fus déambuler sur la plage d'Annapolis, en un coin que je savais désert. Il l'était, mais à mon retour, absorbé dans mes rêveries, oubliant mon accoutrement, je fis un détour par Compromise Road qui, elle, n'était nullement déserte. « Bonsoir, monsieur Lesage », « Bonne promenade, monsieur Lesage », « Bonsoir, madame Baymaster, mademoiselle Highchurch », les salutations fusaient. « Bonsoir, révérend! »

Ce furent les sourcils effarés du pasteur qui m'éveillè-
rent. Je m'arrêtai net pour me contempler avec contri-
tion de la poitrine aux pieds, tâter mon couvre-chef et
presser le pas. Je crois même avoir couru, drapé dans
mon *aba* comme pour cacher ma nudité. Arrivé chez
moi, je me défis de mon attirail et l'enroulai d'un geste
définitif, avant de le projeter rageusement au fond d'un
placard à outils.

Je me gardai bien de récidiver, mais cette seule
promenade m'avait collé, sans doute pour la vie, une
tenace étiquette d'extravagance. En Angleterre, on a
toujours observé les excentriques avec bienveillance,
avec admiration même, à condition qu'ils aient l'excuse
de la richesse. L'Amérique de ces années-là se prêtait
mal à de tels écarts, on y prenait le virage du siècle avec
une prude circonspection. Peut-être pas à New York ou
à San Francisco, mais certainement dans ma ville. Une
mère française et un bonnet persan, c'était beaucoup
d'exotisme pour Annapolis.

Cela, côté ombre. Côté lumière, ma lubie me valut,
séance tenante, une réputation imméritée de grand
explorateur de l'Orient. Le directeur du journal local,
Matthias Webb, qui avait eu vent de ma promenade,
me suggéra d'écrire un article sur mon expérience
persane.

La dernière fois que le nom de la Perse avait été
imprimé sur les pages de l'*Annapolis Gazette and
Herald* remontait, je crois, à 1856, lorsqu'un transatlan-
tique, fierté de la Cunard's, le premier bateau à roues
qui ait jamais été doté d'une carcasse métallique, avait
heurté un iceberg. Sept marins de notre comté avaient
péri. L'infortuné navire s'appelait *Persia*.

Les gens de la mer ne badinent pas avec les signes
du destin. Aussi jugeai-je nécessaire de noter, en
introduction à mon article, que « Persia » était un terme
impropre, que les Persans eux-mêmes nommaient leur

pays « Iran », raccourci d'une expression fort ancienne, « Aïrania Vaedja », signifiant « Terre des Aryens ».

J'évoquai ensuite Omar Khayyam, le seul Persan dont la plupart de mes lecteurs aient déjà entendu parler, citant de lui un quatrain empreint d'un profond scepticisme, « Paradis, Enfer, quelqu'un aurait-il donc visité ces contrées singulières? » Utile préambule avant de m'étendre, en quelques paragraphes bien tassés, sur les nombreuses religions qui ont, depuis toujours, prospéré sur la terre persane, le zoroastrisme, le manichéisme, l'islam sunnite et chiite, la variante ismaélienne de Hassan Sabbah et, plus près de nous, les *babis*, les *cheikhis*, les *bahaïs*. Je ne manquai pas de rappeler que notre « paradis » avait pour origine un vieux mot persan, « paradaeza », qui veut dire « jardin ».

Matthias Webb me félicita de mon apparente érudition, mais quand, encouragé par son éloge, je proposai une collaboration plus régulière, il parut embarrassé et subitement irrité :

— Je veux bien vous prendre à l'essai si vous promettez de perdre cette agaçante manie de saupoudrer votre texte de mots barbares!

Ma mine trahissait surprise et incrédulité; Webb avait ses raisons :

— La *Gazette* n'a pas les moyens de se payer, en permanence, un spécialiste de la Perse. Mais si vous acceptez de prendre en charge l'ensemble des nouvelles étrangères, et si vous vous sentez capable de mettre les contrées lointaines à la portée de nos compatriotes, une place est à prendre dans ce journal. Ce que vos articles perdront en profondeur, ils le gagneront en étendue.

Nous avions tous les deux retrouvé le sourire; il m'offrit le cigare de la paix, avant de poursuivre :

— Hier encore, l'étranger n'existait pas pour nous, l'Orient s'arrêtait à Cape Cod. Et soudain, sous prétexte qu'un siècle se couche et qu'un autre se lève, notre cité paisible est assaillie par les turbulences du monde.

Il faut préciser que notre entretien avait lieu en 1899, peu après la guerre hispano-américaine qui avait mené nos troupes non seulement à Cuba et Porto Rico, mais jusqu'aux Philippines. Jamais auparavant les États-Unis n'avaient exercé leur autorité si loin de leurs rivages. Notre victoire sur le vétuste empire espagnol ne nous avait coûté que deux mille quatre cents morts, mais à Annapolis, siège de l'Académie navale, chaque perte pouvait être celle d'un parent, d'un ami, d'un fiancé engagé ou potentiel; les plus conservateurs de mes concitoyens voyaient dans le président MacKinley un dangereux aventurier.

Tel n'était point l'avis de Webb, mais il se devait de ménager les phobies de ses lecteurs. Pour bien me le faire comprendre, ce père de famille sérieux et grisonnant se leva, émit un rugissement, arbora une désopilante grimace, recroquevilla ses doigts comme s'ils étaient les griffes d'un monstre.

– Le monde féroce s'approche à grands pas d'Annapolis, et vous, Benjamin Lesage, vous avez pour mission de rassurer vos compatriotes.

Lourde responsabilité dont je m'acquittai sans lustre. Mes sources d'information étaient les articles de mes confrères de Paris, de Londres, ainsi, bien entendu, que ceux de New York, Washington et Baltimore. De tout ce que j'écrivis sur la guerre des Boers, sur le conflit de 1904-1905 entre le tsar et le mikado, ou sur les troubles en Russie, pas une ligne, je crains, ne mérite de figurer dans les annales.

C'est seulement au sujet de la Perse que ma carrière de journaliste peut être évoquée. Je suis fier de dire que la *Gazette* fut le premier journal américain à prévoir l'explosion qui allait se produire et dont les nouvelles allaient occuper, aux derniers mois de 1906, de larges espaces dans tous les journaux du monde.

Pour la première et, vraisemblablement, pour la dernière fois, les articles de l'*Annapolis Gazette and Herald* furent cités, souvent même reproduits mot à mot, dans plus de soixante journaux du Sud et de la côte est.

Cela, ma ville et son journal me le doivent. Et moi, je le dois à Chirine. C'est en effet grâce à elle, et non à ma frêle expérience persane, que je pus comprendre l'ampleur des événements qui se préparaient.

Je n'avais rien reçu de ma princesse depuis plus de sept ans. Me devait-elle une réponse au sujet du *Manuscrit*? elle me l'avait fournie, frustrante mais précise; je n'attendais plus aucun mot d'elle. Ce qui ne veut pas dire que je n'espérais pas. A chaque arrivée de courrier l'idée me caressait l'esprit, je cherchais sur les enveloppes une écriture, un timbre à lettres arabes, un chiffre cinq en forme de cœur. Je ne redoutais pas ma déception quotidienne, je la vivais comme un hommage aux rêves qui me hantaient.

Je dois dire qu'à cette époque-là ma famille venait de quitter Annapolis pour s'installer à Baltimore où se concentrait désormais l'essentiel des activités de mon père, où, avec deux de ses jeunes frères, il envisageait de fonder sa propre banque. J'avais choisi, quant à moi, de rester dans ma maison natale, avec notre vieille cuisinière à moitié sourde, dans une ville où je comptais bien peu d'amis proches. Et je ne doute pas que ma solitude donnât à mon attente une ferveur amplifiée.

Puis, un jour, Chirine finit par m'écrire. Du *Manuscrit de Samarcande*, plus un mot; rien de personnel dans cette longue lettre, sinon, peut-être, qu'elle commençait par « Cher ami lointain ». La suite était le récit, jour après jour, des événements qui se déroulaient autour d'elle. La relation était minutieuse, foisonnante de détails dont aucun n'était superflu, même quand à mes yeux profanes il le semblait. J'étais amoureux de sa belle intelligence, et flatté qu'elle m'ait choisi, entre tous les hommes, pour adresser le fruit de ses pensées.

Je vivais désormais au rythme de ses envois, un par mois, une chronique palpitante que j'aurais publiée telle quelle si ma correspondante n'avait exigé la plus rigoureuse discrétion. Même si elle m'autorisait généreusement à la piller. Ce que j'ai fait sans vergogne, puisant abondamment dans ses lettres, traduisant parfois, sans guillemets ni italiques, des passages entiers.

Ma façon de présenter les faits à mes lecteurs demeurait cependant fort différente de la sienne. Jamais, par exemple, la princesse n'aurait songé à écrire :

« La révolution persane s'est déclenchée lorsqu'un ministre belge a eu la désastreuse idée de se déguiser en *mollah*. »

Ce n'était pas si loin de la vérité, pourtant. Quoique, pour Chirine, les prémices de la révolte aient été décelables dès la cure du shah à Contrexéville, en 1900. Désireux de s'y rendre avec sa suite, le monarque avait eu besoin d'argent. Son Trésor étant vide comme à l'accoutumée, il avait demandé un prêt au tsar, qui lui avait accordé 22,5 millions de roubles.

Rarement cadeau fut si empoisonné. Pour s'assurer que leur voisin du sud, constamment proche de la banqueroute, rembourserait une telle somme, les autorités de Saint-Pétersbourg exigèrent, et obtinrent, de prendre en charge les douanes persanes et de se faire directement payer sur leurs recettes. Cela pendant soixante-quinze ans! Conscient de l'énormité de ce privilège et redoutant que les autres puissances européennes ne prennent ombrage de cette totale mainmise sur le commerce extérieur de la Perse, le tsar évita de confier les douanes à ses propres sujets et préféra demander au roi Léopold II de s'en charger à sa place, et pour son compte. C'est ainsi que se retrouvèrent chez le shah une trentaine de fonctionnaires belges dont l'influence allait connaître une extension vertigineuse. Le plus éminent d'entre eux, un certain monsieur Naus, parvint notamment à se hisser jusqu'aux plus hautes sphères du pouvoir. A la veille de la Révolution, il était membre du conseil suprême du royaume, ministre des Postes et Télégraphes, trésorier général de la Perse, chef du département des passeports, directeur général des Douanes. Il s'occupait, en outre, de réorganiser l'ensemble du système fiscal, et c'est à lui que l'on attribuait l'imposition d'une nouvelle taxe sur les chargements des mulets.

Inutile de dire qu'à ce stade M. Naus était devenu l'homme le plus détesté de la Perse, le symbole de la mainmise étrangère. De temps à autre, une voix s'élevait pour demander son renvoi, qui semblait d'autant plus justifié qu'il n'avait ni une réputation d'incorruptibilité ni l'alibi de la compétence. Mais il demeurait en place, soutenu par le tsar, ou plutôt par la redoutable *camarilla* rétrograde qui entourait ce dernier et dont les objectifs politiques étaient maintenant exprimés à voix haute dans la presse gouvernementale de Saint-Pétersbourg : exercer sur la Perse et le golfe Persique une tutelle sans partage.

La position de M. Naus semblait inébranlable ; elle le resta jusqu'au moment où son protecteur fut lui-même ébranlé. Cela se produisit plus vite que ne l'attendaient les plus rêveurs des Persans. Et en deux temps. D'abord la guerre avec le Japon, qui, à la surprise de l'univers entier, se termina par la défaite du tsar et la destruction de sa flotte. Puis la colère des Russes, provoquée par l'humiliation qui leur avait été infligée par la faute de dirigeants incompétents : la rébellion des marins du *Potemkine*, la mutinerie de Cronstadt, l'insurrection de Sébastopol, les événements de Moscou. Je ne m'étendrai pas sur ces faits que nul n'a eu le temps d'oublier, me contentant d'insister sur l'effet dévastateur qu'ils produisirent sur la Perse, notamment lorsqu'en avril 1906 Nicolas II fut contraint de convoquer un parlement, la Douma.

Car c'est dans cette atmosphère qu'intervint le plus banal des événements : un bal masqué chez un haut fonctionnaire belge, où M. Naus eut l'idée de se rendre déguisé en mollah. Gloussements, rires, applaudissements, on s'agglutina autour du ministre, on le félicita, on posa pour une photographie. Quelques jours plus tard, on distribuait ce cliché à des centaines d'exemplaires dans le bazar de Téhéran.

XXXIV

Chirine m'a envoyé une copie de ce document. Je l'ai toujours, il m'arrive encore d'y jeter un coup d'œil nostalgique et amusé. On y voit, assis sur un tapis étendu entre les arbres d'un jardin, une quarantaine d'hommes et de femmes habillés à la turque, à la japonaise ou à l'autrichienne; au centre, au premier plan, M. Naus, si bien déguisé qu'avec sa barbe blanche et sa moustache poivre et sel on le prendrait aisément pour un pieux patriarche. Commentaire de Chirine sur le dos du cliché : « Impuni pour tant de crimes, châtié pour une peccadille. »

Se moquer des religieux, telle n'était assurément pas l'intention de Naus. On ne pouvait lui reprocher, en l'occasion, qu'une coupable inconscience, une absence de tact, une once de mauvais goût. Sa vraie faute, dès lors qu'il servait de cheval de Troie au tsar, ce fut de n'avoir pas compris que, pour un temps, il devait se laisser oublier.

Des rassemblements rageurs autour de l'image diffusée, quelques incidents, le bazar ferma ses portes. On réclama d'abord le départ de Naus, puis celui de l'ensemble du gouvernement. Des tracts furent distribués qui demandaient qu'un parlement soit institué, comme en Russie. Depuis des années, des sociétés

secrètes agissaient au sein de la population, elles se
réclamaient de Djamaleddine, parfois même de Mirza
Reza, érigé par les circonstances en symbole de la lutte
contre l'absolutisme.

Les Cosaques bouclèrent les quartiers du centre.
Certaines rumeurs, propagées par les autorités, annonçaient qu'une répression sans précédent allait s'abattre
sur les protestataires, que le bazar serait ouvert par la
force armée, abandonné au pillage de la troupe, une
menace qui terrifie les marchands depuis des millénaires.

C'est pourquoi, le 19 juillet 1906, une délégation
des commerçants et des changeurs du bazar se rendit
auprès du chargé d'affaires britannique pour une question d'urgence : si des personnes en danger d'être
arrêtées venaient se réfugier à la légation, seraient-elles
protégées ? La réponse fut positive. Les visiteurs se
retirèrent avec remerciements et dignes courbettes.

Le soir même, mon ami Fazel se présentait à la
légation avec un groupe d'amis, on le reçut avec
empressement. Bien qu'il eût trente ans à peine, il était
déjà, héritier de son père, l'un des marchands les plus
riches du bazar. Mais sa vaste culture élevait encore
son rang, et son influence était grande parmi ses pairs.
A un homme de sa condition, les diplomates britanniques ne pouvaient que proposer l'une des chambres
réservées aux visiteurs de marque. Pourtant, il en
déclina l'offre et, invoquant la chaleur, exprima son
désir de s'installer dans les vastes jardins de la légation.
Il avait, dit-il, apporté à cet effet une tente, un petit
tapis, quelques livres. Lèvres pincées, sourcils frémis-
sants, ses hôtes observèrent le déballage.

Le lendemain, trente autres marchands vinrent de
la même manière profiter du droit d'asile. Trois jours
après, le 23 juillet, il y en avait huit cent soixante. Le
26, ils étaient cinq mille. Et douze mille le 1er août.

Étrange spectacle que cette ville persane plantée dans un jardin anglais. Des tentes partout regroupées par corporations. La vie s'y était rapidement organisée, une cuisine était installée derrière le pavillon des gardes, d'énormes chaudrons circulaient entre les différents « quartiers », chaque service durait trois heures.

Aucun désordre, peu de bruit, on prenait refuge, on prenait *bast*, comme disent les Persans, autrement dit on s'adonnait à une résistance strictement passive à l'abri d'un sanctuaire. Des sanctuaires, il y en avait plusieurs dans la région de Téhéran : le mausolée de Shah-Abdol-Azim, les écuries royales et, le plus petit *bast* de tous, le canon sur roues de la place Topkhané : si un fugitif s'y agrippe, les forces de l'ordre n'ont plus le droit de le toucher. Mais l'expérience de Djamaleddine avait montré que le pouvoir ne tolérait pas longtemps cette forme de protestation. La seule immunité qu'il reconnaissait était celle des légations étrangères.

Chez les Anglais, chaque réfugié avait apporté son *kalyan* et ses rêves. D'une tente à l'autre, un océan de différence. Autour de Fazel, l'élite moderniste; ils n'étaient pas qu'une poignée, mais des centaines, jeunes ou chenus, organisés en *anjuman*, sociétés plus ou moins secrètes. Leurs propos revenaient sans cesse sur le Japon, la Russie, la France surtout, dont ils parlaient la langue, dont ils lisaient assidûment les livres et les journaux, la France de Saint-Simon, de Robespierre, de Rousseau et de Waldeck-Rousseau. Fazel avait soigneusement découpé le texte de loi sur la séparation de l'Église et de l'État voté un an plus tôt à Paris, il l'avait traduit et distribué à ses amis, ils en débattaient avec ardeur. Mais à voix basse, car non loin de leur cercle se tenait une assemblée de *mollahs*.

Le clergé, lui, était divisé. Une partie rejetait tout ce qui venait d'Europe, l'idée même de démocratie, de parlement et de modernité. « Pourquoi, disaient-ils, aurions-nous besoin d'une Constitution puisque nous avons le Coran ? » Ce à quoi les modernistes répondaient que le Livre avait laissé aux hommes le soin de se gouverner démocratiquement puisqu'il y était dit : « Que vos affaires se règlent par concertation entre vous. » Habilement, ils ajoutaient que si les musulmans, à la mort du Prophète, avaient disposé d'une Constitution organisant les institutions de leur État naissant, ils n'auraient pas connu les sanglantes luttes de succession qui avaient conduit à l'éviction de l'imam Ali.

Au-delà du débat doctrinal, la majorité des *mollahs* acceptait, néanmoins, l'idée de Constitution pour mettre fin à l'arbitraire royal. Venus par centaines pour prendre *bast*, ils se plaisaient à comparer leur acte à l'émigration du Prophète vers Médine, et les souffrances du peuple à celles de Hussein, fils de l'imam Ali, dont la passion est le plus proche équivalent musulman de la passion du Christ. Dans les jardins de la légation, des pleureurs professionnels, les *rozé-khwan*, racontaient à leur auditoire les souffrances de Hussein. On pleurait, on se flagellait, on se lamentait sans retenue sur Hussein, sur soi-même, sur la Perse, égarée dans un monde hostile, précipitée, siècle après siècle, dans une décadence sans fond.

Les amis de Fazel demeuraient à l'écart de ces manifestations, Djamaleddine leur avait appris à se méfier des *rozé-khwan*. Ils ne les écoutaient qu'avec une condescendance inquiète.

Je fus frappé par une froide réflexion de Chirine dans l'une de ses lettres : « La Perse est malade, écrivait-elle. Il y a plusieurs médecins à son chevet, modernes, traditionnels, chacun propose ses remèdes, l'avenir est à celui qui obtiendra la guérison. Si cette révolution triomphe, les mollahs devront se transformer en démocrates ; si elle échoue, les démocrates devront se transformer en mollahs. »

Pour le moment, ils se retrouvaient tous dans la même tranchée, dans le même jardin. Le 7 août, la légation comptait seize mille *bastis*, les rues de la ville étaient vides, tout marchand de quelque notoriété avait « émigré ». Le shah n'eut plus qu'à céder. Le 15 août, moins d'un mois après le début du *bast*, il annonça que des élections seraient organisées pour élire au suffrage direct à Téhéran, indirect dans les provinces, une assemblée nationale consultative.

Le premier parlement de l'histoire de la Perse se réunit dès le 7 octobre. Pour prononcer le discours du trône, le shah dépêcha judicieusement un opposant de la première heure, le prince Malkom Khan, un Arménien d'Ispahan, compagnon de Djamaleddine, celui-là même qui l'avait hébergé lors de son dernier séjour à Londres. Superbe vieillard aux allures britanniques, il avait toute sa vie rêvé de se retrouver debout au Parlement en train de lire aux représentants du peuple le discours d'un souverain constitutionnel.

Que ceux qui voudraient se pencher de plus près sur cette page d'histoire ne cherchent pas Malkom Khan dans les documents de l'époque. Aujourd'hui, comme au temps de Khayyam, la Perse ne connaît pas ses dirigeants par leurs noms, mais par leurs titres, « Soleil de la Royauté », « Pilier de la religion », « Ombre du Sultan ». A l'homme qui eut l'honneur d'inaugurer l'ère de la démocratie fut dévolu le titre le plus prestigieux de tous : Nizam-el-Molk. Déroutante Perse, si immuable dans ses convulsions, si elle-même à travers tant de métamorphoses !

XXXV

C'était un privilège d'assister au réveil de l'Orient, ce fut un moment intense d'émotion, d'enthousiasme et de doute. Quelles idées radieuses ou monstrueuses avaient pu germer dans son cerveau endormi? Que ferait-il en se levant? Allait-il se ruer, aveugle, sur ceux qui l'avaient secoué? Je recevais des lettres de lecteurs qui m'interrogeaient avec angoisse, me demandant d'être devin. Ayant encore en mémoire la révolte des Boxers chinois à Pékin en 1900, la mise en otages des diplomates étrangers, les difficultés du corps expéditionnaire confronté à la vieille impératrice, redoutable fille du Ciel, ils avaient peur de l'Asie. La Perse serait-elle différente? Je répondais résolument « oui », faisant confiance à la démocratie naissante. Une Constitution venait en effet d'être promulguée, ainsi qu'une charte des droits du citoyen. Des clubs se créaient chaque jour, des journaux aussi, quatre-vingt-dix quotidiens et hebdomadaires en quelques mois. Ils s'intitulaient *Civilisation*, *Égalité*, *Liberté*, ou, plus pompeusement, *Trompettes de la Résurrection*. Ils étaient fréquemment cités dans la presse britannique ou dans les journaux russes d'opposition, le *Ryech*, libéral, et *Sovremenny Mir*, proche des sociaux-démocrates. Un journal satirique de Téhéran obtint dès son premier numéro un succès foudroyant, les traits de ses dessinateurs prenaient pour cibles préférées les courtisans véreux, les agents du tsar et, plus que tout, les faux dévots.

Chirine jubilait : « Vendredi dernier, écrivait-elle encore, quelques jeunes mollahs ont cherché à créer un attroupement dans le bazar, ils qualifiaient la Constitution d'hérétique innovation et voulaient inciter la foule à marcher sur le Baharistan, siège du Parlement. Sans succès. Ils eurent beau s'égosiller, les citadins restèrent indifférents. De temps à autre un homme s'arrêtait, écoutait quelque bout de harangue, puis s'éloignait en haussant les épaules. Arrivèrent enfin trois ulémas, parmi les plus vénérés de la cité, qui, sans ménagement, invitèrent les prêcheurs à rentrer chez eux par le plus court chemin, et sans élever les yeux plus haut que leurs genoux. J'ose à peine y croire, le fanatisme est mort en Perse. »

Cette dernière phrase, je l'utilisai en titre de mon plus bel article. Je m'étais si bien imprégné de l'enthousiasme de la princesse que mon texte fut un véritable acte de foi. Le directeur de la *Gazette* me recommanda plus de pondération, mais les lecteurs approuvèrent mon ardeur si j'en juge par le nombre croissant de lettres que je recevais.

L'une d'elles portait la signature d'un certain Howard C. Baskerville, étudiant à l'université de Princeton, New Jersey. Il venait d'obtenir son diplôme de *Bachelor of Arts*, et souhaitait se rendre en Perse pour observer de près les événements que je décrivais. Une formule de lui m'avait bouleversé : « J'ai la profonde conviction, en ce début de siècle, que, si l'Orient ne parvient pas à se réveiller, bientôt l'Occident ne pourra plus dormir. » Dans ma réponse, je l'encourageai à faire ce voyage, promettant de lui fournir, lorsque sa décision

serait prise, les noms de quelques amis qui pourraient
l'accueillir.

Quelques semaines plus tard, Baskerville vint jusqu'à Annapolis pour m'annoncer, de vive voix, qu'il
avait obtenu un poste d'instituteur à la Memorial Boys'
School de Tabriz, dirigée par la Mission presbytérienne
américaine; il devait enseigner aux jeunes Persans
l'anglais et les sciences. Il partait tout de suite, sollicitait conseils et recommandations. Je me hâtai de le
féliciter, promettant, sans trop y réfléchir, de passer le
voir si je me rendais en Perse.

Je ne pensais pas y aller de sitôt. Ce n'était pas
l'envie qui me manquait, mais j'hésitais encore à faire
ce voyage en raison des accusations fallacieuses qui
pesaient sur moi. N'étais-je pas présumé complice dans
le meurtre d'un roi? En dépit des changements rapides
survenus à Téhéran, je craignais, en vertu de quelque
mandat poussiéreux, de me faire arrêter aux frontières
et de ne pas pouvoir alerter mes amis ou ma légation.

Le départ de Baskerville m'incita néanmoins à
effectuer quelques démarches pour régulariser ma
situation. A Chirine, j'avais promis de ne jamais écrire.
Ne voulant pas prendre le risque de la voir interrompre
sa correspondance, je m'adressai donc à Fazel, dont
l'influence, je le savais, s'affirmait chaque jour. A
l'Assemblée nationale, où les grandes décisions étaient
prises, il était le plus écouté des députés.

Sa réponse m'arriva trois mois plus tard, amicale,
chaleureuse, accompagnée surtout d'un papier officiel
portant le sceau du ministère de la Justice et précisant
que j'étais lavé de tout soupçon de complicité dans
l'assassinat du vieux shah; en conséquence, j'étais
autorisé à circuler librement dans toutes les provinces
de Perse.

Sans rien attendre de plus, je m'embarquai pour

Marseille, et de là pour Salonique, Constantinople puis Trébizonde, avant de contourner à dos de mulet le mont Ararat jusqu'à Tabriz.

J'y arrivai par une chaude journée de juin. Le temps de m'installer au caravansérail du quartier arménien, le soleil était déjà au ras des toits. Je tenais cependant à voir Baskerville au plus tôt et, dans cette intention, me rendis à la Mission presbytérienne, édifice bas mais étendu, fraîchement repeint de blanc éclatant dans une forêt d'abricotiers. Deux croix discrètes sur la grille et, sur le toit, au-dessus de la porte d'entrée, une bannière étoilée.

Un jardinier persan vint à ma rencontre, pour me conduire au bureau du pasteur, un grand homme barbu et roux aux allures marines, à la poignée ferme et hospitalière. Avant même de m'inviter à m'asseoir, il me proposa un lit pour la durée de mon séjour.

— Nous avons une chambre constamment apprêtée pour les compatriotes qui nous font la surprise et l'honneur de nous visiter. Vous n'êtes l'objet d'aucun traitement spécial, je me contente de suivre la coutume établie depuis la fondation de cette mission.

J'exprimai de sincères regrets.

— J'ai déjà déposé ma malle au caravansérail et j'envisage de poursuivre ma route après-demain pour Téhéran.

— Tabriz mérite mieux qu'une journée hâtive. Comment pouvez-vous venir jusqu'ici sans accepter de vous perdre une journée ou deux dans les dédales du plus grand bazar de l'Orient, sans contempler les ruines de la mosquée Bleue mentionnée dans *les Mille et Une Nuits*? Les voyageurs sont par trop pressés, de nos jours, pressés d'arriver, d'arriver à tout prix, mais ce

n'est pas seulement au bout du chemin que l'on arrive.
A chaque étape on arrive quelque part, à chaque pas on
peut découvrir une face cachée de notre planète, il
suffit de regarder, de désirer, de croire, d'aimer.

Il paraissait sincèrement désolé de me voir si
mauvais voyageur. Je me sentis contraint de me justifier.

— En fait, j'ai un travail urgent à Téhéran, j'ai
seulement fait un détour par Tabriz pour voir un ami
qui enseigne chez vous, Howard Baskerville.

A la seule mention de ce nom, l'atmosphère
s'alourdit. Plus aucune jovialité, aucune animation,
aucun paternel reproche. Rien qu'une mine embarrassée et que je jugeai même fuyante. Un silence pesant,
puis :

— Vous êtes un ami de Howard?

— En un sens, je suis responsable de sa venue en
Perse.

— Lourde responsabilité!

En vain je cherchai sur ses lèvres un sourire. Il me
sembla soudain accablé et vieilli, ses épaules étaient
affaissées, son regard se faisait presque suppliant.

— Je dirige cette mission depuis quinze ans, notre
école est la meilleure de la ville, j'ose croire que notre
œuvre est utile et chrétienne. Ceux qui prennent part à
nos activités ont à cœur le progrès de cette contrée,
sinon, croyez-le bien, rien ne les obligerait à venir de si
loin pour affronter un milieu souvent hostile.

Je n'avais aucune raison d'en douter, mais l'ardeur
que l'homme mettait à se défendre m'indisposait. Je
n'étais dans son bureau que depuis quelques minutes, je
ne l'avais accusé de rien, je ne lui avais rien demandé.
Je me contentai donc de hocher poliment la tête. Il
poursuivit :

— Lorsqu'un missionnaire fait montre d'indifférence face aux malheurs qui accablent les Persans,

lorsqu'un enseignant n'éprouve plus aucune joie devant les progrès de ses élèves, je lui conseille fermement de repartir pour les États-Unis. Il arrive que l'enthousiasme retombe, surtout chez les plus jeunes. Quoi de plus humain?

Ce préambule achevé, le révérend se tut, ses gros doigts s'énervant autour de sa pipe. Il semblait avoir de la peine à trouver ses mots. Je crus de mon devoir de lui faciliter la tâche. J'adoptai le ton le plus détaché :

— Vous voulez dire que Howard s'est découragé au bout de ces quelques mois, que son engouement pour l'Orient s'est avéré passager?

Il sursauta.

— Bon Dieu non, pas Baskerville! J'essayais de vous expliquer ce qui arrive parfois avec certaines de nos recrues. Avec votre ami, c'est l'inverse qui se produit, et j'en suis infiniment plus inquiet. En un sens, il est le meilleur instituteur que nous ayons jamais engagé, ses élèves font des progrès prodigieux, leurs parents ne jurent que par lui, la mission n'a jamais reçu autant de cadeaux, des agneaux, des coqs, du halva, tout en l'honneur de Baskerville. Le drame, avec lui, c'est qu'il refuse de se comporter comme un étranger. S'il s'amusait à s'habiller à la manière des gens d'ici, à se nourrir de *polow* et à me saluer dans le dialecte du pays, je me serais contenté d'en sourire. Mais Baskerville n'est pas homme à s'arrêter aux apparences, il s'est lancé sans retenue dans le combat politique, il fait en classe l'éloge de la Constitution, encourage ses élèves à critiquer les Russes, les Anglais, le shah et les *mollahs* rétrogrades. Je le soupçonne même d'être ce qu'on appelle ici un « fils d'Adam », c'est-à-dire un membre des sociétés secrètes.

Il soupira.

— Hier matin, une manifestation a eu lieu devant notre grille, conduite par deux des plus éminents chefs religieux, pour réclamer le départ de Baskerville ou, à défaut, la fermeture pure et simple de la mission. Trois heures plus tard, une autre manifestation se déroulait, au même endroit, pour acclamer Howard et exiger son maintien. Vous comprenez bien que si un tel conflit se prolongeait, nous ne pourrions demeurer longtemps dans cette ville.

— Je suppose que vous en avez déjà parlé avec Howard.

— Cent fois, et sur tous les tons. Il répond invariablement que le réveil de l'Orient est plus important que le sort de la mission, que si la révolution constitutionnelle échouait nous serions de toute façon contraints de partir. Bien entendu, je peux toujours mettre fin à son contrat, mais un tel acte ne susciterait qu'incompréhension et hostilité de la part de ceux qui dans la population nous ont toujours soutenus. La seule solution serait que Baskerville calme ses ardeurs. Peut-être pourriez-vous le raisonner?

Sans m'engager formellement à une telle entreprise, je demandai à voir Howard. Une lueur de triomphe éclaira soudain la barbe rousse du révérend. Il se leva d'un bond.

— Suivez-moi, dit-il, je vais vous montrer Baskerville, je crois savoir où il est. Contemplez-le en silence, vous comprendrez mes raisons, vous partagerez mon désarroi.

LIVRE QUATRE

Un poète à la mer

Le Ciel est le joueur, et nous, rien que des pions.
C'est la réalité, non un effet de style.
Sur l'échiquier du monde Il nous place et déplace
Puis nous lâche soudain dans le puits du néant.

Omar KHAYYAM.

XXXVI

Dans le crépuscule ocre d'un jardin muré, une foule gémissante. Comment reconnaître Baskerville? toutes les faces sont si brunes! Je m'adosse à un arbre pour attendre. Et observer. Au seuil d'une cabane éclairée, un théâtre improvisé. Le *rozé-khwan,* conteur et pleureur, appelle les larmes des fidèles, et leurs hurlements, et leur sang.

Un homme sort de l'ombre, volontaire de la douleur. Pieds nus, torse nu, autour de ses mains s'enroulent deux chaînes; il les lance en l'air, les laisse retomber par-delà ses épaules sur son dos; les fers sont lisses, la peau se meurtrit, se pétrit, mais résiste, il faut trente, cinquante coups, pour qu'apparaisse le premier sang, éclaboussure noire qui se répand par jets fascinants. Théâtre de la souffrance, jeu millénaire de la passion.

La flagellation se fait plus vigoureuse, s'accompagne d'un souffle bruyant auquel la foule fait écho, les coups se répètent, le conteur hausse la voix pour couvrir leur martèlement. Surgit alors un acteur, de son sabre il menace l'assistance, par ses grimaces il s'attire les imprécations. Puis quelques bordées de pierres. Il ne reste pas longtemps sur scène, bientôt apparaît sa victime. La foule pousse un hurlement. Moi-même je ne puis réprimer un cri. Car l'homme se traîne, à terre, décapité.

Je me tourne, horrifié, vers le révérend; il me rassure d'un froid sourire, il chuchote :

— C'est une vieille astuce, on amène un enfant, ou un homme de très petite taille, on fixe sur sa tête la tête tranchée d'un mouton, renversée de façon que le cou sanguinolent soit orienté vers le haut, et on recouvre le tout d'un drap blanc troué au bon endroit. Comme vous le voyez, l'effet est saisissant.

Il tire sur sa pipe. Le décapité sautille et tournoie sur scène, de longues minutes. Avant de céder la place à un étrange personnage en pleurs.

Baskerville!

A nouveau, je sollicite le révérend d'un regard; il se contente d'un énigmatique haussement de sourcils.

Le plus extraordinaire, c'est que Howard est habillé à l'américaine, il arbore même un haut-de-forme qui, en dépit de la tragédie ambiante, est d'un irrésistible comique.

La foule hurle pourtant, se lamente et, autant que je puisse voir, il n'y a sur aucun visage le moindre soupçon d'amusement. Sauf sur celui du pasteur, qui daigne enfin m'éclairer :

— Il y a toujours, dans ces cérémonies funèbres, un personnage européen et, curieusement, il fait partie des « bons ». La tradition veut qu'un ambassadeur franc à la cour omeyyade se soit ému de la mort de Hussein, martyr suprême des chiites, et qu'il ait manifesté si bruyamment sa réprobation du crime qu'il ait été lui-même mis à mort. Bien entendu, ils n'ont pas toujours sous la main un Européen pour le faire monter sur scène, alors ils prennent un Turc, ou quelque Persan au teint clair. Mais, depuis que Baskerville est à Tabriz, c'est à lui qu'on fait constamment appel pour ce rôle. Il le joue à merveille. Et il pleure pour de vrai!

A cet instant, l'homme au sabre revient, voltige tapageusement autour de Baskerville. Ce dernier s'immobilise, d'une chiquenaude il fait tomber son chapeau, découvrant ses cheveux blonds soigneusement traversés à gauche par une raie, puis, avec une lenteur d'automate, il tombe à genoux, s'étend sur le sol, un rayon éclaire son visage d'enfant glabre et ses pommettes rehaussées de larmes, une main proche jette sur son costume noir une pincée de pétales.

Je n'entends plus la foule, j'ai les yeux rivés sur mon ami, j'attends avec angoisse qu'il se relève. La cérémonie me semble interminable. J'ai hâte de le récupérer.

Une heure plus tard, nous nous retrouvâmes à la mission, autour d'une soupe aux grenades. Le pasteur nous laissa seuls. Un silence gêné nous tenait compagnie. Les yeux de Baskerville étaient encore rouges.

— Je restaure lentement mon âme d'Occidental, s'excusa-t-il avec un sourire cassé.

— Prends ton temps, le siècle ne fait que commencer.

Il toussota, porta le bol chaud à ses lèvres, se perdit à nouveau dans une silencieuse contemplation.

Puis, péniblement :

— Quand je suis arrivé dans ce pays, je ne parvenais pas à comprendre que de grands messieurs barbus sanglotent et s'affligent pour un meurtre commis il y a mille deux cents ans. Maintenant, j'ai compris. Si les Persans vivent dans le passé, c'est parce que le passé est leur patrie, parce que le présent leur est une contrée étrangère où rien ne leur appartient. Tout ce qui pour nous est symbole de vie moderne, d'expansion libératrice de l'homme, est pour eux symbole de domination étrangère : les routes, c'est la Russie; le rail, le télégraphe, la banque, c'est l'Angleterre; la poste, c'est l'Autriche-Hongrie...

– ... Et l'enseignement des sciences, c'est M. Baskerville, de la Mission presbytérienne américaine.

– Précisément. Quel choix ont les gens de Tabriz? Laisser leurs fils à l'école traditionnelle où ils ânonneront pendant dix ans les mêmes phrases informes que leurs ancêtres ânonnaient déjà au XIIᵉ siècle; ou bien les envoyer dans ma classe, où ils obtiendront un enseignement équivalent à celui des petits Américains, mais à l'ombre d'une croix et d'une bannière étoilée. Mes élèves seront les meilleurs, les plus habiles, les plus utiles à leur pays, mais comment empêcher les autres de les regarder comme des renégats? Dès la première semaine de mon séjour, je me suis posé cette question, et c'est au cours d'une cérémonie comme celle à laquelle tu viens d'assister que j'ai rencontré la solution.

» Je m'étais mêlé à la foule, autour de moi montaient les gémissements. En observant ces visages éplorés, ravagés, en fixant ces yeux effarés, hagards et suppliants, toute la misère de la Perse m'est apparue, âmes en haillons assiégées par des deuils infinis. Et, sans que je m'en rende compte, mes larmes ont commencé à couler. On s'en est aperçu dans l'assistance, on m'a regardé, on s'est ému, on m'a poussé vers la scène où on m'a fait mimer le rôle de l'ambassadeur franc. Le lendemain, les parents de mes élèves sont venus chez moi; ils étaient heureux de pouvoir désormais répondre à ceux qui leur reprochaient d'envoyer leurs enfants à la Mission presbytérienne : « Moi, j'ai confié mon fils à l'instituteur qui a pleuré sur l'imam Hussein. » Certains chefs religieux étaient agacés, leur hostilité à mon égard s'explique par mon succès, ils préfèrent que les étrangers ressemblent à des étrangers.

Je comprenais mieux son comportement, mais mon scepticisme demeurait :

— Ainsi, pour toi, la solution aux problèmes de la Perse c'est de se joindre à la cohorte des pleureurs!

— Je n'ai pas dit cela. Pleurer n'est pas une recette. Ni une habileté. Rien qu'un geste nu, naïf, pitoyable. Nul ne doit se forcer à verser des larmes. La seule chose importante, c'est de ne pas mépriser la tragédie des autres. Quand on m'a vu pleurer, quand on m'a vu quitter ma souveraine indifférence d'étranger, on est venu me dire sur un ton de confidence qu'il ne sert à rien de pleurer, que la Perse n'a pas besoin de pleureurs supplémentaires et que le mieux que je puisse faire, c'est de prodiguer aux fils de Tabriz l'enseignement adéquat.

— Sages paroles. J'allais te dire la même chose.

— Seulement, si je n'avais pas pleuré, on ne serait même pas venu me parler. Si on ne m'avait pas vu pleurer, on ne m'aurait pas laissé dire aux élèves que ce shah était pourri et que les chefs religieux de Tabriz ne valaient guère mieux!

— Tu as donc dit cela en classe!

— Oui, j'ai dit cela, moi, le jeune Américain sans barbe, moi, le petit instituteur à l'école de la Mission presbytérienne, j'ai fustigé couronne et turbans, et mes élèves m'ont donné raison, et leurs parents aussi. Seul le révérend était outré!

Me voyant perplexe, il renchérit :

— J'ai aussi parlé aux garçons de Khayyam, je leur ai dit que des millions d'Américains et d'Européens avaient fait de ses *Robaïyat* leur livre de chevet, je leur ai fait apprendre par cœur les vers de FitzGerald. Le lendemain, un grand-père est venu me voir, tout ému encore de ce que son petit-fils lui avait rapporté; il m'a dit : « Nous aussi, nous respectons beaucoup les poètes américains! » Bien entendu, il aurait été fort incapable d'en nommer un seul, mais qu'importe, c'était pour lui une façon d'exprimer fierté et reconnaissance. Malheureusement, tous les parents n'ont pas réagi ainsi, l'un d'eux est venu se plaindre. En présence du pasteur, il m'a lancé : « Khayyam était un ivrogne et un impie! » J'ai répondu : « En disant cela, vous n'insultez pas Khayyam, vous faites l'éloge de l'ivrognerie et de l'impiété! » Le révérend a failli s'étrangler.

Howard rit comme un enfant. Incorrigible et désarmant.

— Ainsi tu revendiques gaiement tout ce dont on t'accuse! Serais-tu également un « fils d'Adam »?

— Le révérend t'a dit cela aussi? J'ai l'impression que vous avez abondamment parlé de moi.

— Nous n'avions pas d'autre connaissance commune.

— Je ne vais rien te cacher, j'ai la conscience aussi pure que le souffle d'un nouveau-né. Il y a deux mois environ, un homme est venu me voir. Géant moustachu mais timide, il m'a demandé si je pouvais donner une conférence au siège de l'*anjuman,* le club dont il est membre. Sur quel sujet? Tu ne devineras jamais. Sur la théorie de Darwin! Dans l'atmosphère de bouillonnement politique qui règne dans le pays, j'ai trouvé la chose amusante et émouvante. J'ai accepté. J'ai rassemblé tout ce dont je pouvais disposer sur le savant, j'ai exposé les thèses de ses détracteurs, je crois bien que ma prestation était ennuyeuse, mais la salle était comble et l'on m'écouta religieusement. Je suis allé depuis à d'autres réunions, sur les sujets les plus divers. Il y a chez ces gens une immense soif de savoir. Ce sont également les partisans les plus déterminés de la Constitution. Il m'arrive de passer à leur permanence pour avoir les dernières nouvelles de Téhéran. Tu devrais les connaître, ils rêvent du même monde que toi et moi.

XXXVII

Le soir, dans le bazar de Tabriz, peu d'échoppes demeurent ouvertes, mais les rues sont animées, les hommes font salon aux carrefours, cercles de chaises cannées, cercles de *kalyan* dont la fumée chasse peu à peu les mille odeurs de la journée. J'emboîtai le pas à Howard. Il virait d'une ruelle à l'autre sans un regard d'hésitation; de temps en temps, il s'arrêtait pour saluer un parent d'élève, partout les gamins interrompaient leurs jeux, s'écartaient à son passage.

Nous arrivâmes enfin devant un portail dévoré par la rouille. Mon compagnon le poussa, nous traversâmes un petit jardin broussailleux, jusqu'à une maison en terre, dont la porte, après sept coups secs, s'ouvrit, grinçante, sur une vaste pièce éclairée par une rangée de lampes tempête accrochées au plafond et qu'un courant d'air balançait sans cesse. Les personnes présentes devaient y être accoutumées; j'eus, quant à moi, très vite l'impression d'être monté à bord d'un rafiot incertain. Je ne parvenais plus à fixer aucun point sur aucun visage, je sentais le besoin de m'étendre au plus vite et de fermer quelques instants les yeux. Mais la réception s'éternisait. Au rendez-vous des « fils d'Adam », Baskerville n'était pas un inconnu, une effervescence l'accueillait, et de l'avoir accompagné j'eus droit à de fraternelles accolades, dûment renouvelées quand Howard révéla que j'étais à l'origine de sa venue en Perse.

Lorsque je crus le temps arrivé de m'asseoir et de m'adosser enfin au mur, un homme se leva, grand, au fond de la pièce. Sur ses épaules, une longue cape blanche le désignait, à ne pas s'y tromper, comme le personnage éminent de l'assemblée. Il fit un pas dans ma direction :

— Benjamin!

Je me relevai, fis deux pas, me frottai les yeux. Fazel! Nous tombâmes dans les bras l'un de l'autre avec un juron de surprise.

Pour expliquer cette effusion, peu conforme à son tempérament, il lança à l'adresse de ses camarades :

— M. Lesage était l'ami de Seyyed Djamaleddine!

A l'instant, je cessai d'être un visiteur de marque pour devenir monument historique, ou sainte relique; on ne m'approchait plus qu'avec une vénération embarrassante.

Je présentai Howard à Fazel – ils ne se connaissaient que de renom; ce dernier n'était pas venu depuis plus d'un an à Tabriz, pourtant sa ville d'origine. D'ailleurs, sa présence, ce soir, entre ces murs lépreux, sous ces lumières dansantes, avait quelque chose d'insolite et d'inquiétant. N'était-il pas l'un des chefs de file des parlementaires démocrates, un pilier de la Révolution constitutionnelle? Était-ce le moment pour lui de s'éloigner de la capitale? Questions que je lui posai. Il parut gêné. J'avais pourtant parlé en français et à voix basse. Il regarda furtivement ses voisins. Puis, pour toute réponse, me dit :

— Où loges-tu?

– Au caravansérail du quartier arménien.
– Je viendrai te voir dans la nuit.

Vers minuit, nous nous retrouvâmes à six, dans ma chambre. Baskerville, moi-même, Fazel et trois de ses compagnons qu'il me présenta seulement, secret oblige, par de hâtifs prénoms.

– Tu m'as demandé au siège de l'*anjuman* pourquoi j'étais ici, et non à Téhéran. Eh bien, parce que la capitale est déjà perdue pour la Constitution. Je ne pouvais pas l'annoncer en ces termes à trente personnes, j'aurais soufflé la panique. Mais c'est la vérité.

Nous étions tous trop consternés pour réagir. Il expliqua :

– Il y a deux semaines, un journaliste de Saint-Pétersbourg est venu me voir, le correspondant du *Ryech*. Il s'appelle Panoff, mais il signe du pseudonyme « Tané ».

J'avais entendu parler de lui, ses articles étaient parfois cités dans la presse de Londres.

– C'est un social-démocrate, poursuivit Fazel, un ennemi du tsarisme, mais en arrivant à Téhéran, il y a quelques mois, il a réussi à cacher ses convictions, s'est ménagé des entrées à la légation russe et, je ne sais par quel hasard, par quel stratagème, il a pu mettre la main sur des documents compromettants : un projet de coup d'État qu'exécuteraient les Cosaques pour réimposer une monarchie absolue. Tout était écrit noir sur blanc. La pègre devait être lâchée dans le bazar pour saper la confiance des marchands dans le nouveau régime, quelques chefs religieux devaient adresser au shah des suppliques pour lui demander d'abolir la Constitution, soi-disant contraire à l'islam. Bien entendu, Panoff prenait des risques en m'apportant ces documents. Je l'en ai remercié et sur-le-champ j'ai demandé une réunion extraordinaire du Parlement. Ayant exposé les faits dans le détail, j'ai exigé la destitution du monarque, son remplacement par l'un de ses jeunes fils, la dissolution de la brigade des Cosaques, l'arrestation des religieux incriminés. Plusieurs orateurs se sont succédé à la tribune pour exprimer leur indignation et soutenir mes propositions.

» Soudain, un huissier est venu nous informer que les ministres plénipotentiaires de Russie et d'Angleterre se trouvaient dans le bâtiment et qu'ils avaient une note urgente à nous transmettre. La séance a été suspendue, le président du Majlis et le Premier ministre sont sortis; à leur retour, ils avaient des faces de cadavres. Les diplomates venaient de les avertir que, si le shah était déposé, les deux puissances se verraient dans la regrettable obligation d'intervenir militairement. Non seulement on s'apprêtait à nous étrangler, mais on nous interdisait même de nous défendre!

— Pourquoi cet acharnement? interrogea Baskerville, atterré.

— Le tsar ne veut pas d'une démocratie à ses frontières, le mot Parlement le fait trembler de rage.

— Ce n'est quand même pas le cas des Britanniques!

— Non. Seulement, si les Persans arrivaient à se gouverner comme des adultes, cela pourrait donner des idées aux Indiens! Et l'Angleterre n'aurait plus qu'à faire ses bagages. Et puis il y a le pétrole. En 1901, un sujet britannique, Mr. Knox d'Arcy, a obtenu, pour la somme de vingt mille livres sterling, le droit d'exploiter le pétrole dans tout l'Empire perse. Jusqu'ici, la production a été insignifiante, mais, depuis quelques semaines, d'immenses gisements ont été découverts dans la région des tribus bakhtiaris, vous en avez sans doute entendu parler. Cela peut représenter une importante source de revenus pour le pays. J'ai donc demandé au Parlement de réviser l'accord avec Londres afin que nous obtenions des conditions plus équitables; la plupart des députés m'ont approuvé. Depuis, le ministre d'Angleterre ne m'a plus invité chez lui.

— C'est pourtant dans les jardins de sa légation qu'avait eu lieu le *bast,* demandai-je, pensif.

— Les Anglais estimaient à l'époque que l'influence russe était trop grande, qu'elle ne leur laissait du gâteau persan que la portion congrue; ils nous avaient donc encouragés à protester, ils nous avaient ouvert leurs jardins; on dit même que ce sont eux qui ont fait imprimer la photographie qui compromettait M. Naus. Quand notre mouvement a triomphé, Londres a pu obtenir du tsar un accord de partage : le nord de la Perse serait zone d'influence russe, le sud serait chasse gardée de l'Angleterre. Dès que les Britanniques ont eu ce qu'ils désiraient, notre démocratie a subitement cessé de les intéresser; comme le tsar, ils n'y voient maintenant que des inconvénients et préféreraient la voir disparaître.

— De quel droit! explosa Baskerville.

Fazel lui adressa un sourire paternel, avant de reprendre son récit :

— Après la visite des deux diplomates, les députés se sont découragés. Incapables de faire face à tant d'ennemis à la fois, ils n'ont rien trouvé de mieux que de s'en prendre à ce malheureux Panoff. Plusieurs orateurs l'ont accusé d'être un faussaire et un anarchiste, dont le seul objectif aurait été de provoquer une guerre entre la Perse et la Russie. Le journaliste était venu avec moi au Parlement, je l'avais laissé dans un bureau près de la porte de la grande salle pour qu'il puisse apporter son témoignage si cela s'avérait nécessaire. Maintenant, les députés demandaient qu'il soit arrêté et livré à la légation du tsar. Une motion a été présentée en ce sens.

» Cet homme qui nous avait assistés contre son propre gouvernement allait être livré aux bourreaux ! Moi, si calme d'habitude, je n'ai pas pu me contrôler, j'ai grimpé sur une chaise, j'ai crié comme un dément : « Je jure, par le sol qui recouvre mon père, que si cet homme est arrêté je battrai le rappel des « fils d'Adam » et noierai ce Parlement dans le sang. Aucun de ceux qui voteront cette motion ne sortira d'ici vivant ! » Ils auraient pu lever mon immunité et m'arrêter à mon tour. Ils n'ont pas osé. Ils ont suspendu la séance jusqu'au lendemain. La nuit même, j'ai quitté la capitale pour ma ville natale où je suis arrivé aujourd'hui. Panoff m'a accompagné, il se cache quelque part à Tabriz, en attendant de partir pour l'étranger.

Notre conversation se prolongea. Bientôt l'aube nous surprit, les premiers appels à la prière retentirent, la lumière se fit plus vive. Nous discutions, nous échafaudions mille avenirs sombres, puis nous discutions encore, trop épuisés pour nous arrêter. Baskerville s'étira, s'interrompit en plein vol, consulta sa montre et se leva comme un somnambule, se grattant laborieusement la nuque :

– Six heures déjà, mon Dieu, une nuit blanche ! Avec quel visage je vais affronter mes élèves ? Et que va dire le révérend en me voyant rentrer à cette heure ?

– Tu pourras toujours prétendre que tu étais avec une femme !

Mais Howard n'était plus d'humeur à sourire.

Je ne veux pas parler de coïncidence, puisque le hasard n'a pas grand rôle en l'affaire, mais je me dois de signaler qu'au moment même où Fazel achevait de nous décrire, sur la foi des documents subtilisés par Panoff, ce qui se tramait contre la jeune démocratie persane, l'exécution du coup d'État avait commencé.

En effet, comme je l'ai appris par la suite, c'est vers quatre heures du matin, ce mercredi-là, 23 juin 1908, qu'un contingent de mille Cosaques, commandé par le colonel Liakhov, fit mouvement vers le Baharistan, le siège du Parlement, au cœur de Téhéran. Le bâtiment fut encerclé, ses issues contrôlées. Des membres d'un *anjuman* local, remarquant les mouvements de troupes, coururent à un collège voisin où le téléphone avait été récemment installé, pour appeler quelques députés et certains religieux démocrates, tels l'ayatollah Behbahani et l'ayatollah Tabatabaï. Avant l'aube, ceux-ci se rendirent sur les lieux afin de témoigner par leur présence de leur attachement à la Constitution. Curieusement, les Cosaques les laissèrent passer. Leurs ordres étaient d'interdire la sortie, pas l'entrée.

La foule des protestataires ne cessait de se gonfler. Au lever du jour ils étaient plusieurs centaines, parmi eux de nombreux « fils d'Adam ». Avec des carabines, mais peu de munitions, une soixantaine de cartouches chacun, rien qui permette de soutenir un siège. Et ces armes, et ces munitions, ils hésitaient à s'en servir. Ils prirent effectivement position sur les toits et derrière les fenêtres, mais ils ne savaient s'ils devaient tirer les premiers et donner ainsi le signal d'une inévitable tuerie, ou s'ils devaient attendre passivement que les préparatifs du coup d'État soient achevés.

Car c'est bien cela qui retardait encore l'assaut des Cosaques. Liakhov, entouré d'officiers russes et persans, était occupé à disposer ses troupes, ainsi que ses canons, dont on dénombra six ce jour-là, le plus meurtrier étant installé sur la place Topkhané. A plusieurs reprises, le colonel passa, à cheval, dans la ligne de mire des défenseurs, mais les personnalités présentes empêchèrent les « fils d'Adam » de faire feu, de peur que le tsar ne prenne prétexte d'un tel incident pour envahir la Perse.

C'est vers le milieu de la matinée que l'ordre d'attaque fut donné. Quoique inégal, le combat fit rage pendant six ou sept heures. Par une série d'audacieux coups de main, les résistants parvinrent à mettre hors d'usage trois canons.

Ce n'était que l'héroïsme du désespoir. Au coucher du soleil, le drapeau blanc de la défaite fut hissé sur le premier Parlement de l'histoire persane. Mais, plusieurs minutes après le dernier coup de feu, Liakhov ordonna à ses artilleurs de reprendre leur tir. Les directives du tsar étaient claires : il ne suffisait pas d'abolir le Parlement, il fallait aussi détruire le bâtiment qui l'avait abrité afin que les habitants de Téhéran le voient en ruine et que, pour tous, cela demeure à jamais une leçon.

XXXVIII

Les combats n'avaient pas encore cessé dans la capitale lorsque éclata à Tabriz la première fusillade. J'étais passé prendre Howard à sa sortie de classe, nous avions rendez-vous à la permanence de l'*anjuman* pour aller déjeuner avec Fazel chez l'un de ses proches. Nous ne nous étions pas encore engagés dans le labyrinthe du bazar lorsque des coups de feu se firent entendre, apparemment proches.

Avec une curiosité teintée d'inconscience, nous nous dirigeâmes vers l'endroit d'où les bruits étaient partis. Pour voir, à une centaine de mètres, une foule vociférante qui avançait : poussière, fumée, une forêt de gourdins, de fusils et de torches incandescentes, des cris que je ne comprenais pas, puisqu'ils étaient en *azeri,* le parler turc des gens de Tabriz. Baskerville s'efforçait de traduire : « A mort la Constitution! A mort le Parlement! A mort les athées! Vive le shah! » Des dizaines de citadins couraient dans tous les sens. Un vieillard traînait au bout d'une corde une chèvre ahurie. Une femme trébucha; son fils, six ans à peine, l'aida à se relever et la soutint pendant qu'elle reprenait sa fuite en claudiquant.

Nous-mêmes pressions le pas vers notre lieu de rendez-vous. Sur la route, un groupe de jeunes gens élevait une barricade, deux troncs d'arbres sur lesquels s'amoncelaient, dans le plus rigoureux désordre, des tables, des briques, des chaises, des coffres, des tonneaux. On nous reconnut, on nous laissa passer, en nous conseillant d'aller vite, car « ils viennent par ici », « ils veulent incendier le quartier », « ils ont juré de massacrer tous les fils d'Adam ».

Au siège de l'*anjuman,* quarante ou cinquante hommes entouraient Fazel, le seul à ne pas porter de fusil. Rien qu'un pistolet, un Mannlicher autrichien qui semblait n'avoir d'autre utilisation que d'indiquer à chacun le poste qu'il devait rejoindre. Il était calme, moins angoissé que la veille, calme comme peut l'être l'homme d'action quand s'achève l'insupportable attente.

— Voilà, nous lança-t-il avec un accent imperceptiblement triomphant. Tout ce qu'annonçait Panoff était vrai. Le colonel Liakhov a fait son coup d'État, il s'est proclamé gouverneur militaire de Téhéran et y a imposé le couvre-feu. Depuis ce matin, la chasse aux partisans de la Constitution est ouverte, dans la capitale et dans toutes les autres villes. A commencer par Tabriz.

— Tout s'est propagé si vite! s'étonna Howard.

— C'est le consul de Russie, averti par télégramme du déclenchement du coup d'État, qui en a informé dès le matin les chefs religieux de Tabriz. Ceux-ci ont appelé leurs partisans à se rassembler à midi dans le Devechi, le quartier des chameliers. De là, ils se sont répandus dans la ville. Se dirigeant en premier au domicile d'un journaliste de mes amis, Ali Mechedi, ils l'ont tiré de chez lui au milieu des cris de sa femme et de sa mère, lui ont coupé la gorge et la main droite, puis l'ont abandonné dans une mare de sang. Mais n'ayez crainte, avant ce soir, Ali sera vengé.

Sa voix le trahit, il se ménagea une seconde de

répit, de respiration profonde, avant de reprendre :

— Si je suis venu à Tabriz, c'est parce que je sais que cette ville résistera. Le sol sur lequel nous nous tenons en cet instant est encore régi par la Constitution. C'est ici désormais le siège du Parlement, le siège du gouvernement légitime. Ce sera une belle bataille, et nous finirons par gagner. Suivez-moi!

Nous le suivîmes, ainsi qu'une demi-douzaine de ses partisans. Il nous conduisit vers le jardin, fit le tour de la maison jusqu'à un escalier de bois dont l'extrémité se perdait dans d'épais feuillages. Nous arrivâmes sur le toit, traversâmes une passerelle, de nouveau quelques marches, pour nous retrouver dans une chambre aux murs épais et aux fenêtres exiguës, presque des meurtrières. Fazel nous invita à jeter un coup d'œil : nous surplombions l'entrée la plus vulnérable du quartier qu'interdisait à présent une barricade. Derrière, une vingtaine d'hommes, genou à terre, carabines pointées.

— Il y en a d'autres, expliqua Fazel. Tout aussi déterminés. Ils bouchent toutes les issues du quartier. Si la meute arrive, elle sera accueillie comme elle le mérite.

La « meute », comme il disait, n'était pas loin. Elle avait dû s'arrêter en route pour incendier deux ou trois maisons appartenant à des fils d'Adam, mais elle ne désarmait pas, clameur et coups de feu se rapprochaient.

Soudain, nous fûmes saisis d'une sorte de frémissement. On a beau s'y attendre, on a beau être à l'abri d'un mur, le spectacle d'une foule déchaînée qui hurle à mort et arrive droit sur vous est probablement l'expérience la plus effrayante qui soit.

D'instinct, je chuchotai :

— Combien sont-ils?

— Mille, mille cinq cents tout au plus, répondit Fazel à voix haute, claire et rassurante.

Avant d'ajouter, comme un ordre :

– C'est maintenant à nous de les effrayer.

Il demanda à ses aides de nous confier des fusils. Entre Howard et moi passa un échange de regards presque amusés; nous soupesions ces objets froids avec fascination et dégoût.

– Postez-vous aux fenêtres, lança Fazel, et tirez sur quiconque s'approchera. Moi, je dois vous quitter, je réserve une surprise à ces barbares!

A peine était-il sorti que la bataille commença. Parler de bataille est sans doute excessif. Les émeutiers arrivèrent, une horde vociférante et écervelée, et leur avant-garde se lança vers la barricade comme s'il s'agissait d'une course d'obstacle. Les fils d'Adam tirèrent. Une salve. Puis une autre. Une dizaine d'assaillants tombèrent, le reste recula, un seul réussit à escalader la barricade, mais ce fut pour être embroché sur une baïonnette. Un horrible hurlement d'agonie s'ensuivit; je détournai les yeux.

Le gros des manifestants demeurait prudemment en arrière, se contentant de répéter à voix égosillée les mêmes slogans : « A mort! » Puis une escouade fut lancée de nouveau à l'assaut de la barricade, cette fois avec un peu plus de méthode, c'est-à-dire en tirant sur les défenseurs et les fenêtres d'où étaient partis les coups de feu. Un fils d'Adam touché au front fut la seule perte de son camp. Déjà les salves de ses compagnons recommençaient à faucher les premières lignes des assaillants.

L'offensive s'essoufflait, on recula, on se concerta bruyamment. On se regroupait pour une nouvelle tentative lorsqu'un grondement secoua le quartier. Un obus venait d'atterrir au milieu des émeutiers, provoquant un carnage suivi d'une débandade. Les défenseurs levèrent alors leurs fusils en criant : « *Machrouté! Machrouté!* » – Constitution! – De l'autre côté de la barricade, on apercevait des dizaines de corps étendus. Howard chuchota :

— Mon arme est toujours aussi froide, je n'ai pas tiré une seule cartouche. Et toi?

— Moi non plus.

— Avoir dans ma ligne de mire la tête d'un inconnu et presser sur la détente pour le tuer...

Fazel arriva quelques instants plus tard. Jovial.

— Qu'avez-vous pensé de ma surprise? C'est un vieux canon français, un *de Bange*, qu'un officier de l'armée impériale nous a vendu. Il est sur le toit, venez l'admirer! Un jour prochain, on l'installera au milieu de la plus vaste place de Tabriz et l'on écrira dessous : « Ce canon a sauvé la Constitution! »

Je trouvai son propos par trop optimiste, bien que je ne pusse contester qu'il avait remporté, en quelques minutes, une victoire significative. Son objectif était clair : maintenir un petit îlot où les derniers fidèles de la Constitution pourraient se rassembler, se protéger, mais surtout réfléchir ensemble sur leurs actes à venir.

Si l'on nous avait dit, en cette trouble journée de juin, qu'à partir de quelques ruelles enchevêtrées du bazar de Tabriz, avec nos deux brassées de fusils Lebel et notre unique canon *de Bange*, nous allions rendre à la Perse entière sa liberté volée, qui l'eût cru?

C'est pourtant ce qui arriva, non sans que le plus pur d'entre nous le paie de sa vie.

XXXIX

Sombres journées dans l'histoire du pays de Khayyam. Était-ce là l'aube promise à l'Orient? D'Ispahan à Kazvin, de Chiraz à Hamadan, les mêmes cris s'exhalaient de cent et mille poitrines aveugles : « A mort! A mort! » Désormais, il fallait se cacher pour dire liberté, démocratie, justice. L'avenir n'était plus qu'un rêve interdit, les partisans de la Constitution étaient pourchassés de par les rues, les permanences des « fils d'Adam » étaient dévastées, leurs livres empilés et incendiés. Nulle part, sur toute l'étendue de la Perse, l'odieux déferlement n'avait pu être endigué.

Nulle part ailleurs qu'à Tabriz. Et encore, dans l'héroïque cité, quand s'écoula enfin l'interminable journée du coup d'État, sur les trente principaux quartiers un seul résistait-il toujours, celui que l'on appelle Amir-Khiz, à l'extrême nord-ouest du bazar. Cette nuit-là, quelques dizaines de jeunes partisans se relayèrent pour en garder les accès, tandis qu'au siège de l'*anjuman,* érigé en quartier général, Fazel traçait sur une carte fripée des flèches ambitieuses.

Nous étions bien une douzaine à suivre avec ferveur les moindres écarts de son crayon, qu'amplifiait le tremblement des lampes tempête. Le député se redressa.

– L'ennemi est encore sous le choc des pertes que nous lui avons infligées. Il nous croit plus forts que nous ne sommes. Il n'a pas de canons, ni ne sait combien nous en avons. Nous devons en profiter pour étendre sans délai notre territoire. Le shah ne tardera pas à envoyer des troupes, elles seront à Tabriz dans quelques semaines. Il nous faut d'ici là avoir libéré l'ensemble de la ville. Dès cette nuit, nous attaquerons.

Il se pencha, toutes les têtes se penchèrent, têtes nues, têtes couvertes ou ceintes.

– Nous franchissons la rivière par surprise, expliqua-t-il, nous fonçons en direction de la citadelle, nous l'attaquons de deux côtés, par le bazar et par le cimetière. Avant le soir, elle est à nous.

La citadelle ne fut pas prise avant dix jours. Pour chaque rue les combats furent meurtriers, mais les résistants avançaient, tous les engagements tournaient à leur avantage. Quelques « fils d'Adam » s'emparèrent le samedi du bureau de l'Indo-European Telegraph, grâce auquel les liaisons pouvaient être maintenues avec Téhéran, avec les autres villes du pays, ainsi qu'avec Londres et Bombay. Le même jour, une caserne de la police se rallia, apportant, en guise de dot, une mitrailleuse *Maxim* et trente caisses de munitions. Ces succès redonnèrent confiance à la population, jeunes et vieux s'enhardirent, par centaines ils affluaient vers les quartiers libérés, parfois avec leurs armes. En quelques semaines, l'ennemi fut refoulé vers la périphérie. Seule demeurait entre ses mains, au nord-est de la ville, une zone peu habitée s'étendant du quartier des Chameliers au camp de Sahib-Divan.

Vers la mi-juillet, une armée de volontaires fut constituée, ainsi qu'une administration provisoire, dans laquelle Howard se vit confier la responsabilité du ravitaillement. Il passa désormais l'essentiel de son temps à sillonner le bazar pour recenser les provisions;

les marchands s'avéraient admirablement coopératifs.
Lui-même naviguait à merveille dans le système persan
des poids et mesures.

— Il faut oublier, me disait-il, les litres, les kilos,
les onces et les pintes. Ici on parle en *djaw,* en *miskal,*
en *syr* et en *kharvar,* qui est le chargement d'âne.

Il tentait de m'instruire :

— L'unité de base est le *djaw,* qui est un grain
d'orge de moyenne grosseur et conservant sa pellicule,
mais dont on aurait coupé aux deux extrémités la petite
barbe qui dépasse.

— C'est rigoureux, m'esclaffai-je.

Le professeur adressa à l'élève un regard de
reproche. Pour m'amender, je me crus obligé de prouver mon application :

— Le *djaw* est donc la plus petite unité de
mesure.

— Pas du tout, s'indigna Howard.

Il se référait imperturbablement à ses notes :

— Le poids d'un grain d'orge équivaut à celui de
soixante-dix grains de sénévé, ou, si l'on préfère, six
crins de la queue d'un mulet.

En comparaison, ma propre charge était légère!
Vu mon ignorance du parler local, j'avais pour seule
mission de garder le contact avec les ressortissants
étrangers afin de les rassurer sur les intentions de Fazel
et de veiller sur leur sécurité.

Il faut savoir que Tabriz avait été, jusqu'à la
construction du chemin de fer transcaucasien, vingt ans
plus tôt, la porte de la Perse, le passage obligé des
voyageurs, des marchandises et des idées. Plusieurs
établissements européens y avaient des succursales,
telle la Compagnie allemande de MM. Mossig et

Schünemann, ou la Société anonyme de Commerce oriental, importante firme autrichienne. On y trouvait également des consulats, la Mission presbytérienne américaine et diverses autres institutions, et je suis heureux de dire qu'à aucun moment, tout au long des mois difficiles du siège, les ressortissants étrangers ne furent pris pour cibles.

Mieux, une émouvante fraternisation régnait. Je ne veux pas parler de Baskerville, de moi-même ni de Panoff qui rapidement se joignit au mouvement. Je veux saluer ici d'autres personnes, tel Mr. Moore, correspondant du *Manchester Guardian*, qui, n'ayant pas hésité à prendre les armes aux côtés de Fazel, fut blessé au combat; ou le capitaine Anginieur, qui nous aida à résoudre de nombreux problèmes logistiques et qui, par ses articles dans l'*Asie française*, contribua à susciter à Paris et dans le monde entier cet élan de solidarité qui sauva Tabriz du sort atroce qui la menaçait. La présence active des étrangers fut pour certains religieux de la ville un argument contre les défenseurs de la Constitution, « un ramassis – je cite – d'Européens, d'Arméniens, de *babis,* de mécréants de toutes sortes ». La population demeurait cependant imperméable à cette propagande, elle nous entourait d'une reconnaissante affection, chaque homme était un frère pour nous, chaque femme était une sœur ou une mère.

Ai-je besoin de le préciser, ce sont les Persans eux-mêmes qui, dès le premier jour, apportèrent à la Résistance le soutien le plus spontané et le plus massif. D'abord les libres habitants de Tabriz, puis les réfugiés qui, en raison de leurs convictions, avaient dû fuir leurs villes ou leurs villages pour trouver protection dans le dernier bastion de la Constitution. Ce fut le cas de centaines de fils d'Adam, accourus de tous les coins de l'Empire, et qui ne demandaient qu'à tenir une arme.

Ce fut également le cas de plusieurs députés, ministres et journalistes de Téhéran, qui avaient réussi à échapper au gigantesque coup de filet ordonné par le colonel Liakhov et qui arrivaient souvent par petits groupes, exténués, hagards, désemparés.

Mais la plus précieuse des recrues fut indiscutablement Chirine, qui avait défié le couvre-feu pour sortir en automobile de la capitale sans que les Cosaques osent s'interposer. Son landaulet fut accueilli avec émerveillement par la population, d'autant que son chauffeur était de Tabriz, l'un des rares Persans à conduire un tel véhicule.

La princesse s'était installée dans un palais abandonné. Il avait été construit par son grand-père, le vieux shah assassiné, qui envisageait d'y passer un mois par an. Mais dès la première nuit, dit la légende, il fut pris d'un malaise, et ses astrologues lui conseillèrent de ne plus mettre les pieds dans un lieu de si mauvais augure. Depuis trente ans, personne n'y avait habité; on l'appelait, non sans quelque frayeur, le Palais vide.

Chirine n'hésita pas à défier le mauvais sort et sa résidence fut désormais le cœur de la ville. Dans ses vastes jardins, îlot de fraîcheur en ces soirées d'été, les dirigeants de la Résistance aimaient à se réunir. J'étais souvent en leur compagnie.

La princesse paraissait chaque fois heureuse de me voir, notre correspondance avait tissé entre nous une complicité dans laquelle nul n'aurait pu s'insinuer. Bien entendu, nous n'étions jamais seuls, il y avait pour chaque réunion ou pour chaque repas des dizaines de compagnons. On débattait inlassablement, on plaisantait parfois, mais sans excès. La familiarité n'est jamais tolérée en Perse, la politesse y est pointilleuse et grandiloquente, on a souvent tendance à se dire « l'esclave de l'ombre de la grandeur » de l'individu auquel on s'adresse, et dès qu'il s'agit d'altesses, d'altesses femmes surtout, on se met à baiser le sol, sinon dans les actes, du moins par le biais des formules les plus ampoulées.

Survint cette troublante soirée de jeudi. Le 17 septembre, très précisément. Comment l'oublierais-je?

Pour cent raisons diverses, nos compagnons étaient tous partis, moi-même j'avais pris congé avec les derniers. Au moment de franchir la grille extérieure de la propriété, je me rendis compte que j'avais laissé près de mon siège une serviette où j'avais pris l'habitude de mettre quelques papiers importants. Je revins donc sur mes pas, mais nullement avec l'intention de revoir la princesse; j'étais persuadé qu'après les adieux à ses visiteurs elle s'était retirée.

Non. Elle était encore assise, seule, au milieu de vingt chaises abandonnées. Soucieuse, lointaine. Sans la quitter du regard, je ramassai ma serviette, le plus lentement possible. Chirine était toujours immobile, de profil, sourde à ma présence. Dans un silence recueilli, je m'assis, pris le temps de la contempler. Avec cette impression de me retrouver douze ans en arrière, je me revoyais, je la revoyais, à Constantinople, dans le salon de Djamaleddine. Elle se tenait alors ainsi, de profil, une écharpe bleue couronnant sa chevelure, retombant jusqu'au pied de sa chaise. Quel âge avait-elle? dix-sept ans? dix-huit? Celle qui en avait aujourd'hui trente était une femme sereine, une femme mûre, souveraine. Aussi élancée qu'au premier jour. Elle avait su manifestement résister à la tentation des femmes de son rang : oisive et gourmande, s'affaler jusqu'à la fin de ses jours sur un divan d'opulence. S'était-elle mariée, était-elle divorcée ou veuve? nous n'en parlâmes jamais.

J'aurais voulu dire d'une voix assurée : « Je t'ai aimée depuis Constantinople. » Mes lèvres tremblèrent, puis elles se serrèrent, sans émettre le moindre son.

Chirine s'était pourtant tournée vers moi, doucement. Elle m'observa sans surprise, comme si je n'étais ni parti ni revenu. Son regard hésita, elle adopta le tutoiement :

— A quoi penses-tu?

La réponse fusa de mes lèvres :

— A toi. De Constantinople à Tabriz.

Un sourire, peut-être embarrassé, mais qui ne se voulait résolument pas une barrière, parcourut son visage. Et moi je ne trouvai rien de mieux à faire que de citer sa propre formule, devenue entre elle et moi comme un code de reconnaissance :

— Sait-on jamais, nos chemins pourraient se croiser!

Quelques secondes de souvenirs muets nous occupèrent. Puis Chirine dit :

— Je n'ai pas quitté Téhéran sans le livre.

— Le *Manuscrit de Samarcande?*

— Il est constamment sur la commode, près de mon lit, je ne me lasse jamais de le feuilleter, je connais par cœur les *Robaïyat* et la chronique que le texte porte en marge.

— Je donnerais bien dix ans de ma vie pour une nuit avec ce livre.

— Je donnerais bien une nuit de ma vie.

L'instant d'après, j'étais penché sur le visage de Chirine, nos lèvres se frôlèrent, nos yeux s'étaient fermés, plus rien n'existait autour de nous que la monotonie du chant des cigales amplifié dans nos têtes assourdies. Baiser prolongé, baiser brûlant, baiser des années franchies et des barrières abattues.

De peur que d'autres visiteurs n'arrivent, que des serviteurs ne s'approchent, nous nous levâmes et je la suivis par une allée couverte, une petite porte insoupçonnée, un escalier aux marches brisées, jusqu'à l'appartement de l'ancien shah que sa petite-fille s'était approprié. Deux lourds battants se refermèrent, un massif loquet, et nous fûmes seuls, ensemble. Tabriz n'était plus une ville à l'écart du monde, c'était le monde qui languissait à l'écart de Tabriz.

Dans un majestueux lit à colonnades et tentures, j'embrassai mon amante royale. De ma main je défis chaque nœud, chaque bouton, je redessinai avec mes doigts, avec mes paumes, avec mes lèvres, chaque contour de son corps, elle s'offrait à mes caresses, à mes baisers maladroits, de ses yeux clos s'échappaient des larmes tièdes.

A l'aube, je n'avais pas encore ouvert le *Manuscrit*. Je le voyais sur une commode, de l'autre côté du lit, mais Chirine dormait nue, la tête sur mon cou, les seins abandonnés contre mes côtes, rien au monde ne m'aurait fait bouger. Je respirais son souffle, ses parfums, sa nuit, je contemplais ses cils, désespérément je cherchais à deviner quel rêve de bonheur ou d'angoisse les faisait frémir. Quand elle se réveilla, les premiers bruits de la ville nous parvenaient déjà. Je dus m'éclipser à la hâte, me promettant de consacrer au livre de Khayyam ma prochaine nuit d'amour.

XL

Sorti du Palais vide, je marchai en serrant les épaules – l'aube n'est jamais chaude à Tabriz – et ainsi avançai en direction du caravansérail, sans chercher à prendre de raccourcis. Je n'étais pas pressé d'arriver, j'avais besoin de réfléchir, le bouillonnement de la nuit ne s'était pas apaisé en moi, je revivais des images, des gestes, des mots chuchotés, je ne savais plus si j'étais heureux. Je ressentais bien une sorte de plénitude, mais traversée de l'inévitable culpabilité qui s'attache aux amours clandestines. Des pensées revenaient sans cesse, obsédantes comme savent l'être les pensées des nuits sans sommeil : « Après mon départ, s'est-elle rendormie avec un sourire? A-t-elle quelque regret? Quand je la reverrai et que nous ne serons pas seuls, sera-t-elle complice ou lointaine? Je reviendrai ce soir, je chercherai dans ses yeux une religion. »

Soudain, un coup de canon retentit. Je m'arrêtai, je tendis l'oreille. Était-ce notre brave et solitaire *de Bange*? Un silence suivit, puis une fusillade nourrie, enfin une accalmie. Je repris ma promenade, d'un pas moins appuyé; je gardais l'oreille attentive. Survint un nouveau grondement, suivi à l'instant d'un troisième. Cette fois, je m'inquiétai; un seul canon ne pouvait tirer à cette cadence, il devait y en avoir deux, ou même plusieurs. Deux obus éclatèrent à quelques rues de moi. Je me mis à courir. En direction de la citadelle.

Fazel me confirma bientôt la nouvelle que je redoutais : les premières forces envoyées par le shah étaient arrivées dans la nuit. Elles avaient pris place dans les quartiers tenus par les chefs religieux. D'autres troupes les suivaient. Elles convergeaient de tous les horizons. Le siège de Tabriz venait de commencer.

La harangue prononcée par le colonel Liakhov, gouverneur militaire de Téhéran, artisan du coup d'État, avant le départ de ses troupes pour Tabriz, se développait ainsi :

« Valeureux Cosaques,

» Le shah est en danger, les gens de Tabriz ont rejeté son autorité, ils lui ont déclaré la guerre, voulant le contraindre à reconnaître la Constitution. Or la Constitution veut abolir vos privilèges, dissoudre votre brigade. Si elle triomphe, ce sont vos femmes et vos enfants qui auront faim. La Constitution est votre pire ennemie, contre elle vous devez vous battre comme des lions. En détruisant le Parlement, vous avez suscité dans le monde entier la plus vive admiration. Poursuivez votre action salutaire, écrasez la ville en révolte, et je vous promets, de la part des souverains de Russie et de Perse, argent et honneurs. Toutes les richesses que renferme Tabriz sont à vous, vous n'aurez qu'à vous servir ! »

Hurlé à Téhéran et Saint-Pétersbourg, murmuré à Londres, le mot d'ordre était le même : il faut détruire Tabriz, elle mérite le plus exemplaire des châtiments. Elle vaincue, plus personne n'osera parler de Constitution, de Parlement ou de démocratie ; à nouveau l'Orient pourra s'endormir de sa plus belle mort.

C'est ainsi que le monde entier, pendant les mois qui suivirent, allait assister à une course étrange et poignante : tandis que l'exemple de Tabriz commençait à ranimer, en divers coins de Perse, la flamme de la résistance, la cité elle-même subissait un siège de plus en plus rigoureux. Les partisans de la Constitution auraient-ils le temps de se relever, de se réorganiser et de reprendre les armes avant que leur bastion ne s'écroule?

En janvier, ils remportèrent un premier grand succès : à l'appel des chefs bakhtiaris, oncles maternels de Chirine, Ispahan, l'ancienne capitale, se souleva, affirmant son attachement à la Constitution et sa solidarité avec Tabriz. Dans la ville assiégée, quand arriva la nouvelle, ce fut sur-le-champ une explosion de joie. Toute la nuit fut scandé, sans que nul ne s'en lasse : « Tabriz-Esfahan, le pays se réveille! » Mais, le lendemain même, une attaque massive contraignait les défenseurs à abandonner plusieurs positions au sud et à l'ouest. Il n'y avait plus qu'une route pour relier encore Tabriz au monde extérieur, et c'était celle qui menait au nord, vers la frontière russe.

Trois semaines plus tard, la ville de Rasht se souleva à son tour. Comme Ispahan, elle rejetait la tutelle du shah, acclamait la Constitution et la résistance de Fazel. Nouvelle explosion de joie à Tabriz. Mais, dans l'instant, nouvelle riposte des assiégeants : la dernière route fut coupée, l'encerclement de Tabriz était achevé. Le courrier n'arrivait plus, ni les vivres. Il fallut organiser un rationnement des plus sévères pour continuer à nourrir les quelque deux cent mille habitants de la ville.

En février et mars 1909, de nouveaux ralliements se firent. Le territoire de la Constitution s'étendait maintenant à Chiraz, Hamadan, Meched, Astarabad, Bandar-Abbas, Bushire. A Paris, un comité se forma pour la défense de Tabriz, avec à sa tête un monsieur Dieulafoy, distingué orientaliste; le même élan se retrouva à Londres, sous la présidence de lord Lamington; plus important encore, les principaux chefs religieux chiites, basés à Karbala, dans l'Irak ottoman, se prononcèrent solennellement et sans ambiguïté en faveur de la Constitution, désavouant les *mollahs* rétrogrades.

Tabriz triomphait.

Mais Tabriz mourait.

Incapable de faire face à tant de rébellions, à tant de désaveu, le shah s'accrochait à une idée fixe : il faut abattre Tabriz, l'origine du mal. Quand elle tombera, les autres fléchiront. Faute de réussir à la prendre d'assaut, il décida de l'affamer.

Malgré le rationnement, le pain se faisait rare. Fin mars, on comptait déjà plusieurs morts, surtout des vieillards et des enfants en bas âge.

Dans la presse de Londres, de Paris et de Saint-Pétersbourg, on commençait à s'indigner et à critiquer les Puissances qui, rappelait-on, avaient encore dans la ville assiégée de nombreux ressortissants dont la vie était désormais menacée. Les échos de ces prises de position nous parvenaient par voie de télégraphe.

Fazel me convoqua un jour pour m'annoncer :

– Les Russes et les Anglais vont bientôt évacuer leurs ressortissants afin que Tabriz puisse être écrasée sans que cela provoque trop d'émoi dans le reste du monde. Ce sera un coup dur pour nous, mais je veux que tu saches que je ne m'opposerai pas à cette évacuation. Je ne retiendrai personne ici contre son gré.

Et il me chargea d'informer les intéressés que tout serait mis en œuvre pour faciliter leur départ.

Se produisit alors l'événement le plus extraordinaire qui soit. D'y avoir assisté comme témoin privilégié me permet de fermer les yeux sur bien des mesquineries humaines.

J'avais commencé ma tournée, réservant ma première visite à la Mission presbytérienne où je redoutais un peu de revoir le révérend directeur et d'essuyer ses remontrances. Lui qui comptait sur moi pour raisonner Howard, n'allait-il pas me reprocher d'avoir suivi une voie identique? De fait, son accueil fut distant, à peine poli.

Mais, dès que je lui eus exposé la raison de ma démarche, il répondit sans l'ombre d'une hésitation :

— Je ne partirai pas. Si l'on peut organiser un convoi pour évacuer les étrangers, on peut tout aussi bien organiser des convois similaires pour ravitailler la ville affamée.

Je le remerciai de son attitude, qui me sembla conforme à l'idéal religieux et humanitaire qui l'animait. Puis je m'en allai visiter trois maisons de commerce installées à proximité où, à ma grande surprise, la réponse fut identique. Pas plus que le pasteur, les marchands ne voulaient partir. Comme me l'expliqua l'un d'eux, un Italien :

— Si je quittais Tabriz en ce moment difficile, j'aurais honte d'y revenir plus tard pour reprendre mon activité. Je resterai donc. Peut-être ma présence contribuera-t-elle à faire agir mon gouvernement.

Partout, comme s'ils s'étaient donné le mot, ce fut la même réponse, immédiate, claire, irrévocable. Jusqu'à Mr. Wratislaw, le consul britannique! jusqu'au personnel du consulat de Russie, à la notoire exception du consul, M. Pokhitanoff, la réponse fut la même : « Nous ne partirons pas! » Ils en informèrent leurs gouvernements sidérés.

Dans la ville, l'admirable solidarité des étrangers réconforta les esprits. Mais la situation demeurait précaire. Le 18 avril, Wratislaw télégraphia à Londres : « Le pain est rare aujourd'hui; demain, il sera plus rare encore. » Le 19, nouveau message : « La situation est désespérée, on parle ici d'une dernière tentative pour briser l'encerclement. »

De fait, une réunion se tenait ce jour-là à la citadelle. Fazel y annonça que les troupes constitutionnalistes avançaient de Rasht vers Téhéran, que le pouvoir en place était sur le point de s'écrouler et qu'il suffisait de peu pour assister à sa chute. Et au triomphe de notre cause. Mais Howard prit la parole après lui pour rappeler que les bazars étaient à présent vides de tout produit comestible.

— Les gens ont déjà abattu animaux domestiques et chats de gouttière, des familles entières errent nuit et jour dans les rues à la recherche d'une grenade rabougrie, d'un reste de pain de Barbari égaré dans un caniveau. On risque bientôt de recourir au cannibalisme.

— Deux semaines, il nous faut seulement tenir deux semaines!

La voix de Fazel était suppliante. Mais Howard n'y pouvait rien :

— Nos réserves nous ont permis de subsister jusqu'ici. Maintenant, nous n'avons plus rien à distribuer. Plus rien. Dans deux semaines, la population aura été décimée et Tabriz sera une ville fantôme. Ces derniers jours, il y a eu huit cents morts. De faim, et d'innombrables maladies liées à la faim.

— Deux semaines! Rien que deux semaines! répétait Fazel. Même s'il fallait jeûner!

— Nous jeûnons tous depuis plusieurs jours!

— Que faire alors? Capituler? Laisser retomber cette formidable vague de soutien que nous avons patiemment nourrie? N'y a-t-il aucun moyen de durer?

Durer. Durer. Douze hommes hagards, étourdis par la faim et l'épuisement, mais aussi par l'ivresse d'une victoire à portée de la main, n'avaient qu'une obsession : durer.

— Il y aurait une solution, dit Howard. Peut-être...

Tous les yeux se tournèrent en direction de Baskerville.

— Tenter une sortie, par surprise. Si nous arrivons à reprendre cette position — il indiquait du doigt un point sur la carte — nos forces iront s'engouffrer dans la brèche, elles rétabliront le contact avec l'extérieur. Le temps que l'ennemi se ressaisisse, le salut sera peut-être en vue.

Tout de suite je me déclarai hostile à la proposition; les chefs militaires étaient du même avis; tous, sans exception, la jugeaient suicidaire. L'ennemi était sur un promontoire, à quelque cinq cents mètres de nos lignes. Il s'agissait de traverser cette distance, en terrain plat, d'escalader une imposante muraille de boue séchée, de déloger les défenseurs, puis d'installer dans la position suffisamment de forces pour résister à l'inévitable contre-attaque.

Fazel hésitait. Il ne regardait même pas la carte, c'est sur l'effet politique de l'opération qu'il s'interrogeait. Permettrait-elle de gagner quelques jours? La discussion se prolongea, s'anima. Baskerville insistait, argumentait, bientôt soutenu par Moore. Le correspondant du *Guardian* mettait en avant sa propre expérience militaire, affirmant que l'effet de surprise pourrait s'avérer décisif. Fazel finit par trancher.

— Je ne suis toujours pas convaincu, mais, puisque aucune autre action ne peut être envisagée, je ne m'opposerai pas à celle de Howard.

C'est le lendemain, 20 avril, que l'attaque fut lancée, à trois heures du matin. Il était convenu que si, à cinq heures, la position était enlevée, des opérations seraient menées en de multiples points du front afin d'empêcher l'ennemi de dégager des troupes pour la contre-attaque. Mais, dès les premières minutes, la tentative parut compromise : un barrage de feu accueillit la première sortie, menée par Moore, Baskerville et une soixantaine d'autres volontaires. Visiblement, l'ennemi n'était aucunement surpris. Un espion l'aurait-il informé de nos préparatifs? On ne peut l'affirmer, le secteur était de toute façon protégé, Liakhov l'avait confié à l'un de ses plus habiles officiers.

Raisonnable, Fazel ordonna de mettre fin sans tarder à l'opération, fit donner le signal du repli, une sorte de roucoulement prolongé; les combattants refluèrent. Plusieurs, dont Moore, étaient blessés.

Un seul ne revint pas. Baskerville. Il avait été foudroyé, dès la première salve.

Pendant trois jours Tabriz allait vivre au rythme des condoléances, condoléances discrètes à la Mission presbytérienne, condoléances bruyantes, ferventes, indignées, dans les quartiers tenus par les fils d'Adam. Les yeux rougis, je serrais des mains, pour la plupart inconnues, je me livrais à d'interminables accolades.

Dans la cohorte des visiteurs se trouvait le consul d'Angleterre. Qui me prit à part.

— Cela vous procurera peut-être quelque réconfort si je vous apprenais que, six heures après la mort de votre ami, un message m'est parvenu de Londres, m'annonçant qu'un accord venait d'être conclu entre les Puissances au sujet de Tabriz. M. Baskerville ne sera pas tombé pour rien. Un corps expéditionnaire se dirige déjà vers la ville pour la dégager et la ravitailler. Et pour évacuer la communauté étrangère.

– Un corps expéditionnaire russe?

– Bien entendu admit Wratislaw. Ils sont les seuls à disposer d'une armée dans le voisinage. Mais nous avons obtenu des garanties. Les partisans de la Constitution ne seront pas inquiétés et les troupes du tsar se retireront dès que leur mission sera accomplie. Je compte sur vous pour convaincre Fazel de déposer les armes.

Pourquoi acceptai-je? par accablement? par épuisement? par un sens persan de la fatalité qui s'était insinué en moi? Toujours est-il que je ne protestai pas, que je me laissai persuader que cette exécrable mission m'était destinée. Cependant, je décidai de ne pas me rendre tout de suite chez Fazel. Je préférais m'évader quelques heures. Auprès de Chirine.

Depuis notre nuit d'amour, je ne l'avais plus rencontrée qu'en public. Le siège avait créé dans Tabriz une atmosphère nouvelle. On parlait constamment d'infiltrations ennemies. On croyait voir partout des espions ou des sapeurs. Des hommes en armes patrouillaient dans les rues, ils gardaient l'accès des principaux bâtiments. Aux portes du Palais vide ils étaient souvent cinq ou six, parfois plus. Bien qu'ils fussent toujours prêts à m'accueillir avec les plus rayonnants sourires, leur présence m'interdisait toute visite discrète.

Ce soir-là, la surveillance s'étant partout relâchée, je pus me faufiler jusqu'à la chambre de la princesse. La porte était entrouverte; je la poussai sans bruit.

Chirine était au lit, assise, le *Manuscrit* ouvert sur ses genoux relevés. Je vins me glisser à ses côtés, épaule contre épaule, hanche contre hanche. Nous n'avions ni elle ni moi le cœur aux caresses, mais cette nuit-là nous nous aimâmes autrement, plongés dans le même livre. Elle guidait mes yeux et mes lèvres, elle savait chaque mot, chaque peinture; pour moi c'était la première fois.

Souvent elle traduisait, en français, à sa façon, des bouts de poèmes d'une sagesse si rigoureuse, d'une beauté si intemporelle, qu'on en oubliait qu'ils avaient été prononcés pour la première fois huit siècles auparavant, dans quelque jardin de Nichapour, d'Ispahan ou de Samarcande.

Les oiseaux blessés se cachent pour mourir.

Paroles de dépit, de consolation, monologue poignant d'un poète vaincu et grandiose.

Paix à l'homme dans le noir silence de l'au-delà.

Mais aussi paroles de joie, de sublime insouciance :

Du vin! Qu'il soit aussi rose que tes joues
Et que mes remords soient aussi légers que tes boucles.

Après avoir récité les quatrains jusqu'au dernier et admiré longuement chaque miniature, nous revînmes au début du livre pour parcourir les chroniques en marge. Celle de Vartan l'Arménien, d'abord, qui couvre une bonne moitié de l'ouvrage, et grâce à laquelle j'appris cette nuit-là l'histoire de Khayyam, de Djahane et des trois amis. Venaient ensuite, en une trentaine de pages chacune, les chroniques des bibliothécaires d'Alamout, père, fils et petit-fils, qui racontaient l'extraordinaire destin du *Manuscrit* après son enlèvement à Merv, son influence sur les Assassins, et l'histoire résumée de ces derniers jusqu'au déferlement mongol.

Chirine me lut les dernières lignes, dont je déchiffrais difficilement l'écriture : « J'ai dû fuir Alamout à la veille de sa destruction, en direction de Kirman, mon pays d'origine, emportant le manuscrit de l'incomparable Khayyam de Nichapour, que j'ai décidé de cacher ce jour même, en espérant qu'il ne sera pas retrouvé avant que les mains des hommes ne soient dignes de le tenir. Pour cela, je m'en remets au Très-Haut, Il guide qui Il veut et égare qui Il veut. » Suivait une date correspondant, selon ma computation, au 14 mars 1257.

Je demeurai songeur.

— Le *Manuscrit* se tait au XIIIe siècle, dis-je, Djamaleddine le reçoit en cadeau au XIXe. Que s'est-il passé entre-temps ?

— Un long sommeil, dit Chirine. Une interminable sieste orientale. Puis un réveil en sursaut dans les bras de ce fou de Mirza Reza. N'est-il pas de Kirman, comme les bibliothécaires d'Alamout ? Es-tu si étonné de lui découvrir un ancêtre Assassin ?

Elle s'était levée, pour aller s'asseoir sur un tabouret devant son miroir ovale, un peigne à la main. Je serais resté des heures à observer les mouvements gracieux de son bras nu, mais elle me ramena à la prosaïque réalité :

— Tu devrais te préparer à partir si tu ne veux pas que l'on te surprenne dans mon lit.

De fait, la lumière du jour inondait déjà la chambre, les rideaux étaient trop clairs.

— C'est vrai, dis-je avec lassitude, j'allais oublier ta réputation.

Elle se retourna vers moi en riant.

– Parfaitement, je tiens à ma réputation, je ne veux pas que l'on se dise dans tous les harems de Perse qu'un bel étranger a pu passer toute une nuit à mes côtés sans même songer à se déshabiller. Plus personne ne me convoiterait!

Ayant rangé le *Manuscrit* dans son coffret, j'apposai un baiser sur les lèvres de mon amante, puis, à travers un couloir et deux portes dérobées, je courus me replonger dans les tumultes de la ville assiégée.

XLI

De tous ceux qui sont morts en ces mois de souffrances, pourquoi ai-je choisi d'évoquer Baskerville? Parce qu'il était mon ami et mon compatriote? Sans doute. Aussi parce qu'il n'avait d'autre ambition que de voir naître à la liberté et à la démocratie cet Orient qui lui était pourtant étranger. S'est-il sacrifié pour rien? Dans dix, dans vingt, dans cent ans, l'Occident se souviendra-t-il de son exemple, la Perse se souviendra-t-elle de son acte? J'évite d'y songer, de peur de retomber dans l'inévitable mélancolie de ceux qui vivent entre deux mondes, deux mondes également prometteurs, également décevants.

Si, toutefois, je me limitais aux événements qui ont suivi de près la mort de Baskerville, je pourrais prétendre qu'elle n'a pas été inutile.

Il y eut l'intervention étrangère, la levée du blocus, les convois de ravitaillement. Grâce à Howard? Peut-être la décision avait-elle déjà été prise, mais la mort de mon ami hâta le sauvetage de la ville, des milliers de citadins faméliques lui doivent leur survie.

On s'en doute, l'entrée des soldats du tsar dans la ville assiégée ne pouvait enchanter Fazel. Je m'efforçai de lui prêcher la résignation :

— La population n'est plus en état de résister, le

seul cadeau que tu puisses encore lui faire, c'est de la sauver de la famine, tu lui dois bien cela après toutes les souffrances qu'elle a endurées.

— S'être battu pendant dix mois pour se retrouver sous la coupe du tsar Nicolas, le protecteur du shah!

— Les Russes n'agissent pas seuls, ils sont mandatés par toute la communauté internationale, nos amis dans le monde entier applaudissent cette opération. La refuser, la combattre, c'est perdre le bénéfice de l'immense soutien qui nous a été prodigué jusqu'ici.

— Se soumettre, déposer les armes, alors que la victoire est en vue!

— C'est à moi que tu réponds, ou bien c'est le sort que tu interpelles?

Fazel sursauta, son regard m'accablait d'infinis reproches.

— Tabriz ne mérite pas une telle humiliation!

— Je n'y peux rien, tu n'y peux rien, il y a des moments où toute décision est mauvaise, il faut choisir celle que l'on regrettera le moins!

Il sembla se calmer et réfléchir intensément.

— Quel sort est réservé à mes amis?

— Les Britanniques garantissent leur sécurité.

— Nos armes?

— Chacun pourra garder son fusil, les maisons ne seront pas fouillées, à l'exception de celles d'où partiraient des coups de feu. Mais les armes lourdes devront être livrées.

Il ne paraissait nullement rassuré.

— Et qui, demain, obligera le tsar à retirer ses troupes?

— Pour cela, il faut s'en remettre à la Providence!

— Je te trouve subitement bien oriental!

Il fallait connaître Fazel pour savoir qu'oriental, dans sa bouche, était rarement un compliment. Surtout avec la moue soupçonneuse dont il l'avait accompagné.

Je me sentais contraint de changer de tactique; je me levai donc avec un soupir bien sonore.

— Tu as sans doute raison, j'ai eu tort d'argumenter, je vais dire au consul d'Angleterre que je n'ai pas su te convaincre, puis je reviendrai ici et je resterai à tes côtés jusqu'à la fin.

Fazel me retint par la manche.

— Je ne t'ai accusé de rien, je n'ai même pas refusé ta suggestion.

— Ma suggestion? Je n'ai fait que transmettre une proposition anglaise, et en te précisant de qui elle émanait.

— Calme-toi et comprends-moi! Je sais très bien que je n'ai pas les moyens d'empêcher l'entrée des Russes à Tabriz, je sais également que si je leur opposais la moindre résistance le monde entier me condamnerait, à commencer par mes compatriotes, qui n'attendent plus que la délivrance, d'où qu'elle vienne. Je sais même que la fin du siège est une défaite pour le shah.

— N'était-ce pas le but de ton combat?

— Eh bien, non, vois-tu! Je peux exécrer ce shah, mais ce n'est pas contre lui que je me bats. Triompher d'un despote ne peut être le but ultime, je me bats pour que les Persans aient conscience d'être des hommes libres, des fils d'Adam, comme nous disons ici, qu'ils aient foi en eux-mêmes, en leur force, qu'ils retrouvent une place dans le monde d'aujourd'hui. C'est ce que j'ai voulu réussir ici. Cette ville a rejeté la tutelle du monarque et des chefs religieux, elle a défié les Puissances, partout elle a suscité la solidarité et l'admiration des hommes de cœur. Les gens de Tabriz étaient sur le point de gagner, mais on ne veut pas les laisser gagner, on a trop peur de leur exemple, on veut les humilier, cette population fière devra se prosterner devant les soldats du tsar pour obtenir son pain. Toi qui es né libre dans un pays libre, tu devrais comprendre.

Je laissai s'égoutter quelques lourdes secondes avant de conclure :

— Et que veux-tu que je réponde au consul d'Angleterre?

Fazel se fendit du sourire le plus faux :

— Dis-lui que je serai enchanté de chercher asile, une fois de plus, auprès de Sa Gracieuse Majesté.

Il me fallut du temps pour comprendre à quel point l'amertume de Fazel était justifiée. Car, dans l'immédiat, les événements semblaient contredire ses craintes. Il ne resta que quelques jours au consulat britannique. Bientôt Mr. Wratislaw le conduisit, dans son automobile, à travers les lignes russes, jusqu'aux environs de Kazvin. Là, il put se joindre aux troupes constitutionnalistes qui, après une longue attente, s'apprêtaient à avancer en direction de Téhéran.

En effet, tant que Tabriz était menacée d'étranglement, le shah gardait un puissant moyen de dissuasion contre ses ennemis, il parvenait encore à les effrayer, à les contenir. Dès la levée du siège, les amis de Fazel se sentirent libres de leurs mouvements, ils entamèrent sans plus de délai leur marche sur la capitale. En deux corps d'armée, l'un venant de Kazvin, au nord, l'autre d'Ispahan, au sud. Ce dernier, composé pour l'essentiel des membres des tribus bakhtiaris, s'empara de Kom le 23 juin. Quelques jours plus tard, un communiqué commun anglo-russe fut diffusé exigeant des partisans de la Constitution qu'ils mettent immédiatement fin à leur offensive pour conclure un arrangement avec le shah. Sinon les deux Puissances se verraient contraintes d'intervenir. Mais Fazel et ses amis firent la sourde oreille et pressèrent le pas : le 9 juillet, leurs troupes opéraient leur jonction sous les murs de Téhéran; le 13, deux mille hommes faisaient leur entrée dans la capitale par une porte non gardée du nord-ouest, près de la légation française, sous l'œil ébahi du correspondant du *Temps*.

Seul Liakhov tenta alors de résister. Avec trois cents hommes, quelques vieux canons et deux *Creusot* à tir rapide, il parvint à garder le contrôle de plusieurs quartiers du centre. Les combats se poursuivirent, acharnés, jusqu'au 16 juillet.

Ce jour-là, à huit heures trente du matin, le shah vint prendre refuge à la légation russe, cérémonieusement accompagné de cinq cents soldats et courtisans. Son acte équivalait à une abdication.

Le commandant des Cosaques n'avait plus d'autre choix que de déposer les armes. Il jura de respecter désormais la Constitution et de se mettre au service des vainqueurs. A condition que sa brigade ne soit pas dissoute. Ce qui lui fut dûment promis.

Un nouveau shah fut désigné, le fils cadet du monarque déchu, âgé de douze ans à peine; selon Chirine, qui l'avait connu dès le berceau, c'était un adolescent doux et sensible, sans cruauté ni perversité aucune. Lorsqu'il traversa la capitale, au lendemain des combats, pour se rendre au palais en compagnie de son tuteur, M. Smirnoff, il fut accueilli aux cris de « Vive le shah ». Émanant des mêmes poitrines qui, la veille, avaient hurlé : « A mort le shah! »

XLII

Le jeune shah faisait, en public, bonne et royale figure, souriant sans excès, agitant sa blanche main pour saluer ses sujets. Mais, dès qu'il se retrouvait au palais, il causait bien des soucis à son entourage. Brutalement séparé de ses parents, il pleurait sans arrêt. Il tenta même de s'enfuir, cet été-là, pour rejoindre père et mère. Rattrapé, il essaya de se pendre au plafond du palais. Lorsqu'il commença à s'étouffer, il prit peur, appela à l'aide. On put le délivrer à temps. Cette mésaventure eut sur lui un effet bénéfique : désormais guéri de ses angoisses, il allait jouer avec dignité et bonhomie son rôle de souverain constitutionnel.

Le pouvoir réel était cependant aux mains de Fazel et de ses amis. Ils inaugurèrent l'ère nouvelle par une rapide épuration : six partisans de l'ancien régime furent exécutés, dont les deux principaux chefs religieux de Tabriz qui avaient mené la lutte contre les fils d'Adam, ainsi que le cheikh Fazlollah Nouri. Celui-ci était accusé d'avoir donné son aval aux massacres qui avaient suivi le coup d'État de l'année précédente ; il fut donc condamné pour complicité de meurtre et l'arrêt de mort fut ratifié par la hiérarchie chiite. Mais il ne faisait guère de doute que la sentence avait également valeur symbolique : Nouri avait pris la responsabilité de décréter que la Constitution était une hérésie. Il fut pendu en public le 31 juillet 1909, sur la place Topkhané. Avant de mourir, il aurait murmuré : « Je ne suis pas un réactionnaire! » pour ajouter aussitôt à l'adresse de ses partisans disséminés dans la foule que la Constitution était contraire à la religion et que celle-ci aurait le dernier mot.

Mais la tâche première des nouveaux dirigeants était de reconstruire le Parlement : le bâtiment se releva de ses ruines et des élections furent organisées. Le 15 novembre, le jeune shah inaugura solennellement le deuxième *Majlis* de l'histoire persane. Avec ces mots :

« Au nom de Dieu, Lui qui donne la Liberté, et sous la protection occulte de Sa Sainteté l'imam du Temps, l'Assemblée nationale consultative est ouverte dans la joie et sous les meilleurs auspices.

» Le progrès intellectuel et l'évolution des mentalités ont rendu inévitable le changement, il s'est produit à travers une épreuve pénible, mais la Perse a su, au cours des âges, survivre à bien des crises, et aujourd'hui son peuple voit ses désirs comblés. Nous nous réjouissons de constater que ce nouveau gouvernement progressiste bénéficie de l'appui du peuple, qu'il est en train de ramener au pays tranquillité et confiance.

» Pour pouvoir mettre en place les réformes qui s'imposent, le gouvernement et le Parlement doivent considérer comme une priorité la réorganisation de l'État, notamment des finances publiques, selon les normes qui conviennent aux nations civilisées.

» Nous prions Dieu qu'Il guide les pas des représentants de la nation et assure à la Perse honneur, indépendance et bonheur. »

Ce jour-là, Téhéran fut en liesse, on défila sans arrêt dans les rues, on chanta aux carrefours, on déclama des poèmes improvisés où tous les mots, de gré ou de force, rimaient avec « Constitution », « Démocratie », « Liberté », les marchands offraient aux passants boissons et gâteries, des dizaines de journaux, enterrés au moment du coup d'État, annonçaient leur résurrection par des éditions spéciales.

A la tombée de la nuit, un feu d'artifice illumina la ville. Des gradins étaient installés dans les jardins du Baharistan. Sur la tribune d'honneur siégeaient le corps diplomatique, les membres du nouveau gouvernement, les députés, les dignitaires religieux, les corporations du bazar. En tant qu'ami de Baskerville, j'eus droit aux premières loges; ma chaise était juste derrière celle de Fazel. Explosions et pétarades se succédaient, le ciel s'éclairait par intermittence, les têtes se renversaient, les visages se tendaient puis se redressaient avec des sourires d'enfants comblés. A l'extérieur, les fils d'Adam, infatigables, scandaient depuis des heures les mêmes slogans.

Je ne sais quel bruit, quel cri, ramena Howard à mes pensées. Il aurait tant mérité d'être de la fête! Au même instant, Fazel s'était tourné vers moi :

– Tu sembles triste.

– Triste, certainement pas! Depuis toujours j'ai voulu entendre crier « Liberté » en terre d'Orient. Mais quelques souvenirs me harcèlent.

– Écarte-les, souris, réjouis-toi, profite des derniers moments d'allégresse!

Inquiétantes paroles qui m'ôtèrent, ce soir-là, toute envie de célébration. Fazel était-il en train de poursuivre, à sept mois d'intervalle, le pénible débat qui nous avait opposés à Tabriz? Avait-il de nouvelles causes de préoccupations? J'étais décidé à me rendre chez lui dès le lendemain pour obtenir un éclaircissement. Finalement, j'y renonçai. Durant une année entière, j'évitai de le rencontrer.

Pour quelles raisons? Je crois qu'après l'éprouvante aventure que je venais de vivre je nourrissais des doutes insistants sur la sagesse de mon engagement à Tabriz. Moi qui étais venu en Orient sur les traces d'un manuscrit, avais-je le droit de m'impliquer à ce point dans un combat qui n'était pas le mien? Et, pour commencer, de quel droit avais-je conseillé à Howard de venir en Perse? Dans le langage de Fazel et de ses amis, Baskerville était un martyr; à mes yeux, c'était un ami mort, mort en terre étrangère pour une cause étrangère, un ami dont les parents m'écriraient un jour pour me demander, avec la plus poignante des politesses, pourquoi j'avais égaré leur enfant.

Du remords, donc, à cause de Howard? Je dirais, plus justement, un certain souci de décence. Je ne sais si c'est le mot adéquat, mais je cherche à dire qu'après la victoire de mes amis je n'avais nulle envie de me pavaner à Téhéran en écoutant vanter mes prétendus exploits lors du siège de Tabriz. J'avais joué un rôle fortuit et marginal, j'avais surtout eu un ami, un compatriote héroïque, je n'avais pas l'intention de me draper de son souvenir pour obtenir privilèges et considération.

Pour tout avouer, j'éprouvais fortement le besoin de m'éclipser, de me laisser oublier, de ne plus fréquenter politiciens, clubistes et diplomates. La seule personne que je voyais chaque jour, et avec un plaisir qui ne se démentait jamais, c'était Chirine. Je l'avais convaincue d'aller s'installer dans l'une de ses nombreuses résidences familiales, sur les hauteurs de Zarganda, un lieu de villégiature à l'extérieur de la capitale. J'avais loué moi-même une petite maison dans les environs, mais c'était pour les apparences, mes journées et mes nuits s'écoulaient auprès d'elle, avec la complicité de ses servantes.

Cet hiver-là, il nous arriva de passer des semaines entières sans quitter sa vaste chambre. Réchauffés par un magnifique brasero de cuivre, nous lisions le *Manuscrit*, quelques autres livres, traversions de longues heures langoureuses à fumer le *kalyan*, à boire du vin de Chiraz, parfois même du champagne, à faire craquer pistaches de Kirman et nougats d'Ispahan; ma princesse savait être à la fois grande dame et petite fille. Nous avions l'un pour l'autre une tendresse de chaque instant.

Dès les premières chaleurs, Zarganda s'animait. Les étrangers et les plus riches Persans y avaient de somptueuses résidences, ils s'y établissaient pour de longs mois de paresse, au milieu d'une végétation luxuriante. Il ne fait pas de doute que, pour d'innombrables diplomates, seule la proximité de ce paradis rendait supportable le gris ennui de Téhéran. En hiver, cependant, Zarganda se vidait. N'y restaient que les jardiniers, quelques gardes et les rares survivants de sa population indigène. Chirine et moi avions grand besoin de ce désert.

Dès avril, hélas! les estivants recommencèrent leur transhumance. Des badauds erraient devant toutes les grilles, des marcheurs dans tous les sentiers. Après chaque nuit, après chaque sieste, Chirine offrait du thé à des visiteuses aux yeux indiscrets. Je dus sans cesse me cacher, fuir à travers les couloirs. Le mol hibernage était consommé, c'était l'heure de partir.

Quand je le lui annonçai, ma princesse se montra triste mais résignée.

— Je te croyais heureux.

— J'ai vécu un rare moment de bonheur, je veux le suspendre tant qu'il est intact, pour le récupérer intact. Je ne me lasse pas de te contempler, avec étonnement, avec amour. Je ne veux pas que la foule qui nous envahit change mon regard. Je m'éloigne en été pour te retrouver en hiver.

— L'été, l'hiver, tu t'éloignes, tu me retrouves, tu crois disposer impunément des saisons, des années, de ta vie, de la mienne. N'as-tu rien appris de Khayyam? « Soudain, le Ciel te dérobe même l'instant qu'il faut pour t'humecter les lèvres. »

Ses yeux plongèrent dans les miens comme pour me lire à livre ouvert. Elle avait tout compris, elle soupira.

— Où comptes-tu aller?

Je ne le savais pas encore. J'étais venu deux fois en Perse, et deux fois j'avais vécu en assiégé. Il me restait tout l'Orient à découvrir, du Bosphore à la mer de Chine la Turquie, qui venait de se révolter en même temps que la Perse, qui avait déposé son sultan-calife et qui s'honorait désormais de députés, de sénateurs, de clubs et de journaux d'opposition; le fier Afghanistan, que les Britanniques avaient fini par réduire, mais à quel coût! Et bien sûr il y avait toute la Perse à parcourir. Je ne connaissais que Tabriz et Téhéran. Mais Ispahan? Mais Chiraz, Kashan et Kirman? Mais Nichapour et la tombe de Khayyam, pierre grise veillée depuis des siècles par d'inlassables générations de pétales?

De toutes ces routes qui s'offraient, laquelle prendre? C'est le *Manuscrit* qui choisit pour moi. Je pris le train à Krasnovodsk, je traversai Achkabad et l'antique Merv, je visitai Boukhara.

Surtout, je suis allé à Samarcande.

XLIII

J'étais curieux de voir ce qui restait de la ville où s'était épanouie la jeunesse de Khayyam.

Qu'était devenu le quartier d'Asfizar, et ce belvédère dans le jardin où Omar avait aimé Djahane? Y avait-il encore quelque trace du faubourg de Maturid où, selon les vieilles recettes chinoises, ce papetier juif pétrissait encore, au XIe siècle, les branches de mûrier blanc? Pendant des semaines, je déambulai à pied, puis à dos de mule; j'interrogeai les marchands, les passants, les imams des mosquées, mais je ne pus en tirer que des moues ignorantes, des sourires amusés et de généreuses invitations à m'accroupir sur leurs divans-lits bleu ciel pour partager leur thé.

Ma chance fut de me trouver, un matin, place du Réghistan. Une caravane passait, une caravane courte; elle ne comptait que six ou sept chameaux de Bactriane, à la fourrure épaisse, aux sabots épais. Le vieux chamelier s'était arrêté, non loin de moi, devant l'échoppe d'un potier, retenant contre sa poitrine un agneau nouveau-né; il proposait un échange, l'artisan discutait; sans éloigner ses mains de la jarre ni du tour, il indiquait du menton une pile de terrines vernissées. J'observais les deux hommes, leurs bonnets de laine noire lisérée, leurs robes striées, leurs barbes rougeoyantes, leurs gestes millénaires. Y avait-il un détail de la scène qui n'aurait pu exister tel quel du temps de Khayyam ?

Une brise légère, le sable se met à tournoyer, les habits se gonflent, toute la place se couvre d'un voile irréel. Je promène les yeux. Autour du Réghistan se dressent trois monuments, trois gigantesques ensembles, des tours, des coupoles, des portails, de hauts murs tout ornés de mosaïques minutieuses, d'arabesques aux reflets d'or, d'améthyste, de turquoise. Et de laborieuses écritures. Tout est majestueux encore, mais les tours sont penchées, mais les coupoles sont éventrées, les façades lépreuses, rongées par le temps, le vent, par des siècles d'indifférence ; aucun regard ne s'élève vers ces monuments, colosses hautains, superbes, ignorés, théâtre grandiose pour une pièce dérisoire.

Je me retirai à reculons ; je heurtai un pied, me retournai pour m'excuser, me retrouvai nez à nez avec un homme habillé comme moi à l'européenne, débarqué de la même planète lointaine. Une conversation s'engagea. C'était un Russe, un archéologue. Lui aussi était venu avec mille questions. Mais il avait déjà quelques réponses.

— A Samarcande, le temps se déroule de cataclysme en cataclysme, de table rase en table rase. Quand les Mongols ont détruit la ville au XIIIe siècle, les quartiers habités sont devenus amas de ruines et de cadavres. Ils ont dû être abandonnés ; les survivants sont allés reconstruire leurs demeures sur un autre site, plus au sud. Au point que toute la vieille ville, la Samarcande des Seldjoukides, peu à peu recouverte par des couches superposées de sable, n'est plus qu'un vaste champ surélevé. Sous terre vivent trésors et secrets ; en surface, des pâturages. Un jour, il faudra tout ouvrir, déterrer les maisons et les rues. Ainsi libérée, Samarcande saura nous conter son histoire.

Il s'interrompit.

— Êtes-vous archéologue?

— Non. Cette ville m'attire pour d'autres raisons.

— Serait-il indiscret de demander lesquelles?

Je lui parlai du *Manuscrit,* des poèmes, de la chronique, des peintures qui évoquaient les amants de Samarcande.

— J'aimerais tant voir ce livre! Savez-vous que tout ce qui a existé à cette époque-là a été détruit? Comme par une malédiction. Les murailles, les palais, les vergers, les jardins, les canalisations, les lieux de culte, les livres, les principaux objets d'art. Les monuments que nous admirons aujourd'hui ont été construits plus tard par Tamerlan et ses descendants, ils ont moins de cinq cents ans d'âge. Mais de l'époque de Khayyam il ne reste plus que des tessons de poterie et, vous venez de me l'apprendre, ce *Manuscrit,* miraculeux survivant. C'est un privilège, pour vous, de pouvoir le tenir entre vos mains, le consulter à loisir. Un privilège, et une lourde responsabilité.

— Croyez bien que j'en ai conscience. Depuis des années, depuis que j'ai appris que ce livre existait, je ne vis que pour lui, il m'a conduit d'aventure en aventure, son monde est devenu le mien, sa gardienne est mon amante.

— Et c'est pour retrouver les lieux qu'il décrit que vous avez fait ce voyage jusqu'à Samarcande?

— J'espérais que les gens de la ville m'indiqueraient au moins l'emplacement des anciens quartiers.

— Je regrette d'avoir à vous décevoir, reprit mon interlocuteur, mais sur l'époque qui vous passionne vous ne récolterez que des légendes, des histoires de *djinns* et de *divs.* Cette ville les cultive avec délectation.

— Plus que d'autres cités d'Asie?

— J'en ai bien peur. Je me demande si le voisinage de ces ruines n'enflamme pas naturellement l'imagination de nos misérables contemporains. Et puis il y a cette ville enfouie sous terre. Au cours des siècles, que d'enfants sont tombés dans les crevasses, qui n'ont plus reparu, que de bruits étranges l'on a entendus, ou cru entendre, venus selon toute apparence des entrailles de la terre! C'est ainsi qu'est née la plus célèbre légende de Samarcande, celle qui est pour beaucoup dans le mystère qui enveloppe le nom de cette ville.

Je le laissai raconter.

— On dit qu'un roi de Samarcande voulut réaliser le rêve de tout humain : échapper à la mort. Convaincu que celle-ci venait du ciel et désireux de faire en sorte qu'elle ne puisse jamais l'atteindre, il se construisit un palais sous terre, un immense palais de fer dont il ferma tous les accès. Fabuleusement riche, il s'était également forgé un soleil artificiel qui se levait le matin et se couchait le soir pour le réchauffer et lui indiquer l'écoulement des jours. Hélas! le dieu de la Mort réussit à tromper la vigilance du monarque, et il se glissa à l'intérieur du palais pour accomplir sa besogne. Il lui fallait prouver à tous les humains que nulle créature n'échappe à la mort, quelle que soit sa puissance ou sa richesse, son habileté ou son arrogance. Samarcande est ainsi devenue le symbole de la rencontre inéluctable entre l'homme et son destin.

Après Samarcande, où aller? Pour moi c'était l'extrême bout de l'Orient, le lieu de tous les émerveillements et d'une insondable nostalgie. Au moment de quitter la ville, je décidai donc de revenir chez moi; mon souhait était de retrouver Annapolis, d'y passer quelques années sédentaires pour me reposer de mes voyages. Et ne repartir qu'ensuite.

Je formai donc le projet le plus fou : revenir en

Perse, prendre Chirine et le *Manuscrit* de Khayyam, avant d'aller nous perdre ensemble, inconnus, dans quelque grande métropole, Paris, Vienne ou New York. Vivre elle et moi en Occident au rythme de l'Orient, ne serait-ce pas le paradis?

Sur le chemin du retour, je fus constamment seul et absent, préoccupé seulement des arguments que j'allais avancer à Chirine. Partir, partir, dirait-elle avec lassitude, ne peux-tu te contenter d'être heureux? Mais je ne désespérais pas de balayer ses réticences.

Quand le cabriolet loué au bord de la Caspienne me déposa à Zarganda devant ma porte close, s'y trouvait déjà une automobile, une Jewel-40 arborant au beau milieu de son capot une bannière étoilée. Le chauffeur mit pied à terre, s'enquit de mon identité. J'eus la stupide impression qu'il m'attendait depuis mon départ. Il me rassura, il n'était là que depuis le matin.

— Mon maître m'a dit de rester jusqu'à votre retour.

— J'aurais pu rentrer dans un mois, ou dans un an, peut-être même jamais.

Ma stupeur ne le perturba guère.

— Puisque vous êtes là!

Il me tendit un mot griffonné par Charles W. Russel, ministre plénipotentiaire des États-Unis.

Cher M. Lesage,

Je serais très honoré si vous pouviez venir a ıa légation cet après-midi à quatre heures. Il s'agit d'une affaire importante et urgente. J'ai demandé à mon chauffeur de rester à votre disposition.

XLIV

Deux hommes m'attendaient à la légation, avec la même impatience contenue. Russel, en complet gris, papillon moiré et moustache tombante, semblable à celle de Theodore Roosevelt mais aux contours plus soigneusement tracés; et Fazel, dans son éternelle tunique blanche, cape noire, turban bleu. Ce fut bien entendu le diplomate qui inaugura la séance, dans un français hésitant mais correct.

— La réunion qui se tient aujourd'hui est de celles qui modifient le cours de l'histoire. A travers nos personnes, deux nations se rencontrent, défiant distances et différences : les États-Unis, qui sont une nation jeune, mais déjà une vieille démocratie, et la Perse, qui est une vieille nation, plusieurs fois millénaire, mais une toute jeune démocratie.

Un brin de mystère, une bouffée de solennité, un coup d'œil vers Fazel pour s'assurer que le propos ne l'incommodait pas. Avant de poursuivre :

— J'étais, il y a quelques jours, l'invité du Club démocratique de Téhéran, j'ai exprimé à mon auditoire la profonde sympathie que j'éprouve pour la Révolution constitutionnelle. Ce sentiment est partagé par le président Taft et par Mr. Knox, notre secrétaire d'État. Je dois ajouter que celui-ci est au courant de notre réunion de ce jour et qu'il attend de moi que je l'informe, par voie télégraphique, des conclusions auxquelles nous aurons abouti.

Il laissa à Fazel le soin de m'expliquer :

— Te rappelles-tu ce jour où tu as voulu me convaincre de ne pas résister aux troupes du tsar?

— Cette corvée!

— Je ne t'en ai jamais voulu, tu as fait ce que tu devais faire, et en un sens tu avais raison. Mais ce que je craignais ne s'est malheureusement pas démenti, les Russes n'ont jamais quitté Tabriz, la population y est soumise à des vexations quotidiennes, des Cosaques arrachent les voiles des femmes dans les rues, les fils d'Adam sont emprisonnés au moindre prétexte.

» Pourtant, il y a plus grave encore. Plus grave que l'occupation de Tabriz, plus grave que le sort de mes compagnons. C'est notre démocratie qui risque de sombrer. M. Russel a dit « jeune », il aurait pu ajouter « fragile », « menacée ». Dans les apparences, tout va bien, le peuple est plus heureux, le bazar prospère, les religieux se montrent conciliants. Pourtant, il faudrait un miracle pour empêcher l'édifice de s'écrouler. Pourquoi? Parce que nos caisses sont vides, comme par le passé. L'ancien régime avait une bien curieuse façon de percevoir les impôts, il affermait chaque province à quelque rapace qui saignait la population et gardait l'argent pour lui-même, se contentant d'en prélever une partie pour s'acheter des protections à la cour. C'est de là que viennent tous nos malheurs. Le Trésor étant à sec, on emprunte aux Russes et aux Anglais qui, pour se faire rembourser, obtiennent des concessions et des privilèges. C'est par ce biais que le tsar s'est introduit dans nos affaires et que nous avons bradé toutes nos richesses. Le nouveau pouvoir est placé devant le même dilemme que les anciens dirigeants : s'il ne parvient pas à percevoir les impôts à la manière des pays modernes, il devra accepter la tutelle des Puissances. La première urgence, pour nous, c'est d'assainir nos finances. La modernisation de la Perse passe par là; la liberté de la Perse est à ce prix.

— Si le remède est si évident, qu'attend-on pour l'appliquer?

— Aucun Persan n'est aujourd'hui en mesure de s'atteler à pareille tâche. C'est triste à dire, pour une nation de dix millions d'habitants, mais il ne faut pas sous-estimer le poids de l'ignorance. Ici, nous ne sommes qu'une poignée à avoir reçu un enseignement moderne semblable à celui des grands commis de l'État dans les nations avancées. Le seul domaine dans lequel nous ayons de nombreuses compétences est celui de la diplomatie. Pour le reste, qu'il s'agisse de l'armée, des transports, ou surtout des finances, c'est le néant. Si notre régime pouvait durer vingt ans, trente ans, il formerait sans doute une génération capable de prendre en charge tous ces secteurs. En attendant, la meilleure solution qui s'offre à nous, c'est de faire appel à des étrangers honnêtes et compétents. Il n'est pas facile d'en trouver, je le sais. Nous avons eu par le passé les pires expériences, avec Naus, Liakhov et bien d'autres. Mais je ne désespère pas. Je me suis entretenu de ce sujet avec quelques collègues, au Parlement, au gouvernement, nous pensons que les États-Unis pourraient nous aider.

— J'en suis flatté, dis-je spontanément, mais pourquoi mon pays?

Charles Russel réagit à ma remarque par un mouvement de surprise et d'inquiétude. Que la réponse de Fazel ne tarda pas à apaiser:

— Nous avons passé en revue une à une toutes les Puissances. Les Russes et les Britanniques sont trop contents de nous précipiter vers la banqueroute pour mieux nous dominer. Les Français sont trop soucieux de

leurs relations avec le tsar pour se préoccuper de notre
sort. Plus généralement, l'Europe entière est prise dans
un jeu d'alliances et de contre-alliances dans lequel la
Perse ne serait qu'une vulgaire monnaie d'échange, un
pion sur l'échiquier. Seuls les États-Unis pourraient
s'intéresser à nous sans chercher à nous envahir. Je me
suis donc adressé à M. Russel et lui ai demandé s'il
connaissait un Américain capable de s'atteler à une si
lourde tâche. Je dois reconnaître que c'est lui qui a
mentionné ton nom, j'avais complètement oublié que tu
avais fait des études financières.

— Je suis flatté de cette confiance, répondis-je,
mais je ne suis certainement pas l'homme qu'il vous
faut. En dépit du diplôme que j'ai obtenu, je suis un
piètre financier, je n'ai jamais eu l'occasion d'éprouver
mes connaissances. C'est mon père qu'il faudrait blâmer, lui qui a construit tant de vaisseaux que je n'ai pas
eu à travailler pour vivre. Je ne me suis jamais occupé
que de choses essentielles, c'est-à-dire futiles : voyager
et lire, aimer et croire, douter, me battre. Écrire
quelquefois.

Rires gênés, échange de regards perplexes. Je
poursuivis :

— Quand vous aurez trouvé votre homme, je pou-
rai me tenir à ses côtés, lui prodiguer des conseils et lui
rendre de menus services, mais c'est de lui qu'il faudra
exiger compétence et labeur. Je suis plein de bonne
volonté, mais je suis un ignorant et un paresseux.

Renonçant à insister, Fazel choisit de me répondre
sur le même ton :

— C'est vrai, je peux en témoigner. Et puis tu as
d'autres défauts, plus énormes encore. Tu es mon ami,
tout le monde le sait, mes adversaires politiques n'auraient qu'un objectif : t'empêcher de réussir.

Russel écoutait en silence, sur le visage un sourire
figé, comme oublié. Notre badinage n'était certaine-

ment pas de son goût, mais il ne se départit pas de son flegme. Fazel se tourna vers lui.

– Je regrette la défection de Benjamin, mais elle ne change rien à notre accord. Peut-être vaut-il mieux confier ce genre de responsabilité à un homme qui n'a jamais été mêlé de près ou de loin aux affaires persanes.

– Vous pensez à quelqu'un?

– Je n'ai pas de nom en tête. Je voudrais un être rigoureux, honnête et indépendant d'esprit. Cette race existe chez vous, je le sais, j'imagine fort bien le personnage, je pourrais presque dire que je le vois devant moi; un homme élégant, net, qui se tient droit et regarde droit, qui parle droit. Un homme qui ressemble à Baskerville.

Le message du gouvernement persan à sa légation de Washington, le 25 décembre 1910, dimanche et jour de Noël, était câblé en ces termes :

« Sollicitez immédiatement du secrétaire d'État qu'il vous mette en contact avec les autorités financières américaines en vue d'engager, pour le poste de trésorier général, un expert américain désintéressé, sur la base d'un contrat préliminaire de trois ans, sujet à ratification par le Parlement. Il sera chargé de réorganiser les ressources de l'État, la perception des revenus et leur déboursement, assisté par un expert-comptable et un inspecteur qui supervisera la perception dans les provinces.

» Le ministre des États-Unis à Téhéran nous informe que le secrétaire d'État est d'accord. Contactez-le directement, évitez de passer par des intermédiaires. Transmettez-lui le texte intégral de ce message et agissez selon les suggestions qu'il vous fera. »

Le 2 février suivant, le majlis approuva la nomination des experts américains, à une écrasante majorité et sous un tonnerre d'applaudissements.

Quelques jours plus tard, le ministre des Finances, qui avait présenté le projet aux députés, était assassiné en pleine rue par deux Géorgiens. Le soir même, le drogman de la légation russe se rendit au ministère persan des Affaires étrangères en exigeant que les meurtriers, sujets du tsar, lui soient remis sans délai. A Téhéran, chacun avait compris que cet acte était la réponse de Saint-Pétersbourg au vote du Parlement, mais les autorités préférèrent céder pour ne pas envenimer leurs rapports avec leur puissant voisin. Les assassins furent donc conduits à la légation, puis à la frontière; dès qu'ils l'eurent franchie, ils étaient libres.

En guise de protestation, le bazar ferma ses portes, les « fils d'Adam » appelèrent à boycotter les marchandises russes; des actes de vengeance furent même signalés contre les ressortissants géorgiens, les *Gordji,* nombreux dans le pays. Cependant, le gouvernement, relayé par la presse, prêchait la patience : les vraies réformes vont commencer, disaient-ils, les experts vont arriver, bientôt les caisses de l'État seront pleines, nous paierons nos dettes, nous écarterons toutes les tutelles, nous aurons des écoles et des hôpitaux, une armée moderne aussi, qui forcera le tsar à quitter Tabriz, qui l'empêchera de nous tenir sous sa menace.

La Perse attendait des miracles. Et, en effet, des miracles allaient se produire.

XLV

Le premier miracle, c'est Fazel qui me l'annonça. Chuchotant, mais triomphal :

– Regarde-le! Je t'avais bien dit qu'il ressemblerait à Baskerville!

Lui, c'était Morgan Shuster, le nouveau trésorier général de la Perse, qui s'approchait pour nous saluer. Nous étions allés à sa rencontre sur la route de Kazvin. Il arrivait, avec les siens, dans des chaises-poste vétustes, aux attelages chétifs. Étrange, cette ressemblance avec Howard : les mêmes yeux, le même nez, le même visage rasé de près, peut-être un peu plus arrondi, les mêmes cheveux clairs, traversés par la même raie, la même poignée de main, polie mais conquérante. Notre façon de le dévisager aurait dû l'agacer, il n'en laissa rien montrer; il est vrai qu'en débarquant ainsi dans un pays étranger, et dans des circonstances aussi exceptionnelles, il devait s'attendre à être l'objet d'une curiosité soutenue. Tout au long de son séjour, il allait être observé, scruté, poursuivi. Parfois avec malveillance. Chacune de ses actions, chacune de ses omissions serait rapportée et commentée, louée ou maudite.

Une semaine après son arrivée éclata la première crise. Parmi les centaines de personnalités qui, chaque jour, venaient souhaiter la bienvenue aux Américains, certaines demandèrent à Shuster quand il comptait rendre visite aux légations anglaise et russe. La réponse de l'intéressé fut évasive. Mais les questions se firent insistantes et l'affaire s'ébruita, suscitant des débats animés dans le bazar : l'Américain devait-il ou non effectuer des visites de courtoisie aux légations ? Celles-ci laissaient entendre qu'elles avaient été bafouées, le climat se tendait. Étant donné le rôle qu'il avait joué dans la venue de Shuster, Fazel était particulièrement embarrassé par cet accroc diplomatique qui menaçait de remettre en cause l'ensemble de sa mission. Il me demanda d'intervenir.

Je me rendis donc auprès de mon compatriote, au palais Atabak, un bâtiment de pierre blanche, fait de trente vastes pièces meublées partie à l'orientale, partie à l'européenne, ployant sous les tapis et les objets d'art, les fines colonnes de sa façade se reflétant dans une mare. Tout autour, un immense parc était traversé de cours d'eau, parsemé de lacs artificiels, véritable paradis persan où les bruits de la ville étaient filtrés par le chant des cigales. C'était l'une des plus belles résidences de Téhéran. Elle avait appartenu à un ancien Premier ministre avant d'être rachetée par un riche commerçant zoroastrien, fervent partisan de la Constitution, qui l'avait gracieusement placée à la disposition des Américains.

Shuster m'accueillit sur le perron. Remis des fatigues du voyage, il me parut bien jeune. Il n'avait que trente-quatre ans et il ne les faisait pas. Moi qui avais pensé que Washington enverrait un expert chenu à tête de révérend !

— Je viens vous parler de cette affaire des légations.

— Vous aussi !

Il fit mine d'en être amusé.

— Je ne sais, insistai-je, si vous vous rendez compte

de l'ampleur qu'a prise cette question de protocole. Ne l'oubliez pas, nous sommes au pays des intrigues!

— Nul plus que moi ne se délecte des intrigues.

Il rit encore mais s'interrompit soudain, reprenant pleinement la mine sérieuse qu'exigeait sa fonction.

— Monsieur Lesage, il ne s'agit pas seulement de protocole. Il s'agit de principes. Avant d'accepter ce poste, je me suis abondamment informé sur les dizaines d'experts étrangers venus avant moi dans ce pays. Certains ne manquaient ni de compétence ni de bonne volonté. Mais ils ont tous échoué. Savez-vous pourquoi? Parce qu'ils sont tombés dans le piège où l'on m'invite à tomber aujourd'hui. J'ai été nommé trésorier général de la Perse par le Parlement de la Perse, il est donc normal que je signale mon arrivée au shah, au régent, au gouvernement. Je suis américain, je peux donc rendre également visite à ce charmant Mr. Russel. Mais pourquoi exige-t-on de moi que j'effectue des visites de courtoisie aux Russes, aux Anglais, aux Belges ou aux Autrichiens?

» Je vais vous le dire : parce qu'on veut montrer à tous, au peuple persan qui attend tant des Américains, au Parlement qui nous a engagés malgré toutes les pressions subies, que Morgan Shuster est un étranger comme tous les étrangers, un *farangui*. Dès que j'aurai effectué mes premières visites, les invitations vont pleuvoir; les diplomates sont des gens courtois, accueillants et cultivés, ils parlent les langues que je connais, ils jouent aux mêmes jeux. Je vivrai heureux, ici, monsieur Lesage, entre le bridge, le thé, le tennis, le cheval et les bals masqués, et quand je reviendrai chez moi, dans trois ans, ce sera riche, joyeux, bronzé et bien portant. Mais ce n'est pas pour cela que je suis venu, monsieur Lesage!

Il criait presque. Une main invisible, peut-être celle de sa femme, vint discrètement refermer la porte du salon. Il ne sembla pas la remarquer. Il poursuivit :

– Je suis venu avec une mission bien précise : moderniser les finances de la Perse. Ces hommes ont fait appel à nous parce qu'ils ont confiance dans nos institutions et notre gestion des affaires. Je n'ai pas l'intention de les décevoir. Ni celle de les tromper. Je viens d'une nation chrétienne, monsieur Lesage, et, pour moi, cela signifie quelque chose. Quelle image ont les Persans aujourd'hui des nations chrétiennes? La très chrétienne Angleterre qui s'approprie leur pétrole, la très chrétienne Russie qui leur impose sa volonté selon la cynique loi du plus fort? Quels sont les chrétiens qu'ils ont fréquentés jusqu'ici? Des aigrefins, des arrogants, des sans-Dieu, des Cosaques. Quelle idée voulez-vous qu'ils se fassent de nous? Dans quel monde allons-nous vivre ensemble? N'avons-nous aucun autre choix à leur proposer que d'être nos esclaves ou nos ennemis? Ne peuvent-ils être des partenaires, des égaux? Heureusement, quelques-uns d'entre eux continuent à croire en nous, en nos valeurs, mais combien de temps encore pourront-ils museler les milliers de voix qui assimilent l'Européen au démon?

» A quoi ressemblera la Perse de demain? Cela dépendra de notre comportement, de l'exemple que nous offrirons. Le sacrifice de Baskerville a fait oublier la rapacité de bien d'autres. J'ai la plus grande estime pour lui, mais, je vous rassure, je n'ai pas l'intention de mourir, je souhaite être honnête, tout simplement. La Perse, je la servirai comme je servirais une compagnie américaine, je ne la volerai pas mais m'efforcerai de l'assainir et de la faire prospérer, j'en respecterai le conseil d'administration, mais sans baisemain ni courbettes.

Mes larmes s'étaient mises à couler, bêtement. Shuster se tut, il me contempla avec circonspection et quelque désarroi.

– Si je vous ai blessé, involontairement, par mon ton ou par mes paroles, veuillez m'en excuser.

Je me levai et lui présentai ma main à serrer.

– Vous ne m'avez pas blessé, monsieur Shuster, vous m'avez seulement bouleversé. Je vais rapporter vos paroles à mes amis persans, leur réaction ne sera pas différente de la mienne.

En sortant de chez lui, je courus au Baharistan; je savais que j'y trouverais Fazel. Dès que je l'aperçus de loin, je criai :

– Fazel, encore un miracle!

Le 13 juin, le Parlement persan décidait, par un vote sans précédent, de confier les pleins pouvoirs à Morgan Shuster pour réorganiser les finances du pays. Désormais, il allait être régulièrement invité à assister au Conseil des ministres.

Entre-temps, un autre incident avait défrayé bazar et chancelleries. Une rumeur, d'origine inconnue mais facile à deviner, accusait Morgan Shuster d'appartenir à une secte persane. La chose peut paraître absurde, mais les propagateurs avaient bien distillé leur venin pour donner aux ragots une allure de vraisemblance. Du jour au lendemain, les Américains devinrent suspects aux yeux de la foule. Une fois de plus, je fus chargé d'en parler au trésorier général. Nos rapports s'étaient réchauffés depuis notre première rencontre. Il m'appelait Ben, je l'appelais Morgan. Je lui exposai l'objet du délit :

– On dit que parmi tes serviteurs il y a des *babis* ou des *bahaïs* notoires, ce que Fazel m'a confirmé. On dit aussi que les *bahaïs* viennent de fonder une branche très active aux États-Unis. On en a déduit que tous les Américains de la délégation étaient en fait des *bahaïs* qui, sous couvert d'assainir les finances du pays, venaient gagner des adeptes.

Morgan réfléchit un moment :

— Je vais répondre à la seule question importante : non, je ne suis pas venu pour prêcher ou convertir, mais pour réformer les finances persanes qui en ont rudement besoin. J'ajouterai, pour ton information, que, bien entendu, je ne suis pas *bahaï*, que je n'ai appris l'existence de ces sectes que dans un livre du professeur Browne juste avant de venir, et qu'encore je serais incapable de faire la différence entre *babi* et *bahaï*. S'agissant de mes serviteurs, qui sont une bonne quinzaine dans cette immense maison, tout le monde le sait, ils étaient là avant mon arrivée. Leur travail me donne satisfaction, et c'est la seule chose qui importe. Je n'ai pas l'habitude de juger mes collaborateurs d'après leur foi religieuse ou la couleur de leur cravate !

— Je comprends parfaitement ton attitude, elle correspond à mes propres convictions. Mais nous sommes en Perse, les sensibilités sont parfois différentes. Je viens de voir le nouveau ministre des Finances. Il estime que pour faire taire les calomniateurs il faudrait renvoyer les serviteurs concernés. Du moins certains d'entre eux.

— Le ministre des Finances se préoccupe de cette affaire ?

— Plus que tu ne penses. Il craint qu'elle ne mette en péril toute l'action entreprise dans son secteur. Il m'a prié de lui rendre compte de ma démarche dès ce soir.

— Je ne vais donc pas te retarder. Tu lui diras de ma part qu'aucun serviteur ne sera remercié, et que pour moi l'affaire s'arrête là !

Il se leva ; je me devais d'insister :

— Je ne suis pas sûr que cette réponse soit suffisante, Morgan !

– Ah! bon? Alors tu ajouteras de ma part : « Monsieur le ministre des Finances, si vous n'avez rien de mieux à faire que de scruter la religion de mon jardinier, je peux vous fournir des dossiers plus importants pour meubler votre temps. »

Je ne rapportai au ministre que la teneur de ces propos, mais je crois savoir que Morgan les lui répéta lui-même textuellement à la première occasion. Sans susciter d'ailleurs le moindre drame. En réalité, tout le monde était heureux que certaines choses sensées soient enfin dites sans détour.

– Depuis que Shuster est ici, me confia un jour Chirine, il y a dans l'atmosphère quelque chose de plus sain, de plus propre. Devant une situation chaotique, inextricable, on s'imagine toujours qu'il faut des siècles pour s'en sortir. Soudain, un homme apparaît, et comme par enchantement l'arbre que l'on croyait condamné reverdit, il recommence à prodiguer feuilles, fruits et ombre. Cet étranger m'a redonné foi dans les hommes de mon pays. Il ne leur parle pas comme à des indigènes, il ne respecte pas susceptibilités et mesquineries, il leur parle comme à des hommes, et les indigènes se redécouvrent hommes. Sais-tu que, dans ma propre famille, les vieilles femmes prient pour lui?

XLVI

Je ne m'écarterais nullement de la vérité en affirmant qu'en cette année 1911 toute la Perse vivait à l'heure de « l'Américain », et qu'il était, de tous les responsables, le plus populaire, indiscutablement, et l'un des plus puissants. Les journaux soutenaient son action, avec d'autant plus d'enthousiasme qu'il prenait la peine de réunir parfois les rédacteurs pour leur exposer ses projets et solliciter même leurs conseils sur certaines questions épineuses.

Surtout, et c'est le plus important, sa difficile mission était en voie de réussir. Avant même la refonte du système fiscal, Shuster avait su équilibrer le budget, simplement en limitant le vol et le gaspillage. Avant lui, d'innombrables personnages, princes, ministres ou hauts dignitaires, envoyaient au Trésor leurs exigences, un chiffre griffonné sur une feuille graisseuse, et les fonctionnaires étaient contraints de les satisfaire, sous peine de perdre leur situation ou leur vie. Avec Morgan, tout avait changé du jour au lendemain.

Un exemple, parmi tant d'autres. Le 17 juin, en Conseil des ministres, Shuster se vit demander sur un ton pathétique la somme de quarante-deux mille toumans pour payer la solde des troupes à Téhéran.

— Sinon, une rébellion va éclater, et c'est le

trésorier général qui en portera l'entière responsabilité!
s'exclama Amir-i-Azam, « l'Émir suprême », ministre
de la Guerre.

Réponse de Shuster :

— M. le Ministre a pris, il y a dix jours, une somme
équivalente. Qu'en a-t-il fait?

— Je l'ai dépensée pour payer une partie des soldes
en retard, les familles des soldats ont faim, les officiers
sont tous endettés, la situation est intenable!

— M. le Ministre est-il certain qu'il ne reste rien de
cette somme?

— Pas la plus petite pièce!

Shuster sortit donc de sa poche un petit carton
bristol couvert d'une écriture minutieuse, qu'il consulta
ostensiblement, avant d'affirmer :

— La somme que le Trésor a versée il y a dix jours
a été déposée tout entière sur le compte personnel du
ministre, pas un touman n'a été dépensé, j'ai ici le nom
du banquier et les chiffres.

L'Émir suprême se leva, géant adipeux, luisant de
colère; il posa la main à plat sur sa poitrine et promena
un regard furieux sur ses collègues :

— Est-ce qu'on chercherait à mettre mon honneur
en cause?

Comme personne ne le rassurait sur ce point, il
ajouta :

— Je jure que si une telle somme est effectivement
sur mon compte, je suis le dernier à le savoir.

Quelques moues incrédules s'étant manifestées
autour de lui, on décida de faire venir le banquier et
Shuster demanda aux membres du cabinet d'attendre
sur place. Dès qu'on signala que l'homme était arrivé, le
ministre de la Guerre se précipita à sa rencontre. Après
un échange de chuchotements, l'Émir suprême revint
vers ses collègues avec un sourire ingénu :

— Ce maudit banquier n'avait pas compris mes

directives, il n'a pas encore payé les troupes. C'était un malentendu!

L'incident fut péniblement clos, mais désormais les hauts dignitaires de l'État n'osèrent plus se livrer au gai pillage du Trésor qui se poursuivait depuis des siècles. Il y avait des mécontents, certes, mais ils ne pouvaient que se taire, car la plupart des gens, même parmi les responsables du gouvernement, avaient des raisons d'être satisfaits : pour la première fois dans l'histoire, les fonctionnaires, les soldats et les diplomates persans à l'étranger recevaient leurs appointements à temps.

Dans les milieux financiers internationaux eux-mêmes, on commença à croire au miracle Shuster. A preuve : les frères Seligman, banquiers à Londres, décidèrent d'accorder à la Perse un prêt de quatre millions de livres sterling sans imposer aucune des clauses humiliantes qui s'attachaient d'habitude à ce genre de transaction. Ni prélèvement sur les recettes douanières, ni hypothèque d'aucune sorte, un prêt normal à un client normal, respectable, potentiellement solvable. C'était un pas important. Aux yeux de ceux qui cherchaient à assujettir la Perse, c'était un précédent dangereux. Le gouvernement britannique intervint pour bloquer le prêt.

Pendant ce temps, le tsar avait recours à des méthodes plus brutales. En juillet, on apprit que l'ancien shah était de retour, avec deux de ses frères et à la tête d'une armée de mercenaires, pour reconquérir le pouvoir. N'était-il pas retenu à Odessa, en résidence surveillée, avec la promesse expresse du gouvernement russe de ne jamais lui permettre de revenir en Perse ? Interrogées, les autorités de Saint-Pétersbourg répondirent qu'il avait échappé à leur vigilance et voyagé sous un faux passeport, que son armement avait été transporté dans des caisses portant la mention « eau minérale », si bien qu'elles-mêmes ne portaient aucune responsabilité dans sa rébellion. Ainsi, il aurait quitté sa résidence à Odessa, franchi avec ses hommes les quelques centaines de milles qui séparent l'Ukraine de la Perse, se serait embarqué avec son armement sur un paquebot russe, aurait traversé la Caspienne et débarqué sur la côte persane, tout cela sans que le gouvernement du tsar, ni son armée, ni l'Okhrana, sa police secrète, en aient jamais été avertis ?

Mais à quoi bon argumenter ? Il fallait surtout empêcher la fragile démocratie persane de s'écrouler. Le Parlement demanda à Shuster des crédits. Et, cette fois, l'Américain ne discuta pas. Bien au contraire, il fit en sorte qu'une armée soit mise sur pied en quelques jours, avec le meilleur équipement disponible, des munitions abondantes, suggérant lui-même le nom du commandant, Ephraïm Khan, un brillant officier arménien qui allait réussir, en trois mois, à écraser l'ex-shah et à le renvoyer de l'autre côté de la frontière.

Dans les chancelleries du monde entier, on arrivait à peine à y croire : la Perse serait-elle devenue un État moderne ? De telles rébellions traînaient d'habitude pendant des années. Pour la plupart des observateurs, à Téhéran comme à l'étranger, la réponse tenait en un seul mot, magique : Shuster. Son rôle dépassait maintenant largement celui d'un simple trésorier général. Ce fut lui qui suggéra au Parlement de décréter l'ancien shah hors la loi et d'afficher sur les murs de toutes les villes du pays un « Wanted » dans le plus pur style Far West, offrant d'importantes sommes à ceux qui aideraient à la capture du rebelle impérial et de ses frères. Ce qui acheva de déconsidérer le monarque déchu aux yeux de la population.

Le tsar ne décolérait pas. Pour lui, il était désormais clair que ses ambitions en Perse ne pourraient s'assouvir tant que Shuster serait là. On se devait de le faire partir! Il fallait créer un incident, un gros incident. Un homme fut chargé de cette mission : Pokhitanoff, l'ancien consul à Tabriz, devenu consul général à Téhéran.

Mission est un mot pudique, car il faut bien parler, en l'occurrence, de complot, soigneusement amené, quoique sans grande finesse. Le Parlement avait décidé de confisquer les biens des deux frères de l'ex-shah qui, à ses côtés, dirigeaient la rébellion. Chargé, en tant que trésorier général, d'exécuter la sentence, Shuster voulut faire les choses dans la plus formelle légalité. La principale propriété concernée, située non loin du palais Atabak, appartenait au prince impérial qui répondait au nom de « Rayonnement-du-Sultanat »; l'Américain y envoya, avec un détachement de gendarmerie, des fonctionnaires civils munis de mandats en règle. Ils se retrouvèrent nez à nez avec des Cosaques accompagnés d'officiers consulaires russes, qui interdirent aux gendarmes l'entrée de la propriété, menaçant d'utiliser la force s'ils ne se retiraient pas au plus vite.

Quand on l'informa de ce qui s'était produit, Shuster dépêcha l'un de ses adjoints à la légation russe. Il fut reçu par Pokhitanoff, qui lui fournit, sur un ton agressif, l'explication suivante : la mère du prince « Rayonnement-du-Sultanat » a écrit au tsar et à la tsarine pour réclamer leur protection, qui lui a été généreusement accordée.

L'Américain n'en croyait pas ses oreilles : que les étrangers, dit-il, disposent en Perse du privilège de l'impunité, que les assassins d'un ministre persan ne puissent être jugés parce qu'ils sont sujets du tsar, c'est inique, mais c'est une règle établie, difficile à modifier; mais que des Persans placent du jour au lendemain leurs propriétés sous la protection d'un monarque étranger pour détourner les lois de leur pays, voilà un procédé nouveau, inédit, inouï. Shuster ne voulait pas s'y résigner. Il donna l'ordre aux gendarmes d'aller prendre possession des propriétés concernées, sans user de violence, mais avec fermeté. Cette fois, Pokhitanoff laissa faire. Il avait créé l'incident. Sa mission était accomplie.

La réaction ne tarda pas. Un communiqué fut publié à Saint-Pétersbourg, affirmant que ce qui venait de se passer équivalait à une agression contre la Russie, à une insulte au tsar et à la tsarine, on exigeait des excuses officielles du gouvernement de Téhéran. Affolé, le Premier ministre persan demanda conseil aux Britanniques; le Foreign Office répondit que le tsar ne plaisantait pas, qu'il avait massé des troupes à Bakou, qu'il s'apprêtait à envahir la Perse et qu'il serait prudent d'accepter l'ultimatum.

Le 24 novembre 1911, le ministre persan des Affaires étrangères se présenta donc, la mort dans l'âme, à la légation russe et serra obséquieusement la main du ministre plénipotentiaire en prononçant ces mots :

« Excellence, mon gouvernement m'a chargé de vous présenter des excuses en son nom pour l'affront qu'ont subi les officiers consulaires de votre gouvernement. »

Tout en continuant à serrer la main qui lui était tendue, le représentant du tsar répliqua :

« Vos excuses sont acceptées en tant que réponse à notre premier ultimatum, mais je dois vous informer qu'un second ultimatum est en préparation à Saint-Pétersbourg. Je vous avertirai de son contenu dès qu'il me sera parvenu. »

Promesse tenue. Cinq jours plus tard, le 29 novembre à midi, le diplomate présenta au ministre des Affaires étrangères le texte du nouvel ultimatum, ajoutant oralement qu'il avait déjà reçu l'approbation de Londres et que satisfaction devait lui être donnée dans les quarante-huit heures.

Premier point : renvoyer Morgan Shuster.

Deuxième point : ne plus jamais employer d'expert étranger sans obtenir au préalable le consentement des légations russe et britannique.

XLVII

Au siège du Parlement, les soixante-seize députés attendent, les uns en turban, d'autres en fez ou en bonnet; certains « fils d'Adam », parmi les plus militants, sont même habillés à l'européenne. A onze heures, le Premier ministre monte à la tribune comme sur un échafaud, il lit d'une voix soufflée le texte de l'ultimatum puis évoque l'appui de Londres au tsar, avant d'annoncer la décision de son gouvernement : ne pas résister, accepter l'ultimatum, renvoyer l'Américain; revenir, en un mot, sous la tutelle des Puissances plutôt que d'être écrasés sous leurs bottes. Pour tenter d'éviter le pire, il a besoin d'un mandat clair; il pose donc la question de confiance, en rappelant aux députés que l'ultimatum expire à midi, que le temps est compté et que les débats ne peuvent s'éterniser. Tout au long de son intervention, il n'a cessé de diriger des regards inquiets vers la galerie des invités où trône M. Pokhitanoff, à qui nul n'a osé interdire l'entrée.

Quand le Premier ministre se rassied, il n'y a ni huées ni applaudissements. Rien qu'un silence écrasant, accablant, irrespirable. Puis se lève un vénérable seyyed, descendant du Prophète et moderniste de la première heure, qui a toujours soutenu avec ferveur la mission Shuster. Son discours est bref :

— C'est peut-être la volonté de Dieu que notre liberté et notre souveraineté nous soient arrachées par la force. Mais nous ne les abandonnerons pas de nous-mêmes.

Nouveau silence. Puis une autre intervention, dans le même sens, et tout aussi brève. M. Pokhitanoff consulte ostensiblement sa montre. Le Premier ministre le voit, tire à son tour sur une chaîne, déchiffre de près un oignon ciselé. Il est midi moins vingt. Il s'affole, tape le sol de sa canne, demandant que l'on passe au vote. Quatre députés se retirent précipitamment, sous divers prétextes; les soixante-douze qui restent disent tous « non ». Non à l'ultimatum du tsar. Non au départ de Shuster. Non à l'attitude du gouvernement. Le Premier ministre est, de ce fait, considéré comme démissionnaire, il se retire avec son cabinet entier. Pokhitanoff se lève aussi; le texte qu'il doit câbler à Saint-Pétersbourg est déjà rédigé.

La grande porte est claquée, l'écho se répercute longtemps dans le silence de la salle. Les députés restent seuls. Ils ont gagné, mais ils n'ont nulle envie de célébrer leur victoire. Le pouvoir est entre leurs mains : le sort du pays, de sa jeune Constitution, dépend d'eux. Que peuvent-ils en faire, que veulent-ils en faire? ils n'en savent rien. Séance irréelle, pathétique, chaotique. Et, à certains égards, enfantine. De temps à autre jaillit une idée, aussitôt balayée :

— Et si on demandait aux États-Unis de nous envoyer des troupes?

— Pourquoi viendraient-ils, ce sont les amis de la Russie. N'est-ce pas le président Roosevelt qui a réconcilié le tsar avec le mikado?

— Mais il y a Shuster, ne voudront-ils pas l'aider?

— Shuster est très populaire en Perse; chez lui, on connaît à peine son nom. Les dirigeants américains ne doivent pas apprécier qu'il se soit mis à mal avec Saint-Pétersbourg et Londres.

— Nous pourrions leur proposer de construire un chemin de fer. Peut-être seront-ils appâtés, peut-être viendront-ils à notre secours.

— Peut-être. Mais pas avant six mois et le tsar sera ici dans deux semaines.

Et les Turcs? Et les Allemands? Et pourquoi pas les Japonais? n'ont-ils pas écrasé les Russes en Mandchourie? Quand, soudain, un jeune député de Kirman suggère, en souriant à peine, que l'on offre le trône de Perse au mikado, Fazel éclate :

— Il faut que nous sachions une fois pour toutes que nous ne pourrons même pas faire appel aux gens d'Ispahan! Si nous livrons bataille, ce sera à Téhéran, avec les gens de Téhéran, avec les armes qui se trouvent à cet instant dans la capitale. Comme à Tabriz il y a trois ans. Et ce ne sont pas mille Cosaques qu'on enverra contre nous, mais cinquante mille. Nous devons savoir que nous nous battrons sans la moindre chance de gagner.

Venant de toute autre personne, cette intervention décourageante aurait suscité un torrent d'accusations. Venant du héros de Tabriz, du plus éminent des « fils d'Adam », les mots sont pris pour ce qu'ils sont, l'expression d'une cruelle réalité. Difficile, à partir de là, de prêcher la résistance. C'est pourtant ce que fait Fazel.

— Si nous sommes prêts à nous battre, c'est uniquement pour préserver l'avenir. La Perse ne vit-elle pas encore dans le souvenir de l'imam Hussein? Pourtant ce martyr n'a fait que mener une bataille perdue, il a été vaincu, écrasé, massacré, et c'est lui que nous honorons. La Perse a besoin de sang pour croire. Nous sommes soixante-douze, comme les compagnons de Hussein. Si nous mourons, ce Parlement deviendra un lieu de pèlerinage, la démocratie sera ancrée pour des siècles dans le sol de l'Orient.

Ils se disaient tous prêts à mourir, mais ils ne moururent pas. Non qu'ils eussent faibli ou trahi leur cause. Bien au contraire, ils cherchèrent à organiser les défenses de la ville, des volontaires se présentèrent en grand nombre, surtout des « fils d'Adam », comme à Tabriz. Mais c'était sans issue. Après avoir envahi le nord du pays, les troupes du tsar avançaient maintenant en direction de la capitale. Seule la neige ralentissait quelque peu leur progression.

Le 24 décembre, le Premier ministre déchu décida de reprendre le pouvoir par un coup de force. Avec l'aide des Cosaques, des tribus bakhtiaris, d'une partie importante de l'armée et de la gendarmerie, il se rendit maître de la capitale et fit proclamer la dissolution du Parlement. Plusieurs députés furent appréhendés. Les plus actifs furent condamnés à l'exil. En tête de liste, Fazel.

Le premier acte du nouveau régime fut d'accepter officiellement les termes de l'ultimatum du tsar. Une lettre polie informa Morgan Shuster qu'il était mis fin à ses fonctions de trésorier général. Il n'était resté que huit mois en Perse, huit mois haletants, frénétiques, vertigineux, huit mois qui ont failli changer la face de l'Orient.

Le 11 janvier 1912, Shuster fut raccompagné avec les honneurs. Le jeune shah mit à sa disposition sa propre automobile, avec son chauffeur français, M. Varlet, pour le conduire jusqu'au port d'Enzéli.

Nous étions nombreux, étrangers et Persans, à lui faire nos adieux, les uns sur le parvis de sa résidence, d'autres le long de la route. Pas d'acclamations, certes, rien que des gestes discrets de milliers de mains, et des larmes d'hommes et de femmes, d'une foule inconnue qui pleurait comme une amante délaissée. Il n'y eut sur le parcours qu'un seul incident, minime : un Cosaque, au passage du convoi, ramassa une pierre et fit le geste de la lancer en direction de l'Américain; je ne crois pas qu'il soit même allé au bout de son acte.

Quand l'automobile eut disparu au-delà de la porte de Kazvin, je fis quelques pas en compagnie de Charles Russel. Puis je poursuivis ma route seul, à pied, jusqu'au palais de Chirine.

— Tu sembles tout bouleversé, dit-elle en m'accueillant.

— Je viens de faire mes adieux à Shuster.

— Ah! il est enfin parti!

Je n'étais pas sûr d'avoir saisi le ton de son exclamation. Elle se fit plus explicite :

— Je me demande aujourd'hui s'il n'aurait pas mieux fait de ne jamais mettre les pieds dans ce pays.

Je la regardai avec horreur.

— C'est toi qui me dis cela!

— Oui, c'est moi, Chirine, qui dis cela. Moi qui ai applaudi à la venue de l'Américain, moi qui ai approuvé chacun de ses actes, moi qui ai vu en lui comme un rédempteur, je regrette maintenant qu'il ne soit pas resté dans sa lointaine Amérique.

— Mais en quoi a-t-il eu tort?

— En rien, justement, et c'est bien la preuve qu'il n'a pas compris la Perse.

— Je ne saisis vraiment pas.

— Un ministre qui aurait raison contre son roi, une femme qui aurait raison contre son mari, un soldat qui aurait raison contre son officier, ne seraient-ils pas doublement punis? Pour les faibles, c'est un tort d'avoir raison. Face aux Russes et aux Anglais, la Perse est faible, elle aurait dû se comporter comme un faible.

– Jusqu'à la fin des temps? Ne doit-elle pas un jour se relever, construire un État moderne, éduquer son peuple, entrer dans le concert des nations prospères et respectées? C'est ce que Shuster a essayé de faire.

– Pour cela, je lui voue la plus grande admiration. Mais je ne peux m'empêcher de penser que s'il avait moins bien réussi nous ne serions pas aujourd'hui dans cet état lamentable : notre démocratie anéantie, notre territoire envahi.

– Les ambitions du tsar étant ce qu'elles sont, cela devait arriver tôt ou tard.

– Un malheur, il vaut toujours mieux qu'il arrive tard! Ne connais-tu pas l'histoire de l'âne parlant de Nollah Nasruddine?

Ce dernier est le héros semi-légendaire de toutes les anecdotes et de toutes les paraboles de Perse, de Transoxiane et d'Asie Mineure. Chirine raconta :

– On dit qu'un roi à moitié fou avait condamné Nasruddine à mort pour avoir volé un âne. Au moment où on va le conduire au supplice, Nasruddine s'écrie : « Cette bête est en réalité mon frère, un magicien lui a donné cette apparence, mais si on me la confiait pendant un an je lui réapprendrais à parler comme vous et moi! » Intrigué, le monarque fait répéter à l'accusé sa promesse, avant de décréter : « Fort bien! Mais si dans un an, jour pour jour, l'âne ne parle pas, tu seras exécuté. » A sa sortie, Nasruddine est interpellé par sa femme : « Comment peux-tu promettre une chose pareille? Tu sais bien que cet âne ne parlera pas. – Bien sûr que je le sais, répond Nasruddine, mais d'ici un an le roi peut mourir, l'âne peut mourir, ou bien moi je peux mourir. »

La princesse enchaîna :

— Si nous avions su gagner du temps, la Russie se serait peut-être embourbée dans les guerres des Balkans ou en Chine. Et puis le tsar n'est pas éternel, il peut mourir, il peut être à nouveau ébranlé par des émeutes et des révoltes, comme il y a six ans. Nous aurions dû patienter et attendre, finasser, tergiverser, plier et mentir, promettre. Telle a toujours été la sagesse de l'Orient; Shuster a voulu nous faire avancer au rythme de l'Occident, il nous a conduits droit au naufrage.

Elle paraissait souffrir d'avoir à dire cela; j'évitai donc de la contredire. Elle ajouta :

— La Perse me fait penser à un voilier malchanceux. Les marins se plaignent constamment de n'avoir pas suffisamment de vent pour avancer. Et soudain, comme pour les punir, le Ciel leur envoie une tornade.

Nous restâmes un long moment pensifs, accablés. Puis je l'entourai d'un bras affectueux.

— Chirine!

Était-ce la façon dont je prononçai son nom? elle sursauta, puis s'écarta de moi en me dévisageant d'un air soupçonneux.

— Tu pars.

— Oui. Mais autrement.

— Comment peut-on partir « autrement »?

— Je pars avec toi.

XLVIII

Cherbourg, le 10 avril 1912.

Devant moi, à perte de vue, la Manche, paisible moutonnement argenté. A mes côtés, Chirine. Dans nos bagages, le *Manuscrit*. Autour de nous, une foule improbable, orientale à souhait.

On a tant parlé des rutilantes célébrités embarquées sur le *Titanic* qu'on en a quasiment oublié ceux pour lesquels ce colosse des mers avait été construit : les migrateurs, ces millions d'hommes, de femmes, d'enfants, qu'aucune terre n'acceptait plus de nourrir et qui rêvaient d'Amérique. Le paquebot devait procéder à un véritable ramassage : de Southampton les Anglais et les Scandinaves, de Queenstown les Irlandais, et de Cherbourg ceux qui venaient de plus loin, Grecs, Syriens, Arméniens d'Anatolie, Juifs de Salonique ou de Bessarabie, Croates, Serbes, Persans. Ce sont ces Orientaux que je pus observer à la gare maritime, agglutinés autour de leurs dérisoires bagages, impatients de se retrouver ailleurs, et par moments tourmentés, cherchant soudain un formulaire égaré, un enfant trop agile, un indomptable ballot qui avait roulé sous un banc. Chacun portait au fond du regard une aventure, une amertume, un défi, tous ressentaient comme un privilège, sitôt arrivés en Occident, de prendre part à la traversée inaugurale du paquebot le plus puissant, le plus moderne et le plus inébranlable qui ait jamais émergé d'un cerveau d'homme.

Mon propre sentiment n'était guère différent. Marié trois semaines plus tôt à Paris, j'avais repoussé mon départ dans le seul but d'offrir à ma compagne un voyage de noces digne des fastes orientaux dans lesquels elle avait vécu. Ce n'était pas un vain caprice. Chirine s'était longtemps montrée réticente à l'idée de s'installer aux États-Unis et, n'était son découragement après le réveil manqué de la Perse, elle n'aurait jamais accepté de me suivre. J'avais l'ambition de reconstituer autour d'elle un monde plus féerique encore que celui qu'elle avait dû quitter.

Le *Titanic* servait à merveille mes desseins. Il semblait conçu par des hommes désireux de retrouver dans ce palais flottant les plus somptueux loisirs de la terre ferme, comme certaines joies de l'Orient : un bain turc aussi indolent que ceux de Constantinople ou du Caire; des vérandas décorées de palmiers; et au gymnase, entre la barre fixe et le cheval-d'arçons, un chameau électrique, destiné à insuffler au cavalier, sur simple pression d'un miraculeux bouton, les sautillantes sensations d'un voyage dans le désert.

Mais en explorant le *Titanic* nous ne cherchions pas seulement à y débusquer l'exotisme. Il nous arrivait aussi de sacrifier à des plaisirs bien européens, déguster des huîtres, puis un sauté de poulet à la lyonnaise, spécialité du chef Proctor, arrosé d'un Cos-d'Estournel 1887, en écoutant l'orchestre en smoking bleu nuit interpréter *les Contes d'Hoffmann*, *la Geisha*, ou *le Grand Mogol* de Luder.

Moments d'autant plus précieux pour Chirine et

pour moi que tout au long de notre durable liaison en Perse nous devions nous dissimuler. Pour amples et prometteurs qu'aient été les appartements de ma princesse à Tabriz, Zarganda ou Téhéran, je souffrais constamment de sentir notre amour confiné entre leurs murs, avec pour seuls témoins des miroirs ciselés et des servantes aux yeux fuyants. Nous goûtions à présent au banal plaisir d'être vus ensemble, homme et femme bras dessus bras dessous, d'être enveloppés par les mêmes regards étrangers, et jusque tard dans la nuit nous évitions de réintégrer notre cabine, que j'avais pourtant choisie parmi les plus spacieuses du paquebot.

Notre ultime jouissance était la promenade du soir. Dès que nous avions fini de dîner, nous allions trouver un officier, toujours le même, qui nous conduisait à un coffre-fort, d'où nous retirions le *Manuscrit*, pour l'emmener précieusement en tournée à travers ponts et corridors. Assis dans les fauteuils en rotin du Café parisien, nous lisions au hasard quelques quatrains, puis, empruntant l'ascenseur, nous montions jusqu'au promenoir, où, sans trop nous soucier d'être épiés, nous échangions un chaud baiser au grand air. Tard dans la nuit, nous ramenions le *Manuscrit* vers notre chambre, où il passait la nuit avant d'être remis, au matin, dans le même coffre, par l'intermédiaire du même officier. Un rituel qui enchantait Chirine. Si bien que je me faisais un devoir d'en retenir chaque détail pour le reproduire le lendemain sans le moindre écart.

C'est ainsi qu'au quatrième soir j'avais ouvert le *Manuscrit* à la page où Khayyam en son temps avait écrit :

Tu demandes d'où vient notre souffle de vie.
S'il fallait résumer une trop longue histoire,
Je dirais qu'il surgit du fond de l'océan,
Puis soudain l'océan l'engloutit à nouveau.

La référence à l'océan m'amusait : je voulus relire, plus lentement. Chirine m'interrompit :

— Je t'en supplie!

Elle semblait suffoquer; je la dévisageai avec inquiétude.

— Je connaissais ce *robaï* par cœur, dit-elle d'une voix éteinte, et j'ai subitement l'impression de l'entendre pour la première fois. C'est comme si...

Mais elle renonça à expliquer, reprit son souffle avant de dire, légèrement rassérénée :

— Je voudrais que nous soyons déjà arrivés.

Je haussai les épaules.

— S'il y a un navire au monde sur lequel on puisse voyager sans crainte, c'est bien celui-ci. Comme l'a dit le capitaine Smith, Dieu lui-même ne pourrait pas couler ce paquebot!

Si j'avais cru la rassurer par ces paroles et par ce ton allègre, c'est l'effet inverse que je produisis. Elle s'agrippa à mon bras en murmurant :

— Ne dis plus jamais cela! Plus jamais!

— Pourquoi te mets-tu dans un tel état? Tu sais bien que ce n'était qu'une boutade!

— Chez nous, même un athée n'oserait pas proférer une telle phrase.

Elle frissonnait. Je ne comprenais pas la violence de sa réaction. Je lui proposai de rentrer, et dus la soutenir pour qu'elle ne tombe pas en chemin.

Le lendemain, elle semblait rétablie. Pour tenter de la distraire, je l'emmenai à la découverte des merveilles du paquebot, enfourchai même le tremblotant chameau électrique, au risque d'essuyer les rires de Henry Sleeper Harper, l'éditeur de l'hebdomadaire du même nom, qui resta un moment en notre compagnie, nous offrit le thé et nous raconta ses voyages en Orient, avant de nous présenter, fort cérémonieusement, son chien pékinois qu'il avait jugé bon d'appeler Sun

Yat-sen, en hommage ambigu à l'émancipateur de la
Chine. Mais rien ne parvenait à dérider Chirine.

Le soir, à dîner, elle resta silencieuse; elle semblait
affaiblie. Je jugeai donc prudent de renoncer à notre
promenade rituelle et laissai le *Manuscrit* dans le
coffre. Nous rentrâmes nous coucher. Tout de suite elle
versa dans un sommeil agité. Pour ma part, inquiet pour
elle et peu habitué à dormir si tôt, je passai une bonne
partie de la nuit à l'observer.

Pourquoi mentir? Lorsque le paquebot heurta
l'iceberg, je ne m'en rendis pas compte. C'est après
coup, quand on me précisa à quel moment la colli-
sion s'était produite, que je crus me rappeler avoir
entendu peu avant minuit comme le bruit d'un drap
qui se déchirait dans une cabine proche. Rien d'autre. Je ne me souviens pas d'avoir perçu un choc
quelconque. Si bien que je finis par m'assoupir. Pour
me réveiller en sursaut lorsque quelqu'un tambourina
à la porte, hurlant une phrase que je ne pouvais
saisir. Je consultai ma montre, il était une heure mois
dix. Je mis ma robe de chambre et ouvris la porte.
Le couloir était vide. Mais j'entendais au loin des
conversations à voix haute, peu habituelles aussi tard
dans la nuit. Sans être réellement inquiet, je décidai
d'aller voir ce qui se passait, en évitant, bien entendu, de réveiller Chirine.

Dans l'escalier, je croisai un steward qui parla, sur
un ton dénué de gravité, de « quelques petits problèmes » incidemment survenus. Le capitaine, disait-il,
voulait que tous les passagers de première classe se
regroupent sur le pont du Soleil, tout en haut du
paquebot.

— Dois-je réveiller ma femme? Elle était un peu
malade dans la journée.

– Le capitaine a dit tout le monde, rétorqua le steward avec une moue sceptique.

Revenu vers la cabine, je réveillai Chirine avec toute la douceur qui s'imposait, lui caressant le front puis les sourcils, prononçant son nom, mes lèvres collées à son oreille. Dès qu'elle émit un grognement, je chuchotai :

– Il faut que tu te lèves, nous devons monter sur le pont.

– Pas ce soir, j'ai trop froid.

– Il ne s'agit pas de promenade, ce sont les ordres du capitaine.

Ce dernier mot eut comme un effet magique; elle sauta du lit en criant :

– *Khodaya!* Mon Dieu!

Elle s'habilla en vitesse. Et en désordre. Et je dus la calmer, lui dire d'aller moins vite, que nous n'étions pas si pressés. Pourtant, quand nous arrivâmes sur le pont, il y régnait une effervescence certaine et l'on dirigeait les passagers vers les canots de sauvetage.

Le steward rencontré tantôt était là, je suis allé vers lui; il n'avait rien perdu de sa jovialité.

– Les femmes et les enfants d'abord, dit-il en se gaussant de la formule.

Je pris Chirine par la main, voulant l'entraîner vers les embarcations, mais elle refusa de bouger.

– Le *Manuscrit!* suppliait-elle.

– Nous risquerions de le perdre dans la cohue! Il est mieux protégé dans le coffre-fort!

– Je ne partirai pas sans lui!

– Il ne s'agit pas de partir, intervint le steward, nous éloignons les passagers pendant une heure ou deux. Si vous voulez mon avis, ce n'est même pas nécessaire. Mais le capitaine est maître à bord...

Je ne dirais pas qu'elle s'est laissé convaincre. Non, elle s'est simplement laissé tirer par la main sans résister. Et cela jusqu'à la plage avant, où un officier me héla :

— Monsieur, par ici, nous avons besoin de vous.

Je m'approchai.

— Dans ce canot, il manque un homme; savez-vous ramer?

— Je l'ai fait pendant des années dans la baie de Chesapeake.

Satisfait, il m'invita à prendre place dans la barque et aida Chirine à enjamber le bord. S'y trouvait une trentaine de personnes, avec autant de places encore vides, mais les ordres étaient de n'embarquer que les dames. Et quelques rameurs expérimentés.

On nous amena à fleur d'océan, d'une manière quelque peu abrupte à mon goût, mais je parvins à stabiliser l'embarcation et commençai à ramer. Pour aller où, vers quel point de cette immensité noire? Je n'en avais pas la moindre idée, ceux qui s'occupaient du sauvetage ne le savaient pas non plus. Je décidai seulement de m'écarter du navire et d'attendre à un demi-mille de là qu'on me rappelle par quelque signal.

Pendant les premières minutes, notre souci à tous fut de nous protéger du froid. Un petit vent glacial soufflait, nous empêchant d'entendre l'air que jouait encore l'orchestre du paquebot. Pourtant, quand nous nous arrêtâmes, à une distance qui me semblait adéquate, la vérité nous apparut soudain : le *Titanic* penchait nettement vers l'avant, peu à peu ses lumières faiblissaient. Nous étions tous saisis, muets. Soudain, un appel, celui d'un homme qui nageait; je manœuvrai le canot de sauvetage, avançai vers lui; Chirine et une autre passagère m'aidèrent à le hisser à bord. Bientôt d'autres rescapés nous firent signe à leur tour et nous allâmes les repêcher. Pendant que nous étions absorbés par cette tâche, Chirine poussa un cri. Le *Titanic* était maintenant en position verticale, ses lumières s'étaient estompées. Il resta ainsi cinq interminables minutes, puis, avec solennité, il s'enfonça vers son destin.

Le soleil du 15 avril nous surprit étendus, épuisés, entourés de visages apitoyés. Nous étions à bord du *Carpathia* qui, à la réception d'un message de détresse, avait accouru pour recueillir les naufragés. Chirine était à mes côtés, silencieuse. Depuis que nous avions vu sombrer le *Titanic*, elle n'avait plus dit un mot, et ses yeux m'évitaient. J'aurais voulu la secouer, lui rappeler que nous étions des miraculés, que la plupart des passagers avaient péri, qu'il y avait sur ce pont, autour de nous, des femmes qui venaient de perdre un mari, et des enfants qui se retrouvaient orphelins.

Mais je me gardai de la sermonner. Je savais que ce *Manuscrit* était pour elle, comme pour moi, plus qu'un joyau, plus qu'une précieuse antiquité, qu'il était un peu notre raison d'être ensemble. Sa disparition, venant après tant de malheurs, ne pouvait qu'affecter gravement Chirine. Je sentais qu'il serait sage de laisser agir le temps réparateur.

Quand nous nous approchâmes du port de New York, tard dans la soirée du 18 avril, une bruyante réception nous attendait : des reporters étaient venus à notre rencontre à bord de barques qu'ils avaient louées et, s'aidant de haut-parleurs, ils s'adressaient à nous en hurlant des questions auxquelles certains passagers s'évertuaient à répondre, les mains en porte-voix.

Dès que le *Carpathia* eut accosté, d'autres journalistes se précipitèrent vers les rescapés, essayant chacun de deviner lequel pouvait leur raconter le récit le plus vrai, ou le plus sensationnel. C'est un tout jeune rédacteur de l'*Evening Sun* qui me choisit. Il s'intéressait particulièrement au comportement du capitaine Smith et des membres de l'équipage au moment de la catastrophe. Avaient-ils cédé à l'affolement? Dans leurs échanges avec les passagers, avaient-ils dissimulé la vérité? Était-il vrai que l'on avait sauvé en priorité les passagers de première classe? Chacune de ses questions me faisait réfléchir, fouiller ma mémoire; nous parlâmes longtemps, d'abord en descendant du bateau, puis debout sur le quai. Chirine était restée un moment à mes côtés, toujours aussi muette, puis elle s'était éclipsée. Je n'avais aucune raison de m'inquiéter, elle ne pouvait s'être réellement éloignée, sûrement elle était toute proche, dissimulée derrière ce photographe qui dirigeait sur moi un éclair aveuglant.

En me quittant, le journaliste me complimenta sur la qualité de mon témoignage et prit mon adresse pour me contacter ultérieurement. Je regardai alors tout autour de moi, j'appelai, à voix de plus en plus forte. Chirine n'était plus là. Je décidai de ne pas bouger de l'endroit où elle m'avait laissé, pour qu'elle soit sûre de me retrouver. Et j'attendis. Une heure. Deux heures. Le quai peu à peu se vida.

Où chercher? En premier lieu, je me rendis au bureau de la White Star, la compagnie à laquelle appartenait le *Titanic*. Puis je fis le tour des hôtels où les rescapés avaient été logés pour la nuit. Mais, une fois encore, aucune trace de ma femme. Je revins vers les quais. Ils étaient déserts.

Alors je décidai de partir vers le seul endroit dont elle connaissait l'adresse et où, une fois calmée, elle pourrait songer à me retrouver : ma maison d'Annapolis.

Longtemps j'attendis un signe de Chirine. Mais jamais elle ne vint. Elle ne m'écrivit pas. Plus jamais personne ne mentionna son nom devant moi.

Aujourd'hui, je me demande : a-t-elle seulement existé? Était-elle autre chose que le fruit de mes obsessions orientales? La nuit, dans la solitude de ma trop vaste chambre, quand monte en moi le doute, quand ma mémoire se brouille, quand je sens ma raison vaciller, je me lève et allume toutes les lumières, je cours reprendre ses lettres de jadis que je fais mine de décacheter comme si je venais tout juste de les recevoir, je hume leur parfum, j'en relis quelques pages; la froideur même de leur ton me réconforte, elle me donne l'illusion de vivre à nouveau un amour naissant. Alors seulement, apaisé, je les range et me replonge dans le noir, prêt à m'abandonner sans frayeur aux éblouissements du passé : une phrase lâchée dans un salon de Constantinople, deux blanches nuits à Tabriz, un brasero dans l'hiver de Zarganda. Et de notre dernier voyage cette scène : nous étions montés sur le promenoir, dans un coin sombre et désert, nous avions échangé un long baiser. Pour prendre dans mes mains son visage, j'avais posé le *Manuscrit* à plat sur une borne d'amarrage. Quand elle l'avait aperçu, Chirine avait éclaté de rire, elle s'était écartée, puis, d'un geste théâtral, elle avait lancé au ciel :

— Les *Robaïyat* sur le *Titanic*! La fleur de l'Orient portée par le fleuron de l'Occident! Khayyam, si tu voyais le bel instant qu'il nous est donné de vivre!

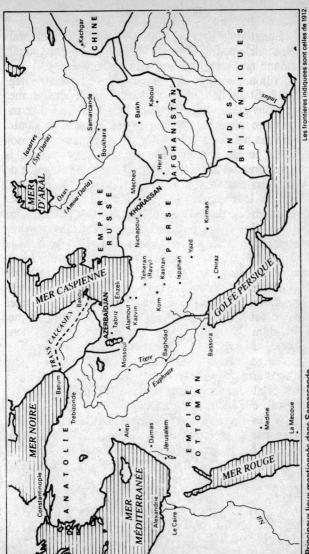

Principaux lieux mentionnés dans Samarcande.

Les frontières indiquées sont celles de 1912.

Table

Dans Le Livre de Poche

Extraits du catalogue

Naguib Mahfouz
Impasse des deux palais

3125

La rue d'al-Nahhasin n'était pas une rue calme... La harangue des camelots, le marchandage des clients, les invocations des illuminés de passage, les plaisanteries des chalands s'y fondaient en un concert de voix pointues... Les questions les plus privées en pénétraient les moindres recoins, s'élevaient jusqu'à ses minarets... Pourtant, une clameur soudaine s'éleva, d'abord lointaine, comme le mugissement des vagues, elle commença à s'enfler, s'amplifier, jusqu'à ressembler à la plainte sibilante du vent... Elle semblait étrange, insolite, même dans cette rue criante...

Naguib Mahfouz.

C'est ici, dans les rues du Caire, que Naguib Mahfouz, le « Zola du Nil », a promené son miroir et capté toutes les facettes d'une société égyptienne en pleine évolution.

Naguib Mahfouz est le premier écrivain de langue arabe à avoir reçu, en 1988, le prix Nobel de Littérature.

Salman Rushdie
Les Enfants de minuit

« Je suis né dans la maternité du docteur Narlikar, le 15 août 1947. (...) Il faut tout dire : à l'instant précis où l'Inde accédait à l'indépendance, j'ai dégringolé dans le monde. Il y avait des halètements. Et, dehors, de l'autre côté de la fenêtre, des feux d'artifice et la foule. Quelques secondes plus tard, mon père se cassa le gros orteil ; mais cet incident ne fut qu'une vétille comparé à ce qui m'était arrivé, dans cet instant nocturne, parce que grâce à la tyrannie occulte des horloges affables et accueillantes, j'avais été mystérieusement enchaîné à l'histoire, et mon destin indissolublement lié à celui de mon pays. (...) Moi, Saleem Sinai, appelé successivement par la suite Morve-au-Nez, Bouille-sale, Déplumé, Renifleux, Bouddha et même Quartier-de-Lune, je fus étroitement mêlé au destin — dans le meilleur des cas, un type d'implication très dangereux. Et, à l'époque, je ne pouvais même pas me moucher. »

Saga baroque et burlesque qui se déroule au cœur de l'Inde moderne, mais aussi pamphlet politique impitoyable. Les Enfants de minuit *est le livre le plus réussi et le plus attachant de Salman Rushdie. Traduit en quinze langues, il a reçu en 1981 le* Booker Prize.

Kénisé Mourad
De la part de la princesse morte

« Ceci est l'histoire de ma mère, la princesse Selma, née dans un palais d'Istambul... »

Ce pourrait être le début d'un conte ; c'est une histoire authentique qui commence en 1918 à la cour du dernier sultan de l'Empire ottoman.

Selma a sept ans quand elle voit s'écrouler cet empire. Condamnée à l'exil, la famille impériale s'installe au Liban. Selma, qui a perdu à la fois son pays et son père, y sera « la princesse au bas reprisés ».

C'est à Beyrouth qu'elle grandira et rencontrera son premier amour, un jeune chef druze ; amour tôt brisé. Selma acceptera alors d'épouser un raja indien qu'elle n'a jamais vu. Aux Indes, elle vivra les fastes des maharajas, les derniers jours de l'Empire britannique et la lutte pour l'indépendance. Mais là, comme au Liban, elle reste « l'étrangère » et elle finira par s'enfuir à Paris où elle trouvera enfin le véritable amour. La guerre l'en séparera et elle mourra dans la misère, à vingt-neuf ans, après avoir donné naissance à une fille : l'auteur de ce récit.

Grand Prix littéraire des lectrices de « Elle » 1988.

Il sera impardonnable de passer à côté d'une authentique merveille...

Claude Servan-Schreiber, *Marie-France.*

Franz Werfel

Les 40 jours du Musa Dagh

6669

1915. Les Jeunes Turcs procèdent à la liquidation des élites arméniennes et des conscrits arméniens qu'ils ont préalablement désarmés. On organise alors systématiquement sur l'ensemble du territoire la déportation des populations arméniennes qui sont exterminées en chemin, au cours du premier génocide du xxᵉ siècle.

Au nord-ouest de la Syrie ottomane, les villageois arméniens groupés aux flancs du Musa Dagh (« la Montagne de Moïse ») refusent la déportation et gagnent la montagne. Ils résistent plus d'un mois durant aux assauts répétés des corps d'armée ottomans ; l'arrivée providentielle des navires français et anglais au large d'Alexandrette met fin à leur épreuve. A partir de ces épisodes authentiques, Franz Werfel a bâti un grand roman épique qui ressuscite « l'inconcevable destinée du peuple arménien ».

Qu'il relève du domaine de l'imaginaire ou de celui de la mémoire, ce roman est un chef-d'œuvre.

Elie Wiesel.

Avant tout le monde, un écrivain autrichien comprit le drame de 1915. (...) Werfel a recréé l'épaisse fresque du drame avec une haletante vigueur.

J.-P. Peroncel-Hugoz, *Le Monde.*

IMPRIMÉ EN FRANCE PAR BRODARD ET TAUPIN
Usine de La Flèche (Sarthe).
LIBRAIRIE GÉNÉRALE FRANÇAISE - 6, rue Pierre-Sarrazin - 75006 Paris.

ISBN : 2 - 253 - 05120 - 9 ❖ 30/6675/0